## DU MÊME AUTEUR

*Aux Éditions Gallimard*

L'ANGE ET LE RÉSERVOIR DE LIQUIDE À FREINS, 1994 (« Série Noire », n° 2342 ; « Folio Policier », n° 6).

PAPA EST AU PANTHÉON, 2001 (« Folio », n° 3819).

MA NANIE, 2003. Prix Terre de France 2003 (« Folio », n° 4217).

IL N'Y A PAS DE GRANDES PERSONNES, 2007. Prix Hugues Rebell 2007, prix Charles Oulmont 2007 (« Folio », n° 4816).

EN AVANT, ROUTE, 2010. Prix Ouest 2011 (« Folio », n° 5264). Repris dans la collection « Écoutez lire », texte lu par l'auteur.

GARDE TES LARMES POUR PLUS TARD, 2013 (« Folio », n° 5892).

L'ANGOISSE DE LA PAGE FOLLE, 2016.

*Chez NiL Éditions*

ARCHIVES DES ANGES, 1998 (« Folio », n° 3355).

*Ouvrages collectifs*

LA BATAILLE DU RAIL. CHEMINOTS EN GRÈVE, ÉCRIVAINS SOLIDAIRES, Don Quichotte Éditions, 2018.

ARMISTICE, Éditions Gallimard, 2018.

À COMPOSTELLE. HOMMAGES AU CHEMIN DE SAINT-JACQUES, Salvator, 2021.

57 RUE DE BABYLONE, PARIS 7e

ALIX DE SAINT-ANDRÉ

# 57 rue de Babylone, Paris 7e

roman

nrf

GALLIMARD

*À mon amie Pia Muller née Rostopchine*

## LE 7$^{e}$ EST UN VILLAGE

Le 7$^{e}$ est un village, disait ma mère. Alors que la plupart des Parisiens ne ratent jamais une occasion pour se retrouver entre Alsaciens, Auvergnats, Basques, Berrichons, Bretons, Corses exilés (jusqu'en bas de l'alphabet régional), voire à l'amicale des Russes ou dans la chorale des Zoulous, ceux-ci s'avouent sans honte du quartier et, cultivant un esprit de clocher tout à fait exceptionnel dans la capitale, n'en sortent guère. Pourquoi, Seigneur, traverser la Seine ?

Le tombeau de Napoléon aux Invalides comme celui de sainte Catherine Labouré à la chapelle de la Médaille miraculeuse ou encore la joueuse tour Eiffel, qui apparaît et disparaît à l'angle des rues, attirent sans arrêt les visiteurs du monde entier dans leur arrondissement où la Grande Épicerie du Bon Marché offre (si l'on peut dire !) les nourritures les plus exotiques.

Néanmoins ses galeries clinquant d'un luxe aéroportuaire n'éclipseront jamais, à leurs yeux, la petite mercerie de la rue du Bac, les étals de la place Vauban et les nobles vitrines du taxidermiste Deyrolle où de blanches licornes s'apprêtent à s'envoler du premier étage parmi les gypaètes barbus, les scarabées moirés et les grands papillons bleus.

Entre les sabres de l'École militaire et les goupillons des nombreux couvents, on donnait ici sans compter depuis des générations sa jeunesse à un idéal élevé en habit religieux ou en uniforme. L'Église, l'armée ou la maison du roi s'offraient comme carrière à pléthore de ces charmants petits cousins fauchés de nos belles provinces qui venaient hanter par ici les maisons de leurs vieilles parentes, ces fameux hôtels particuliers du faubourg Saint-Germain dont les fières carcasses, stoïques derrière leurs porches, désormais aménagées en ministères ou en ambassades, se visitent pendant les Journées du patrimoine.

Mais leur amour du prochain s'est toujours arrêté net à la borne du nouveau riche honni. Et banni, grâce au Ciel, depuis l'extrémité du XIX$^{e}$ siècle, quand les indécentes fortunes de l'industrie ont installé leurs pénates sur les hauteurs plus larges et plus salubres de la rive droite, dans le 16$^{e}$ arrondissement, voire plus, laissant ainsi le village à l'abri des grandes catastrophes architecturales du XX$^{e}$ siècle (M. Eiffel étant la limite du supportable) pour accueillir en ces débuts du XXI$^{e}$ siècle, si furieusement conservateur, le musée Jacques-Chirac dont les murs de verdure enserrent un petit étang où nichent de vrais canards sauvages, et la nouvelle cathédrale russe (qui l'eût cru naguère ?) élégante enturbannée aux coupoles dorées, à la place du bâtiment stalinien de la météo nationale, furoncle abominable que personne ne regrettera.

Une touche d'exotisme décoratif n'est pas pour déplaire, comme le cinéma La Pagode, fondue dans les arbres. Une touche. Pas plus.

Ici tout coûte très cher, mais l'argent n'a aucune valeur. On n'en parle jamais ; le mot est tabou – sinon la chose. Car le mépris pour les parvenus ne s'est jamais étendu à leurs filles qu'on épousait, ces « pièces rapportées » venues même des Amériques, en leur pardonnant de n'être « pas nées », défaut ontologique, pour mieux engloutir leur dot et leur existence entières dans la toiture de grandes maisons de campagne, parfois pourvues de tours et de mâchicoulis, que les touristes appellent châteaux.

Il n'y en a plus. Ni de dot. Longtemps plus royalistes que le roi et toujours plus catholiques que le pape, repliées dans des appartements rétrécissant d'héritage en héritage et montant ainsi d'étage en étage, les vieilles dames occupent désormais dans les combles les chambres réservées autrefois au personnel, guettant parfois dans le flot des scouts à bérets et des enfants de chœur en aube, tari partout sauf ici, lequel, parmi leurs nombreux arrière-petits-on-ne-sait-trop-quoi, reprendra le flambeau.

En attendant, au soir venu, s'il ne pleut pas, les oiseaux libres du Champ-de-Mars et du musée Rodin, du square Chateaubriand et des Missions étrangères s'égosillent en bandes joyeuses tandis que les cloches sonnent des angélus champêtres à leurs oreilles, nos villageois rentrent chez eux en répondant au salut de leurs voisins, sans hurler, aux terrasses des cafés, selon un mantra répété depuis l'enfance et intériorisé avec ce dental accent du terroir, si caractéristique, toutes voyelles ouvertes : « Nous avons horrâr de la vulgaritchâ ! »

Faut-il, vraiment, une autre philosophie ?

## ADIEU !

Radis Rose sera le dernier à quitter la maison ; après le camion du déménagement, un van viendra le chercher pour le reconduire à l'École de Cavalerie où il retrouvera ses anciens camarades d'écurie et pourra promener sans risque de leur briser les os, avec son calme olympien, les vieux généraux en visite aux fragiles cols du fémur et les jeunes fils d'archevêques – dont les culs sont à ménager aussi.

À vingt ans, Radis n'est plus un yearling. Et Nanie ne peut pas le garder ; elle brandit une tapette à mouches devant ses naseaux de pur-sang anglais dès qu'il passe la tête par la fenêtre pour essayer d'attraper une pomme sur la table en l'engueulant : « Je ne veux pas de toi dans ma cuisine ! »

Le grand Radis n'est pas susceptible, heureusement. Ni snob ni trouillard, on pourrait lui faire décoller le Concorde sous le nez sans l'affoler ; pour l'heure, il se contente de ne pas bouger une oreille quand le gros tracteur McCormick rouge de Marcel Rapicault vrombit dans les allées.

Alors qu'ils ont présenté ensemble des reprises de gala devant de nombreux présidents et quelques têtes couronnées – dont la si gracieuse reine d'Angleterre –, son maître, depuis leur commun exil à la campagne, ne lui a enseigné que le baroque pas espagnol, véritable bras d'honneur à toute l'équitation de tradition française, distorsion outrée de l'harmonieux « pas d'école », réservé à l'écuyer en chef, cette espèce de ralenti qui singularisait leur entrée en scène comme leur sortie, en suspension au-dessus du sol, le symbole même de leur existence – avant de le laisser vaquer en liberté, tout nu dans le jardin.

Nanie a raison : la place d'un cheval n'est pas dans la cuisine, mais, depuis quelque temps, plus personne n'est à sa place. Si le cheval est là, c'est que son maître y est aussi, au lieu d'occuper son bureau au-dessus des écuries du manège, à Saumur.

Un sous-ministre, une raclure de cabinet, qui a mis deux fois les fesses sur un canasson, a viré le grand écuyer pour délit de grande gueule en trois semaines après trente-six ans de bons et loyaux services. Douze pages d'Olivier Merlin dans *Paris Match* avec toutes les photos sur sa dernière reprise et le livre d'or que lui signent les Saumurois à la librairie du Val-de-Loire, le soutien de ses élèves civils ou étrangers comme des professeurs du lycée ne lui font pas oublier que la « grande famille » de l'armée (à commencer par ses plus vieux camarades de Saint-Cyr) lui a tourné le dos sans même lire le début de sa déclaration, ni chercher à comprendre, que, justement, d'après les nouveaux statuts du Cadre noir, il n'était plus militaire !

Enfin, mon vieux, on obéit, on la ferme, et on dit merci au ministre quand il se propose de venir lui-même en hélicoptère présider vos adieux et vous élever d'un grade dans l'ordre de la Légion d'honneur : la rosette !

Le colonel, mon cher et irascible père, a suggéré un autre endroit de l'anatomie ministérielle pour accrocher cette décoration et s'est retiré chez lui avec Radis Rose, son unique cheval personnel. Depuis, il enlève avec des ciseaux à ongles le moindre petit ruban rouge de chevalier sur tous ses vestons de pékin. Même Nanie n'a pas osé l'aider dans ses travaux de couture ; elle rase les murs ; il y a toujours de l'orage dans l'air.

Parce qu'après merde, maintenant que Radis sait le dire aussi, il n'y a plus grand-chose à ajouter ni grand monde à qui parler ; dans son bureau au râtelier fourni en fusils bien graissés et boîtes de cartouches rangées dans les tiroirs sous clefs, le colonel a déjà expliqué maintes fois à qui voulait s'instruire comment « avaler son revolver » en mettant le canon dans la bouche dirigé vers le haut du crâne, pour s'exploser la cervelle en toute efficacité – surtout ne pas tirer dans la tempe, comme tous ces malheureux qui passent ensuite des années en fauteuil roulant.

Mais on se tue quand on est déshonoré ; le colonel n'est pas déshonoré, au contraire ; il est désespéré.

C'est plutôt la terre entière qui risque d'y passer.

Saumur est devenu trop dangereux, invivable. Il faut baisser la tête en voiture pour éviter les snipers nichés sur les toits des manèges, et changer de trottoir à chaque uniforme aperçu dans la rue.

Paris, voici la solution. Les études des filles seront le dernier prétexte et le plus avouable invoqué pour le départ ; ce tragique manque de facultés à l'horizon sous-préfectoral du Maine-et-Loire, de musées, de cinémas et de concerts symphoniques… Bientôt le bac, et après ?

Sur les quais de la Seine, l'appartement des grands-parents qu'ils n'avaient jamais habité se libérait de ses locataires, en avant ! Adieu, le cirque Amar et les Tournées Baret ! À nous, le Louvre et la Comédie-Française ! Les grandes écoles et les universités !

Dans l'appartement parisien, le téléphone sonne dans le vide : Radis Rose s'est effondré en montant dans le van, terrassé par une crise cardiaque ; le vétérinaire n'a rien pu faire.

Il est mort le premier.

Ne l'oublions pas !

# LE PLUS BEAU LYCÉE DE PARIS

« Mais c'est pas vrai ! »

En pénétrant dans ma classe de terminale au lycée Victor-Duruy, 33 boulevard des Invalides, à Paris 7$^{e}$, je retins un cri d'horreur : que des filles ! Pomponnées, maquillées, coiffées, des fillasses de la pire espèce, un vrai catalogue de mode.

Or, s'il y a une catégorie d'êtres humains que je ne supportais pas et que je m'étais bien juré de ne plus jamais fréquenter, c'étaient les filles !

Pour éviter d'atterrir au pensionnat de la Légion d'honneur, fondé par Napoléon, en grand uniforme tarte à rubans et gants blancs, dont on me menaçait à chaque nouvelle colle (ma copine Béatrice y a fini dans un lit minuscule pour grognard de la garde avec son nom brodé jusque sur ses petites culottes) et pour fuir la bêtise inquisitrice des bonnes sœurs sans cervelles et sans diplômes qui me collaient en me faisant balayer des kilomètres de couloir, j'ai passé à la fin de la seconde l'examen d'entrée au lycée d'État, censément mixte, laïque, pourvoyeur d'intelligence et mélangeur de classes sociales.

À Saumur, c'était bien le cas, avec une certaine austérité

protestante, même si la première A littéraire ne débordait pas de garçons, mais à Paris, la capitale… C'était quoi, ce cirque ?

« Tous les mecs sont en C ? » demandai-je à ma voisine, elle-même l'air d'une échappée de Sainte-Marie-des-Invalides, en jupe et pull bleu marine, au troisième quart du xx^e siècle, hallucinant…

« Non, en première ! Ils montent d'un cran chaque année, si tu rates ton bac, tu en auras des petits l'année prochaine…

— Ça promet !

— Victor-Duruy est un lycée de filles, qui devient mixte progressivement ; c'est le plus beau lycée de Paris ! Nous sommes très fiers de notre parc centenaire…

— Cent ans pour un arbre, c'est encore bébé, il n'y a vraiment pas de quoi se vanter ! »

Je ne suis pas sûre d'avoir été aussi spirituelle sur le moment ; j'étais en rage, trompée sur la marchandise ; tout mon plan tombait à l'eau ; que des filles avec des lodens et de vrais carrés Hermès, c'était quoi, ces bourges ?

Chez nous, c'était la panoplie des épouses de militaires, à tel point qu'on avait même envisagé avec mes copines d'en faire des déguisements en vente pour Mardi gras. N'ayant pas les moyens de s'offrir les originaux, elles portaient des imitations dans ce même style « bon genre » étriqué : collier de perles, twin-set ras du cou, foulard de soie et mocassins à pompons.

Mais il ne serait jamais venu à l'idée de leurs filles ados de s'habiller volontairement de la sorte ni de mettre des jupes en automne, à moins d'être pensionnaires chez les bonnes sœurs. Un pantalon taille basse, « pattes d'eph » pour la semaine, deux chemises et un pull, basta ! Le tout dans des couleurs vives et chaudes, des rouges, des verts, des orangés bien pétants. Le plus anti-bleu-marine-obligatoire possible.

On plaint les femmes qui portaient des corsets, mais la fin du corset n'a pas été la fin du calvaire. (Seules quelques infortunées enfants de hippies dans les Causses connaissent-elles peut-être aujourd'hui le même cauchemar vestimentaire ?) L'idée était que ça dure, et pour que ça dure, quand on grandit, c'est dur. Les chaussures en cuir passent de trop grandes à trop petites, malgré un jeu de semelles très rarement synchrones, à part les sandales avec des trous au bout l'été. Les imperméables prennent l'eau, sauf les K-Way qui en produisent et se transforment vite en saunas individuels. Les pulls en laine tricotés main grattent à toutes les extrémités, les chaussettes ne tiennent pas sans élastiques qui tombent, et, en gros, tout ce qui ne gratte pas serre.

Car pour être « made in France », ça l'est ! Fait maison, *home made* toujours, par des femmes qui, dès leur première poupée, s'entraînent à coudre, broder, crocheter et découper tout patron trouvé dans un journal. Avec plus ou moins de bonheur ; mes tricots ont rarement deux manches de la même taille, et une fois montées, trop tard !

Seuls les survêts de gym, doux et mous, échappaient à l'inconfort général de cette urticante éducation par le vêtement, squelette extérieur visant à nous faire tenir droites (une obsession). Il ne faudra donc pas s'étonner de nous voir ensuite, dès que possible, avachies en baskets ou vautrées dans l'ivresse du cachemire et des laines polaires.

À la campagne, petites, on avait des habits d'hiver, des habits d'été, et une tenue du dimanche. Au printemps et à l'automne, on montait sur la table pour une révision. Tout ce qui ne pouvait pas être rallongé passait d'office aux cadettes qui, ne jouissant jamais que de vêtements déjà portés et de pompes défoncées, commençaient à haïr leurs aînées d'une haine à jamais inexpugnable.

Pendant ces essayages rituels, aucune pitié n'était à attendre des femmes plus âgées, fussent-elles vos mamies, mamans ou nounous chéries, toutes vous répéteront à chaque mèche arrachée au peigne, chaque épingle ajoutée au col, cette loi sadique autorisant la torture de génération en génération : « Il faut souffrir pour être belle. » Plus c'est désagréable, meilleur sera le résultat. La beauté physique n'étant pas une vertu, pourquoi tant de petites piqûres ?

Sans doute les jeunes filles payaient-elles ainsi aux anciennes, par ce lot de grimaces obligatoires, la rançon de leur entrée sur l'impitoyable marché de la féminité sans la moindre ride.

À la ville, les épouses de commerçants habillaient leurs filles dans des boutiques de prêt-à-porter, plus cher, plus chic, mais qui ne méritait pas vraiment son nom car il y avait toujours des pinces à reprendre, des ourlets à faire, des boutons à recoudre, et ça démangeait tout autant.

Ces efforts d'élégance étaient, de toute façon, ruinés par le port obligatoire d'une blouse en classe, dans le privé comme dans le public, dégueulasse et décousue après trois récréations, couverte d'inscriptions au feutre, jamais lavée, vivement la classe de seconde pour la remplacer définitivement par la mythique blouse de chimie en coton blanc !

Vers la sixième, l'arrivée des règles (dites « Anglais », « ragnagnas » ou « histoires ») flanquait un sacré bazar, mais ce poisseux retour aux couches-culottes, félicité par les familles, permettait au moins de sécher les cours de gym en se tordant dans des douleurs réelles ou imaginaires à l'infirmerie. Pas toutes les semaines, quand même !

Les formes s'arrondissaient, la lutte contre la loi de la pesanteur s'intensifiait, et, pour des filles déjà rompues au serrage et au grattage, le port d'un soutien-gorge combinant ces deux caractères constituait le couronnement final de tout un dressage.

Chez les religieuses, les jupes étaient obligatoires mais les collants (nouveauté grattante et serrante de l'époque dont on réparait les nombreux trous à la colle Scotch) aussi interdits que les pantalons ; il fallait rester en chaussettes montantes, sans une trace de maquillage ni de vernis à ongles ; les contrevenantes, même surprises dans la rue, avec ce que les bonnes sœurs s'obstinaient à appeler des « bas nylon », étaient poursuivies.

Or, malgré tout, les filles tombaient amoureuses ; l'école s'arrêtait le samedi après-midi, et ce très court week-end suffisait à alimenter de « j'y ai dit, y m'a dit, j'y ai dit, alors y m'a dit » pour toute la semaine suivante ; les cours ne bruissaient plus que de confidences chuchotées ; elles lisaient *Autant en emporte le vent* et *Le Docteur Jivago*, des romans en séries où des médecins épousaient des infirmières, fredonnaient Mike Brant et Sheila en cultivant un air « romantique » ; bref, elles perdaient la tête ; l'amour les rendait idiotes. Au mieux. Car ses effets secondaires, mal connus officiellement, pouvaient mener au renvoi définitif.

Ainsi, une pensionnaire disparut-elle du jour au lendemain sans explication ; on ne la revit jamais ; il se murmura qu'elle était « tombée » enceinte. Mlle Loyen, géniale prof de français, plaça un manuel d'éducation sexuelle dans la bibliothèque de classe entre *L'Enfant* de Jules Vallès et *Le Grand*

*Meaulnes* ; les parents d'élèves hurlèrent et le colonel mon père lui offrit un whisky au bar du Prieuré avec vue sur la Loire, sa façon de résoudre les problèmes avec le corps enseignant ; il n'était pas contre l'information, sinon la pratique par les jeunes filles de « nos familles », et l'on m'acheta des livres.

En ce temps-là, les campagnardes connaissaient les mystères de la reproduction, qui n'en avaient jamais été pour elles, et n'étaient pas bégueules avec leurs petits voisins dans les granges, en cachette, mais les citadines naviguaient sans la moindre instruction.

Et ça se compliquait : la nouvelle toute jeune prof de français, mariée, ne savait trop quoi répondre à cette femme descendue des malfamés Hauts Quartiers pour lui demander si elle devait autoriser sa fille, la future reine Marguerite dans *Le roi se meurt* (j'allais sur ma Honda Civic rouge l'arracher aux bras de son jules pour répéter son rôle), à prendre la pilule…

Que le pape, assez loin du terrain, avait interdite. Comme, de toute façon, la moindre activité sexuelle hors du mariage hétérosexuel (seul concevable en dehors des comédies de boulevard) était déjà défendue et l'avortement un crime abominable, les catholiques atteignant la puberté en bonne santé hormonale avaient le choix entre la fuite et l'hypocrisie, sous la chape d'un silence de plomb – en attendant leur imminente condamnation à perpète (le divorce étant aussi interdit) à passer toute sa vie avec sa première erreur de jeunesse.

(Avec des copines de seconde, nous avions fondé une utopique « société rotative » dans le but de pouvoir échanger nos futurs maris tous les trois-quatre ans, définissant leurs futures professions avant de lancer la recherche – jamais aboutie hélas.)

Cette espèce de coup de frein moraliste final de Paul VI tranchait avec le reste du concile Vatican II qui avait apporté au contraire un certain relâchement dans les troupes cléricales, dont le plus visible était, bien sûr, vestimentaire : les curés ne portaient plus ni soutanes ni même cols romains, et les religieuses raccourcissaient robes et voiles jusqu'à disparition – et apparition finale de frisettes.

Mais avec qui parler désormais ? Comment s'en sortir ? Sauver sa tête ? Les Guides de France avaient aussi jeté bérets et jupes plissées aux orties pour des jeans et chemises rouges, nouvelle tenue du scoutisme, enseignaient toujours la débrouillardise, le camping et la fraternité.

Grâce à des « caravelles » fort originales, qui plaçaient en vertu première le sens de l'humour, et à leur responsable de dix-huit ans, élève-infirmière catholique et communiste, je découvris le train en deuxième classe, la nuit étoilée, les feux de camp arrosés de pinard, les discussions interminables entre jeunes cervelles, les juifs et les camps de concentration, Mao et la révolution culturelle, des centaines de chants, la guitare sommaire avec ses trois accords, Brassens, Brel, Ferré, Ferrat, Moustaki, Maxime Le Forestier, que la pilule ne donnait pas le cancer et comment l'utiliser, les tampons hygiéniques, la Provence et la Bretagne, les pansements et les piqûres, s'endormir sans peur du noir, Kerouac et Steinbeck à la lampe de poche sous le duvet et même parfois Dieu, en liberté dans la forêt.

Plus les bermudas et les Converse. Sauvée !

De plus, en imitant la signature paternelle pour la bonne cause, cette fois-ci, j'avais rempli le dossier d'inscription et présenté en douce l'examen d'entrée au lycée d'État, dont je compris que je l'avais réussi (et mes parents que je l'avais passé) quand la sœur directrice, ayant lu l'affichage des résultats avant moi, téléphona à la maison dès le samedi midi pour s'assurer de ma présence, soudain indispensable, l'année suivante, en première littéraire. La tête de ma mère ! Mon père, ancien élève du lycée Pierre-de-Fermat à Toulouse, se marrait.

Bref, en arrivant à Victor-Duruy, j'avais tout fait pour éviter de me retrouver la voisine d'une fille en total look bleu marine, vraiment *bizarre* en ce jour et en ces lieux.

« C'était le lundi 16 septembre 1974, et en effet, je portais, pour le jour de la rentrée, une jupe plissée bleu marine, un chemisier blanc et un gilet, bleu marine aussi ! »

Comme, sur le moment, elle me dit s'appeler Pia, et reconnut être pieuse comme le signifiait son prénom en latin, j'en conclus que la malheureuse devait avoir éclos dans un nid d'intégristes fort réactionnaires.

## VUE SUR LA SEINE

« Une place pour chaque chose et chaque chose à sa place, comme sur un bateau ! » Tel est le nouveau leitmotiv du colonel mon papa pour ranger notre appartement. Mais comment, en ce premier jour d'école, rejoindre ce nouveau port d'attache ? Avec mon déplorable sens de l'orientation, j'ai dû noter l'adresse.

Pendue à une poignée du bus n° 92, que j'avais pris pour aller au lycée, collant au train mes nouvelles condisciples, et croisant les doigts pour être dans la bonne direction, j'apprends, par une camarade vêtue de camaïeux beige rosé de la tête aux pieds, chaussures comprises, qu'il est célèbre, mon père, tout comme le sien, et que les gens changent d'attitude quand ils savent qu'elle est la fille de… je ne sais pas du tout qui, mais j'essaye de garder le même air détaché qu'avec l'autre collègue, dans le même bus, Claire Cohen, qui me signale que les gens peuvent se montrer carrément odieux dès qu'ils entendent son nom de famille.

Quant à ma pomme, mon patronyme à rallonge m'a valu un café au Villard, le bistrot en face du lycée, où m'a entraînée, par le bras, une troisième camarade, chuchotant bas, pendant la demi-heure de récréation du matin ; elle comptait sur moi pour rétablir la monarchie en France ; elle allait même m'y aider ; elle connaissait des gens qui… Là, j'ai eu du mal à conserver mon sérieux. Mais où étais-je tombée ?

Enfin, elles m'ont indiqué ma station de bus : Bosquet-Rapp, la dernière avant le pont, ensuite à droite sur le quai jusqu'au n° 81. Surtout ne pas oublier mes clefs ni le numéro ni l'étage : quatrième gauche par l'ascenseur ; en face habite un petit monsieur discret dont la femme s'est jetée par la fenêtre ; au-dessus et en dessous je ne sais pas mais il y a aussi des gens ; nous sommes dans une tranche de murs en béton sonore avec de la moquette verte par terre et une espèce de paravent mobile pour séparer l'espace dans un joyeux bordel de vaisselle empilée, de meubles et de caisses. Nous n'avons plus de cheval à ranger mais il reste un teckel ou deux.

Au beau milieu du mur, à gauche, dans un cadre ovale débordant de dorures, trône « l'ancêtre » avec encore plus de guillemets que cela, en réalité un portrait de Louis XIV, recopié par un grand-oncle, peintre amateur, au musée de Toulouse parmi d'autres rois de France, que ma tante Gladys prend pour un aïeul de son mari en armure…

Je ne soupçonnais pas encore mon cher père de l'avoir installé en si bonne place comme pièce à conviction, afin de démontrer à tous nos futurs visiteurs à quel point sa belle-sœur, si fière d'être née Burthe d'Annelet (il traduit « Couille de Petit Mouton ») et qui a reproché à ma mère son nom de Foucher tout court, est idiote.

Le salon-salle à manger a vue sur la Seine où le trafic est intense de péniches et de bateaux-mouches qui se garent juste en face, à droite du modernisé pont de l'Alma, dont une pile est occupée par la célèbre statue d'un zouave qui sert à mesurer les crues : quand il aura de l'eau jusqu'aux fesses, il faudra se tirer en vitesse. De l'autre côté, donnant sur une cour sinistre et crasseuse, la cuisine et les chambres.

La mienne est une cellule aux murs blancs avec juste la place pour un lit (90 cm) gris métallisé et un grand bureau en plastique modernes que j'ai choisis tous les deux, sans grande conviction décorative. Au fond, un placard renferme un lavabo et un bidet rétractable. Sur les murs, les grandes reproductions du Prado, sur toiles vernies, rapportées d'un séjour linguistique en Espagne, Goya : les *Deux Vieillards mangeant de la soupe*, le *3 de mayo* avec son fusillé en chemise blanche et la *Tête de chien* au regard désespéré, un *Christ portant sa croix* du Greco, une colonne de larmes devant les yeux, son *Chevalier à la main sur la poitrine* roulé sous le lit, faute de place, mais *Le Triomphe de la mort* de Brueghel l'Ancien peut s'étaler.

Sous le bureau gris, où logeront plus tard mes chats et tout leur matos, un pouf tout mou en forme de poire, plein de petites billes, destiné à d'éventuels visiteurs assez souples, à côté, une bibliothèque avec de grands rayons pour les dictionnaires et des petits pour mes livres de poche. Un couvre-lit rouge et un épais rideau pour planquer la vue mortifère.

À midi, plus de cantine, on déjeune en famille au bistrot, avec plein de gars de la télé, car la rue Cognacq-Jay, où se trouvent les fameux studios à qui l'on rend l'antenne en fin de reportage, se situe juste derrière notre coin de quai d'Orsay.

J'interroge ma mère sur le père célèbre de ma camarade, un journaliste économiste d'Europe 1, et Cohen, un nom juif, mais non ils ne sont pas tous morts en camp de concentration, enfin ! Cette nouvelle me fascine. Du coup, je n'ose poser des questions sur les royalistes, qui semblent distribuer de vrais tracts à la sortie de la messe.

Ma sœur, scolarisée chez des bonnes sœurs dans la rue à côté, se fait chambrer pour sa mince garde-robe et son niveau scolaire rasibus. Dans l'Ouest, d'où nous venons, les écoles privées conventionnées n'étaient pas chères et accueillaient des élèves de toutes origines sociales dont nombre de boursières, du moment qu'elles étaient catholiques, soit les trois quarts et demi de la population. Mais à l'exception des Ursulines d'Angers, le niveau scolaire des filles y était très médiocre, suivant le manque de diplômes des enseignantes recrutées selon des critères préférant toujours la moralité à la compétence et le manque d'ambition d'établissements qui s'arrêtaient le plus souvent au niveau du brevet, en fin de troisième.

À Paris, les grandes écoles privées catholiques visaient le bac et devaient afficher des résultats s'alignant sur ceux des meilleurs lycées d'État. Leurs enseignants étaient de vrais professeurs et elles n'hésitaient pas à dégraisser les « mauvais éléments » d'année en année (qu'ils troublassent l'ordre public ou l'affectivité privée de certains ténors de la chaire à la main baladeuse) pour ne conserver que les meilleurs, et exercer sur eux une pression constante.

De toute façon, ne présentant officiellement à l'examen que les élèves susceptibles de l'avoir, elles récupéraient sans vergogne les « candidats libres » éjectés de leur sélection pour les intégrer, en cas de succès, à leurs statistiques frôlant toujours les 100 % – telle ma mère aux Oiseaux – mais à l'époque, elle ne s'en était pas vantée…

Sainte-Marie-des-Invalides avait le niveau de Fénelon ou de Duruy, les grands lycées de filles parisiens. Mais les dégraissées peuplaient des écoles bien moins bonnes et plus chères, dont les pires étaient de minuscules « boîtes à bachot » à l'ambition affichée dans d'étroits appartements cossus, et passaient leurs récréations à fumer sur les trottoirs.

Après un an au lycée d'État à Saumur, avec des professeurs agrégés ou certifiés, j'ai rattrapé le niveau général, mais pas ma sœur, qui arrivait en seconde au milieu de pimbêches friquées. En attendant l'année suivante, où elle pourrait intégrer le lycée de garçons, La Rochefoucauld, devenu mixte aussi, le colonel, dès qu'il aurait fini de ranger ses affaires, allait se consacrer à ses cours de maths et de physique. Il deviendrait aussi monsieur pisse-chien de teckels à poil dur.

Le soir, nous dînons à la cuisine, carré de notre bateau, sans aucune assistance extérieure, et sur une table en plastique à rallonges avec autant de chaises pliables qu'il y a de popotins ; on remplit un lave-vaisselle, on jette les déchets dans le vide-ordures qui descend jusqu'à une poubelle en bas, et plouf ! On s'intègre à un décor « moderne » et « normal » de feuilleton américain, fort exotique en réalité, comme si nous avions fait ça toute notre vie.

Il y a toujours du bruit et peu de place perdue. J'ai l'impression d'être à l'hôtel ou de camper, en vacances de notre vraie maison sur les bords de la Loire. De passage.

J'ai mon bac à préparer avec déjà de bonnes notes à l'épreuve de français ; mon sort n'inquiète personne.

## UNE TARTE GÉANTE

Alors que j'imaginais ma malheureuse voisine, tout de bleu marine vêtue, comme une sorte d'intégriste en proie à la moquerie de ses élégantes et fortunées camarades, celle-ci, m'ayant vue disparaître avec la royaliste au Villard, me prit pour une chouanne débarquée de son château breton et prête à fouetter quelque nouveau serf…

L'après-midi dissipa mes craintes ; malgré son impeccable déguisement de pensionnaire de Sainte-Marie, Pia était très populaire, au contraire, car elle imitait les professeurs, à la demande générale, dès qu'ils avaient le dos tourné, avec un vrai talent de music-hall. Pour chacun, elle chopait une phrase et une attitude. En ce jour de rentrée, où ils étaient tous nouveaux, les filles lui réclamaient un sketch à chaque intercours.

À part deux nouvelles, une Roumaine et moi, les autres se connaissaient toutes depuis des années, et pour profiter du fameux parc aux arbres centenaires en ces derniers beaux jours, avec l'aisance de l'habitude et ce goût très parisien de se mettre le nez dans la moindre flaque de soleil, elles improvisèrent un déjeuner de classe en forme de pique-nique. Pia annonça qu'elle apporterait une quiche.

Le lendemain, nous étions toutes venues avec quelque chose, sauf elle ; je crus qu'elle avait oublié. Pas du tout ; elle m'expliqua qu'elle habitait juste à côté ; elle irait chercher sa tarte chez elle à l'intercours. Dans ce quartier de traiteurs où les meilleurs ouvriers de France rivalisaient déjà sur les papiers d'emballage, la concurrence était forte.

« Tu veux venir ? »

Toute occasion de sortie était bonne. Le dos du lycée, où se trouvaient le laboratoire et les salles de chimie dont nous n'avions pas l'usage en terminale littéraire, s'ouvrait sur l'étroite et droite rue de Babylone où les devantures colorées des boutiques alternaient avec de hauts longs murs très sombres.

En face, derrière un porche vert, soudain, tel un palais romain au détour d'une ruelle, sans perspective, surgit une vraie maison : grande, ancienne et sans ascenseur. Avec un perron et un escalier de marbre, un tapis rouge… À droite, au rez-de-chaussée, des bureaux s'abritaient sous les hauteurs d'une ancienne salle de bal.

« Au premier, ce sont les propriétaires, m'expliqua Pia, tandis que nous montions les étages à jeunes enjambées, au deuxième, à droite, ma tante, et là, c'est nous ! »

Sur la porte, un écriteau de cuivre « Home Pasteur », au fond d'une longue pièce bordée de portes vitrées où étaient salon, salle à manger et la chambre qu'elle partageait avec sa cousine, me glissa-t-elle au passage, un dernier petit escalier intérieur en bois débouchait, à gauche, sur une grande cuisine lumineuse :

« Maman ! »

Dans l'entrée, au bout d'un fil de téléphone, campée en arrière, très brune, très ronde, les cheveux très courts, plongée dans une conversation fort argumentée, une main à plat sur la hanche clouée par une cigarette plantée en plein milieu des doigts, sans maquillage ni mocassins ni collier, la mère de Pia ne ressemblait en rien à une paroissienne de Saint-Nicolas-du-Chardonnet.

« Ma tarte ? »

Aucune tarte sur la grande table rectangulaire où s'étalaient les reliefs de journaux grands ouverts.

Tout en continuant à parler, le téléphone coincé à son épaule, sa mère repoussa la presse pour balancer à sa place farine, beurre et eau, dans un giclement de gestes efficaces et précis, fit apparaître une pâte, la roula, en tapissa un moule, ouvrit le four, nous éloigna pour attraper du lait et du fromage râpé dans le réfrigérateur, les battit dans un saladier, en remplit sa tarte et enfourna l'ensemble avant de raccrocher enfin le combiné au mur. On aurait applaudi le numéro.

Pia, très formelle, fit des présentations dignes de la cour d'Angleterre, « Ma mère, Madame Samuel Muller », et ajouta, une pointe faux-cul, que j'émettais des doutes sur l'esthétique du lycée…

« Ça se chantait pourtant quand j'y étais élève : "Lycée, lycée Victor-Duruy, c'est le plus beau lycée de Paris", fredonna Mme Muller, l'air goguenard, ses yeux noirs bien plantés dans les miens.

— Ah, tu vois ? » insista Pia.

Je ne sais plus ce que je bafouillai…

La tarte gonflait dans une bonne odeur de fromage, et cette cuisinière qui s'allumait une nouvelle cigarette presque au fond de la gorge en même temps que France Musique à pleins tuyaux ne ressemblait ni à une employée ni à une maîtresse de maison. Sa cuisine dominait les toits de Paris, son autorité était nette, sa voix forte et placée, ses rondeurs assumées d'un pas léger. Pia la regardait avec fierté et adoration, sûre de son effet.

J'étais stupéfaite ; ma Nanie chérie m'avait toujours interdit l'entrée de *sa* cuisine en cours de préparation ; elle détestait qu'on l'assiste dans ses œuvres, sous le prétexte (vraisemblable dans mon cas) qu'on en mettrait partout ; elle travaillait à l'abri des regards, ne livrant ses secrets que par écrit à des personnes choisies. Au contraire, Mme Muller (dont le prénom était France et le surnom Cocotte, précisa sa fille) en faisait une sorte de spectacle. Avec de la musique classique au lieu de RTL et en parlant de tout autre chose que de boustifaille.

On voyait la barre très haut dans son regard ; je bafouillai encore en acceptant son invitation à dîner, « un soir à l'occasion ? »

Nous n'étions pas trop de deux pour redescendre la tarte grande comme un volant de camion, et personne n'en dégusta d'aussi bonne ni n'en vit jamais d'aussi gigantesque à l'ombre de ces fameux marronniers d'Inde centenaires où rien ne pousse, un vrai cauchemar pour les vrais jardiniers, dont le lycée tirait un si étrange orgueil, car ils ne donnent que des allergies et leurs marrons sont durs comme des pierres.

« Nous avons une pension de famille, Cocotte voit toujours grand », m'expliqua Pia face à la tarte géante.

Comme je n'avais pas encore vu *L'assassin habite au 21* et sauté la description de la pension Vauquer où habite le jeune Rastignac dans *Le Père Goriot*, cette information ne m'effraya pas trop. À tort, sans doute.

## LE HOME PASTEUR

L'invitation à « dîner un soir » se réalisa dans la salle à manger, autour de la grande table en équerre couverte d'une nappe à grands carreaux rouges et blancs. Ni Pia ni moi ne nous rappelons avec précision la date.

Selon un rituel établi, la cloche sonnait à 7 heures et demie, faisant sortir de leur chambre une quinzaine de pensionnaires et des membres de la famille que je n'identifiais pas encore, sauf son père, Samuel, à qui elle me présenta, aussi blond, pâle et mince que sa mère était brune, ronde et mate, d'une extrême amabilité, et sa cousine Éléna, vive et pleine de repartie aux quiz dont il émaillait la conversation.

Doté d'une culture digne de mon cher Malraux qu'il ne pouvait pas piffer, ayant un musée imaginaire perso très différent découpé dans des centaines de livres (Samuel connaissait salle à salle toutes les galeries d'Europe sans y avoir jamais mis un doigt de pied), et d'une mémoire si pleine qu'il l'exerçait désormais à l'orner de choses auxquelles il ne s'intéressait pas, comme la liste des vainqueurs du Tour de France cycliste, étape par étape, sa passion première restait la musique classique ; il avait l'oreille absolue. Samuel avait aussi ses têtes ; il décida que la mienne lui revenait.

Arrivé tout jeune pianiste à Paris pendant l'Occupation pour passer le concours du conservatoire, sa carrière, disait-on, avait été interrompue dans l'œuf par la défenestration d'une pensionnaire tombée à ses pieds dans la cour le jour de l'épreuve ; ayant ensuite dépassé la limite d'âge pour se présenter de nouveau, il ne touchait plus un piano. Pour l'heure, il éditait des disques qui recevaient des prix distingués, touchant un public tout aussi distingué, donc clairsemé, au grand dam des finances familiales. Pia le regardait comme elle regardait sa mère avec admiration et fierté, éperdue.

Urbain, un Espagnol en veste blanche, assurait un service de table complexe, car la cuisine étant à l'étage au-dessus de la salle à manger, les plats transitaient par un énorme monte-charge, avec tout un jeu de cordes et de poulies, installé dans le couloir. Un coup de sonnette là-haut, et il le descendait, à la force des poignets, un autre pour le remonter. En haut, il ne fallait pas oublier de le caler, sinon la chute était fatale pour toute la vaisselle (qui existait en double). La musculature d'Urbain était appréciée, les filles mettaient aussi la main à la pâte ; les hommes de la famille jamais.

À l'issue du dîner, je fus admise à la cuisine, cerveau de la maison, où les cousines Pia et Éléna montaient aider leurs mères, France et sa sœur Monica, pour la vaisselle, et comme j'en avais déjà essuyé des tonnes chez les bonnes sœurs, c'était la seule tâche ménagère où je ne me sentais pas trop ridicule ; ô torchon, doux sésame ! Il me permettrait de m'en mettre plein les oreilles ; frustrée des hilarants débriefings des cuisines familiales, dans ce chaleureux envers du décor où l'on m'accueillait enfant après les repas, j'entrevis illico la promesse de nouvelles délices.

Car si la conversation de Samuel était relevée, le dialogue des deux sœurs pétillait de drôlerie sur les mêmes thèmes. Cocotte menait la danse et Monica, fine mouche, reprenait un ton au-dessous… Tandis qu'elles échangeaient des nouvelles du quartier, codées par leur lecture commune de Proust, que j'avais encore moins lu que Balzac, Samuel fut rapidement expédié à ses chères études. Il tenait, m'expliqua Pia, pour les deux seuls chefs-d'œuvre de la littérature *Don Quichotte* et *Moby Dick*, et méprisait le petit Marcel.

Pour sa part, Pia révérait Stendhal (après une telle passion pour la comtesse de Ségur qu'elle signait à l'instar de son modèle « Pia Muller née Rostopchine » ses premières copies) et se gardait bien de prendre parti ; ses parents semblaient toutefois partager les mêmes goûts musicaux, en matière de compositeurs sinon d'interprètes, sachant que, sauf exception signalée, la musique s'arrêtait à la fin du XIXe siècle.

Pia considérait comme un acte d'héroïsme de leur part qu'ils l'aient laissée traverser sa période Yéyé sans le moindre reproche, l'accompagnant même à l'Olympia acclamer ses vedettes préférées.

Sa mère et sa tante étaient nées au Lido, comme dans *Mort à Venise*, dit Pia. Son grand-père Giuseppe, architecte naval, avait dû quitter l'Italie en 1937 après avoir chatouillé les moustaches de Mussolini, les fascistes aux trousses, ainsi que le fantôme d'une première épouse légitime. N'importe, sa grand-mère Denise Garnier serait la seule et unique Mme Sabelli pour tout le quartier.

À Paris, de toute façon, père et filles se firent tous traiter de sales Macaroni, le compliment d'époque, et Giuseppe devenu

Joseph eut du mal à trouver du travail, son diplôme du génie civil n'ayant pas d'équivalence ; il tomba très malade.

Denise, qui avait fréquenté l'École normale libre de Mme Daniélou, finit par prendre la tête de cette pension, qui s'appelait à l'origine Le Rapprochement franco-américain, et devait loger des étudiants issus de l'armée américaine après la guerre de 1914-1918. Transformée en pension pour jeunes filles de bonne famille, on trouve des annonces dans le « Touring Club de France » dès juin 1923 : « Pension enfant, jeune fille, 500 F par mois. Mme Aubry 57 rue de Babylone. » Folle d'un professeur de médecine, Mme Aubry rebaptisa plus tard les lieux « Home Pasteur » en hommage à la science, mais sans maîtriser pour autant des comptes toujours dans le rouge.

Au début de la guerre, Denise, la nouvelle directrice, colla ses filles dans un pensionnat en Normandie pour leur éviter les bombardements, calcul qui montra ses limites. Elle ne réussit pas davantage à éviter le fatal coup de foudre entre France et Samuel, dix-sept et dix-huit ans, parents, à la Libération, de déjà deux enfants, Paul et Catherine, les grands aînés de Pia.

Bon gré mal gré, France avait pris la succession de sa mère. Sa sœur Monica, diplômée des Arts-Déco, tenait un magasin d'antiquités juste en bas et avait un mari qui travaillait pour de vrai ; elle s'éclipsait pour le rejoindre dans leur appartement sur le palier d'en face, tandis que Samuel, sous les lazzis, disparaissait dans la chambre conjugale, entre ses livres et son piano muet.

Souvent un pensionnaire se mêlait à la conversation ; certains étaient admis à la cuisine, surtout les plus jeunes, ces étudiants américains que Cocotte prenait sous son aile pour les mettre dans le bain parisien, célébrant leurs anniversaires, consolant leurs peines de cœur et n'hésitant pas à leur donner les chemises de ses propres enfants, si chéris que nous pûmes Pia et moi, l'été 1978, faire le tour des États-Unis pendant deux mois (entre la mort de Paul VI et l'élection de Jean-Paul Ier) en ne logeant presque toujours que chez eux de New York à San Francisco.

Dans l'histoire du Home Pasteur, riche en péripéties et que hantèrent bien des personnalités, l'épisode le plus dramatique se situe pendant l'Occupation, quand la police allemande y fit une descente, du temps de la grand-mère, Mme Sabelli.

L'urgence de son récit me parvint de l'université de Berkeley, en Californie, à la veille de Noël 2016…

## MAMIE FAIT DE LA RÉSISTANCE

20 déc. 2016
Chère Alix,
Alors cette histoire du Home Pasteur que Pia appelle de ses vœux depuis des années, c'est toi, me dit-elle, qui t'es chargée d'en faire ton affaire.
Je m'en réjouis, et je t'écris pour me porter volontaire pour t'aider en toutes tâches afférant à mes humbles compétences – assistant documentaliste, secrétaire, portefaix…
Nous savons bien pourquoi ce livre doit s'écrire. Parce que certaines choses nous sollicitent, exigent qu'on en garde la trace.
Et cependant autour de nous les gens continuent de s'en aller, et le temps, et notre temps, et nos facultés. Monica en garde les siennes, pour l'instant, « colonne vertébrale de la famille », a-t-on dit, et principal témoin de cette histoire…
Alors voilà pourquoi je propose qu'on commence dans un premier temps par une simple collecte de documents.
Sur un site « Home Pasteur », on pourrait mettre en priorité des choses comme cet entretien hallucinant (j'en ai encore

parlé avec Pia après le mémorial de Paul) enregistré à la radio, où en racontant l'histoire de la pension, Cocotte évoquait, de sa voix rauque et avec sa verve tranquille, la perquisition effectuée 57 rue de Babylone par la Gestapo en 43 (42 ou 43). De quoi faire dresser les cheveux sur la tête (cela je me le rappelle parce que j'en avais alors, dans les années 70 quand j'écoutais France raconter ça) et le *clak-clak* des bottes sur les marches en bois de l'escalier menant de l'étage à la cuisine, puis dans le couloir conduisant aux chambres au-delà, où logeait un pensionnaire américain déguisé en peintre, et qui cachait sous le faux fond de sa mallette à couleurs un poste transmetteur…
Il était absent de la maison ce jour-là mais on sait qu'à l'époque les Allemands fusillaient sur place s'ils débusquaient pareil gibier dans une maison insoumise. Et l'histoire du Home Pasteur se serait arrêtée là. Et nous n'aurions rien eu à relater. Et nous ne nous serions pas connus…
Jonathan.

Nous avons fait connaissance à Atlanta ; Jonathan m'y avait photocopié en un tournemain à la bibliothèque de l'université où il était professeur un écrit farfelu du jeune Malraux (pas vraiment son rayon) introuvable à Paris et que je n'avais jamais encore pu lire ni même apercevoir…

Diplômé de Harvard, cet éminent spécialiste de la littérature française de la fin du XV$^{e}$ siècle au pays de Scarlett, que Pia vénérait, le professeur Jonathan Beck n'a jamais oublié non plus cette leçon inaugurale de bonnes manières, reçue pendant sa thèse.

Pour remercier France de l'avoir aidé dans la rédaction d'un mémoire, il avait cru bien faire en lui offrant un bouquet de roses – et se l'était pris en pleine poire… D'abord, on n'achetait pas des fleurs au coin de la rue sur les trottoirs, elles étaient moches, les fleuristes n'étaient pas faits pour les chiens, et ensuite on n'offrait pas davantage de roses rouges à une femme mariée dont on n'était pas épris, c'était du dernier grossier.

Estomaqué, Jonathan apprit à se faire apprécier en réparant la plomberie de la maison ; une salle de bains par été, où il accompagnait depuis des groupes d'étudiantes américaines, voilà un vrai cadeau pour une mère de famille !

Devenu un pilier de la pension, il m'envoie tout un plan de collecte de témoignages…

Cette anecdote, conclut-il, sur le courage de la mère Sabelli est aussi émouvante que fragile, et se perdra avec tant d'autres jusqu'ici portées par la seule et précaire transmission orale, à moins qu'on s'organise un peu.

20 déc. 2016
Cher Jonathan,
Merci de ton message.
Personnellement, je ne compte pas écrire la vie du Home Pasteur, mais un roman à partir de mon expérience.
Donc nos activités pourraient être complémentaires ?
Je t'embrasse très fort ainsi que « l'ornement de ta couche » comme aurait dit le cher Samuel. Alix

24 déc. 2016
Ah ! Pia m'a pourtant dit… mais c'est comme ça que fonctionne le désir, forcément proleptique.
Et puis (comme disait encore Samuel), « Voyez-vous, cher ami, le temps n'est qu'une considération… » Formule qu'il

avait chère et qu'il lançait avec un geste délicat de sa petite main et un grand sourire béat. Pour l'effet. Durant lequel j'avais le temps de considérer que je n'avais pas à me faire trop de soucis sur ce monde imaginaire où s'agitent des Trump, Poutine, Netanyahou, Yahoo, and who knew… Bisous, Jonathan

25 déc. 2016
Proleptique, vous en avez de ces mots, professeur !
Je dois voir Pia le 30 pour l'anniversaire de son fils. Nous aurons l'occasion de parler à ce moment-là.
Cocotte avait-elle adopté la conception cyclique du temps de son cher Proust ? Et Samuel gardé la conception chrétienne (Cervantes / Melville) ?
Je t'embrasse de La Garde-Freinet où je passe Noël. Alix

30 déc. 2016
Hé oui, j'ai de ces mots ! C'était mon métier. Mon gagne-pain. Maintenant mon refuge, ma piscine.
Je ne saurais te dire l'orientation temporelle de Samuel. Je trouvais remarquable chaque année que, dès qu'il me voyait approcher, il enchaînait sur la dernière phrase de la dernière conversation de l'année précédente – compositeur, tableau, château, livre. Comme s'il n'y avait pas eu d'intervalle. Et en fait, c'était (pour lui) le cas. Et le temps (pour lui) n'était réellement qu'une « considération » arbitraire. Comment ne pas voir là le rapport avec sa mémoire, légendairement prodigieuse, et qu'on disait photographique ?
Quant à France, à mon avis elle était, par compensation, surcompensation, une *présence* extraordinaire, présence

qui pour certains confinait au surhumain ou au surnaturel, en tout cas une densité de présence, rare. Insolite. Solide aussi et durable, et non intermittente ou cyclique – perdue et retrouvée. France était… *là*.
Si elle voulait. Car aussi bien elle savait moduler ses distances. On faisait remarquer son discernement, flair, intuition, radar, etc., autant d'approximations pour décrire une finesse, une sensibilité large, profonde, plus délicatement calibrée que chez le commun des mortels.
Je te souhaite pour le nouvel an paix, bonheur et toutes les autres chimères de la saison, parfois partiellement possibles.
Embrasse Pia, Serge et Valentin pour moi. Jonathan

24 janvier 2017
Cher Jonathan,
Pia se souvient d'entretiens radiophoniques de sa mère avec Alain Ratié, un journaliste, sur France Culture, qu'elle situe aux années 84-85…
Est-ce que ça te dit quelque chose ? Je t'embrasse. Alix

Chère Alix,
Oui, 1984-85 me semble très probable. Pia a la bosse des dates. Le nom du journaliste ne me dit rien. Si c'était vraiment France Culture, je m'en remets à la mémoire de Pia. Alors si on pouvait le retrouver, interviewer l'intervieweur… De toute façon le nom d'Alain Ratié me semble une bonne piste à remonter !
Mais est-il encore vivant ? Il a une page Web chez France Culture mais ses dernières publications qui y figurent datent de 2009…

En tout cas, même s'il n'est plus trouvable, l'interview doit l'être. Jonathan.

25 janvier
Ce n'est pas un journaliste, mais un spécialiste d'arts martiaux résidant en Afrique ! Un homonyme. J'ai lancé des recherches plus avancées avec des archivistes de la radio, et elles ne trouvent pas de journaliste portant ce nom et travaillant à France Culture à l'époque… Alix

— Alors c'est raté, notre Ratié de France Culture. Tout de même bizarre qu'il y en ait eu deux, du même nom, à la même boîte (même ratière) à la même époque. Cela me semble aussi invraisemblable que l'élection de Donald Trump.
Plus vraisemblable, peut-être, ce Ratié-ci, membre en 2008-2009 du Comité du mémorial du dernier convoi de la déportation. En 2012 il est trésorier de la même association. Or est-ce le même Alain Ratié qu'on trouve associé à ce numéro de *Tel Quel* en 1982 ? En somme : un Alain Ratié s'intéressant à l'Occupation, journaliste dans les années 80, et encore vivant en 2012. Est-ce notre homme ? Vit-il toujours ? Il saurait nous dire si l'entretien portant son nom dans la mémoire de Pia a été réalisé ou non pour France Culture. Jonathan
— Bravo, Jonathan, c'est bien celui de l'association ! J'ai trouvé son portable par le secrétariat et lui ai laissé un message téléphonique. Suspense… Alix
— Intéressant. Si ça se trouve, dis-lui que j'aurais plaisir à le rencontrer, et que je travaille en ce moment avec une collègue de Berkeley spécialiste de la récupération et la resti-

tution aux juifs spoliés pendant la guerre (à leurs descendants maintenant plutôt) de biens musicaux (instruments, partitions) volés par les Allemands durant l'Occupation. Jonathan.

— Imagine-toi qu'il a téléphoné alors que j'étais en train de déjeuner avec Pia, qui a très bien reconnu sa voix ! À l'époque, il avait interviewé France sur sa pension, mais pas sur l'époque de la guerre… Alix

— Alain Ratié se rappelle avoir interviewé France. Et Pia a reconnu sa voix, alors c'est bien lui. Il se rappelle que l'interview portait sur la pension, mais pas sur l'époque de la guerre. Comment cela ? Et où est l'enregistrement, première question. Et les bottes sur l'escalier, le pensionnaire américain au poste transmetteur déguisé en peintre… tout ce récit (inoubliable) de la visite de la Gestapo à la pension, cela ne lui dit rien, à Alain Ratié ? Alors alors…
Alors en fait, à force de me creuser le cerveau… Je n'ai pas entendu l'interview, France me l'a raconté tout de suite après. Le jour même, dans la cuisine. Quand je suis rentré. (Le souvenir est vif. Je la vois, j'entends sa voix, pour peu que je sente la fumée de sa cigarette.) J'ai toujours supposé que ce qu'elle m'a dit à ce moment-là était un résumé de ce qu'elle venait de raconter à l'interviewer. Mais c'était peut-être un prolongement…
J'imagine mal que je puisse être le seul dépositaire d'un récit aussi extraordinaire. Qu'en dit Pia ? Jonathan

Les archivistes de France Culture ne trouvent rien ; grâce à la super-mémoire en disque dur de Pia, qui tient de son père, nous arrivons à dater cette interview de 1985.

Ma chère bibliothèque de Beaubourg, où point n'est besoin de carte pour avoir accès aux documents, se présenter, se faire aider et même travailler la nuit voire cloper sur les toits dans un sonore et généreux quartier, possède la collection complète de *Télérama*, rare magazine à publier les programmes de radio, copiée sur microfilms – avec quelques machines capables encore de les lire ; je m'y attelle…

La série sur les pensions de famille a été diffusée la semaine du 14 janvier 1985 sur France Culture, pour une émission appelée « Le Goût du jour », à 7 h 18, dans un magazine intitulé *Par les temps qui courent*. Avec l'heure et la date de programmation, l'Ina pourra sans doute me fournir l'enregistrement… Las !

Cher Jonathan, j'ai remonté la piste… jusque dans les programmes de *Télérama* sur microfilms à la bibliothèque de Beaubourg. Hélas, elle fait partie des « émissions en direct non enregistrées » par l'Ina, nous n'entendrons pas la voix de Cocotte… Alix

Chère Alix, dommage que tes recherches – sérieuses, persistantes ! – n'aient pas abouti. Alors il faut m'interviewer, avant que je ne me fasse trop vieux… Non en fait, ce dont je me souviens, je te l'ai raconté.
Si France m'a raconté ça à moi, sous le coup des émotions suscitées par les souvenirs qu'elle venait de raconter pour une interview, et pas (ou peu) aux autres (?), on n'a pas à chercher loin… En tout cas elle ne l'a pas inventée, là il n'y a aucun doute, ni rêvée, ni vue dans un film bien qu'on l'ait vue dans des films, à toutes les sauces. Jonathan

— Mais Monica raconte aussi cette histoire ! Alix

— Monica. Je ne savais pas. Non que cela m'étonne, au contraire, c'est normal qu'elle ait été au courant ; ce qui m'étonne, c'est qu'en plus de quarante ans qu'on se connaît, jamais entre nous ce sujet-là ne s'est soulevé, alors que Monica a souvent parlé de sa vie avec France en pension en Normandie chez les marraines, l'école, les bonnes sœurs, etc.
C'est vrai que France abordait plus volontiers, avec moi, les questions délicates, Monica est plus discrète. C'est vrai aussi qu'en 42, mettons, France avait seize ans, n'aura appris ces histoires de sa mère que longtemps après. Je suis content, au moins, d'apprendre que je ne parlais pas, ne me souvenais pas dans le vide. Cela a donc eu lieu. D'accord. *Caso cerrado*. Reste que…
Reste que le pan juif de l'histoire familiale Muller-Duprez est toujours resté, on en a parlé avec Éléna, en retrait, ne se laissant évoquer que sous le signe du problématique.
Les hontes qu'on a bues, à grandes gorgées ou petites, si petites qu'à la longue on ne s'en aperçoit plus, on ne s'en aperçoit plus qu'aux cicatrices laissées à l'âme, au fond c'est de ça qu'il s'agit. Sinon pas de Gestapo, pas d'histoire de résistants, et tout le reste, assimilation et autres absurdités. Je t'embrasse, Jonathan.

Cela, l'histoire du couple Monica avec son mari Francis Duprez, c'est une autre histoire… Quant à celle-ci, Jonathan est loin d'être le seul à l'avoir entendue et, dans mon souvenir, elle ne se termine pas tout à fait comme ça : il a retenu le début, le bruit des bottes allemandes montant dans l'escalier, mais il lui manque la fin, une chute entrant en résonance avec d'autres récits de l'Occupation, racontés par mes parents, où l'on ne savait si l'on devait son salut à la chance ou à la bêtise de l'occupant, probablement à un mélange des deux…

Et où le monte-charge joue un rôle capital.

> Cher Jonathan, Pia a retrouvé le Home Pasteur sous l'Occupation dans les mémoires de François Gibault, le petit-fils de Mme Plassard, la propriétaire de l'immeuble, qui habite toujours à côté, me dit-elle, rue Monsieur… Alix
>
> — Comme quoi ton roman s'écrit lui-même. Jonathan

Ben voyons, professeur…

# ET AVANT ?

Au commencement était un jardin…

Un terrain nu comme Adam, car jusqu'à la Révolution on ne trouve que des champs à l'angle de la rue de Babylone et de la rue Monsieur, d'après Martine Mantelet qui a étudié la question.

« Rappelons, écrit-elle dans sa monographie historique de l'immeuble, que Louis XIV a fait édifier au siècle précédent en ce lieu champêtre et très à l'écart de Paris [*en pleine cambrousse*] l'Hôtel Royal des Invalides, selon un édit du 24 mai 1670 [*très émouvant, je trouve*] :

« "Nous fondons, établissons et affectons à perpétuité ledit Hôtel Royal que nous avons qualifié au titre des Invalides, lequel nous faisons construire au bout du faubourg Saint-Germain de notre bonne ville de Paris, pour le logement, subsistance et entretènement de tous les pauvres officiers et soldats de nos troupes qui ont été ou seront estropiés ou qui, ayant vieilli dans le service en icelles, ne seront plus capables de nous en rendre." »

Littré reconnaît que le mot « entretènement » a vieilli et qu'on emploie plus volontiers aujourd'hui celui d'entretien, mais on le trouve chez La Fontaine et Mme de Sévigné…

Consultée, Henriette Walter, notre chère Rirette, s'est fait un bonheur de plonger dans son dictionnaire étymologique d'Oxford pour nous y confirmer l'origine de l'anglais *entertainment*, et partant de toutes les comédies musicales américaines à claquettes, l'un de ces mots, partis de France qui ont franchi la Manche avant de traverser l'Atlantique, auxquels elle a consacré un livre d'amour, *Honni soit qui mal y pense*.

Et Napoléon, dans son énorme tombe en quartzite rouge assez funky, ne plombe pas l'ambiance de cette pérenne institution qui soigne aujourd'hui les gueules cassées du terrorisme – dont les victimes de l'attentat de *Charlie Hebdo*.

Mais autour, depuis que Louis XIV l'a inaugurée en octobre 1674, même si l'architecte de la chapelle, le légendaire Jules Hardouin-Mansart, a dessiné un projet d'urbanisme comprenant trois allées en pattes d'oie devant rayonner vers le sud, les avenues de Villars, de Breteuil et de Ségur, elles ne commenceront guère à être ouvertes, plantées et urbanisées qu'un siècle plus tard, à mesure que la noblesse étendra ses pénates vers l'ouest du faubourg Saint-Germain, où l'on ne trouve longtemps que quelques couvents épars dans la verdure.

À la Révolution, le terrain appartient à l'illustre Alexandre-Théodore Brongniart (futur architecte de la Bourse de Paris) mais il le vend tout nu à un certain M. Laisné qui y bâtit une première construction dont on ne sait rien, avant de le revendre à la famille Hurel en 1803.

De toute façon, la dernière des Hurel, Anaïs Laure Joséphine, seule héritière de sa lignée, flanque tout par terre pour édifier entre 1861 et 1868 l'immeuble tel qu'il est aujourd'hui au 57 rue de Babylone : un hôtel particulier avec deux portes cochères, élevé sur le sous-sol d'un rez-de-chaussée, deux étages carrés et un troisième mansardé.

À gauche de l'entrée, se trouve toujours le petit édifice pour loger le concierge. Et tout au fond, un autre bâtiment abritait une remise de quatre voitures et de grandes écuries avec une sellerie, un magasin à fourrage et six chambres de cochers au premier étage.

Le bâtiment central offrait toutes les commodités d'une grande demeure bourgeoise. Le demi-sous-sol était réservé au service, outre les caves, on y trouvait la cuisine et l'office, la laverie et des calorifères.

On accédait au rez-de-chaussée par un perron abrité sous une marquise ; un vestibule desservait salle de billard, salle à manger, petits salons et grand salon ouvrant sur un vaste jardin d'hiver dans la partie arrière droite de l'immeuble, une construction vitrée donnant sur la cour et le jardin.

Les premier et deuxième étages abritaient les chambres des maîtres, et le troisième onze chambres de service.

Cette belle demeure toute neuve, bien équilibrée, fut vendue par le fils de Joséphine Hurel le 9 juillet 1880 à Daniel Scheurer-Kestner, et revendue onze ans plus tard à François-Émile Morin, l'un des trois légataires de Mme Boucicault, fortunée veuve sans enfants du célèbre fondateur du grand magasin voisin Le Bon Marché, dont il était un proche collaborateur.

C'est Morin qui fit construire La Pagode par l'architecte Alexandre Marcel. Inaugurée en 1896 lors d'un bal costumé où les invités étaient tous déguisés – les hommes en kimono et les femmes en impératrices de Chine. Cette espèce de folie orientale était surtout un cadeau pour sa ravissante épouse, née Suzanne Kelsen, alors qu'elle était déjà la maîtresse non de son meilleur ami, trop affligeante banalité pour l'époque, mais du fils de celui-ci, Joseph Plassard.

Le cadeau lui plut beaucoup : après un retentissant divorce pour adultère en 1897, Suzanne ex-Morin épousa le jeune Joseph, de vingt ans son cadet, et conserva la maison ainsi que son exotique dépendance.

Elle mourut en 1917, et Joseph Plassard se remaria avec Antoinette née Mougel, la fille du chef du Blanc, le plus important rayon du Bon Marché, en adoptant les trois enfants qu'elle avait eus de son premier mari, dont Colette, la mère de François Gibault.

« En bref, et pour être clair, écrit-il, La Pagode est arrivée dans ma famille par le premier mari de la première femme du second mari de ma grand-mère. Il y a dans cette affaire un côté Feydeau qui m'enchante. »

En 1921, Joseph fit construire une annexe, entre le côté droit de la maison et le mur du jardin, bientôt surélevée d'un étage où il installa sa nombreuse famille tandis que la crise le contraignait à prendre des locataires : d'abord l'historique baronne Prévost au premier étage (elle donna son nom aux merveilleux rosiers remontants roses qui embaument aujourd'hui le jardin de Midouin), puis le Home Pasteur, hôtel meublé, s'installa au deuxième.

Quant à la légation de Chine, qui avait pensé racheter La Pagode pour en faire un salon de réception, elle y renonça en s'apercevant avec horreur que toute sa décoration intérieure était composée de fresques de batailles remportées par des Japonais, l'ennemi héréditaire… La Pagode fut donc transformée en cinéma vers 1931.

Veuve de Joseph Plassard, en 1938, Antoinette s'installa dans l'immeuble du 57 rue de Babylone, où elle résidait pendant l'Occupation. C'était la grand-mère de François Gibault. Dans le texte que Pia a trouvé sur Internet, il écrit :

« Dans l'appartement situé au-dessus de celui de ma grand-mère, rue de Babylone, se trouvait le Home Pasteur, pension de famille tenue par Mme Sabelli aidée de ses filles. C'était un foyer de résistants et les conversations allaient bon train autour de la table d'hôtes. Toutes les opinions étaient tolérées mais il valait mieux être pour de Gaulle que pour Pétain. Mme Sabelli recevait beaucoup de personnes recherchées par les Allemands et, bien avant le débarquement du 6 juin 1944, elle avait hébergé et soigné un officier américain qui s'était blessé lors d'un parachutage. S'enfuir du Home Pasteur par la rue Monsieur ne présentait aucune difficulté. Mme Sabelli et mon père avaient mis au point un plan qui permettait, à partir de la véranda de la pension de famille, de sauter sur la terrasse de l'appartement de mes parents et de filer ensuite par la rue Monsieur alors que la Gestapo cernait l'immeuble de la rue de Babylone. »

Ce passage a-t-il servi ? Quand ? Allons-y voir !

## LE PROPRIO

*Samedi 4 février 2017, Paris 7e*

De son héritage, Me François Gibault a conservé l'annexe, un petit hôtel particulier jouxtant l'immeuble du 57 rue de Babylone.

Biographe de Céline, avocat de Bokassa et de Kadhafi (l'adjectif sulfureux nous chatouillerait à moins), Me François Gibault était aussi celui de Françoise Sagan qui lui avait généreusement laissé la compagnie et l'usage de son charmant mari américain, Bob Westhoff, qu'on croisait souvent dans les bars du quartier, tandis qu'elle-même vivait de son côté avec une femme.

À l'époque, les protagonistes gardaient le silence sur leur vie privée. Depuis la parution de biographies postérieures à leur mort (jamais sous leur plume ou dans leur bouche), elle appartient désormais au domaine public – même si Me Gibault n'aborde pas davantage le sujet dans ses deux volumes de mémoires, *Libera me*, parus en 2014 et 2015, sous forme de dictionnaire amoureux – ou vache – de ses amis célèbres.

À l'âge de soixante-dix-neuf ans, Me Gibault a eu un enfant avec le danseur et chorégraphe Gang Peng, ai-je lu dans la presse, et ses mémoires leur sont dédiés à tous les deux : « Pour Gang Peng encore et pour César Peng toujours. »

Droit, grand et mince, adepte du yoga et de bains glacés, un seul repas par jour, il me fait accueillir par un charmant petit garçon asiatique :

« À qui est dédié mon livre ? C'est lui, César !

— Mon nom de famille, c'est Peng ! répond le petit garçon. »

Me Gibault m'offre un siège dans son élégant salon et accepte que je branche le Dictaphone pendant qu'il feuillette son dernier volume ; il n'y a pas d'entrée Sabelli…

« Dans un précédent livre, en 2012, je crois, vous évoquiez le Home Pasteur et Mme Sabelli. Vous l'avez connue ?

— Mme Sabelli, la mère, était une maîtresse femme, elle avait reconstitué la pension Vauquer, c'est dans Balzac, non ? »

(Me Gibault le sait parfaitement ; il me taquine ; c'est un grand bourgeois mondain qui, selon les codes déjà relevés et révélés par Proust, ne doit pas étaler sa culture, ce serait vulgaire – il fera même mine plus tard d'avoir oublié le nom d'Oscar Wilde – mais ses brillantes relations ; que je vienne lui parler d'obscurs locataires au lieu des innombrables amis riches et célèbres dont il peuple ses mémoires ne doit pas l'enchanter ; je n'ai pas intérêt à jouer les bas-bleus en faisant assaut de littérature mais à lui montrer que je sais à qui je parle, en lui posant une question dont je connais la réponse : c'est lui le propriétaire. Et à nous trouver ensuite d'autres amis communs.)

« Oui, l'immeuble appartenait à votre famille ?

— Comme La Pagode, c'était un ensemble, on n'a plus que la maison ici… Ça s'appelait le Home Pasteur. Je ne sais pas pourquoi. Ils étaient au dernier étage du 57 rue de Babylone, et ma grand-mère, qui occupait l'hôtel et La Pagode, quand elle est devenue veuve, s'est installée au deuxième étage, d'abord seule, et après elle a vécu avec une amie ; elles se sont regroupées. Quand elle n'avait pas envie de faire la cuisine, elle allait chez Mme Sabelli, qui faisait très bien la cuisine avec ses filles. Il y avait un conglomérat familial.

« L'été quand nous allions à la montagne ou à la mer, mon père allait aussi dîner là. Il y avait une table d'hôtes avec des étrangers, les pensionnaires, des gens très intéressants, et puis des gens comme mon père, en voisins.

— Comment avez-vous su que c'était un foyer de résistants pendant la guerre ?

— Par mon père ; il m'a dit qu'à la fin de la guerre, ils avaient manigancé avec Mme Sabelli que si elle avait une perquisition, les Allemands qui débarquaient, le type n'avait qu'à sauter sur notre terrasse, qui jouxtait, notre troisième étage correspondait au deuxième étage de la rue de Babylone, il suffisait de sauter de chez elle pour arriver chez nous. De là, le fuyard pouvait partir par la rue Monsieur, alors que les Allemands étaient rue de Babylone, voilà.

— C'est arrivé une fois, en tout cas, semble-t-il, elle l'a raconté…

— C'est bien possible. Ça devait être à la fin de la guerre. Elle avait eu un parachutiste évadé, elle connaissait assez bien mon père, ils avaient de bonnes relations, ils avaient organisé cette possibilité d'évasion par la rue Monsieur… Mais mon père était assez secret, il avait fait la guerre de 14, il ne racontait rien.

— France Muller, vous l'avez connue ?

— Bien sûr. Tous. Mais pas plus que ça… Elle a dû quitter l'immeuble quand on a vendu, en 70 ou 80… On a vendu ensemble La Pagode et l'immeuble qui a été racheté par le conseil général. Ils ont plus ou moins salopé l'hôtel, qui était Napoléon III, pas une merveille, mais il y avait quand même un décor intérieur en marbre, de grands salons et un escalier de marbre qui n'existent plus. Je n'ai pas voulu y retourner… La Pagode est aussi dans un état épouvantable.

— Elle ne va pas rouvrir ?

— Elle est classée, Dieu merci, donc ça ne va pas bouger, mais l'État n'a pas d'argent, il y a des travaux énormes, il faut le refaire à l'identique et dès qu'on pose un clou, il faut l'avis d'un architecte des monuments historiques, ça risque de prendre très longtemps.

— Monica, l'antiquaire, vous la voyiez ?

— On n'a jamais été très liés, mais on se disait bonjour ; ma famille a toujours entretenu des liens avec eux, c'étaient des gens intéressants, cultivés, des gens assez curieux parce que, à ma connaissance, ils n'étaient pas très riches, mais ils étaient très intéressants intellectuellement, ils avaient une clientèle très intéressante aussi, d'étudiants étrangers et de personnes qui ne voulaient pas vivre chez elles et qui étaient là depuis des années comme dans la pension Vauquer avec une table commune, comme cela existait à l'hôtel des Beaux-Arts, là où est mort l'Anglais, là…

— Oscar Wilde.

— Qui s'appelait alors l'Hôtel d'Allemagne, et a été rebaptisé l'Hôtel d'Alsace pendant la guerre de 1914… C'était toujours très amusant quand on y allait déjeuner le samedi ou le dimanche, c'était amusant cette pratique des maisons d'hôtes ; il y en a encore à Paris, sans doute certainement pour les étudiants étrangers qui ont du mal à se loger… Vous faites un roman à partir de ça ?

— Oui, c'est un univers que j'ai découvert avec fascination quand j'ai débarqué de ma province, mais la réalité dépasse parfois la fiction.

— Elle est pire ! D'où veniez-vous ?

— De Saumur, là où vous avez fait votre service militaire…

— J'y étais en 58 et début de l'année 59. C'était une année fantastique. J'étais élève officier, après je suis resté comme instructeur du jour au lendemain… On chahutait beaucoup. J'avais une voiture, j'allais dans les bistrots des bords de Loire, de très bons restaurants… Pourquoi étiez-vous à Saumur ?

— Mon père était au Cadre noir. Mais à l'époque où vous étiez à Saumur, il commandait le 9e Spahi à cheval en Algérie…

— Saint-André ! C'était un écuyer très connu ! On m'a invité pour une cérémonie il y a près d'un an.

— Le Cadre noir a déménagé dans un manège moderne, en dehors de la ville, et l'École ressemble à une université des pays de l'Est, mais j'ai revu en DVD un téléfilm de 1976, l'adaptation de *Milady*, la nouvelle de Paul Morand, avec Dufilho dans le rôle du commandant Gardefort, et Mirmos, un cheval de mon père, dans le rôle de la jument… On retrouve l'ambiance.

— La tenue était très importante, impeccable, le képi, la cravache, très importante, la distinction. Même comme élève officier. J'ai été élu président de peloton, donc j'étais le go-between entre mes copains et le commandement.

— Un peu le délégué de classe…

— C'était une vie formidable pendant un an, que ce soit comme élève ou ensuite comme enseignant, parce qu'un sous-lieutenant, c'était quelqu'un, il y a des types qui vous saluent, c'était très amusant. Il y avait des traditions très sympathiques… Tout cela n'existe plus, c'est normal, je crois qu'en Angleterre dans les écoles, tous les enfants ont un uniforme, chez nous ce n'est plus ça, mais on a quand même de la chance de vivre en France quand on voit ce qu'il se passe dans la plupart des pays, on n'est pas mal. C'est du passé.

— Revenons à la pension Sabelli… C'était un univers fantasque, joyeux ?

— Très joyeux, c'étaient des gens intelligents, les Sabelli, ce n'étaient pas seulement des hôteliers, ils déjeunaient avec leurs clients, ils avaient des rapports très particuliers, je ne sais pas quand ils ont ouvert la pension… J'ai toujours connu Mme Sabelli.

— Et son mari ?

— Non. Je suis né en 32 ; les souvenirs que j'ai, c'est après la guerre. J'avais quinze ans à la Libération. Par ma grand-mère, Mme Plassard, qui connaissait bien Mme Sabelli ; elles s'entendaient très bien. Je me souviens bien de Mme Sabelli mère, une femme un peu forte, et des deux sœurs. Mieux de Monica parce qu'elle est restée dans le quartier, jusqu'à il y a une dizaine d'années, le magasin d'antiquités est fermé pour l'instant, dans l'immeuble de Denys Cochin.

— Vous n'aviez pas de rapport avec les Suppot-Réveilhac, qui habitaient au premier étage ?

— Si, c'étaient des cousins, ma mère avait épousé Gibault et sa sœur aînée Yves Suppot-Réveilhac, Michel, le seul qui vit toujours, avait habité là. Quand on a vendu, ils sont partis. Il a une propriété en Touraine, une gentilhommière qui est assez sympathique, ils avaient trois filles, il y avait Anne-Pascale, je crois qu'elle est morte, Isabelle et une troisième que je ne connais pas. Isabelle a épousé Diesbecq qui est mon confrère, un très gentil garçon, on ne se voit pas souvent, mais je l'aime bien.

— Vous avez des souvenirs de la pension ?

— Ma grand-mère m'y a emmené. On y allait les jours où l'on n'avait pas de domestique ici, le dimanche, probablement, ma grand-mère nous invitait chez Sabelli. J'y ai déjeuné, mais pas souvent. La pension aurait pu s'appeler Chateaubriand quand même, avec le square pas loin, au lieu de l'horrible statue de Pasteur, un très vilain monument, très quelconque, je n'aime pas du tout… Je me souviens qu'il y avait un homme dont on disait qu'il ne foutait rien, il était là comme un pensionnaire, c'était assez rigolo d'ailleurs. Il y a des descendants Sabelli ?

— France a eu trois enfants du pianiste.

— Je ne savais pas qu'il était pianiste, mais je sais qu'il y avait un homme qui ne faisait rien.

— Tous les ans, il lui disait : l'année prochaine, nous serons millionnaires…

— Ce n'est pas bon signe. Qui connaissez-vous donc ?

— Florence Malraux, que Françoise Sagan a invitée, comme vous, à partager sa tombe dans le Lot…

— On risque d'être très nombreux, je ne suis pas sûr d'y aller. Florence m'avait dit qu'elle avait la même lettre d'invitation que moi.

— En plus, elle a hérité la tombe de son père à Verrières que nous sommes allées visiter ensemble, vide puisqu'il est au Panthéon.

— Surtout que Louise de Vilmorin est dans son jardin, je crois…

— Oui, mais Florence a une nette préférence pour Montparnasse, à cause du quartier et de ses amis.

— Vous la connaissez depuis longtemps ?

— Le siècle dernier ! Je suis une grande fan de son père et j'ai écrit un roman, *Papa est au Panthéon*, inspiré de son histoire qui lui a plu ; elle a décidé de me trouver sympathique. Vous racontez un dîner très imbibé avec Malraux…

— C'était un très grand écrivain. On ne lit plus Malraux ; Florence a du mal à vivre. Les romans sont bons ; *La Condition humaine*, et *Les Conquérants*, un grand livre.

— Et *Lazare*, c'est aussi très beau, comme tous ses derniers livres. Il les a écrits grâce à la nièce de Louise qui l'a désintoxiqué de l'alcool…

— Je n'aimais pas Louise du tout, elle était d'une prétention ! Elle était belle et très intelligente, elle avait des reparties formidables, mais quand elle entrait dans un salon, elle était d'une prétention incroyable, et pas sympa.

— Malraux a fini sa vie avec une nièce de Louise, Sophie, qui a écrit *Aimer encore*, où elle raconte aussi que Louise et André picolaient énormément et que le couple mythique n'arrêtait pas de s'engueuler.

— C'était un vieil amour ; ils s'étaient connus jeunes. Je ne sais pas quand il a été désintoxiqué, mais moi je l'ai vu lors d'un dîner, à Verrières un dimanche, il y avait beaucoup d'amis, la famille. Il revenait de déjeuner avec le général de Gaulle. Il n'était pas du tout désintoxiqué ! Il a bu du whisky, du whisky… Nous l'avons remonté dans sa chambre avec André de Vilmorin, il habitait au premier étage, il ne pouvait pas monter les escaliers.

— C'est antérieur à son attaque, après laquelle il a fait le choix de se désintoxiquer de l'alcool. Il a pu écrire ensuite toute la fin de son œuvre.

— C'était un homme extraordinaire, un esprit compliqué, tordu, on ne comprenait pas toujours ce qu'il disait… Un soir à dîner, nous étions six, les Vilmorin, moi et Victoire de Montesquiou, une des plus jolies filles de Paris, une vieille copine. Malraux était très amoureux d'elle. Victoire lui demande : "Quelles sont pour vous les femmes les plus extraordinaires de l'humanité ?" Il nous a sorti sept ou huit femmes, on n'en connaissait aucune. C'était très étonnant.

— J'ai appelé Charlotte Aillaud, dont vous parlez aussi, pour me parler de la sœur de Françoise Giroud, qui fut déportée avec elle…

— Un grand personnage, Charlotte. Elle a plus de quatre-vingt-dix ans.

— Elle m'a dit qu'elles étaient dans le même châlit. Elle s'en souvenait très bien, parce qu'elle avait froid aux pieds.

— Charlotte est un témoin peu fiable, elle affabule énormément. "Est-ce que vous avez connu Valéry ? — Mais il me faisait sauter sur ses genoux ! — Et Gide ? — Ben voyons !" Ça en fait un personnage passionnant, mais il faut faire le tri. Elle est très intelligente. Florence la connaît beaucoup mieux que moi, elle a été très gentille avec moi, et je m'en veux parce qu'il faudrait lui téléphoner, mais je crois qu'elle perd un peu la mémoire. J'ai des nouvelles par Pierre Bergé quand je le rencontre…

— Il ne va pas très bien non plus…

— Il va très mal. Il ne marche plus du tout. L'autre jour j'étais chez Lipp avec César, on est arrivés tôt parce qu'il faut le coucher tôt. À la table à côté, Bergé est arrivé en petit fauteuil à roulettes… Il était passionné par César, je lui ai demandé des nouvelles de Charlotte, il m'a dit que ça n'allait pas du tout. Ça va nous arriver à tous, le plus tard possible, espérons. Vous embrasserez Florence pour moi ? Elle sort encore ?

— Plus vraiment, elle n'est plus en état non plus, avec cette maladie, la SLA…

— Ce sont des maladies avec des paliers et des phases d'accélération.

— Mais son esprit est d'une lucidité incroyable, elle qui avait peur de perdre la tête, c'est l'anti-Alzheimer : son esprit est en pleine forme…

— Comme la maladie de Parkinson ou comme la maladie singulière de Pierre Bergé, la tête est impeccable ; il ne peut plus écrire, l'affreux est qu'il n'y a pas de retour en arrière et que vous êtes conscient qu'un jour vous n'allez plus pouvoir parler, vous n'allez plus pouvoir marcher…

— C'est un peu la même chose alors, la maladie de Charcot ?

— Je ne sais pas. Mais on est conscient. Alors que la maladie d'Alzheimer… J'ai déjeuné avec un copain qui a la maladie d'Alzheimer, on m'a dit que ce serait gentil. J'y vais, il ne me reconnaît pas, il ne reconnaît absolument personne, mais apparemment il n'est pas malheureux. Ça doit être terrible, au début, quand on s'en rend compte, mais là, le monsieur qui dirige l'institution m'a dit : Il regarde la télévision sans comprendre, il dort beaucoup, il mange très bien, il boit des petits coups de vin, et il n'est pas malheureux. Enfin c'est moche. Bergé, il est gai comme un pinson, il dit que ça va très bien, il a une belle énergie.

— Vous êtes en forme, vous êtes sportif…

— En assez bonne forme, je touche du bois. Il faut voir des jeunes ! J'ai beaucoup de relations avec de jeunes avocats et de jeunes écrivains.

— Vous préférez voir des jeunes gens.

— J'essaie de me faire de nouveaux amis parmi les jeunes parce que c'est important. Les jeunes avocats, les jeunes écrivains. Nicolas d'Estienne d'Orves, Arthur Dreyfus, ils sont l'avenir, ils sont très bien. On dîne ensemble de temps en temps. Ce sont de très brillants garçons. Les vieux, ça n'a pas plus à dire que les jeunes, il faut se méfier d'eux. On leur demande leur avis parce qu'ils ont de l'expérience, mais c'est souvent la somme de leurs bévues, de leurs échecs. »

Après cette profession de foi-mise en garde, qui m'exclut clairement de la liste de ses prochains invités à dîner, M^e^ Gibault me charge à nouveau d'embrasser Florence, et veut me faire monter sur la terrasse où était organisée la fuite des résistants par l'escalier de service du Home Pasteur, mais on ne trouve pas la clef.

## LA CÉLÈBRE HISTOIRE DU FAMEUX MONTE-CHARGE

### *Vrais et faux résistants*

Au lieu de suivre la recommandation de Me Gibault de fréquenter des jeunes gens, je fis exactement l'inverse, j'allai voir une vieille dame. Depuis que j'enregistre ses souvenirs, Pia me répond souvent, en tout ce qui concerne le passé dont je pensais qu'elle le connaissait parfaitement : demande à Monica ! Le seul témoin de l'époque même si elle était aussi une petite fille pendant l'Occupation. Car il manque toujours la chute de cette histoire de descente de la Gestapo telle que nous la connaissions.

Monica a enfin pu réduire la voilure d'un appartement où ne logent plus pensionnaires et belle-famille, mais rester dans la même clarté d'une double exposition et de proportions Napoléon III, appartement qu'elle avait trouvé place de la Nation, recentrant la famille autour d'elle, laissant flotter une sorte d'esprit du Home Pasteur, cette espèce d'humour en demi-teinte, qu'elle a toujours eu, comme l'esprit des Guermantes.

Personnage secondaire quand j'ai fréquenté la pension, Monica était la comparse de sa sœur Cocotte, son clown blanc, fidèle et secourable. Discrète, elle menait une vie bourgeoise plan-plan entre son magasin et son appartement familial tout proches. Pia redoutait qu'elle ne supporte pas la double disparition presque simultanée de Cocotte et de son mari Francis, dont elle partageait la vie depuis presque cinquante ans, mais elle semble, au contraire, s'épanouir dans le quatrième âge.

Entourée de quelques vieux amis, toujours un peu amoureux, et de jeunes partenaires de Scrabble férus d'antiquités, libre circulante en bus d'expositions en cinémas, cuisinant et pâtissant même, elle est très occupée ; il faudra prendre rendez-vous. Avec Éléna ou l'un de ses petits-enfants pour nous écouter.

Dans une forme à faire pâlir Me Gibault, Monica, née en 1928, a quatre ans de plus que lui, un teint de pêche, et fait trente ans de moins que son âge. Sans appliquer du tout les mêmes recettes, puisque nous ne lésinerons pas sur les macarons et autres douceurs avec le thé ; l'un vieillit au vinaigre et l'autre à l'huile.

Une sorte d'humour et de rondeur dans le confort de tentures aussi confortables et féminines, de la clarté des étages supérieurs, de jolis meubles chinés, de tableaux, vaisselle, photos, que l'appartement Gibault a l'austérité grave d'un musée. Le chat trône. Sa cuisine donne sur les toits de Paris, et nous sommes comme dans un morceau de la même maison. Il n'y a plus personne pour lui couper la parole…

Cette pension, pour elle, était la maison. Pour faire rire sa petite-fille, elle montre comment le prince russe, « pauvre comme on ne fait plus », qui dirigeait le cinéma La Pagode avec sa princesse « d'une laideur abominable », en passant toujours le même film muet avec beaucoup de musique très fort, lui avait appris à faire la révérence de cour, tout en lui signifiant bien qu'elle n'avait pas le niveau social pour tirer profit de si admirables leçons…

Son père, qui avait une jolie chambre en haut avec un cabinet de toilette, leur cuisinait des petits plats sur un réchaud la nuit. Il est mort en 1941 ; elle avait treize ans. Entre 1939 et 1945, elle était en pension avec sa sœur – mais chez les bonnes sœurs.

« Comment vous entendiez-vous petites ?

— Très mal ! France était vache. J'avais une admiration folle pour elle mais elle en avait marre de cette petite sœur qui lui collait aux basques. Après, elle s'est épanouie au pensionnat ; elle était excellente élève et elle chantait comme un rossignol, elle s'y plaisait beaucoup.

— Pas vous ?

— Pas du tout ! Je ne m'y suis jamais habituée. Le dimanche, par exemple, ça commençait par *Benedicamus Domino* pour le réveil. Au lieu de *Deo Gratias*, j'entendais très distinctement France répondre : "Merde !" À 7 heures, toilette rapide à l'eau froide, évidemment. Première messe, 7 heures et quart, chapelle Sainte-Jeanne-d'Arc. Ensuite petit déjeuner : France avait toujours faim, mais pas moi (c'est pour cela qu'elle s'est si bien rattrapée par la suite), une heure de courrier aux parents, avant la grand-messe chantée vers 11 heures.

« Après le déjeuner, promenade, par petits paquets d'une vingtaine, dans les environs vers la chapelle Sainte-Radegonde, une sainte de Normandie qui possède un chant avec trente couplets dont je me souviens encore : "Sainte Radegonde, aimable patronne, nous venons vers vous, pèlerins pieux, à Jésus présenter nos vœux." Trente couplets ! Promenade précédée naturellement des vêpres, et suivie des complies et du Salut, on s'en sortait à 6 heures du soir. Quartier libre jusqu'à 7 heures. À 8 heures, extinction des feux.

France arrivait quand même à faire les quatre cents coups, mais moi je gémissais : “Maman, Maman !”

— Elle était compatissante ?

— Pas du tout ! Je m’entends encore claquer des dents au moment des bombardements, j’avais une frousse épouvantable, je voulais aller dans son lit, elle ne voulait pas. Le coin a été bien arrosé, ils nous ont permis de partir une semaine avant le grand bombardement qui n’a laissé que 10 % de la ville debout.

— Me Gibault m’a montré le passage pour faire fuir les gens pendant la guerre dont son père lui avait parlé, mais sans s’étendre beaucoup, il ne sait pas si ça a servi…

— À la fin de la guerre, la pension était une vraie poudrière… Il y avait de vrais résistants – et des faux, dont son père faisait partie. Quand il venait déjeuner à la maison, il discutait avec un certain M. Jacot. Tous les deux à une petite table, ils refaisaient le monde… Mais lors des combats de la libération de Paris, on n’a vu personne mettre son nez hors des jalousies !

« Des trouillards… En réalité, tout en ne faisant pas de résistance, le père Gibault, grâce à ce M. Jacot, qui était chargé de distribuer des engrais aux paysans, alimentait la maison, et on avait des produits de la campagne et quelquefois même un morceau de lard. Quand le lard avait des asticots, ma mère le lavait.

— C’est plutôt du marché noir… Il y avait d’autres faux résistants ?

— Il y en avait un autre, M. Mérand, qui était un faux résistant aussi, mais un vrai royaliste. Un Vendéen royaliste et sa maîtresse, un Tartarin des guerres de Vendée. Le pauvre, il avait perdu son fils le jour du mariage du prince de Galles et de Wallis Simpson, près d'Angers, à Candé, où sa femme dirigeait le bureau de poste. Comme il y avait un afflux de courrier monstrueux ce jour-là, ils ont un peu négligé l'enfant, le soleil est arrivé sur lui, il a fait une insolation et il est mort, le pauvre. Que ce soit arrivé en ce jour-là avait quand même mis une ombre sur ses convictions royalistes.

— Et les vrais résistants ?

— À côté de ces matamores qui fuyaient aux abris sous les bombes, il y avait un Breton qui était un vrai résistant, sérieux et silencieux. Et le fils du général Duhautois qui n'était pas malin du tout. Mais c'était un vrai résistant aussi, il portait des paquets d'un endroit à l'autre, c'était la poste de la Résistance. On lui faisait des prix, il disait : bientôt je vais pouvoir payer, je porte des documents…

« Et voilà que cet imbécile, pour la communion de sa sœur, s'imagine emporter des tracts pour distraire la compagnie, des tracts anti-Allemands, bien sûr. Il s'est fait cueillir à la gare, il est parti à Auschwitz, le pauvre ! Directement. Mais non sans donner l'adresse de Mme Sabelli, 57 rue de Babylone…

— C'est comme ça qu'il y a eu la descente de la Gestapo.

— Quand les Allemands sont arrivés, ma pauvre mère m'a dit qu'elle avait ressenti une douleur dans le dos, comme un coup de poignard à cause de l'émotion, car son dos était contre une porte conduisant à deux chambres, dont l'une était occupée par des juifs, Mme Orvald et son fils, et l'autre par un colonel de l'armée de l'air qui était tombé de parachute, il avait une patte cassée et un émetteur dans son armoire, et ma mère avait le dos contre cette porte…

« Heureusement, en face, il y avait le monte-charge, très pittoresque, et le petit Allemand, qui était chargé de surveiller Maman, s'est soudain intéressé à ce monte-charge, ça a été la chance de sa vie, le monte-charge… Parce que ce n'était pas tout : dans une chambre du haut, il y avait le vrai résistant très important dans la résistance bretonne (mais je crois qu'il était parti deux jours avant, il avait senti le vent tourner vilain) et deux autres juifs : une de ses amies du Midi avait épousé un grand savant juif qui travaillait chez Alsthom, dans le Périgord, et qui faisait des découvertes magnifiques, ils n'avaient plus où aller, et malheureusement elle avait aussi une étoile cousue, la pauvrette !

« Mais grâce au monte-charge qui a occupé le petit Allemand pas brillant, ma mère lui a donné des tas d'explications, au bout d'un moment, il est parti… Et Maman s'est effondrée avec une douleur au dos incroyable. »

L'ange du monte-charge aspira par la contemplation de son mécanisme techniquement suspect d'être une machine infernale l'occupant imbécile éloigné par le rempart de chair de la grand-mère, plaquée devant sa porte planquant une population mélangée de pensionnaires.

Une bonne maison, décidément. Quand Francis Kahn, dont le père avait disparu à Auschwitz, demanda Monica en mariage, elle lui demanda en échange de changer de nom ; il s'appellera Francis Duprez pour devenir le père de ses enfants Marc et Éléna. Inutile de provoquer les monte-charges.

Monica est une survivante à la guerre et au tsunami du Home Pasteur, elle est enfin libre depuis vingt ans.

Ce nouveau quatrième âge est en pleine forme, décidément !

« Entre France et moi tout a changé quand elle a eu ses enfants, qu'elle a eus très tôt, puisque à dix-neuf ans, elle avait les deux, donc le premier dix-sept et dix-huit. C'était les premiers enfants qui arrivaient dans la famille, j'étais toute contente, je leur tricotais d'ignobles lainages de toute sorte.

« France a commencé sa vie de mère et j'étais quand même un sacré soutien. À ce moment-là, j'ai tout oublié, on n'avait plus de contentieux.

« Quand je suis sortie du pensionnat, j'ai commencé à vivre et à être très heureuse. J'avais pris un retard dans mes études tel qu'on ne pouvait pas imaginer le combler. Maman m'a dit : "Écoute, puisque tu aimes bien dessiner, dirige-toi par-là, on verra bien." Et j'ai commencé à préparer les Arts-Déco, et j'ai très bien travaillé, c'était formidable, j'étais heureuse de toutes les façons, c'était la Libération, une période très heureuse pour moi. Pour elle, ce n'était pas encore le pire, mais ce n'était déjà pas mal. »

## ON A VOLÉ *LA JOCONDE*

À la Libération, le providentiel monte-charge qui fascina les prunelles germaniques n'était pas le seul pôle d'attraction pour le visiteur du Home Pasteur ; sur le mur du salon trônait une œuvre encore plus mythique : *La Joconde*. Pas Mona Lisa soi-même, mais une copie d'époque de grande valeur, cadeau du docteur Muller à son fils Samuel, issue de la collection qu'il avait constituée grâce à Jean Néger.

Situé juste en lisière de Saint-Germain-des-Prés, le Home Pasteur libéré jubilait. Mme Aubry et son fils s'y installèrent à demeure, sans plus redouter de descente nazie, à l'instar de la bande d'Alsaciens arrivée sous l'Occupation avec Samuel : Paul Gégauff, futur scénariste de Chabrol, non résident mais perpétuel visiteur, et Bernard Peiffer, pianiste venu aussi pour passer le concours du conservatoire qu'il rata allègrement pour bifurquer avec bonheur vers le Hot Club de France et entamer une brillante carrière dans le jazz, poursuivie ensuite aux États-Unis. Ces trois copains se lièrent avec un quatrième larron, le peintre Charles Folk, arrivé de Mulhouse.

Très drôle, Folk, qui s'habillait comme en 1900, lança un jour à une pensionnaire, professeur à Victor-Duruy, laide comme un pékinois et très potelée, ce compliment ampoulé : « J'aime les décolletés amples qui présentent les poitrines des femmes comme un cornet de fruits confits.

— J'en ai porté, Monsieur ! » répliqua fièrement Mlle Jordi, à l'hilarité générale.

Ce dialogue est resté un classique de la pension, à l'instar de « Claude est agrégée d'anglais et mange du homard à la crème », formule de Mme Alverne, la présidente des Amis de Maupassant, à propos de sa fille, et toujours citée en cas de signalée félicité.

Ou encore le « On exagère, on exagère toujours ! » du duc de Guermantes apprenant la mort fâcheuse d'un parent qui le priverait d'aller à une fête, et que les sœurs Sabelli avaient piqué sans vergogne à leur cher Marcel pour commenter toute annonce de décès.

Des espèces de codes de reconnaissance que je n'allais pas tarder à apprendre, torchon à la main, dans ce monde où la culture n'était pas un ornement de l'esprit ou un devoir scolaire mais une friandise digérée avec drôlerie. Parmi les classiques figurait l'histoire du vol de *La Joconde*.

Car un jour, *La Joconde* disparut du salon.

La porte était ouverte nuit et jour, il y avait beaucoup de passage, à cette époque-là, il était facile de voler à la pension. Pourtant ça n'était jamais venu à l'idée de personne jusqu'alors.

Paul Gégauff insista beaucoup auprès de son ami Samuel, atterré, pour l'accompagner faire une déclaration en bonne et due forme à la police. Il ne fallait pas se laisser faire par les brigands ! Où allait-on ?

Or, le commissaire, qui prit l'affaire au sérieux, retrouva

*La Joconde* chez un marchand, qui ne tarda pas à balancer son fournisseur : Paul Gégauff.

Samuel retira sa plainte dès qu'il sut que c'était lui, mais il en a beaucoup voulu à Gégauff du vol de *La Joconde*. J'interroge Monica :

« On n'avait pas retrouvé *La Joconde* sous le lit de Gégauff ?

— Non, le lit, c'est une autre histoire. Paul Gégauff, entre autres méfaits, avait mis une jeune fille du quartier en cloque, et le père de cette jeune fille est venu trouver Samuel, 57 rue de Babylone, où Gégauff avait dû lui dire qu'il avait des amis.

« Il s'était montré très touchant, et Samuel, que les qualités de cœur n'étouffaient pourtant pas, en avait été très ému, et, avec France, ils avaient décidé qu'ils allaient obliger Gégauff à réparer.

« Quand Samuel commença à lui parler de la jeune fille, Gégauff lui donna rendez-vous chez un ami, pour être plus tranquille. Samuel s'y rend, et quand la discussion devient serrée, Samuel lui dit : “Avec cette histoire de *Joconde* et de police, tu sais que je peux faire beaucoup de dégâts, je peux être discret, mais je peux aussi…

« — C'est du chantage ! répond Gégauff.

« — Appelle ça comme tu voudras !

« — Eh bien, ça tombe bien, il y a quelqu'un de la préfecture de police sous mon lit !”

« Il avait laissé la conversation tourner et il a sorti le témoin de sous son lit, un lit à baldaquin, et la jeune fille est restée avec son bambin… Il était capable de tout. Samuel n'a jamais encaissé. Ils sont restés brouillés. Tout était une farce, tout était possible, tout était faisable. Il lui a dit : “Tu me vois marié, moi, avec cette fille de concierge ? Non mais ? Rien du tout !" Il n'avait aucune morale. Aucune, aucune, aucune…

— Gégauff avait été au bal du scandale en 1946 déguisé en nazi.

— Il était très fasciné par les nazis, et il avait un peu une gueule de nazi. Il parlait allemand admirablement bien : il était alsacien. Il était malin comme le Diable, le pauvre Samuel s'était retrouvé bête.

« Mais il était très bizarre parce que la première fois qu'il est venu, il avait un petit chapeau rond et une bible sous le bras dont il vous assaisonnait de grands passages d'une voix tonitruante… Et peu après, il est entré dans une revue où il faisait de la critique de cinéma avec un appareil photo sous le bras qui ne le quittait pas. Quand il avait une idée ou une profession en tête, il se transformait en pasteur, photographe… »

Dans *Le Toit des autres*, son deuxième roman paru aux Éditions de Minuit en 1952, Paul Gégauff est présenté par son éditeur comme « un écrivain : il veut seulement divertir ».

Argument : « Le baron Pierre Talitiszt apporte pour tout bagage, non sans quelque cynisme et beaucoup de fantaisie, une gaillarde atmosphère de catastrophe. Quand il fuira enfin, après l'avoir dépouillée, la maison de ses hôtes, ce sera pour n'y laisser, tel le Destin, que des ruines encore fumantes. »

Extrait : « Il disparaissait (que ce mot : disparaître, l'enchante), et le chercheraient des mois peut-être des cafetiers grotesques et le père furibond d'une femelle. L'idée le ravissait d'un travail de neuf mois s'accomplissant tout seul, loin de lui : son crime à la dérive. Les têtes du père et de la fille ; la propriétaire ; les dettes ; il rêva l'importance de sa fuite sur l'onde et se rêva haï. »

Plus loin : « Le baron, crânement, repoussait toute idée de mariage ; il avait dit : au plus puis-je vous signer une reconnaissance d'enfant. »

Dans la vie, il n'en était même pas question ; il signait des scénarios et des livres, mais pas ses enfants.

« Il est entré aux *Cahiers du Cinéma*, poursuit Monica, il a fait la connaissance de Chabrol, et il a fait un film où il a gagné de l'argent. Tous ces gens vivaient en société, la nuit, on ne sait comment… Après, il y a des films où je retrouve l'influence et des phrases complètes de Gégauff, mais Chabrol n'en a plus reparlé. Il a dû lui faire un mauvais coup, il avait le mauvais coup naturel. »

Gégauff était incoinçable.

Le Diable probablement.

## RICHARD OVERSTREET
## *À la croisée de tous les talents, les années 60*

Pour tous les familiers du Home Pasteur, le peintre Richard Overstreet est resté « Dick », cet étudiant en histoire de l'art arrivé avec une bourse de l'université de Berkeley pour un an, et qui entamait alors l'une de ses neuf vies. Né en 1935 à San Francisco, il mérite sans conteste la palme du plus ingambe et chaleureux des vieillards contemporains.

Nous ne nous étions jamais rencontrés, mais dès les premières minutes de notre déjeuner dans sa cantine, un bar à vins du 1er arrondissement voisin de son atelier, le tutoiement s'est imposé à nous comme une évidence.

« Comment es-tu arrivé au Home Pasteur ?

— À cause d'un chagrin d'amour… J'étais le fiancé de Liz Hamilton, on était étudiants ensemble à Berkeley et nous avions décidé de passer l'année scolaire 57-58 tous les deux à Paris. Liz est partie la première au mois de juillet avec un groupe qui faisait le tour de l'Europe, et je devais la rejoindre à Paris le 1er novembre, à l'aéroport d'Orly.

« On s'écrivait beaucoup de lettres, j'en ai reçu plein au mois de juillet et plein au mois d'août, mais à partir de septembre, de moins en moins… Je sentais qu'il se passait quelque chose, mais elle n'avait pas annulé notre rendez-vous du 1er novembre, et grâce à un cousin de ma mère, qui avait une agence de voyages, j'ai passé quelques jours au Portugal puis à Madrid, et je suis arrivé le 1er novembre 57 à Orly comme prévu. Je regarde partout, mais où est Liz, où est Liz ?

« Pas de Liz, mais je trouve sa meilleure amie, Sandy : elle avait envoyé un émissaire pour me dire qu'elle était avec un garçon que je connaissais, et qui faisait partie du groupe… Et là, je tombe immédiatement malade. C'était ma première grande déception amoureuse, et un tel choc !

« Sandy m'a accompagné à l'hôtel que mon cousin m'avait réservé, c'était l'hôtel Napoléon, près de l'Étoile, vers 8 heures ou 9 heures du soir. J'étais tellement abasourdi, écrasé, que je suis allé me coucher tout de suite. Pour ma première nuit à Paris, dont je rêvais depuis des années, j'ai dormi jusqu'à 10 heures du matin, tout seul, et je me suis réveillé avec de la fièvre. J'ai appelé le room service pour un verre de lait, j'étais terrassé.

« Le deuxième jour, j'ai commencé à me secouer un peu, je suis allé à la porte, et j'ai vu le prix des chambres sur l'affiche. J'ai fait le calcul, c'était le troisième jour, si je restais un jour de plus, je n'aurais plus d'argent pour finir mon premier mois à Paris. J'ai appelé Sandy : tu me trouves un autre hôtel, sinon c'est foutu !

« Elle était logée dans une famille française dans le 7e arrondissement, et elle m'a trouvé un petit hôtel qui existe toujours rue Chomel, tu vois ?

— Oui, derrière la rue de Sèvres, à côté du Bon Marché.

— Je prends un taxi, et je me trouve une petite chambre au dernier étage, le moins cher. J'étais toujours dans les vapes, et

Sandy venait s'occuper de moi et me nourrir. Elle me préparait un délicieux potage tous les jours, une soupe de légumes, absolument exquise. Et après j'ai su, tu sais ce que c'était ? Elle achetait des bouillons Knorr avec des légumes dedans, elle remplissait le bidet d'eau chaude, et elle faisait le potage comme ça, avec un petit parfum en plus.

— Ta première recette !

— Et le deuxième jour, j'ai dit à Sandy, je ne peux pas rester là, c'était un hôtel plus que modeste, trouve-moi une pension de famille ! On est devenus très amis par la suite, elle était très disciplinée, très organisée, elle a fait une liste des pensions dans les parages et la plus proche, c'était le Home Pasteur. Elle est allée se renseigner sur place, et on lui a dit que c'était une pension surtout pour les filles et que c'était déjà plein, mais que le monsieur pouvait venir se présenter pour une interview, au cas où.

« Et ça je l'oublierai jamais. Je sonne à la porte, et Mme Sabelli me reçoit au salon, en bas. Et je tombe sous le charme de cette dame qui me parle très doucement…

« C'était une dame assez âgée, mais tellement exquise ! Elle avait quelque chose comme une personne de la famille royale, d'une grande distinction, plus que de la distinction…

— Une grâce ?

— Tout ce que tu voudras, elle était très racée, c'était une reine ! Elle m'a parlé de ma vie, elle m'a parlé de sa vie, elle m'a parlé de la guerre parce qu'en 1957, la guerre était toute proche. Je n'ai jamais demandé qui était M. Sabelli…

— Officiellement un héros de l'antifascisme italien, mais en réalité…

— Dans cette pension, il y avait toujours une histoire

qu'on présentait au public, une histoire officielle, et une autre histoire derrière, comme un faux passeport moral…

« Enfin, j'ai passé une heure exquise avec Mme Sabelli, c'était ma première découverte de ce que c'était Paris, ma première rencontre avec une Française, j'avais déjà une grande ouverture à la culture française et à la France, mais Mme Sabelli, c'était l'incarnation de la vraie France.

« Je la quitte, je descends les escaliers, je traverse la cour, et là j'entends : "Monsieur !" Une toute petite voix, elle n'a pas hurlé, elle est à la fenêtre du salon. Je me retourne : "Vous avez oublié votre écharpe !" Elle me lance mon écharpe, c'est une scène de Fellini, mais si je devais tourner ça, l'écharpe mettrait quinze minutes pour descendre, tellement c'était beau…

« Elle a passé un coup de téléphone à l'hôtel pour annoncer qu'il y avait une place libre, et ça s'est passé très vite. Deux jours plus tard, j'étais dans la chambre qui sera ma chambre jusqu'à la fin de l'éternité. Tu montes l'escalier, la première chambre à droite à côté des W-C.

« Et *flash forward*, je crois que c'est la chambre où Mme Sabelli a fini sa vie, là où elle est morte dans un lit médicalisé, la dernière fois que je l'ai vue. C'était ma chambre en 57-58, mais quand j'y suis retourné dans les années 60, la chambre que j'ai occupée voisinait la salle à manger en bas.

« Et il y avait des histoires tout le temps ! Il y avait un homme d'affaires grec, assez robuste, la cinquantaine, et il venait une fois par an, avec sa maîtresse pour déjeuner et pour baiser après le déjeuner, vers 3 heures de l'après-midi, j'entendais boum boum boum et les cris d'extase !

« Pour te raconter tout, il faudrait que je te raconte chambre par chambre : Mme Orvald, le pensionnaire japonais, la folle au bout du couloir qui hurlait, c'était très *L'assassin habite au 21*… Cette pension était habitée d'humanité, il y avait une vie parfois tragique, parfois extraordinaire et très gaie.

— Tu as connu Gégauff ?

— C'était juste avant moi. Un Satan très admiré et génial.

— Et le jeune Paul ?

— La première année, il avait douze-treize ans, c'était un petit diable, il était curieux de tout, très espiègle, très malin. Ça aussi c'est une histoire, si tu prends Paul, la médaille, et il y a aussi le revers, un côté tragique. Tu vas le raconter, ça ?

— Oui, je pense que c'est important le revers des médailles.

— Pour moi le pire, c'est Samuel. J'ai été suffoqué physiquement par Samuel. Il régnait dans cette maison comme un seigneur et il ne faisait jamais rien.

— Il vivait comme un pensionnaire.

— Comme un pacha ! Et quand je suis revenu dans le deuxième acte de ma vie au Home Pasteur, France commençait à diminuer, elle travaillait, c'était dur, et Samuel était d'une grande froideur. Il couchait à droite à gauche avec des chanteuses, c'était dégoûtant. Quand il a fait son héritage, lorsque son père est mort, France aurait pu se libérer, mais elle n'en a pas vu un sou, il a tout mis dans sa compagnie de disques Cygnus, tout a continué.

— Tu es donc revenu plus tard…

— J'étais retourné finir mes études à Berkeley, où j'ai eu un très célèbre professeur, James Ackerman, l'expert mondial de l'architecture de Michel-Ange, et je me suis dit qu'avant de devenir directeur de musée avec mon PhD, ce qui était prévu, j'allais prendre une année sabbatique. Et j'ai décidé de retourner à Paris pour faire du cinéma.

« C'était mon rêve depuis l'enfance, le cinéma. Je me suis

dit : si je ne le fais pas maintenant, je ne le ferai jamais. J'étais toujours au Home Pasteur, très encouragé par Mme Sabelli et surtout par France qui est devenue une très grande et loyale amie. Je l'adorais. Et j'ai eu mon premier job dans le cinéma grâce à Mme Fulbright qui connaissait tout le monde en 60-61. Je suis devenu un protégé d'Anatole Litvak, et sur ses conseils, j'ai commencé par un stage dans le montage, qui est la base, la grammaire du cinéma.

« Après j'ai enchaîné les boulots, je faisais du montage, de la figuration, de la décoration, plein de petits jobs, j'ai travaillé avec Orson Welles sur *Le Procès*, sur *Charade* avec Audrey Hepburn et Cary Grant, et pendant tout ce temps-là, j'habitais à la pension.

— Beaucoup d'Américains tournaient à Paris.

— C'était très bon marché. Beaucoup moins cher qu'aux États-Unis ! À la pension, j'avais renoncé à ma bourse, je ne recevais pas d'argent de ma famille, je faisais des traductions… Pendant six mois, j'ai été vraiment dans la dèche, et Mme Sabelli m'a gardé, elle était généreuse.

« Tous les jours je regardais les petites annonces du *New York Herald Tribune*, et un jour je tombe sur un photographe américain qui cherchait un professeur d'art pour sa fille pendant l'été, c'était un grand photographe qui travaillait pour le magazine *Time*. J'ai fait le baby-sitter et après je suis devenu ami avec ses amis, qui m'ont offert un travail, et comme ça, je suis devenu journaliste. J'avais un talent pour écrire.

« J'ai été reporter pendant deux ans et demi, tout en vivant à la pension, où j'ai rencontré des gens plus importants. Le soir, au dîner, c'était seulement les pensionnaires, mais à midi, France recevait des gens de l'extérieur pour déjeuner. Là j'ai connu Ariane Mnouchkine qui était une amie de Martine Franck.

— Qui a épousé Cartier-Bresson.

— Oui. Il y a eu beaucoup de croisements de destins là. Martine était pensionnaire au Home Pasteur. En 63, Martine et Ariane ont fait un voyage sur le Transsibérien, un train qui va de Moscou à Pékin, un très long voyage, de deux mois. Quand elles sont revenues, Martine, qui n'avait jamais fait de photos de sa vie, pendant le voyage avait acheté un appareil, et elle avait pris des centaines de photos. Elle en a fait des agrandissements, et j'ai trouvé ces photos formidables, elle avait un vrai talent pour le photojournalisme. Je suis allé voir le directeur du magazine *Life*, Hugh, je lui ai dit : il faut que tu voies ses photos ! Il était enthousiaste, et il lui a donné un travail au labo. Le laboratoire de *Time Life* à Paris était un vivier où tout le photojournalisme mondial se croisait. C'est là qu'elle a connu Henri Cartier-Bresson, ils sont devenus très amis, et ils se sont mariés. Grâce à moi ! Elle le disait.

« À cette même époque, j'étais très ami d'Ariane qui venait de fonder le Théâtre du Soleil. J'en ai fait partie pendant deux ou trois ans ; elle a fait sa deuxième mise en scène, une pièce au Cirque d'Hiver qui s'appelait *La Cuisine*, où elle avait reconstitué une cuisine, mais multipliée par dix.

« Et je suis devenu ami avec son père, le grand producteur Alexandre Mnouchkine, qui était en train de préparer un film avec Philippe de Broca, *Les Tribulations d'un Chinois en Chine* avec Belmondo, Jean Rochefort et Ursula Andress. Grâce au succès de *L'Homme de Rio* qui avait été écrit par Ariane, un peu dans l'esprit de James Bond, mais très ironique !

« Et comme il allait tourner ce film au Népal, en Malaisie,

à Hong Kong, et en Inde, il m'a embauché comme assistant de production pour obtenir les autorisations de tournage. J'ai accompagné l'équipe jusqu'au Népal. Grâce à ce film produit par les artistes associés, je suis devenu l'assistant de Louis Malle, puis de Joseph Mankiewicz à Rome pendant un an à Cinecittà, sur le tournage de *Guêpier pour trois abeilles*, librement adapté de *Volpone*. J'ai quitté la pension à ce moment-là pour vivre à Rome, mais j'ai toujours gardé des contacts avec France et avec Monica.

« Comme pour tous ceux qui sont passés par la pension, c'était un moment-clé de ma vie. C'était ma première année à Paris et France m'a vraiment pris sous son aile. La première année je n'avais pas d'argent, elle m'invitait dans les restaurants, elle s'est occupée de mon éducation sentimentale, gastronomique, elle partageait ses passions pour les livres, pour les auteurs, pour la musique, les chefs d'orchestre. J'aimais beaucoup la musique classique, mais grâce à France, c'est devenu une passion dévorante, un élément de ma vie des plus essentiels.

« J'avais une grande amitié amoureuse avec France, et après la mort de France, ça a continué avec Monica, mais pas du tout la même chose…Elles étaient très belles, les deux sœurs Sabelli. Toutes les deux étaient ravissantes, adolescentes, j'ai fait un tirage de leurs photos.

— Monica dit qu'elle te faisait toujours des blagues le 1er avril ?

— Elle adorait faire des blagues… La pire, c'était ma première année à la pension… J'avais été invité par mon oncle qui était professeur à l'Université de Californie, un spécialiste des effets de la radioactivité sur la terre, il allait en bateau sur les atolls recueillir des échantillons, sept ans plus tard, tout le monde était mort, mais à ce moment-là il était à l'apogée de sa gloire. Il était à La Haye, et je lui ai rendu visite en Hollande une semaine.

« Mon oncle était une grande célébrité, mais j'avais trouvé les Hollandais un peu envahissants, collants… En rentrant, comme ils devaient venir à Paris, j'ai dit à France : "S'ils arrivent à la maison (parce qu'on ne téléphonait pas avant), si jamais ils débarquent, il faut me prévenir, je n'ai pas envie de les voir !"

« Et France arrive dans ma chambre, un matin de décembre, et elle me dit : "Dick, il y a des Hollandais, ils sont au salon, ils n'en bougent pas ! — Mais qu'est-ce que je peux faire ?" Elle a dit : "Il faut que tu te caches dans la véranda !" J'ai enfilé un manteau, je suis allé dans la véranda où il faisait un froid de canard, et toutes les demi-heures, France venait me dire : "Ils sont toujours là", jusqu'après le déjeuner, ces Hollandais ne partaient jamais… Et bien sûr ils n'étaient jamais venus. France adorait faire des blagues tout le temps, elle n'avait pas besoin du 1er avril ! »

# DES CARPES ET DES LAPINS, ET DE LEURS ENFANTS

« Un Raphaël ! » s'exclama Samuel quand il vit son fils ; il avait le plus beau bébé de la Terre ! Le plus charmant et le plus gracieux des enfants, l'avenir allait le confirmer.

Certes, quand il avait appris que France était enceinte, n'écoutant que son courage qui ne lui disait rien, selon le mot d'Alphonse Allais, son premier mouvement avait été de rentrer chez ses parents à Belfort.

Son père, le docteur Paul Muller, jeune paysan monté en sabots faire sa médecine à Paris, s'était offert des études de chirurgie si solides et brillantes qu'il possédait une clinique (momentanément pleine d'amis juifs plâtrés de la tête aux pieds), une collection de tableaux et une somptueuse villégiature, la maison du cardinal Jouffroy à Luxeuil-les-Bains.

Médecin militaire sur le front des Dardanelles en 1919, il y avait rencontré sa femme Ida, née à Salonique d'une mère grecque et d'un père italien qui avait participé à la construction de l'Orient-Express.

Ida parlait sept langues couramment. Très chic, elle expliquait à leurs deux fils, Jean et Samuel, élevés par des précepteurs, que si la royauté existait encore, ils seraient à la cour.

En attendant, elle était à Belfort où elle régnait sur une nombreuse domesticité, mais assez malheureuse parmi les ploucs.

Le courrier rattrapa Samuel à Belfort. Mme veuve Sabelli, après avoir exilé France au secret chez des bourgeois rue de Breteuil pour faire la bonne et sauver la réputation de la maison, avait aussi envoyé une lettre au docteur Muller pour lui demander réparation.

Alsacien et protestant, homme de foi et de rigueur, le docteur Muller en tomba d'accord : « Tu t'es bien amusé, maintenant tu vas l'épouser ! » dit-il à son fils, lui fournissant d'avance une réserve de répliques sur le thème : « Tu m'as voulu, tu m'as eu » pour ses futures scènes de ménage.

Mais à l'époque, il n'en était pas question, ils étaient jeunes et beaux, Samuel, comme Malraux jeune, possédait déjà toute la culture littéraire et picturale du monde en plus d'un incomparable talent musical et pianistique, France était belle, solaire, raide amoureuse et enthousiaste.

Le 27 janvier 1945, le docteur Muller accoucha lui-même sa future belle-fille de dix-huit ans dans sa clinique à Belfort d'un enfant qu'on baptisa Paul, comme lui, et dans la religion protestante, comme toute sa famille alsacienne. La guerre finie, le 24 juillet 1945, un pasteur maria les jeunes parents en leur donnant une bible de famille avec leurs noms inscrits sur la première page.

Le bébé était magnifique, rieur et charmant. La belle-mère faisait la tronche que son fils se soit ainsi mésallié avec une prolétaire, mais le reste de la famille locale, la tante Emma et ses filles Jeanne et Mariette, tous ceux de la ferme étaient adorables avec France.

Quand elle tomba enceinte pour la deuxième fois, son beau-père le docteur lui conseilla de boire de la bière, comme fortifiant, il n'y avait rien de meilleur ! Elle prit vingt-cinq kilos. L'accouchement fut très difficile, et le 31 mai 1946, Catherine pesait onze livres à la naissance.

Paul était un joli petit bébé des restrictions, mais Catherine était un gros et moche bébé, pas sympa en plus, que son père compara illico à une grenouille et avec qui sa mère n'arriva pas à établir de contact.

Tandis que Paul adorable multipliait les charmes et les bêtises, Catherine développait une intelligence exceptionnelle et un grand mal-être.

Tout petit, Paul prit les louis d'or de sa grand-mère, les mit dans les cabinets et tira la chasse. Dès la maternelle, il démonta entièrement la montre en or de sa mère pour en distribuer les pièces à ses copains. Irrésistible !

À cinq ans, à plat ventre sur le tapis, Catherine commenta *Le Figaro* étalé devant elle d'un « Ça va mal chez les Russes ! » resté célèbre. Elle montrait aussi une grande habileté au crochet et pour toute sorte de travaux manuels. Sa grand-mère Ida essayait de boucler ses cheveux raides et blonds avec des bigoudis.

Paul se fait virer en fin de sixième du lycée Montaigne et poursuit sa carrière de cancre en pension, dont il se fera virer aussi pour les mêmes raisons : fauteur de troubles. Pas mauvais élève, il flanque le bazar partout.

Avec ses deux ans d'avance, Catherine se fera virer aussi de Duruy. « Je suis désolée mais votre fille ne peut faire les cours à la place de ses professeurs ! » expliquera la directrice à sa mère. De fait, elle le peut et ne se prive pas de corriger leurs fautes. On l'inscrit au collège Sévigné ; on lui adjoint un psy.

Toute la famille habite dans la même chambre du haut près de la cuisine à la pension ; France turbine et Samuel pianote.

Quand il quitte le domicile conjugal en compagnie d'une chanteuse latino-américaine, une certaine Mimi, pour le Portugal, France pleure toutes les larmes de son corps tandis que sa mère et sa sœur Monica se prennent à espérer : c'est peut-être la chance de sa vie, l'occasion de se libérer de ce mari fort décoratif qui n'a jamais rapporté un sou à la maison…

Patatras ! Voilà que Samuel téléphone d'Orly : Coucou, c'est moi ! France saute dans le premier taxi, et ils partent en vacances sous le soleil de Cavalaire. Et à Noël 1956, devant toute la famille réunie au grand complet pour le dîner, Samuel annonce fièrement qu'ils attendent un nouveau bébé.

Mais son frère Jean, notaire à Soissons, et son épouse Trudi (diminutif de Gertrude) qui n'arrivent pas à en concevoir (un avortement mal fait pendant la guerre a rendu Trudi stérile) leur font une scène abominable. France est glacée.

Plus tard, Trudi proposera une solution à sa belle-sœur : « Toi, tu as déjà deux enfants, ce troisième enfant, tu vas me le donner ! »

France s'est toujours félicitée de ne pas avoir donné Pia : « J'ai eu deux brigands avec Paul et Catherine, là, j'ai une petite merveille, si elle avait été élevée par Jean et Trudi, tout le monde aurait dit : "Regardez les miracles de l'éducation, quand on n'est pas élevé par France, c'est autre chose !" »

Car Pia, née le 20 mai 1957, à Paris 14$^{e}$ à la clinique Baudelocque, est une splendeur : tout le monde le dit ! « La Joconde ! » déclare son père, et sa mère la trouve très sympathique, à sa grande surprise ; elle avait si peu envie d'une deuxième fille qu'elle n'avait pas prévu de prénom. Juste : Christophe…

Pour la mairie, on l'a déclarée sous les prénoms de ses deux grands-mères, Denise et Ida, mais à la maison on ne sait toujours pas comment l'appeler, quand son cousin Marc, qui commence à parler, regardant la petite fille, s'exclame : « Oh la pie ! » Fille, Pie, Pia ! Samuel dit : « On pourrait l'appeler Pia. »

Catherine, jalouse, la pince dans son berceau, prise en sandwich entre Pia et Paul, ces deux pures merveilles de la création. Puisqu'il ne lui suffit pas d'être géniale, elle fera une première tentative de suicide ; seul son oncle Francis ira la voir à l'hôpital. Et chaque année, ce sera la même chose : un suicide raté.

Côté intelligence, sa mère ne se prive pas de dire à Pia qu'elle n'arrive pas à la hauteur de Catherine, bien sûr, ni de Paul. Elle est un peu limitée, mais si jolie et si gentille. « J'ai toujours vécu avec l'idée que j'étais con », dit-elle.

Comme Samuel, qui connaît aussi la Bible par cœur, ne s'est jamais occupé de l'éducation religieuse de ses aînés, France décide que Pia sera catholique. Du coup, Paul est rebaptisé catholique pour être son parrain et Catherine aussi, qui se met à bassiner les curés avec d'interminables confessions ; elle se perfectionne aussi au crochet :

« Catherine a de petites mains courtes et larges avec lesquelles elle sait tout faire, et Pia a de longues mains ravissantes, idéales pour porter des bagues », répète leur mère. « De l'art de distribuer une vacherie à chacune ! » commente Pia.

Samuel se lance dans l'édition de disques. Grâce à l'argent de son père, il fonde Cygnus, sa propre maison de disques.

Pendant douze ans, Pia habitera dans la chambre de ses parents ; ensuite elle en partagera une avec sa cousine Éléna.

« Il ne faut pas perdre de vue que toute chambre pas occupée, ç'aurait été de l'argent en moins. Tu comprends ? »

Elle a beau remplir de pièces de cinq francs que sa mère lui a imprudemment promises à chaque tableau d'honneur (elle y est tous les mois !) un gros petit cochon rose, à chaque fois qu'il est prêt à exploser, tour à tour, Paul ou Catherine vient le vider : « On va te le rendre, mais maintenant on en a besoin, est-ce que tu veux bien ? » Bien sûr ! Dès que le stock se reconstitue, l'autre arrive, Catherine ou Paul. Ils ne l'ont jamais remboursée. Maintenant il est trop tard. Économe, elle aurait rêvé de thésauriser, avec ces deux-là, impossible !

Quant aux futures escapades de Samuel, France, après en avoir beaucoup souffert, prit le parti d'en rire – et surtout d'en faire rire.

Elle racontait comment, alors qu'elle faisait sauter des crêpes, Samuel lui annonça qu'il partait pour le week-end chez son ami Hubert regarder les épreuves de son futur disque qui sortait au mois de mars. Sans lâcher sa poêle, elle enregistra vaguement l'information.

Le samedi arrive, et Hubert téléphone ; après quelques politesses, il demande à parler à Samuel ; France percute alors :

« J'aimerais beaucoup vous le passer, mais il est chez vous !

— Oh… mais oui !!! Où donc avais-je la tête ? » répond l'autre sans se démonter.

France le mimait se frappant la main sur le front…

Transformant des humiliations subies en histoires drôles, Cocotte était d'abord une fascinante fabricante d'humour noir à l'état brut.

Comme si cette vie n'était pas sa vraie vie, elle jouait son propre rôle avec la présence en scène d'une Signoret et le même genre de répliques : « Je suis l'amie des mauvais jours, j'aimerais bien être l'amie des bons jours aussi », vedette d'un spectacle permanent dont elle était aussi l'auteur, dans un one-woman-show qui rendait vite accro pour y faire de la figuration, tous les soirs après dîner, parmi les chœurs, comme Pia, toujours d'accord avec sa mère, forcément.

« Samuel, c'est ma danseuse », laissait-elle tomber, en chute.

## UNE FEMME NE TOUCHE JAMAIS UNE BOUTEILLE

Alix n'a pas d'amis, disait ma mère. Vous êtes une ourse, me reprochait aussi Nanie ; elles allaient trouver d'autres raisons de râler.

En fait, très petite, j'avais séparé ma vie scolaire de ma vie familiale en n'amenant jamais de camarades de classe à la maison ; je m'étais rendu compte dès les premières fois, en onzième, avec Martine et Jacqueline, que ça clochait, l'endroit leur semblait trop grand, inconfortable à arpenter suivant l'injonction : « Les enfants, allez jouer dans le jardin ! », et je ne savais pas non plus, perspective angoissante, quoi faire pour les occuper l'après-midi sans télé ; ces malédictions étaient levées.

Notre appartement d'allure moderne et de taille normale permettait l'accueil de mes copines saumuroises, qu'elles soient en fugue (Michèle s'était trouvé un chéri qui jouait de la guitare dans le métro) ou en traitement médical psy comme Véro, qui ne mangeait plus que des concombres au vinaigre. Paris offrait en outre une intarissable source d'activités en tout genre et à tout moment, dans le doux confort de l'anonymat.

Et Midouin devint un Paradis perdu, où j'invitais à la

cantonade dès les vacances de la Toussaint les Parisiennes qui n'avaient rien de prévu à venir découvrir la tendresse des bords de Loire au coin d'un feu de bois et goûter la bonne cuisine de ma Nanie chérie, proposition qui attira la fille d'un peintre et Doïna la Roumaine qui se mit à faire de grands signes de croix orthodoxes (de l'épaule droite à l'épaule gauche) au pied de son lit avant de se coucher dans la chambre verte où nous dormions toutes les trois, suivant en cela les injonctions de sa grand-mère, car le socialisme, nous dit-elle, n'était pas encore parfait dans sa génération. Ses parents travaillaient à l'ambassade où les miens furent invités à leur tour pour un cocktail à l'hôtel de Béhague, en plein 7e arrondissement – et en plein Ceauşescu.

Mais étaient-ce des amies ? Plutôt « des accointances et familiarités nouées par quelque occasion ou commodité », comme l'écrit Montaigne dans le Lagarde et Michard du XVIe siècle, qui venait de placer au programme de nos jeunes esprits la définition et l'ambition d'une amitié véritable (« parce que c'était lui, parce que c'était moi »), un noble sentiment qui ne rendait personne idiot(e).

Pia fut reçue au carré de la cuisine. Dans mon souvenir, elle plut beaucoup à mes parents ; sa tenue classique leur sembla normale et sans doute rassurante (ils espéraient que j'en prenne de la graine) et qu'elle accordât les imparfaits du subjonctif dans une langue fort châtiée aussi. De plus, elle pratiquait à l'extrême une vertu à laquelle, contrairement à eux on s'en doute, je n'accordais aucune valeur : la bonne éducation, les belles manières, dont elle se révéla une sorte d'exégète internationale.

Non seulement Pia ne mettait pas ses coudes sur la table, ne sauçait pas son assiette et aurait bien mangé ses asperges avec les doigts si on lui en avait donné l'occasion, mais elle s'intéressait aux usages et protocoles des autres pays. Lors de leurs thés chez Pons, au jardin du Luxembourg, son père lui avait enseigné toute petite à détester, plus encore que la vulgarité, le commun, l'ordinaire.

Pourtant, dans son souvenir, tout avait très mal commencé. Par un impair. Lors de ce premier repas, alors que ma mère avait demandé du vin à la cantonade, Pia, tendant une main serviable vers la bouteille, sentit soudain la main de fer du colonel se plaquer sur la sienne tandis que tombait du ciel la sentence divine :

« Une femme ne touche jamais une bouteille ! »

Très émotive, elle en fut terrorisée. Il n'y avait pas de vin sur la table du Home Pasteur ; c'était la limite de son éducation – que mon père comblerait plus tard en nous emmenant au bar du Prieuré avec vue sur la Loire.

Notons que cette réplique masquait sa propre faute (un hôte ne doit pas laisser une femme manquer de vin au point d'en demander mais veiller à la resservir avant) en la doublant d'une autre, car on ne reprend pas davantage ses invités, et si l'un décide de boire son rince-doigts, on doit, à l'instar de la reine d'Angleterre, référence ultime, avaler le sien dans la foulée.

C'était une taquinerie que j'avais oubliée, au contraire de Pia qui n'oublie jamais rien. Mais la considérait-il comme une femme ou comme une jeune amie de ses filles dont l'éducation était à parfaire ?

Sous une tenue de sage collégienne sans maquillage, Pia était une adolescente aux formes méditerranéennes épanouies qui réjouissaient certainement la vue de mon père, en compensation de la scandaleuse disparition de l'africain fessier de ma copine Véronique, fondu sous l'anorexie, ce qui l'avait franchement outré.

Il la surnomma vite « sainte Pia », et, à sa demande, elle l'appela « Juanito » ; ensemble ils parlaient anglais, comme il aurait rêvé de le faire avec nous, et comme son propre père, interprète pendant la Première Guerre mondiale, le lui avait appris avec l'accent des tranchées, alors que Pia avait celui d'Oxford, attrapé toujours dans le 7e arrondissement, à l'école de la rue Éblé, où la directrice Mme Blancherie avait eu la bonne idée de faire commencer tôt l'anglais aux petites filles.

« J'adorais mes parents, mais je me rendais compte qu'ils n'étaient pas classiques, et je rêvais de classicisme. J'étais très différente, j'étais leur petite merveille, ils m'adoraient. Vous et les Suppot, vous étiez classiques, et pour moi, être bien insérée dans des familles où il n'y avait pas d'amants et de maîtresses dans les tiroirs, c'était comme un conte de fées », dit-elle. Les Suppot-Réveilhac étaient les copropriétaires de l'immeuble rue de Babylone, qui habitaient au premier étage. Pia était amie avec leur fille aînée, Isabelle.

Bien entendu, je filtrais auprès de mes parents certaines informations et confidences qu'elle me faisait sur sa famille, et de plus en plus avec le temps, ne gardant que le meilleur : un protestant et une catholique (on était en plein œcuménisme), le gaullisme historique de Cocotte (pas sa lecture hilare de *Charlie Hebdo*) opposée à leurs proprios suppôts de l'Algérie française, et que leurs bébés avaient eu tendance à naître avant le mariage de leurs parents.

À Saumur, ma mère, qui rendait toujours une visite de naissance aux jeunes accouchées dont les maris travaillaient sous les ordres du sien (devoir social de l'épouse d'officier), avait appris à ne plus se précipiter quand on lui annonçait l'arrivée de grands prématurés chez les jeunes ménages ; en général, ils pesaient tous dix livres. Ça l'énervait qu'on la prît pour une idiote, mais c'était de bonne guerre.

Elle savait nous rappeler, à temps et à contretemps, qu'elle était née à Valenton, dans la banlieue rouge de Paris, et que sa guerre, comme infirmière dans la Croix-Rouge en banlieue rouge, l'avait dessalée.

Ainsi trouvait-elle « gro-tesques » les paroissiennes de Saint-Pierre-du-Gros-Caillou qui lui avaient proposé de les accompagner réciter des chapelets la nuit autour de l'Assemblée nationale voisine pour empêcher la loi sur l'avortement, en pleine discussion, de passer ; ces dames n'avaient pas vu dans quel état abominable se retrouvaient les femmes après un avortement sauvage, quand elles n'en mouraient pas.

Mais ce n'est pas pour autant que j'allais lui raconter que Catherine, la sœur aînée de Pia, qui militait au MLAC (mouvement pour la libération de l'avortement et de la contraception) depuis des années, frétait des bus vers l'Angleterre pour les filles qui n'avaient pas les moyens d'aller se faire opérer en Suisse…

Ainsi mes parents eurent-ils droit à cette version caviardée des passages entre parenthèses : depuis qu'elle avait passé le CAPES haut la main, Catherine (qui n'avait pas été manchote pendant Mai 68) avait gagné le droit d'enseigner la littérature au lycée sans ne vexer personne. Son fils Olivier, dit Pédalo (dont elle menaçait parfois d'entraîner le couffin avec elle dans sa chute de quelque funeste escalier), était bien né dans les liens du mariage et se baignait, bébé hilare, dans un seau en plastique, en photo dans la cuisine de Cocotte.

Son frère Paul aussi venait juste d'avoir un bébé de sa légitime épouse, au Brésil (où ils étaient en cavale).

De cette enfance, Pia elle-même ne m'avait pas encore raconté le pire. Sans subjonctifs imparfaits ni mots choisis.

« Je me rendais bien compte qu'il était tordu, mon frère… Et en même temps, ce qui me troublait beaucoup, c'est qu'il était mon parrain. Il était pervers, il était bizarre, tout ce que tu voudras, et il fallait que je l'accepte parce qu'il était mon parrain. Il a été débaptisé, rebaptisé, c'était mon parrain. Mais quand il m'a emmenée à huit ans voir le monsieur qui aimait les petites filles, j'ai très bien compris que ce n'était pas catholique.

— Il avait quel âge ?

— Vingt ans. À l'évidence, aujourd'hui, je pense qu'il a fait ça pour du pognon, le type a dû le payer pour avoir le plaisir de déshabiller sa sœur, je me revois encore, montant sur une table toute nue, il m'a fait monter sur une table et ce mec m'a tripotée tant qu'il a voulu.

— Il avait un tel pouvoir sur toi ?

— Moi, je ne bronchais pas, on m'aurait fait faire n'importe quoi. Je suis sûre qu'il y a plein de petites filles de huit ans qui ne se seraient pas laissé faire à ma place.

— Tu n'avais aucune défense.

— Aucune !

— Tu en as parlé ?

— Non. Paul m'avait bien dit de ne pas le dire à Maman. J'ai obéi, je n'ai jamais rien dit à ma mère. La première personne à qui j'en ai parlé, c'est mon amie Françoise, vers treize-quatorze ans. Pendant des années, je me suis goinfrée ça toute seule. Ça a alimenté de bonnes années de psychothérapie, cette affaire-là ! Et il a aussi fallu que je me confesse pendant vingt ans de ne pas arriver à avaler cette pilule-là. Tu es censée pardonner tout à tout le monde. C'est la base de la religion chrétienne…

— Pour pardonner, il faut être deux…

— Moi je ne voulais pas pardonner cela à mon frère. Je lui ai pardonné, je dirais, peu de jours avant sa mort…

— Mais il n'en avait pas la moindre idée…

— Non, quand j'en ai parlé plus tard avec Éléna et Marc, heureusement que j'avais mes cousins pour grandir ! Jean me disait : "Mais qu'est-ce que tu attends pour reparler de ça avec lui ? Pour lui régler son compte ?" Je n'ai jamais pu.

— Il ne s'est jamais rendu compte que tu lui en voulais de quoi que ce soit.

— Ah ça non ! Je suis sûre que Paul se trouvait très bien… Et je pense que si ma mère avait su ça, elle aurait été folle !

— Et Monica ?

— Elle est ambiguë ; elle ne veut pas savoir.

— Il y a une part de déni chez les parents…

— C'est vrai. Paul, il avait toujours des idées bizarres et saugrenues, il ne savait pas quoi inventer. Je me souviens le 1er mai 78, on est allés à la Foire du Trône. Il fallait absolument, il m'a obligée – je n'avais pas du tout faim – à manger deux francforts-frites, et après il m'a obligée à monter dans le grand huit, pour que je gerbe sur les gens du dessous, ce qui n'a pas manqué d'arriver, et il était absolument aux anges… Faut être con ! J'avais presque vingt et un ans…

— C'est dégueulasse !

— Oui. Faut plus me parler de la Foire du Trône.

— Il ne se comportait pas comme ça avec tout le monde…

— Non. J'ai toujours été sa chose, je pense. Le dernier

épisode, ça a été avec Gégauff, après j'ai été tranquille. Il avait quand même fait des dégâts… »

Quand je l'ai connue, sainte Pia menait une vie qu'il n'était pas nécessaire de censurer, et attendait le prince charmant (tragiquement veuve du précédent, Gatsby le magnifique), histoire qu'elle me contera bien plus tard.

# 1969, ANNÉE ÉROTIQUE
## *L'ami Fritz*

27 janvier 2017
Hello, Alix,
Ma vieille amie Pia m'a envoyé un e-mail disant que vous pourriez avoir besoin d'informations à propos du séjour que nous avons fait avec Jay au Home Pasteur. C'était vraiment un endroit intéressant quand nous y étions en 1969-1970, et semble une excellente idée de roman !
Envoyez-moi un e-mail si vous voulez en parler davantage. J'ai écrit une fiction sur Paris autrefois (jamais publiée) qui pourrait vous être utile pour sentir l'atmosphère.
Pia m'a dit que votre anglais était très bon, sûrement bien meilleur que mon français, la prochaine fois, j'essaierai mon français rouillé. Fritz Hoffecker

28 janvier 2017
Cher Fritz,
Je serais ravie de lire votre roman parisien – et enchantée de pouvoir en parler avec vous. Merci de cette réponse si amicale aux propositions de notre chère Pia.

29 janvier 2017
Chère Alix,
Merci d'avoir répondu si vite. Aujourd'hui je vais essayer d'écrire en français, j'espère que ça a du sens. Je suis désolé mais je crois que je vous ai accidentellement donné une mauvaise impression sur ce que j'ai écrit sur Paris. Loin d'être un roman complet, ce n'est que quelques pages qui faisaient partie d'un roman écrit il y a de nombreuses années. Mais heureusement, vous n'aurez qu'à lire quelques pages de ma prose, pas un livre entier ! Je modifie le document un peu et l'enverrai bientôt. J'espère qu'il vous donnera quelques idées sur certaines personnes à la pension, et de l'atmosphère générale.
Après avoir lu ces quelques pages, vous aurez peut-être des questions et des idées dont nous pourrons parler plus tard. Ça va ? Fritz

30 janvier 2017
Magnifique ! Merci encore de votre intérêt et bravo pour votre maîtrise de la langue française pas du tout rouillée ! Alix

Chère Alix,
Vous êtes gentille de trouver mon français lisible ! Je préfère revenir à l'anglais... J'ai mis en pièce jointe les quelques pages que j'ai écrites il y a quelques années. Notez que ça ne parle pas tellement de la famille de Pia mais on peut en parler ensuite si ça vous intéresse. Fritz

[Désormais Fritz m'écrira donc en anglais, je lui répondrai en français, et je traduis ici toute notre correspondance.

Pièce jointe (VF) :]

À Paris, pour la première fois de ma vie, j'ai vécu dans une métropole, avec beaucoup de monde autour de moi mais personne de connaissance, que des inconnus comme des livres vivants à lire ou à regarder, et la rumeur des voix, les klaxons des voitures, le crissement des pneus et le ronflement du métro dans les tunnels, jour et nuit, sans arrêt.
Chaque jour à 7 h 45, la servante toquait à la porte de la chambre que je partageais avec L., et apportait un plateau sur notre petite table ronde. L. ne bougeait pas et je me glissais hors de mon lit et m'enroulais avec ma couverture dans le matin froid et sans chauffage. Je regardais par la fenêtre l'une des infinies nuances de gris du ciel et des bâtiments de Paris. Je me versais une tasse de café avec un pot marron et beurrais un pain à la croûte dure plus un croissant le dimanche et de la confiture de fraises. J'entendais les voix des autres pensionnaires, des cuillères heurtant les assiettes dans les chambres à côté et à travers le couloir. Je lisais peut-être un peu.
Quand Bill se montrait, à partir du printemps, nous supposions qu'il avait pris de la drogue – peut-être fumé du hasch –, il se lançait tout de suite dans des sujets universels. L. et moi étions de jeunes Américains à l'ancienne, axés sur les femmes, la nourriture, le sommeil, l'alcool et encore les femmes, mais quoi qu'on lui réponde, Bill avait un commentaire à faire ou un argument à ajouter. À Paris, on se retrouve sans cesse entraîné dans un forum permanent de discussion sur l'espace-temps, ça, on l'a appris.
Le soir, nous rentrions dans notre pension, dans le 7e pour dîner : une soupe (de couleur différente chaque jour, mais

avec exactement le même goût), des légumes inconnus qui ne poussent que dans certaines régions de France et nulle part ailleurs dans le monde (choux de Bruxelles de la couleur du chou-fleur), de la viande : du poulet ? bœuf ? agneau ? Difficile à dire, car une sauce riche épaisse et sombre lui donnait le même goût chaque soir. Puis dessert : fromage, une pomme, une poire. Et un expresso noir.

Pendant tout le dîner les Françaises et les Français qui vivaient dans la pension discutaient pour le plaisir de discuter, ne semblant jamais vraiment sûrs la moitié du temps de leur fait, ils consultaient un dictionnaire ou l'encyclopédie, et refusaient de les croire quand le livre n'était pas d'accord avec eux.

Pendant ce temps nous essayions de parler avec les sept étudiantes du collège américain qui nous ignoraient ostensiblement afin de préserver leur virginité pour leur futur mari, et papotaient avec une vieille dame autrichienne, tout sourire (aucun danger à parler avec les vieilles dames, elles ne peuvent pas vous sauter !) même si elle avait pu être une nazie pendant la guerre pour ce qu'on en savait.

À la table du dîner, quelquefois se trouvait un vieil acteur de la Comédie-Française (connu aussi comme le plus grand spécialiste du philosophe classique Nicolas Malebranche qui tenta de synthétiser les idées de St Augustin et celles de René Descartes – L. avait lu son livre *De la recherche de la vérité* et l'avait trouvé « irrésistible » mais c'était typique de ses mensonges), un acteur connu pour sa parfaite maîtrise de sa voix et de son corps sur scène… dont les mains commencèrent à trembler un soir à table, après qu'un idiot lui a dit : « Les lois de la probabilité servent toujours à pré-

voir un événement sauf dans de rares exceptions où elles ne fonctionnent plus. »
Et peu après ce soir-là, ses mains se sont mises à trembler quand il essayait de beurrer sa tartine, cet acteur et philosophe distingué avait vu Satan dans sa chambre de la pension et on l'emmena se reposer deux mois dans un sanatorium en Suisse. Quand il revint, il avait pris vingt ans, son visage était jaune et gris, il fumait à la chaîne des cigarettes brunes, la main noire de nicotine tremblant comme un poisson mourant sur la nappe blanche.
Et un étudiant puceau de dentaire, Jean-Jacques, qui prenait tout au sérieux, sa vie et sa future carrière, en mettant les dents au-dessus de tout, un type assez sympa qui buvait du vin avec nous à l'occasion, même s'il nous quittait après le premier verre pour aller travailler et était tombé amoureux de la plus jolie et la plus bête des sept Américaines. « Oh Mary ! » gémissait-il à nos oreilles.
Après le dîner, notre ami français venait dans notre chambre avec L., et quoi qu'il arrive, il avait un plan pour la soirée. Il apportait quelque chose à inhaler ou à boire, de la bière ou du vin « empruntés » à la cave de son oncle riche homme d'affaires, de la poire (alcool frauduleux de poires – dont il a ramené un jour une bouteille haute de trois pieds), du calvados de 1892 (alcool de pomme), du whisky et quelque chose comme du Gamma OH, le sirop contre la toux à la codéine.
Nous écoutions Beethoven et Led Zeppelin, quelquefois allions chez Eddie ou ailleurs chercher des filles à 3 heures du matin au Drugstore du boulevard Saint-Germain regarder la lie de l'humanité parisienne et étiqueter les différentes écoles de « pédés » [VO] qui mangeaient des glaces

avec leurs bouches maquillées, des chemises lacées et des bagouzes, les premiers homosexuels que j'aie jamais vus dans la vraie vie. […]
À Boston, un de ces terrifiants étudiants qui n'a pas quitté sa chambre depuis deux ans à lire Ezra Pound ou T.S. Eliot, après avoir fini son « grand devoir », est venu prendre une bière, et m'a raconté comment il avait vu Samuel Beckett l'écrivain, qui marchait juste dans la rue à Paris, et comment ça avait été une grande expérience pour lui, même si je doute que c'en ait été une pour M. Beckett.
En 1969, Beckett a gagné le prix Nobel de littérature et a aussi écrit *Souffle*, une pièce qui dure 35 secondes et n'a pas de personnage, comme leur petite rencontre.

*Fritz Hoffecker*

En réalité, la dame autrichienne, Mme Orvald, n'avait aucun passé nazi, au contraire : elle avait atterri à la pension en pleine guerre avec son fils parce qu'ils étaient juifs et avaient besoin de se cacher. Le fils avait une agence de voyages à Paris et ils parlaient très bien anglais, allemand et français.

L'acteur, Christian Lude, avait été envoyé par Claude-Roland Manuel. Agrégé de philosophie et grand spécialiste de Malebranche, il avait de grandes conversations avec Samuel. Un jour, il lui a dit :

« Oh, cher Samuel, j'ai peur d'aller en enfer ! (Il ne s'était jamais remis de la mort de sa mère et avait des tendances homosexuelles.) La preuve : j'ai fait un pari avec le Diable, que si en sortant de la pension je croisais trois militaires, j'irais en enfer. »

Comme à côté de la pension, il y avait la caserne de la garde républicaine, il ne mettait pas longtemps à croiser ses trois militaires…

Cocotte devait négocier savamment avec lui pour lui faire prendre des bains. Il ne voulait pas se laver. Elle lui disait : « Christian, il va falloir prendre un bain… Demain ? — Non j'ai un empêchement. — Mardi ? — Non, malheureusement, je suis pris. — Mercredi ? — C'est impossible, j'ai un rendez-vous… — Alors jeudi ? — Nous prenons date ! »

Elle lui faisait couler un bain, y versait la moitié d'un flacon d'Obao moussant et lui disait : « Profitez bien ! Surtout restez-y tout le temps qu'il faudra ! »

Il fumait quatre paquets de gauloises par jour dans sa toute petite chambre au fond de la pension, côté escalier de service, dans un épais brouillard. Quand Pia allait lui porter son plateau, il avait toujours un chapeau sur la tête, de jour comme de nuit. Elle entrait dans sa chambre, il soulevait son chapeau, elle posait le plateau, il remettait son chapeau.

Il avait été acteur et très bon acteur, de théâtre surtout, il ressemblait comme deux gouttes d'eau à Louis Seigner. Il est mort en 1978.

1er février 2017
Cher Fritz,
C'est formidable ; je reconnais dans votre évocation bien des personnages dont Pia m'a parlé.
Combien de temps avez-vous résidé à la pension ? Comment êtes-vous arrivé là ? Alix

2 février 2017
Chère Alix,
J'ai habité à la pension d'octobre 1969 à mai 1970. C'était une super année. J'avais des cours à la Sorbonne, mais la plupart du temps, je traînais en ville, je découvrais des gens

nouveaux, et surtout je profitais de la vie à la française (par exemple, je ne savais pas qu'on pouvait boire du vin à partir du déjeuner).

Étudiant à Princeton, j'ai décidé de faire mon année de junior (troisième année de licence) en France. Je me suis inscrit au programme de Sweet Briar qui depuis longtemps envoyait des jeunes filles bien nées et bien élevées du Sud – et quelques butors comme moi – à Paris. Le programme nous a envoyés chez les Sabelli, ce qui était une chance pour nous.

Les autres étudiants étaient logés dans des familles françaises qui offraient un cadre plus sécuritaire que les Muller. Nous étions libres d'aller et venir comme nous voulions et avec qui nous voulions.

En fait, en tant qu'amis et « complices » de Paul, nous nous sommes retrouvés dans quelques aventures qui ne nous seraient jamais arrivées sous le toit d'une autre famille. M. et Mme Muller avaient la gentillesse de nous ignorer.

Je vais venir avec ma fille Margaret le 24 avril. Elle fait le marathon de Londres le 23, et nous prendrons le train pour qu'elle puisse récupérer à Paris. Fritz

P-S : À propos, je pense devoir expliquer à une Française pourquoi j'ai « le nom d'un Boche ». Un de mes arrière-arrière-arrière-arrière-grand-pères est venu de Bavière en Amérique en 1750, mais mon sang est surtout irlandais, anglais et indien-américain, mon vrai nom est Frank Shawn mais comme on a déjà au moins cinq Frank dans la famille, on m'a surnommé Fritz (même si mon père était dans les Marines et s'est engagé dans la Seconde Guerre mondiale).

Tel est mon destin, j'espère que vous me pardonnerez !
Fritz

3 février 2017
Cher Fritz,
Pour votre prénom, ne vous inquiétez de rien, tout le monde connaît en France, au moins le titre d'un roman très populaire : *L'Ami Fritz* ! Vous êtes immédiatement dédouané… Par ailleurs :
— Votre description des menus des repas est-elle exacte ?
— Quelle a été votre plus grande surprise en arrivant ?
— Quels étaient vos rapports avec France et sa famille ?
— Vous souvenez-vous de *La Joconde* ?
Je me réjouis de faire votre connaissance quand vous viendrez à Paris en avril ! À bientôt ! Alix

4 février 2017
Chère Alix,
Ma description des repas n'est pas sympa, et la nourriture était vraiment très bonne, je ne voulais pas avoir l'air critique mais montrer le point de vue d'un jeune Américain à moitié ignare.
Quoi qu'il en soit, je maintiens la description de la soupe, elle était délicieuse mais avec la curieuse caractéristique d'avoir de différentes couleurs, mais toujours le même goût tous les soirs.
Le café était aussi exceptionnel (fort et quelquefois avec un goût noisette), le meilleur café que j'avais jamais bu, étant habitué à l'affreux instantané américain.
Ma plus grosse surprise est que j'ai aimé vivre à Paris et réellement de plus en plus. Je venais d'une petite ville de

3 500 habitants et la perspective d'habiter dans une grande ville était intimidante.

On m'avait prévenu aussi que les Français seraient désagréables avec moi, mais ce fut le contraire. Le fait que mon français soit à moitié potable y a aidé, et la plupart des gens ont été très accueillants. J'ai découvert de plus en plus d'endroits et de personnes chaque jour et j'ai appris à aimer la ville.

Mme Muller était toujours dans le coin, souvent dans la cuisine, faisant la cuisine, elle discutait avec les visiteurs et la famille. Pia aidait sa mère. C'était une charmante et amicale jeune fille de quatorze ans environ.

Un soir ma sœur a appelé des États-Unis alors que j'étais sorti avec une petite copine et Mme Muller lui a répondu que j'étais parti étudier. J'ai apprécié qu'elle me couvre ! (Même si je ne pense pas que ma sœur s'en soit formalisée.)

Mme Muller a toujours été très aimable avec moi. J'ai eu l'impression qu'elle travaillait très dur pour tenir la pension et paraissait toujours de bonne humeur. J'extrapole peut-être ici, mais quelquefois, elle semblait porter une profonde tristesse à l'intérieur. Je spécule, peut-être à cause du destin de Catherine, peut-être parce qu'elle savait que Paul était « mauvais » mais ne savait pas quoi faire, peut-être que c'est quelque chose d'autre.

Je me souviens très bien de la reproduction de Mona Lisa qui était dans le salon en bas de la pension. Paul m'a raconté que son père aimait la vraie Mona Lisa et le suspectait de l'avoir volée comme en 1911 et d'avoir mis une copie au Louvre, et que c'était la vraie qui était au salon du

Home Pasteur. La peinture était une excellente reproduction (mais était-ce une reproduction ?).
M. Muller s'asseyait souvent dans ce salon pour fumer et lire le journal, et profiter de l'original de son œuvre d'art préférée. Je me demande souvent ce qu'est devenue cette peinture.
À propos de M. Muller, quand j'ai demandé à Paul ce qu'il faisait dans la vie, il m'a dit qu'il était éditeur de disques d'un perfectionnisme achevé. Il disait qu'il faisait recommencer du début tout l'enregistrement si une seule note de violon était un centième de seconde trop longue.
Il racontait que, chaque matin, son père se levait, s'habillait, buvait de la tisane et allait aux toilettes. Et je n'oublierai jamais ce qu'il a dit ensuite : « Puis, il s'essuie jusqu'à ce qu'il ait le cul le plus propre de Paris. » Une phrase crue, mais qui illustre un côté de sa personnalité.
Paul, après quelques semaines, a décidé que Jay et moi étions « OK » et il a commencé à venir discuter avec nous dans notre chambre. Peu à peu nous sommes devenus de bons amis et avons vécu beaucoup d'aventures ensemble. Il avait beaucoup d'idées de sorties le soir, comme d'aller au Drugstore Saint-Germain à 2 heures du matin, ou de nous convaincre Jay et moi de fixer dans les yeux un gangster chinois de l'autre côté du comptoir. Le gangster s'est mis très en colère et la situation a failli dégénérer quand nous avons tous décidé que nous ferions mieux de partir. Paul trouvait ce genre de situations très drôles et pouvait en rire pendant des semaines.
J'espère que ça vous aide. N'hésitez pas à me poser d'autres questions. Mais je ne veux embarrasser personne.
Fritz Hoffecker

5 février 2017

Cher Fritz,

Merci de vos réponses qui me passionnent.

Je n'imaginais pas que les pensionnaires américains puissent aussi venir de petites villes mais au contraire de métropoles américaines qui leur auraient produit l'impression inverse…

Puisque vous m'y encouragez, j'aimerais continuer à vous poser des questions, et sur Paul notamment. Son rôle, dans la vie de Pia, a été celui d'un démon. Très sympathique et très charmant, mais diabolique.

Il entraînait les gens dans des aventures qui l'amusaient beaucoup, lui, mais n'étaient pas sans graves conséquences pour eux. Et dont il se moquait. Qu'en pensez-vous, et pourriez-vous m'en dire plus à ce sujet ?

Ne vous inquiétez pas d'embarrasser quiconque, j'écris sous le contrôle de Pia, qui m'en a déjà beaucoup dit à ce sujet…

Merci encore de toutes ces très précieuses informations.

À bientôt à Paris !

Ce sont des questions pousse-au-crime…

## SEX, DRUGS AND BEETHOVEN (VF)
*L'ami Paul*

6 février 2017
Chère Alix,
Comme vous l'avez remarqué, j'hésite à parler de Paul plus profondément. Je pensais que Pia le tenait en grande estime – le charmant grand frère, l'homme du monde – et je n'aurais jamais deviné qu'il aurait testé ses blagues sur elle. C'était une charmante et innocente jeune fille qui semblait trop pure pour mériter aucun mal.
Les micmacs auxquels je me suis livré avec lui étaient assez innocents et n'ont jamais fait de tort à personne. Au risque d'affadir mon portrait, je vous demanderais de me voir dans le passé comme un type avec une éthique à l'ancienne, originaire d'une petite ville.
Je pense que Paul avait compris que je n'entrerais pas dans des plans qui puissent blesser quelqu'un d'autre, c'est pourquoi il m'a entraîné dans des « jeux » relativement innocents (je préfère ne pas l'écrire dans un e-mail au cas où nous n'aurions pas respecté la loi même si elle était stupide).
Paul m'a dit que son père bombardait de questions sa

sœur Catherine et lui sans pitié au dîner tous les soirs et se moquait d'eux s'ils n'avaient pas la bonne réponse. Paul dit qu'il faisait mieux que Catherine et qu'elle était dévastée de perdre continuellement. Personne ne parlait beaucoup de Catherine, mais il semblait qu'elle avait une sorte de maladie mentale, je ne sais pas si ce traitement par les quiz y a contribué.

Paul est venu me voir un matin très excité à l'idée de me raconter que la nuit précédente, il avait convaincu son père de boire beaucoup de Gamma OH (sirop pour la toux à la codéine) et qu'il en avait été vraiment malade et en avait vomi partout. Paul trouvait ça hilarant et a raconté cette histoire pendant des semaines.

Il semble que la mère de Mme Muller n'appréciait pas du tout Samuel, d'après Paul, et qu'il ait abandonné ses ambitions de concertiste pour ne plus jouer du tout pendant des années. Quand la vieille dame est tombée malade et reposait dans son futur lit de mort, il a recommencé à jouer, et la musique a envahi la pension, peut-être son dernier chant pour se moquer d'elle et la défier alors qu'elle était mourante.

Une petite histoire à propos d'une jeune Américaine que j'ai baptisée Julie. Comme moi, elle était étudiante à Paris et je l'ai connue par un ami commun. Elle venait d'une ennuyeuse ville du Middle West et était « innocente » – elle n'avait jamais été confrontée aux dépravations dans lesquelles nous nous étions vautrés avec joie en fac. Elle était petite, pas d'une beauté renversante mais attirante, avec des longs cheveux bouclés blond vénitien. Son visage était ouvert, béant de la nouvelle excitation qu'elle commençait à entrevoir chez les Sabelli.

Un soir Paul est venu avec une bouteille de poire d'un mètre de haut. Il a persuadé un de mes amis, appelons-le Ed, de faire un concours de boisson, rien que tous les deux, et dit à Julie : « Nous devons boire jusqu'à ce qu'un de nous deux meure. Tu vois la taille de cette bouteille ? Aucun être humain ne peut en boire la moitié sans mourir. » Ed et lui ont commencé à échanger des rasades de poire, soulevant à deux mains la bouteille géante, et faisant un grand spectacle de ce duel. Ed n'avait pas la résistance de Paul et son teint a commencé à virer gris-vert.

Julie a commencé à paniquer : « Stop ! Arrête ! STP, Paul ! » Ses yeux bleus écarquillés et elle s'est mise à pleurer doucement.

Évidemment Paul était ravi d'avoir ferré son poisson et continuait : « Non, Julie, je ne peux pas, Ed et moi étions d'accord pour boire jusqu'à la mort, c'est une question d'honneur. » Ça a duré deux heures, et Julie était de plus en plus frénétique. Le concours s'est arrêté quand Ed est tombé raide, sans mourir, évidemment, mais pour Paul c'était un grand succès, il avait réussi à torturer Julie pendant quelques bonnes heures de félicité.

Plus tard, j'ai entendu dire, mais je n'y étais pas, qu'il avait réussi à la convaincre de couper ses magnifiques cheveux pour être plus « à la mode ». Quand elle vit le résultat dans la glace, la pauvre Julie pleura encore. Je ne l'ai jamais revue, mais j'espère qu'elle s'en est remise. Les cheveux repoussent mais les cicatrices psychiques sont plus longues à guérir.

J'espère que vous allez bien et que vous passez un excellent week-end. L'une des meilleures choses que j'ai apprises de Paul est : « Il faut faire le week-end. » Fritz

Cher Fritz,

Merci mille fois !

Encore d'autres ! Alix

Chère Alix,

Une fois, j'étais en voiture près de l'Opéra avec Paul et je lui fis remarquer qu'on voyait beaucoup de très jolies femmes bien habillées. Il répond : « Bien sûr ce sont des prostituées de grande classe. Elles vont près de l'Opéra pour trouver des riches avec qui passer la nuit. »

Il réfléchit une minute et dit : « J'ai une idée, nous allons nous arrêter, en ramasser une et raconter que tu es un riche Texan dans le pétrole. Tu lui promets 500 dollars pour coucher avec toi.

— Mais Paul, je ne suis jamais allé avec une prostituée et je n'ai pas 500 dollars ! Même si je couche avec elle, qu'est-ce qu'elle dira le lendemain quand je ne pourrai pas la payer ? »

Il a éclaté de rire : « Elle sera très fâchée. » Il riait, il a continué à essayer de me convaincre, mais j'ai refusé, et il a laissé tomber.

Plus tard il m'a dit qu'il n'avait plus le droit de conduire : il avait brûlé 6 feux rouges place de la Concorde, en plein cœur de Paris. Non seulement il pouvait le faire, mais ça le faisait beaucoup rire. Fritz

— Merci, cher Fritz, de ces histoires formidables !

J'ai passé une semaine loin de mon ordinateur, mais je suis de retour pour avoir la joie de vous lire. Gégauff lui fut de très mauvais conseil, d'après Monica. L'avez-vous rencontré ? Alix

Selon Monica, tout le mal ne vient pas de Paul Muller, mais de Paul Gégauff, scénariste et écrivain, un ancien ami de ses parents qu'il avait retrouvé en boîte de nuit, et qui fut aussi son mauvais ange…

Elle m'a raconté que Paul Muller dirigeait la partie variétés chez Philips – et il y réussissait très bien – quand Gégauff était entré dans sa vie elle ne sait comment, sachant qu'il était le fils de Samuel Muller, avec qui il était brouillé, et lui a dit : « Qu'est-ce que tu t'emmerdes à rester chez Philips et avec cette petite situation minable (or il avait une très belle situation par rapport à sa famille), fiche tout ça en l'air, on va faire quelque chose de grandiose ! » et il a eu la bêtise de partir…

Et il est parti comme il partait de partout, en laissant une grosse ardoise, dont beaucoup de téléphone, loin d'être gratuit à l'époque… Il fréquentait beaucoup de gens très à la mode comme Dico Byzantios qui vivaient dans les boîtes de nuit, buvaient comme des trous et, en plus, se droguaient… Quant à Gégauff, il avait une plantation de cannabis à la campagne dans son jardin, il était l'un des premiers, à l'époque ça ne se faisait pas de faire pousser du cannabis, il était diabolique, mais il aimait bien jardiner, il aimait bien la nature…

1er avril 2017
Chère Alix,
Est-ce que la tante Monica était la femme de l'oncle Francis, la sœur de Mme Muller ? Si oui, je me souviens bien d'elle. Elle traversait un moment difficile pendant mon séjour. (Je

suppose que vous connaissez l'histoire sinon Pia vous la racontera.) J'espère qu'elle va bien, saluez-la de ma part.

Paul ne nous mélangeait jamais avec ses amis français. Je ne connaissais pas Gégauff. J'ai trouvé cette citation sur Google de Chabrol à son sujet : « Quand j'ai besoin de cruauté je sors trouver Gégauff. Il est très bon. Il peut rendre un personnage absolument ridicule et détestable en deux secondes » : ça me fait penser à quelques farces de Paul qui secouait les gens pour les regarder se tortiller ensuite.

Paul m'a dit qu'il avait participé à la production du film de Godard *Sympathy for the devil*, où les Rolling Stones chantaient cette chanson sans arrêt. Il dit qu'il avait gagné 50 000 dollars et était immédiatement allé jouer à Deauville. Il a tout perdu en deux jours et était retourné vivre à la pension après. C'est à ce moment-là que nous l'avons rencontré. Il nous disait être plus intéressé par le jeu que par le gain. Je n'ai jamais joué mais je peux comprendre que le rush de perdre puisse être excitant. L'angoisse apporte de puissantes émotions. Je reviens vers vous bientôt. Fritz

— Vous souvenez-vous d'autres personnes qui habitaient le Home Pasteur ? Alix

— Je me souviens de Mary Virginia Allen, une vieille fille de cinquante-cinq à soixante ans qui enseignait le français aux jeunes filles du Sud chic qui allaient à l'université pour se polir un peu avant d'atteindre le vrai but de leur dernière année : « une bague au printemps ». En faculté, elles devaient se tenir bien, monter à cheval et rejoindre une sororité, comme les femmes du Sud à cervelle, dans le but d'épouser un médecin, un avocat ou l'héritier d'une riche famille de Mobile ou de Richmond.

Acquérir un peu de français et de culture parisienne contribuait à les rendre plus attirantes pour de futurs partis. Le travail de Miss Allen était de les imprégner des beautés de l'art de vivre à la française.

Je pense qu'elle était en année sabbatique à Paris. Elle avait des cheveux gris permanentés, des jupes sous le genou et ne venait jamais avec nous boire un verre ou faire la fête. Elle avait le pire accent en français que j'aie jamais entendu mais ne semblait pas s'en rendre compte.

Je ne la voyais qu'au dîner, où elle essayait de se joindre à la conversation générale malgré les regards légèrement surpris de Paul ou de l'oncle Francis. Même si elle nous faisait rire, nous ne l'avons jamais taquinée.

À l'époque, je n'ai pas compris du tout qu'elle était parfaitement heureuse, profitant de ce qui était pour elle une année excitante. Je ne pouvais pas imaginer qu'un homme ou une femme puisse prendre du bon temps sans que ça implique de la drogue, beaucoup de fêtes et du sexe.

Peut-être était-elle la plus heureuse personne de la pension, pouvant vivre la vie dont elle avait rêvé depuis des années – passant de nombreux mois dans sa ville préférée, un séjour qu'elle n'oublierait jamais.

P-S : En faisant des recherches, j'ai trouvé son avis de décès : Mary Virginia Allen, née le 11 novembre 1914, morte le 15 octobre 2011.

Fille de pasteur, diplômée de l'Agnes Scott College, elle a étudié le français à Toulouse. PHD en 1954.

Mes suppositions à propos de sa vie étaient très justes : amour de toutes les choses françaises, résidente permanente au « bon » lycée des femmes du Sud, cinquante-cinq ans à peu près, etc. J'avais raté le père pasteur (mais ça ne me surprend pas, vu sa bonne conduite). Fritz

— Qu'elle ait appris le français à Toulouse doit expliquer son accent du Midi, très rare chez les Américains ! Alix

Chère Alix,
Dans six semaines, je serai à Paris !
J'ai retrouvé un texte intitulé « Paris extrait 1969 » à propos des jeunes filles de la pension. Il y en avait quatre et pas sept :
Kate, la chef du groupe. Grande avec de longs cheveux noirs – avant que Jay et moi ayons la moindre velléité de flirter avec elle, nous a dit que son père était un agent du FBI et que son petit copain allait en devenir un, et qu'on ferait mieux de cesser nos tentatives auprès d'elle ou de ses copines.
Son lieutenant s'appelait Sandy, elle vénérait sa force et sa beauté et était aussi désagréable avec nous.
Mary, celle dont Jean-Jacques était amoureux, avait des longs cheveux marron et brillants comme s'ils venaient toujours d'être lavés. Elle avait l'air un peu simplette et sans aucune idée personnelle.
Enfin, il y avait Cupcake (petit gâteau), une énorme jeune fille d'au moins 250 livres (113 kg). Elle avait un joli visage fin comme s'il avait été greffé. Elle était rebelle et s'amusait avec nous, indépendante d'esprit et avec de l'humour.
Ces quatre filles partageaient deux chambres, et on ne les

voyait qu'au dîner. Dans les mois qui ont suivi, Jay et moi sommes devenus amis avec Paul et nous avons eu des petites copines, nos vies n'ont jamais croisé la route de ces quatre Américaines.

Vers le mois d'avril les choses ont changé. Cupcake est venue dans ma chambre, ce qu'elle n'avait jamais encore fait. Son impressionnante silhouette bouchait la porte, et elle dit : « Fritz, as-tu vu Paul ? » Je trouvais bizarre qu'elle me le demande mais m'imaginais que ça avait quelque chose à voir avec la pension. « Non, j'ai dit, je ne l'ai pas vu depuis deux jours. » Elle est sortie, et je n'y ai plus pensé.

Étrangement Cupcake est revenue les deux jours suivants me demander si j'avais vu Paul. « Désolé, je ne sais pas où il est. »

Trois jours après, Paul est entré dans ma chambre et a fermé la porte doucement. J'ai dit : « Salut, Paul, comment ça va ?

— J'ai un problème.

— Je peux t'aider ?

— J'ai baisé Cupcake.

— Quoi !!! Non dis-moi vraiment ce qu'il se passe, Paul, quelle blague !

— Tu m'as entendu, j'ai baisé Cupcake.

— Pour de vrai ? »

Il a fait la grimace, rougissant et riant nerveusement.

Ensuite, il m'a raconté toute l'histoire. C'était une nuit où il n'y avait personne. Paul et Cupcake ont commencé par boire du vin et du Gamma OH (le sirop à la codéine pour la toux). Ils étaient tous les deux un peu défoncés et Cupcake a demandé à Paul s'il voulait un massage du dos. La dernière chose que Paul se rappelait, c'est qu'ils avaient fait l'amour !

De plus, Cupcake était une partenaire enthousiaste et très bruyante. Bien sûr quand Paul était revenu à lui, il avait réalisé qu'il avait fait une erreur. Mais ce n'était pas une erreur pour Cupcake – toute la semaine, elle l'avait traqué pour un « encore », ou mieux, plein d'autres « encore ».

Paul se cacha encore quelques jours, et eut un répit. Cupcake rencontra un jockey français, un petit type de moins de 125 livres (56 kg) mais qui se prit de passion pour elle. Cette liaison dura jusqu'au départ de Cupcake, son retour chez elle en Pennsylvanie.

Je lui tire mon chapeau. Étant si grosse et pas vraiment jolie, elle était désavantagée au départ pour se trouver un homme et avoir une histoire de sexe durant son séjour en France. Et contrairement à ses compatriotes qui se gardaient des hommes, elle a réussi à coucher avec non seulement un mais DEUX Français. Elle est rentrée aux USA avec des souvenirs qu'elle n'oubliera jamais à raconter, alors que les trois autres n'auront que leur seule amertume pour se consoler. Fritz

Chère Alix, 1er avril,

Voici une petite histoire : « Paul enseignant à Pia les différences entre les hommes et les femmes. » Un soir, avant le dîner, je passais devant la cuisine où Paul, Pia et Mme Muller riaient et discutaient de quelque chose, Paul dit : « Pia, montre à Fritz ce que je te disais. »

Pia, qui avait treize ou quatorze ans, s'est tournée vers moi et m'a dit : « Paul a dit qu'il est plus difficile d'être un homme que d'être une femme parce qu'il est plus difficile

de tendre le bras que d'ouvrir la bouche. Mais regardez je peux facilement tendre mon bras », elle étendit son bras tout droit, « et je peux facilement ouvrir ma bouche » – elle ouvrit grand la bouche en gardant le bras tendu.
Paul a commencé à glousser, très content de sa plaisanterie salace. Et j'admets que comme j'ai l'esprit pécheur j'ai compris le jeu de Paul mais je ne voulais pas laisser faire Pia. Pendant ce temps, Mme Muller riait mais en hochant la tête, elle dit calmement à Paul d'arrêter d'être méchant. Ça a duré un moment, tout le monde riant, Pia toujours bras levé et bouche ouverte, Paul suggérant qu'elle raconte ça à ses amis à l'école et Madame se demandant sans doute si c'étaient des blagues normales entre frère et sœur ou quelque chose de pire.
Les semaines suivantes, Paul répéta souvent la blague à Jay et moi, toujours content du bon tour qu'il avait joué…
À bientôt ! Fritz

Merci, cher Fritz !
Ce qui me surprend, c'est l'attitude de Madame, qu'en pensez-vous ? Bon week-end !

Chère Alix,
Bonne question ! Je ne suis pas resté assez longtemps pour voir si elle a grondé Paul après. Je n'ai vu qu'une partie de sa réaction. Je n'en sais rien.
Merci pour votre invitation, le 25, j'ai très envie de vous connaître et j'espère que Pia et Serge pourront venir. Fritz

Le 25 avril 2017, Fritz, sa fille Margaret, Pia et son mari Serge dînèrent chez moi, rue du Bac à Paris 7ᵉ. Nous n'évoquâmes point en détail tous ces sujets, mais reprîmes vite notre conversation par e-mail, en nous tutoyant désormais.

26 avril 2017
Merci du délicieux dîner avec Pia et Serge. Margaret et moi te remercions de ton hospitalité. C'était quelque chose de revoir Pia après tant d'années !
Je t'enverrai de nouvelles histoires en rentrant. Fritz
— J'ai été ravie de te connaître ainsi que Margaret et vous embrasse tous les deux. Alix

Chère Alix,
Hélas, j'ai dû quitter Paris ! Margaret et moi avons fait un séjour fantastique, nous avons marché dans toute la ville, pris beaucoup de cafés (et de pâtisseries) et vu d'anciens et de nouveaux amis (comme toi). Je me souviendrai toujours de ce merveilleux dîner ensemble. Merci encore.
Je pense à une autre conversation que j'ai eue avec Paul, un jour. Il parlait des relations avec les femmes et décida de me donner des conseils :
« Si tu as une liaison avec une femme, ou même si tu es marié tu pourrais finir au lit avec une autre soit accidentellement, si tu es saoul, ou volontairement parce que tu cherches de l'herbe plus verte ou juste l'excitation qu'une nouvelle femme pourrait offrir… Si ça arrive et si ta copine t'accuse de la tromper, il faut nier. N'avoue jamais que tu l'as fait, même si ta copine entre dans la chambre où tu es en train de faire l'amour avec une autre. Nie ! »
Il a continué en expliquant qu'un homme pense qu'un accroc d'une nuit est sans importance, mais qu'une femme

se sentira gravement offensée, insultée ou même blessée, et qu'il vaut mieux nier et ne pas la blesser plutôt qu'avouer en espérant qu'elle te pardonne.
Je me demande ce que tu en penses. Fritz

— « N'avoue jamais ! » C'est un principe connu en France, le prétexte fourni par les hommes est qu'il ne faut pas blesser son épouse (en plus de la tromper !) et fait partie des aménagements nécessaires pour préserver la durée d'un mariage (indissoluble chez les cathos) et de la différence de rapport avec la loi aux USA (on respecte la loi parce que c'est la loi) et la vieille Europe, où il s'agit de ne pas se faire attraper par les gendarmes… Alix

Chère Alix,
Je n'aurais jamais pensé que « Il faut nier » était si profond ! Paul ne me racontait pas sa vie amoureuse, même s'il y avait des rumeurs et qu'il disparaissait parfois plusieurs jours. Son silence contrastait avec beaucoup d'hommes américains (et sans doute d'autres pays) dont le sport favori est de raconter comment ils ont eu telle ou telle fille au lit et combien le sexe a été formidable. Paul se taisait sur ses aventures à l'exception de l'histoire avec Cupcake, donc je pense que malgré ses fredaines, il était quand même d'une certaine façon un gentleman. Fritz

Voilà un point de vue masculin que je ne commenterai pas, il faudrait que je demande son avis à Harriet, qui fut pensionnaire à la même époque, si j'arrive à la joindre…

Quant à Paul Muller, cicérone dans « la moderne Babylone », tel Raoul de Gardefeu de *La Vie parisienne* un siècle plus tôt, accueillant les Brésiliens cousus d'or, il est aussi l'auteur d'un recueil devenu culte…

*Le Livre rose du hippy* dégage la même odeur que la Bible illustrée par Gustave Doré et le Lagarde et Michard du XVIe siècle que j'ai trouvés chez le bouquiniste à Saumur, pour me replonger dans le bain de nos lectures d'époque : le moisi. Signé Paul Muller, ce recueil d'aphorismes de Leary, Ginsberg, Watts, Mailer et bien d'autres, sur fond de dessins psychédéliques fluo, est paru en 1968.

Il commence par une mise en garde en guise de préface, se revendiquant comme un livre de sagesse, qui s'achève par : « Certains seront choqués. Et pourquoi pas ? »

## GATSBY LE MAGNIFIQUE

*« Charles, je vous aime, et je vais mourir pour vous ! »*

Pia était tout le temps amoureuse.

Son premier amour avait été le peintre Richard Overstreet : à quatre ou cinq ans, en 61-62, elle se revoit se glissant dans son lit à la pension. Il ne s'est rien passé de répréhensible, bien sûr, mais elle le trouvait très beau, ce qu'il est toujours ! Pour un octogénaire, il est encore très bien.

À douze ans, elle est amoureuse d'un autre pensionnaire, un étudiant de Sciences-Po. Avec son amie Françoise, elles se postent sur un banc devant la chambre de ce Patrick, pour guetter ses allées et venues. Françoise ne partageait pas ses sentiments mais elle se montrait toujours très secourable.

Et Charles ? Il était magique ! Elle tombe amoureuse de lui à treize ans : il était grand, il était blond avec de beaux yeux bleus et il jouait au tennis comme personne, c'était Gatsby le Magnifique ! Le prince charmant.

Banquier mélomane, Charles venait dîner avec sa femme Irène, des amis de ses parents, rue de Babylone, dès 1965.

Le couple Charles-Irène ne marche pas trop, mais ils vivent sous le même toit à Soindres, près de Mantes-la-Jolie. Pour rejoindre son bureau à Paris, Charles conduit à tombeau ouvert sa Lancia. Il a déjà eu des accidents. Même Marc, le cousin de Pia, l'a mis en garde.

Mais avec Charles au volant, Pia n'a même pas peur. Un lundi matin, en quatrième, elle avait cours à 10 heures du matin, ils ont quitté Soindres à 9 heures et demie. Et elle était arrivée à l'heure.

En week-end chez eux, où elle garde leurs petites filles, elle note absolument tout ce qu'il lui dit sur un carnet. Avec les heures. Chaque parole tombée de sa bouche, même la plus anodine, est recueillie dans l'extase.

Quand elle étrenne un nouveau manteau, Charles lui dit : « Oh, comme tu es élégante, tu es très new-look ! » Merveilleux.

Elle rougit dès qu'il la regarde…

Avant, son père sortait Pia tous les week-ends, l'emmenait goûter place du Luxembourg, au cinéma, au Louvre. « Je me souviens très bien d'une exposition Latour à l'Orangerie en 70, j'ai un souvenir magique de cette exposition, il m'y avait emmenée plusieurs fois, il m'avait expliqué les tableaux. C'était passionnant. »

Désormais, dès que Samuel se trouve cinq minutes en tête à tête avec sa fille de treize ans, c'est pour lui expliquer combien la mère d'Irène, l'épouse de Charles, est une femme exceptionnelle, comme pour se libérer la conscience. Pia a honte. Pas lui. Elle jalouse sa maîtresse.

Sa flamme pour Charles est entretenue par toutes les liaisons qui se multiplient autour de lui ; elle raconte :

« Paul mon frère avait une histoire avec sa femme Irène, qui n'a pas duré longtemps, et mon père avec la mère d'Irène, pendant six ans, qui a rendu folle ma mère… Très idéaliste, je pensais : Nous deux, avec Charles, au moins, on ferait un couple propre…

« C'était le week-end de la Pentecôte 71, Irène était allée passer le week-end chez les Vilmorin à Verrières, elle me laissait seule avec Charles.

« Le dimanche, il était avec ses filles, j'étais dans mon cabinet de toilette, j'ai avalé des échantillons de parfum, *Moustache* en l'occurrence, et quand Charles est venu toquer à la porte, je lui ai dit :

« "Charles, je vous aime, et je vais mourir pour vous !"

« Je ne sais pas ce qu'il s'est passé dans ma tête.

« C'était le 31 mai, le 18 juin il était mort.

« Je revois les échantillons comme si c'était hier. Je ne pense pas que je pensais que c'était possible.

— Tu as été à l'hôpital après ?

— Sans doute, je ne me souviens pas. J'avais quatorze ans, ils ont dû se dire : l'adolescence… Je ne pense pas que ça les ait plus effrayés que cela. Je ne sais pas. »

Même la mémoire de Pia a des failles.

Irène, la veuve de Charles, me racontera :

« Pia avait une adoration pour mon mari. J'étais chez des amis à Verrières-le-Buisson, chez les Vilmorin, et on est venu me réveiller à 7 heures du matin. J'étais affolée. Charles, au téléphone, me dit de rentrer tout de suite. Il me raconte ce qu'il s'est passé, je plaisante :

« "C'est ça, tu avais mis ton costume en velours, tu jouais du piano…" Mais il m'a dit : "Non, ce n'était pas drôle du tout, viens !"

« Et je suis arrivée ; j'ai parlé avec Pia, elle avait bu du shampoing m'avait dit Charles.

— Du *Moustache*, elle s'en souvient encore…

— Ça, c'est de l'eau de Cologne, c'est peut-être avant qu'elle a pris le shampoing… En tout cas, Charles avait un côté très scout, il avait été le meilleur scout de France, il avait fait tout ce qu'il fallait.

« Elle allait mal, j'ai été lui parler, je suis restée avec elle et puis j'ai appelé France, je lui ai dit que je connaissais une femme psychiatre absolument formidable, et que je ramènerais moi-même Pia à Paris. "Ne vous inquiétez pas, je fais très attention !" À un moment donné, je l'ai mise au lit.

« Et puis tout d'un coup, je me dis : il vaut mieux que j'aille voir ce qu'il se passe, je me suis relevée, je l'ai bougée, je voyais bien qu'elle était en train de vomir. Je l'ai tirée du lit, je me souviens, j'étais vraiment costaud, je lui ai retiré son pantalon, je l'ai déshabillée, je suis entrée dans la baignoire avec elle, j'ai pris la douche, elle était pleine de vomi, je lui ai dit : "Tu ne trouves pas que ça suffit le shampoing l'autre soir, l'eau de Cologne maintenant, mais arrête !"

« Je l'ai lavée, je l'ai engueulée comme on engueule un enfant, elle dormait dans un petit lit. Je lui ai dit : "Arrête ! Demain je vais m'occuper de toi, on va aller voir quelqu'un."

« Je l'ai ramenée à Paris, j'ai eu un rendez-vous immédiatement avec ce médecin, une femme, et évidemment que là, j'ai laissé France y aller, elle avait une mère quand même, et je ne sais plus ce qu'il s'est mis en place. J'ai demandé à Pia : tu te souviens du docteur Quétin ? C'est la première psy que tu as vue, une femme d'un certain âge ? Elle m'a dit non, c'est curieux…

« Et puis, une semaine après, Charles a eu son accident de voiture, et France a fait un truc… Elle n'a pas dit à Pia que Charles était mort, elle l'a envoyée je ne sais où, et Pia n'a pas été à l'enterrement… et je pense qu'à partir de ce moment-là, une relation parfaitement malsaine s'est établie entre France et sa fille. Pia n'en était pas consciente mais sous le prétexte de cette histoire, elle avait son regard sur tout. »

Mais Pia avait compris :

« Déjà le 18 juin au soir, ma mère croyait que je ne comprenais rien, avec Irène au téléphone, j'entendais : "Hôpital de Garches, Raymond-Poincaré", il est mort pendant le transport à Garches.

« Et Catherine m'a emmenée avec Éléna voir *Le Guépard*, pour nous changer les idées, et j'avais compris par ces fameux téléphones au milieu de la cuisine, avec Irène tous les quarts d'heure, pendant *Le Guépard* j'avais compris qu'il était mort. Et le lendemain matin, mon père est venu m'annoncer que Charles était mort.

« Maman n'a pas voulu que j'assiste à l'enterrement de Charles, qui, grâce à l'intervention de Malraux, se passait à Saint-Séverin.

« Irène pense, et je crois qu'elle a raison, que c'était une très mauvaise idée de me priver de l'enterrement de Charles. Cela aurait été le meilleur moyen de commencer mon deuil. Catherine m'a emmenée à Saint-Tropez. Elle a loué une petite chambre chez l'habitant.

— Ta sœur ne prenait pas de *Moustache*…

— Elle se coupait les veines, elle avalait plein de médicaments… mais elle se ratait aussi ! Elle s'est toujours ratée.

— Tu es restée cristallisée sur Charles.

— Ce qui a été très mauvais pour moi, c'est que Charles soit mort si vite, du coup pendant des années, je ne jurais que par lui.

« Et maintenant j'apprécie au plus haut degré d'avoir un

mari qui conduit très pépère. Je n'ai pas peur au volant avec Serge. Je commence à avoir peur avec Valentin. Il conduit bien, mais c'est normal, plus vite que son père. Je préfère les conduites tranquilles. »

Une faille dans la perfection de sainte Pia qui a mis du temps à s'en relever.

Elle avait voulu mourir pour lui, mais c'est lui qui était mort.

La mort n'a pas voulu d'elle.

La mort lui a pris Charles.

La mort avait ses têtes.

## ORIANE DE GUERMANTES I
*Une amitié élective*

Grande et jolie femme blonde, élégante et mince, je ne connaissais pas Irène de Lubersac née Boegner, épouse de Gatsby le Magnifique, fatal amour de Pia, éloignée de la famille à l'époque où je l'ai connue et que Cocotte surnommait la duchesse de Guermantes.

Elle viendra goûter les petits gâteaux d'Angelina à l'heure du thé pour me raconter à domicile et d'une traite, sans une pause en deux fois, son histoire du Home Pasteur. Avec le côté cash des femmes analysées, elle parle sans effroi.

« Mon amitié avec France était comme une histoire hors de nos vies, et tout ce que j'ai appris ensuite de pas terrible, tout ce qui a interféré dans notre histoire n'a jamais touché notre amitié qui ne s'est jamais laissé corrompre, contaminer par tout ça.

« Au départ, c'est une histoire musicale. Charles, mon premier mari, était passionné de musique, et nous avons rencontré Samuel Muller parce qu'il montait près de Chartres une maison de disques et qu'il a demandé des conseils à Charles, qui était un homme d'affaires.

« Je n'avais pas de sympathie pour Samuel, ça n'a jamais cliqué entre nous, mais il venait assez souvent le samedi à Soindres dans les Yvelines, où nous habitions. Je lui posais des questions sur sa famille, ses enfants… Et je ne sais pas pourquoi – et je ne le saurai jamais –, un jour, je lui ai dit : "J'aimerais connaître votre femme !" Il m'a répondu : "Ça sera très compliqué parce qu'elle s'occupe d'une pension de famille et elle ne sort jamais."

« Comme j'avais le numéro de la pension, j'ai pris mon téléphone et j'ai appelé une première fois : "Je voudrais parler à Mme Muller"… un silence méfiant… Je reprends : "C'est Irène de Lubersac, votre mari vient quelquefois à la maison et j'aimerais que vous veniez avec lui, j'aimerais vous connaître."

« Ça n'avait pas marché et j'ai compris que ça ne marcherait pas.

« Plus tard, quand j'ai retéléphoné, je lui ai dit : "C'est de nouveau Irène de Lubersac, j'aimerais vraiment beaucoup vous connaître, alors j'ai décidé que vous choisiriez l'heure, le jour, tout ce que vous voulez, mais j'aimerais que vous veniez chez moi."

« Et comme c'était en 1966-67, il n'y avait pas encore l'autoroute de l'Ouest et ce n'était pas rien d'aller à Paris, j'ai ajouté : "J'irai vous chercher, je vous ramènerai, ce n'est pas un problème, vous pouvez même rester dormir."

« Là, elle était coincée.

« Elle est arrivée, et je ne sais pas ce que Samuel lui avait raconté sur moi, mais elle est arrivée avec un livre sur l'histoire des porcelaines françaises au XVIIIe siècle. Je l'ai beaucoup remerciée… sans rire. Et je ne peux pas l'expliquer, c'est le mystère des rencontres, mais nous sommes devenues amies quasiment tout de suite.

— Ça devait être une idée de Samuel, le livre…

— Oui, plus tard, quand elle m'appelait Oriane de Guermantes, on en a beaucoup ri. Elle me disait : "Je n'avais pas réalisé à quel point vous étiez inculte !"

— Comment était-elle ?

— Une Anna Magnani, mais un peu abîmée quand même ; elle était habillée tout en noir, elle avait un côté italien avec ses yeux très noirs, elle était déjà forte, moins qu'elle l'est devenue, mais elle dansait très bien ; je me souviens d'elle dansant avec mon mari.

— Vous étiez toutes les deux pour ce déjeuner ?

— Il y avait juste son mari et mon mari. Mais ça a marché ! Et après, c'est allé très vite. Parce qu'elle n'est pas revenue tout de suite, mais moi je suis allée à Paris, pendant un certain temps, dans ce que j'appelais le salon à *La Joconde*.

— Alors, vous l'avez connue cette fameuse *Joconde* ?

— Oh oui ! Je restais dans le salon, et France descendait, elle remontait, elle descendait, elle remontait à l'étage. Ce cirque a duré un certain temps, et puis, elle est revenue à Soindres et elle nous a invités ensuite à dîner avec Jean-Paul Aron qu'elle voyait beaucoup.

— Il devait être intéressant.

— Oui, je suis restée assez liée avec Jean-Paul, et puis elle est venue avec tous ses enfants, sauf Catherine qu'on ne voyait jamais, elle venait avec Pia, Paul, ils sont venus plusieurs fois. À Noël, une fois, un Noël très gai. J'étais très liée avec les sœurs Goüin, les propriétaires de Royaumont, un endroit de musique, et nous avons dû être invités à un concert.

« France avait dit : "Je n'irai pas !", je lui ai dit : "France (on s'est toujours vouvoyées parce que ça avait commencé comme ça), vous mettez votre robe noire, vos bas noirs comme d'habitude, vous vous maquillez un peu, et ça ira très bien." Elle s'est maquillée un petit peu et nous sommes allées à cette soirée, je me souviens…

« Elle aimait beaucoup Charles, tout cela marchait assez bien entre nous, et puis le premier événement malheureux, mais qui n'a pas du tout changé notre amitié, c'est l'histoire de Samuel avec ma mère. Où moi, je suis simplement tombée du ciel. Je suis tombée par terre. Tout me paraissait invraisemblable. Jamais je n'aurais pu imaginer ça, jamais !

— Comment vous l'avez su ?

— Je ne sais plus, ce que je sais, c'est qu'un jour, je suis arrivée chez ma mère, à Paris, j'ai vu une lettre et j'ai reconnu l'écriture de Samuel. J'ai fait ni une ni deux, j'ai été faire bouillir de l'eau, j'ai ouvert la lettre, j'en ai eu le cœur net, et j'ai appelé mon mari à son bureau, la lettre était sans équivoque, je lui ai dit : "Charles, il faut faire quelque chose !"

« Charles était merveilleux, il m'a répondu : "Est-ce que tu sais que ça ne se fait pas d'ouvrir les lettres qui ne vous sont pas adressées ?" J'étais trop énervée ! Il m'a dit : "Mais même quand on est trop énervé ! Tu ne crois quand même pas que je ne vais pas dire que tu ouvres les lettres, recolle cette lettre !"

« Charles a effectivement convoqué Samuel pour lui dire qu'il avait eu vent de ça, et que c'était très dommage pour l'amitié qui nous liait tous, qu'il avait beaucoup d'amitié pour France, que moi j'avais une grande amitié pour France, et que tout cela le désolait. Ça n'a servi strictement à rien.

— Qu'est-ce qu'il a répondu ?

— Je ne sais pas, je ne crois pas que Charles m'en ait parlé parce que j'étais trop remontée contre ma mère, je ne voulais même pas qu'elle m'en parle, elle ! Je me suis brouillée net avec elle. Malgré cela, il y avait notre amitié. France et moi on n'en parlait jamais, elle savait l'histoire de la lettre, elle savait que Charles était intervenu, elle savait que je ne voyais plus ma mère, mais on n'en parlait pas.

« J'étais vraiment très choquée par ma mère. Quand je pense que j'en suis à l'origine : Samuel m'avait invitée à un concert, et je ne serais jamais allée avec Samuel à rien parce que je n'aimais pas sa présence, j'ai refusé, devant France d'ailleurs, j'ai dit : "Non, je ne peux pas, mais si vous voulez faire plaisir à une dame esseulée, emmenez ma pauvre mère…"

« Ça a été très violent entre ma mère et moi, elle m'a dit : "Il y a des élans comme cela, ça s'est passé le premier soir."

— Vous n'aviez surtout pas envie de savoir…

— J'ai claqué la porte. Rideau ! Je n'en ai plus jamais parlé. Samuel s'est vengé sur moi, c'était vraiment un pervers, j'en suis sûre… Une histoire tellement ridicule…

« Un jour, où l'on était à la pension, j'étais restée, j'étais fatiguée, je n'avais pas envie de rentrer à Soindres, il y avait du brouillard, je ne sais pas ce que faisait France, j'avais la migraine, je suis une grande migraineuse, et son fils Paul m'a donné du LSD sans que je le sache. Il m'a dit : "Je te donne un comprimé magique (les enfants me tutoyaient). Je te donne un comprimé magique, tu n'auras plus mal à la tête !"

« Le résultat des courses, c'est que j'ai déliré, ça a été épouvantable, je ne sais qui m'a emmenée dans sa chambre, c'était horrible. Le reste, je vois France rentrer dans la chambre, il avait dû aller la chercher, j'étais tellement mal, elle m'a regardée et elle m'a dit : "Je vous savais folle mais pas à ce point-là !" et elle m'a flanqué un vrai somnifère, un Binoctal.

« Il fallait que je rentre, mais je ne pouvais pas rentrer cette nuit-là, j'étais trop malade, je lui ai dit de téléphoner, de dire que j'étais malade, et j'étais dans une idée de rapport complètement clair et transparent avec mon mari, dans l'idée de tout lui dire et qu'il comprendrait tout ce que je faisais, mais ça n'a pas été du tout comme ça que ça s'est passé, ça a été catastrophique.

« Et puis, j'ai eu une histoire avec Paul qui a duré dix minutes, mais dans cette famille, je crois qu'ils se racontaient tout, je ne sais même pas comment, mais même Pia savait ce qu'il se passait, c'est là qu'il y avait quelque chose de très malsain.

— Son père lui racontait ses frasques, il trouvait très bien qu'elle soit au courant.

— C'est lui qui a dû lui raconter Paul et moi. Et après, quand j'étais dans une clinique opérée d'une péritonite, l'infirmière est arrivée avec une boîte de grand couturier, je l'ouvre et je vois une sorte de robe du soir, je lui dis : "Ça doit être une erreur", elle me dit : "Non, non, il y a un mot" : quelque chose comme "Pour la plus belle femme du monde. Paul."

« J'étais intubée, je ne pouvais rien faire ! J'aurais dû dire à l'infirmière de prendre la robe et la boîte, je n'y ai pas pensé. J'ai téléphoné à France : "France, venez immédiatement, prenez un taxi, je vous rembourserai, parce qu'il y a un truc qui ne va pas du tout, et Charles va arriver !" France rapplique et comme Charles s'annonce, on met la robe entre le matelas et le sommier…

— C'était Paul ?

— Et c'est France qui avait payé ! Elle m'a dit : "Il manque de l'argent dans mon portefeuille." Et je n'ai plus jamais adressé la parole à Paul.

— C'était un pervers.

— Lui aussi. Pia m'a raconté des choses, je crois que je l'aurais giflé de haut en bas… Mais à l'époque, je ne le connaissais pas vraiment, c'était un gamin pour moi.

— Un gamin charmant, souriant, délicieux…

— Il fournissait *Le Nouvel Obs* en drogue. Moi le LSD, ça a été fini, je lui en ai beaucoup voulu et je ne l'ai jamais revu… Je le croisais.

— Comment vous expliquez la permissivité de France avec son fils ? Elle a raqué toute sa vie pour lui.

— Je pense que France avait une passion pour Paul, au début c'était ça, et tout ce que faisait Paul allait, et, mais ce sont des choses qui me sont apparues peu à peu, elle a quand même capté ses enfants, elle ne leur a pas laissé de liberté. Quand Pia a commencé à sortir, à avoir de vagues histoires, elle lui rendait compte, elle ne gardait rien pour elle. Je pense qu'en termes de psy, on aurait dit que France était une mère toxique. Sa haine pour Catherine était quelque chose de très violent. Elle n'aimait vraiment pas Catherine, elle me l'a dit.

— Samuel non plus n'aimait pas Catherine.

— Samuel n'aimait personne.

— Pour moi, le pervers, c'était Paul, il y a des histoires très sombres…

— C'est très problématique. Je pense qu'il y a autre chose sur un autre plan, mais notre amitié était complètement en dehors, on n'avait pas du tout de conversation là-dessus. Pia venait à la maison, je la traitais comme une petite fille, je n'ai vu le côté sombre de France que lorsque je vivais à Paris, donc après la mort de Charles…

« Peu à peu, je pense qu'elle buvait à certains moments, elle prenait des vraies cuites.

— Pia disait : “Maman a ses médicaments” comme “a ses règles”.

— Moi qui étais très premier degré, comme je suis migraineuse, quelquefois je prenais de l’Optalidon, ça ne faisait pas pareil.

— Monica était aussi sous l’emprise de sa sœur…

— Oui, mais elle avait quand même une vie organisée, un mari qui rapportait de l’argent, et Francis était vraiment ce que je pense : un brave type. J’étais à Paris quand Charles a eu son accident. Dans un premier temps, je ne savais pas qu’il était mort, et la première personne que j’ai appelée, c’est France, j’ai dit : “Je crois que Charles a eu un accident grave, je dois partir pour Garches, est-ce que vous croyez que Francis m’emmènera ?” Il pleuvait à torrents, j’ai dit : “Personne d’autre que Francis.” Je ne voulais pas parler à quelqu’un, Francis ne m’adressera pas la parole, ça sera très bien pour moi. Elle m’a répondu : “Il n’y a pas de problème, je crois qu’il est rentré, je vous l’envoie.”

« Et j’apprends que Charles est mort, et quand France arrive, je la regarde et je lui dis : “Je sais, mais France ne restez pas, je ne veux personne qui commence à me faire pleurer, Éléonore, ma fille, est là, je veux m’occuper d’Éléonore, s’il vous plaît.” Et ça, elle a vraiment compris.

« Elle n’a pas insisté, elle m’a dit : “Vous m’appelez si vous avez besoin de quelque chose”, et de fait, à partir de ce moment-là, j’ai été prise dans tout un truc, mon frère est arrivé par le premier avion de New York, je ne pense pas que j’aie vu France dans la semaine qui a suivi, et je ne pense pas qu’elle m’en ait voulu du tout, j’avais deux beaux-enfants, j’étais très soucieuse pour mes filles…

« Après, France n'a pas dit à Pia que Charles était mort, elle l'a envoyée je ne sais pas où.

— À Saint-Tropez avec Catherine.

— Et Pia n'a pas été à l'enterrement… Pia n'en était pas consciente mais sous le prétexte de cette histoire, France avait son regard sur tout.

— Je l'ai connue après, en terminale, on avait seize-dix-sept ans. Sa mère lisait son courrier qui n'avait rien d'extraordinaire… C'est un peu comme Charles : on ne lit pas le courrier des autres.

— Surtout de ses enfants !

— Non seulement elle lisait le courrier de Pia, mais elle le lisait à la cantonade. À usage de la foule, une lecture publique. Elle disait : "Tu as reçu une lettre de ton amie Françoise de Pau, et elle te dit ci elle te dit ça…"

— Pia n'avait rien à elle.

— Non. Elle n'avait pas d'intimité, et elle avait l'air de trouver ça normal. En plus, c'était un courrier anodin. Elle n'avait aucune raison de le lire. Françoise ne risquait pas de l'entraîner dans des folies quelconques. Mais c'était comme si elle était une petite fille…

— Quand je pense à Pia je pense à ce film qui s'appelle *L'Effet des rayons gamma sur le comportement des marguerites*, l'histoire d'une petite fille, la mère était alcoolique, le père peut-être alcoolique ou je ne sais quoi, catastrophique, jouée par la femme de Paul Newman, et il y a cette petite fille dans une famille totalement dysfonctionnelle qui avait son univers à elle qui était d'essayer de faire pousser des marguerites.

« Une petite fille qui était comme ça parce qu'elle était un cœur pur ; Pia, elle, est restée un cœur pur. »

## GUERMANTES 2
*Schubert, bof !*

Retour d'Irène pour un second goûter-Dictaphone afin de terminer son histoire. Le surnom d'Oriane de Guermantes que lui avait donné France venait surtout de ses « cuirs » aussi fameux à la pension que les célèbres « mots » de la duchesse proustienne.

Elle raconte, toujours d'une traite, la fin de son histoire d'amitié.

« Il y avait un côté famille von Trapp là-bas, quelque chose de terriblement chaleureux et accueillant quand j'arrivais…

— La Mélodie du bonheur…

— J'avais une vie très austère à Soindres qui s'était terminée très mal, je vivais à Paris, j'avais repris mes études, je vivais avec mes deux petites filles, c'était très austère, et quand je voyais France, elle me mettait de bonne humeur.

« J'avais eu une mère très indifférente, il y avait un décalage de génération entre nous, et France faisait tout pour moi, si j'étais malade, elle était tout de suite là. Elle a organisé un anniversaire pour ma dernière fille qui a été absolument formidable…

« Pour moi, c'est l'amitié que j'avais avec France qui a fait que je ne suis pas partie en bouillie à la mort de Charles. Pour mes études, pour tout, il y avait une solidité qu'elle m'apportait et qu'elle n'apportait pas du tout à sa famille.

— De la confiance en vous.

— Et puis il y avait cette gaieté entre nous, cette drôlerie, on allait au cinéma, on avait vu *Mort à Venise* ensemble, et en sortant rue du Dragon, ça m'avait beaucoup ennuyée la première fois, maintenant c'est un film que je trouve magnifique, France me dit : "Je suis toujours frappée par ce côté tellement ignare que vous avez, Irène", on en riait beaucoup.

« Je l'ai emmenée prendre le thé chez ma belle-mère, parce que son nom de Lubersac était dans Proust, mais ma belle-mère s'était arrêtée de lire après la Bibliothèque rose. On en a eu un fou rire !

— Elle vous a fait lire Proust ?

— Oui ! Et puis on aimait toutes les deux énormément la musique, et on a eu beaucoup d'échanges sur la musique, elle m'a fait découvrir des tas de choses.

« On a eu des fous rires extraordinaires. Une fois à un dîner, il y avait quelqu'un qui était musicien, il y avait Samuel, un ami musicien, il y avait Paul Gégauff, on était dans la cuisine, et quelqu'un, je crois que c'était Gégauff, me parle des lieds de Schubert, et me parle et me parle et me parle, il me bassine avec ses lieds, et je lui dis, et c'était resté célèbre : "Vous savez, pour moi, les lieds de Schubert ? Bof !" Ça, c'était resté. Ce bof est sorti je ne sais pas comment. Et France a dit : "Madame la comtesse, pourriez-vous nous redonner votre opinion ?" Évidemment un fou rire épouvantable.

— Gégauff aussi était un pervers.

— Je ne le connaissais pas.

— Il a volé *La Joconde*. Elle ressemblait à l'autre ?

— Oui, mais je pense que n'importe qui voyait que c'était une pâle copie.

— Mais c'était une copie d'époque.

— Oui. Donc elle était vendable. Et Samuel avait emprunté de l'argent à beaucoup de personnes pour monter sa maison d'édition de disques Cygnus qui était garantie par *La Joconde*. Je n'ai pas suivi l'histoire de très près, mais je sais qu'il a vendu *La Joconde* pour rembourser.

— C'est le deuxième épisode.

— Le premier épisode, je ne l'ai pas vécu.

« France vivait sûrement totalement au travers des gens et j'ai représenté à un moment quelque chose de très festif pour elle par le milieu que je fréquentais, par ce que je représentais, par tout ça. Et je ne m'en rendais pas tellement compte parce qu'elle représentait pour moi une solidité presque maternelle sur laquelle je m'appuyais beaucoup.

« Évidemment tout a claqué quand je me suis remariée, là elle a été d'une jalousie ! J'épousais en plus quelqu'un de vraiment charmant et de bien, François, elle ne pouvait pas le mettre en miettes, je ne l'ai presque plus vue.

— À ce point-là ?

— Oui, elle m'a fait une scène extrêmement désagréable parce que je ne m'étais pas investie… Paul était en prison, il avait été arrêté en Angleterre, elle m'avait demandé un avocat et tout ce que j'avais trouvé à lui dire, parce que j'avais un frère qui est un voyou, mais uniquement sur l'argent, pas un pervers, le seul avocat que je connaissais, c'est celui de mon frère et encore, je l'ai vu une fois dans ma vie ! Je crois qu'elle l'a pris pour Paul, mais il y avait un côté où tout ce que je faisais, c'était "Vous ne vous intéressez plus à moi" et je suis partie habiter en Suisse.

« Ça s'est remis par les lettres, elle aimait beaucoup mes filles, et je suis venue au mariage de Pia, mais beaucoup plus tard, quand François était mort.

— France avait d'autres amis que vous ?

— Elle voyait le fameux Dick, un peintre. Je l'ai retrouvé à un dîner chez une Américaine très charmante, qui tenait salon avec tout ce qui est un peu célèbre et américain, mais quand Dick venait, je n'avais pas le droit d'être là. La femme de Cartier-Bresson a habité là, Martine Franck, et aussi Ariane Mnouchkine ; c'est une femme qui m'impressionne énormément, dont elle était intime…

« Je me rappelle le premier Noël où j'étais seule avec les enfants, France avait confectionné deux sapins où elle avait accroché plein de petits trucs pour les filles, ça m'avait complètement bouleversée, elle me connaissait à peine. Pour moi, c'était formidable.

— La rupture c'est le mariage.

— C'est la rencontre avec François, quand je lui ai dit, c'était insupportable pour elle. Évidemment, je n'étais pas Pia, il y a des trucs qu'elle ne pouvait pas obtenir de moi ! Ma vie, même si j'avais eu des histoires après la mort de Charles, ça ne se finissait pas bien, c'était des histoires comme ça, des trucs rigolos à raconter, ça ne représentait rien, donc elle gardait le dessus. Je n'y pensais pas, mais je m'en suis rendu compte après par son attitude…

« Mais il y avait une histoire qui m'avait beaucoup énervée, Pia vivait avec un garçon dont elle s'est séparée, un Anglais… Et vous savez ce qu'a fait France ? Elle l'a payé pour qu'il rompe. Elle lui a donné de l'argent.

— Barry, il a laissé Pia avorter.

— Ça, je ne sais pas. Mais elle l'a payé, et j'ai trouvé cela scandaleux ! Scandaleux que France exige ça de Pia ! Elle avait un rapport très curieux avec l'argent. Elle n'était pas du tout égoïste, mais elle avait un rapport vraiment bizarre avec l'argent. Et cette histoire-là, dont j'ai oublié les détails, m'avait scandalisée, je me disais : pourquoi elle s'occupe des rapports de sa fille avec ce garçon ? Je ne savais pas qu'elle lisait les lettres.

— Quand vous dites qu'elle était une mère toxique, ça veut dire quoi ?

— Comme mes filles m'accusent d'être une mère toxique, je devrais savoir… Ce sont des femmes qui prennent leurs enfants pour régler leurs propres problèmes d'une part, et envahissent leurs enfants avec leurs névroses dont elles ne s'occupent pas, donc l'influence de cette mère devient destructrice, négative.

« Si l'on regarde la vie de ses trois enfants, Pia s'en est tirée, a un garçon merveilleux, elle s'est tirée aussi bien que possible d'une affaire qui était mal emmanchée, mais les autres ne s'en sont pas tirés du tout.

« Et aussi le positif, ça a été Thomas, je pense qu'elle s'est bien occupée de Thomas, le fils de Paul. Et que Thomas était suffisamment solide, parce que là aussi, c'est un miracle, avec le père qu'il a, et sa mère morte quand il était tout petit, mais c'est France qui l'a élevé et ça a été bien.

— Et elle ne vous a jamais parlé de son père ?

— Oh si, on en a fait un grand-duc, un prince vénitien, quelqu'un qui a du panache, quoi, moi je veux bien…

« J'ai connu la grand-mère aussi… Elle était toujours en robe de chambre, on ne lui parlait pas, et ma seule image, c'est qu'on lui brossait les cheveux, qu'elle avait très rares et qui tombaient sur ses épaules, et qu'on la peignait, qu'elle était là, mais il n'y avait pas d'échange, elle était là et pas là, c'était curieux.

— C'est un univers ou vous êtes dedans ou vous êtes dehors, et quand vous êtes dehors, vous êtes vraiment dehors.

— Et en même temps, j'étais dedans sans en être, j'étais arrivée, à cause de la façon dont notre amitié s'était nouée à ne pas être dans leurs salades, j'y suis arrivée plus tard, en tout cas pas tout de suite après la mort de Charles, et pas quand j'ai repris mes études et qu'elle me faisait réviser, j'étais encore dans mon univers, si vous voulez, et même l'histoire que j'avais eue avec Paul avait été quelque chose de tellement bref, et cette histoire de robe, qu'il avait piqué l'argent à sa mère, évidemment ça m'avait beaucoup énervée et je le lui avais dit, mais je n'avais pas vu à ce moment-là vraiment ce qu'était Paul, je n'étais pas là-dedans.

« J'ai trouvé très étrange quand Paul est venu à la pension vivre avec Denise.

— Elle était déjà malade ?

— Au début, non. Et moi, j'avais connu son mari, le peintre Byzantios, tout cela me paraissait étrange parce que Byzantios était un vrai mec, et elle fichait en l'air son mariage, elle avait des enfants, pour Paul !

« Paul n'a jamais travaillé, il a dealé et il a eu des contrats au Club Med, entre deux contrats il était à la pension, pour moi, c'était très étrange, bizarre, et là j'ai commencé à trouver qu'il y avait un univers en décomposition dans lequel je n'avais vraiment pas envie alors d'entrer. Et puis quand elle a habité la Nation, je ne la voyais presque pas. Je trouvais la

Nation parfaitement sinistre, j'ai dû y aller une ou deux fois…

— À la Nation, ils vivaient tous ensemble, Paul venait dîner tous les soirs.

— Je vivais en Suisse à l'époque.

— Avec sa nouvelle femme.

— Je ne l'ai jamais connue… Sa mère était une amie de France au départ, j'ai connu la mère.

— Il a vécu au crochet d'Aléna.

— Il y avait toujours de l'argent qui arrivait de France aussi… Là tout était démonté pour moi, j'avais compris que c'était une famille totalement givrée des pieds à la tête, je m'étais dit : c'est comme si j'avais eu deux histoires avec cette famille, je n'avais plus tellement de plaisir à voir France parce que c'était défait ; je n'habitais plus Paris, on continuait à s'écrire. Elle a souffert beaucoup de ma rencontre avec François, ça oui, je le reconnais…

— Vous ne vous en doutiez pas ?

— Non, j'aurais pensé qu'elle était contente pour moi ! Je ne pensais pas qu'elle vivait à ce point-là au travers de moi.

« Parce que j'avais quand même une autre vie, je partais tous les ans trois mois aux États-Unis avec les enfants. Mais je pense qu'elle avait quand même à ce moment-là l'idée que je lui appartenais et inconsciemment, moi qui étais à la recherche d'une mère, je suis rentrée dans ce jeu-là tout un temps.

« France savait que François était dans ma vie, c'est vrai que si on aime vraiment quelqu'un… je n'allais pas lui raconter ma vie avec lui, sauf que j'avais rencontré un homme qui était devenu l'homme de ma vie.

« Et puis François est tombé malade en 85 à peu près, donc

à partir de là, jusqu'à sa mort, j'étais complètement dans des histoires de maladie.

« J'étais en Suisse, je téléphonais et je correspondais avec France, mais nous n'étions plus si complices, c'était une vieille amitié qui perdurait.

« Mais moi, dans ma mémoire de vie, France est quelqu'un qui a compté de façon très positive. Parce qu'elle m'a aidée à passer des années qui ont été très difficiles et m'a aidée en toute chose. Elle était là ; je n'étais pas seule ; elle était là. »

Tout aussi cash, Irène m'a ensuite longuement parlé de ses filles et de ses petits-enfants, mais comme dirait Kipling, c'est une autre histoire.

Puis elle s'est levée, et elle est partie, mon temps étant écoulé.

## MON FRÈRE EST EN PRISON

Le jour où Pia me dit : « Mon frère est en prison », je ne l'avais jamais rencontré. À l'époque, ce très brillant jeune homme, qui avait eu Jean-Paul Aron comme prof de philo, connaissait si bien la musique par pure imprégnation familiale qu'il avait été repéré par une grande maison de disques pour s'occuper de jeunes chanteurs.

Mais au moment de l'embaucher, quand la direction de Philips lui avait demandé s'il était dégagé de ces obligations militaires, il avait répondu oui, bêtement, et bien sûr, quand sa convocation pour les trois jours était arrivée, un an plus tard, il avait préféré démissionner plutôt que l'avouer…

Pour se faire réformer, il avait pris de la drogue, ou bien était-ce pour documenter son livre sur l'art psychédélique et les hippies ? Bref, animé des meilleures intentions, il était tombé dans le piège fatal. Il avait ramené Gégauff retrouvé en boîte de nuit rue de Babylone et fréquentait toute sorte de célébrités qui lui fournissaient des produits. Sans qu'il ait besoin d'en acheter ni d'en vendre.

Au Club Med, il avait trouvé un job idéal où il pouvait mener joyeuse vie, il y était si excellent que la direction l'avait nommé à Paris pour le faire monter en grade. Las ! Il supportait si peu la vie de bureau qu'il s'était fait un chèque à son nom pour aller faire la fête. N'était-ce pas d'une naïveté charmante ? Pour justifier ce trou dans la caisse, il avait expliqué à Trigano qu'il se droguait alors qu'il avait arrêté – et avait dû s'y remettre pour prouver ses dires.

Quand il avait été arrêté à Londres avec sa femme, Denise, un contenu suspect dans leurs bagages, sa mère avait payé la caution ; ils étaient repartis pour le Brésil. Ils étaient rentrés un peu trop pressés par le désir de présenter leur enfant à la famille… Car ils avaient un petit garçon, et Paul était vraiment sur la voie de la rédemption. D'autant que ses voyages à l'étranger se justifiaient par l'achat de méthadone, substitut médical à l'héroïne, scandaleusement introuvable en France.

L'histoire est très bien comme ça, et d'ailleurs une partie de la rédaction du *Nouvel Observateur* où sa femme Denise avait de vieux amis viendrait en témoigner la main sur le cœur à son procès, et sans doute est-ce ainsi que Pia me l'avait racontée, et pourquoi pas ? Elle adorait son frère, sa sœur, son père et surtout sa mère à un âge où d'habitude ils en prennent plein la tronche – et où j'étais fort critique avec la mienne, bien décidée à faire échouer ses plans pour mon avenir.

Nous avions le bac à passer, là-dessus tout le monde était d'accord, et une virginité à perdre ou à conserver selon les cas, car Pia, en sa quête idéale d'un mari à la cheville de Gatsby, subissait perpendiculairement la pression de son frère et de son cousin dont les mères comptabilisaient les succès auprès des pensionnaires féminines sur le thème : « Alors, on y passe à cette fameuse casserole ? » tandis que toute la stratégie de mes parents visait implicitement à conserver la mienne pour le mariage comme ces filles de pasteur de la région d'Atlanta dont parle Fritz.

Mais je n'en avais aucune conscience, du moins jusqu'à ce que mon père, avant mon départ pour l'Espagne en séjour linguistique, se lance dans un discours en aparté sur le fait qu'on avait le droit de s'amuser dans certaines limites, comme les Anglaises de sa jeunesse recommandant avec l'accent : « Pas le pipi dans le pipi » – instruction prononcée avec l'accent british qui m'avait interloquée, mais avait le mérite de la clarté. La loi du flirt, sans doute ; cependant il n'avait encore jamais manifesté le côté pagnolesque de sa paternité : « L'honneur, c'est comme les allumettes, ça ne sert qu'une fois. »

Le professeur communiste au physique ingrat qui encadrait notre groupe pendant trois semaines à Ávila (trente-trois couvents, soixante-dix-sept messes le dimanche, une seule piscine) prétendait au contraire qu'une aventure avec un Espagnol était la meilleure façon de faire des progrès et que toutes les élèves se trouveraient un *novio* avant la fin du séjour.

Comme il y était impossible pour une jeune fille de faire un pas dans la rue sans se faire siffler, même les plus moches avaient leur chance. Vive l'Espagne ! Je trouvai cette remarque misogyne, comme si nous les filles n'étions pas capables de suivre les cours, tous les matins.

« Il m'appelle *pajarito*, qu'est-ce que ça veut dire ? » Petit oiseau, traduisait le professeur à l'une de nos condisciples, mot très difficile à prononcer pour un gosier français, enchaînant une *jota*, super *h* aspiré au fond de la gorge, avec un *r* roulé au bout de la langue, qu'il lui fit répéter. À la fin du séjour, elle n'y arrivait toujours pas.

Pour ma part je cherchais des humains avec qui parler, et trouvai deux charmants jeunes gens intelligents et cultivés pour discuter et même, en quelques rares instants de délices dans l'austérité brûlante de la Castille, boire un whisky au bar du Parador, véritable hôtel-château en Espagne, grâce aux billets envoyés en rab par mon généreux papa, en débriefant des films locaux de vampires (avec tout le public hurlant debout comme à guignol !) en consolation du *Lauréat*, amputé d'un tiers par la censure, et rendu inintelligible, privé de ses baisers d'amour. Nous espérions la mort de Franco, vampire en chef, pour faire la révolution. En vain.

Salamanque et son université, Madrid et le Prado nous avaient éblouis ; on en avait rapporté plein de ces épatantes reproductions en toile qui orneraient ma chambre. À Tolède, le Greco nous enchanta – malgré l'avis du professeur, campé avec hostilité devant *L'Enterrement du comte d'Orgaz* dont il prétendait que nous prétendions l'apprécier – sans en avoir les moyens intellectuels, la culture minimale…

Nous refaisions le monde, nous échangions nos impressions sur la peinture, la musique et la littérature. L'un vénérait Goethe et Rousseau, l'autre Fauré et Prokofiev, je les bassinais avec Malraux.

Nous correspondîmes quelque temps, et c'est aujourd'hui grâce aux fragments de correspondance, empilée dans des classeurs, que j'arrive à reconstituer cet été d'avant l'arrivée à Paris, où j'avais été aussi camper en forêt de Brocéliande avec des caravelles de Vendée qui me plaignaient de partir vivre dans la pollution parisienne ; je retrouve les lettres de Véronique, entre pensionnat et hôpital, celles de Béatrice, détenue à la « Légion d'Horreur », un projet de partir travailler dans un kibboutz en Israël, où je n'avais trouvé personne pour m'accompagner, et que j'avais complètement oublié…

La réponse d'une ancienne prof me félicitant pour mon 16 à l'écrit de français, « voilà qui peut donner du cœur à l'ouvrage, non ? » Elle souhaite en me citant, entre guillemets, que je fréquente avec profit – et plaisir – mon « bahut » et ma sœur sa « boîte religieuse », mais relève le niveau de langage en évoquant Mnémosyne, la déesse grecque de la mémoire, qu'elle allait supplier pour se rappeler les noms de ses nouveaux élèves. Elle espère que notre appartement sera bien vite terminé avec sa belle vue sur la Seine…

Une invitation au bal du général à Saumur, dit « Marché aux bestiaux », dont l'objectif était de présenter début septembre aux jeunes sous-lieutenants frais émoulus de Saint-Cyr les jeunes filles de bonnes familles locales dont ils demanderaient la main fin juillet, au bal du Carrousel. Malheur à celles qui rataient l'examen, et restaient en lice pour la promotion suivante, en lice et sur la liste que ces messieurs se refilaient d'année en année avec des commentaires. Je séchai donc aussi cela. Mais quel programme !

Bien entendu, le même système existait en plus grand et mieux organisé à Paris, où ma mère me proposa de m'inscrire dans un « rallye », réseau visant à organiser des soirées dansantes récurrentes, où des jeunes gens en nœud papillon et des jeunes filles en robe longue dansaient la valse, le rock ou le slow dit « baveux » pour s'exercer à l'art de la pelle…

« Mais enfin, me disait-elle, c'est comme ça que ta marraine a connu son mari ! » – Justement… (J'ai retrouvé une carte d'elle, cette année-là, où elle me supplie de mettre autre chose dans ma liste de cadeaux de Noël que des livres « sauf s'il n'y a vraiment que ça qui te plaît », ben oui, et c'était cher les bouquins.) Je n'avais aucune intention de me marier – sauf si je rencontrais Malraux, évidemment.

Ni de tenir mes parents au courant de ma future vie sexuelle et religieuse qui s'éloignait de leurs normes chaque jour davantage – en théorie du moins. Déjà que le programme scolaire m'obligeait à combattre leurs préjugés bourgeois contre le président Mao, idole de mon cher vieux Malraux comme de notre jeune prof d'histoire-géo, fraîche diplômée de l'Université post-barricades, qui vantait les mérites de la Révolution culturelle, cette géniale idée d'envoyer les intellectuels se rééduquer en travaillant aux champs.

Ma mère, fille d'agriculteur, me répondait qu'on avait déjà essayé, chez eux à la ferme de Valenton (Val-de-Marne), pour planquer des amis étudiants parisiens réfractaires au STO pendant l'Occupation, qu'ils étaient nuls et détestaient ça. Et qu'il fallait un sacré culot à ceux de 68 pour avoir écrit CRS = SS sur les murs de Paris ; elle en était toujours outrée ; s'ils savaient, ces petits crétins, la chance qu'ils avaient que ce ne soit pas vrai.

Que valait pour moi ce microcosme de la banlieue sud-est face à la grande histoire et au président Mao ? Je balayai l'argument Valenton d'un revers de manche et profitai de l'étude du Front populaire pour traiter feu mon grand-père de fasciste. Comme il avait fini colonel des FFI locaux, ma mère haussait les épaules, exaspérée.

Mais je n'échappais pas à ses discours sur les malheurs de celles qui avaient épousé des étudiants africains et se retrouvaient en train de piler le mil dans leur belle-famille en pleine brousse, le mariage était assez compliqué pour ne pas y ajouter des différences de culture qui devenaient de plus en plus grandes au fil du temps. Mais non ce n'était pas du racisme !

Les différences de religion, entre chrétiens s'entend, depuis le concile, étaient admises ; sa meilleure amie des Oiseaux avait épousé un protestant. De toute façon, tout époux était une « pièce rapportée », selon la formule ; mais il s'agissait de ne pas aller la chercher trop loin. Exactement l'antithèse de la famille de Pia !

D'ailleurs, ce plan fonctionnera très bien sur ma sœur pour prendre un exemple au hasard, qui se retrouvera dans un rallye, épousera un camarade de classe rencontré sur les bancs de l'école, en première, au lasallien lycée La Rochefoucauld, dont l'entrée des élèves se trouvait rue Malar, à cinq minutes à pied, montre en main, de notre appartement. Ils vivront heureux et auront quatre enfants, qu'ils élèveront aussi dans des écoles cathos. CQFD.

Quant à mon père, plus mariole, il s'était marié à quarante-deux ans, ce qui était considéré comme très jeune dans sa famille et son frère attendra l'âge de cinquante ans pour convoler et « avoir » un enfant (car on ne « fait » pas d'enfant, c'est vulgaire, on n'est pas des bêtes, on ne « fait » pas de cheval non plus, on n'est pas des juments, on « monte » à cheval et on « a » des enfants donnés par le Seigneur), un fils unique, mon filleul Bernard (que le poids de son héritage contenu dans un sac à dos allait entraîner dans une chute fatale), selon leur usage familial de se marier tard et d'être peu prolifiques. Deux enfants max.

En glissant des naissances déjà parcimonieuses entre deux générations, en les décalant par un mariage tardif, ces aristos espéraient sans doute épargner un couperet fatal à leur maigre progéniture et la faire passer inaperçue. Depuis la guillotine, ne pas se faire remarquer est devenu le comble de l'élégance et de la distinction. Et mon père ne manquait jamais de protester qu'on devrait donner à sa famille une médaille pour avoir épargné des quantités d'imbéciles à la France, celle-là, il l'aurait acceptée.

Il racontait aussi l'histoire d'une grand-tante née pendant la Révolution à Mirepoix (Ariège) et morte au milieu du XIXe siècle, qui, n'ayant jamais été inscrite à l'état civil, avait passé une bonne semaine dans son cercueil au pied du grand escalier sans qu'on sache quoi en faire. Comme elle n'était pas née, selon l'administration, elle ne pouvait être morte. Notre idéal.

Dans la famille de Pia, tous les couples formés par ses ancêtres directs issus de fratries hyper nombreuses en provenance de pays lointains et toujours différents, des carpes et des lapins, selon ses propres termes, semblaient prototypiques d'expériences plus vastes et promesses d'aventures plus heureuses.

Elle était coquette et pimpante et je ne m'habillais que de tenues informes ; je dévorais les livres quand elle les sirotait, et je me fritais sans cesse avec ma mère, alors qu'elle adorait la sienne sans mélange, se trouvant toujours d'accord avec elle, et ayant beaucoup de mal à exprimer une opinion divergente qui d'ailleurs n'aurait pas reflété son idée : « on » pense que, disait-elle, comme un pluriel de majesté familial, englobant sa mère et elle, plus le reste de la famille.

Toujours en deuil de Charles, elle rêvait d'un prince charmant qu'elle épouserait en robe blanche au son des grandes orgues – ce qui me paraissait le comble de l'horreur.

Mais comment raconter cette grande amitié exaltée qui pourtant nous lia ? Sa couleur, sa vitalité ? On oublie la douleur physique, la douleur morale, les sentiments, et je ne dispose d'aucune madeleine proustienne pour me replonger dans l'ambiance de ces années d'avant l'ordinateur. Pia peut tout dater, certes, mais de quoi se souvient-elle ?

Aussi démunie qu'Oriane de Guermantes pour décrire l'amitié qui la lia à France, j'en suis à vouloir écrire presque la même chose : qu'est-ce qu'on a ri ensemble ! Comme si partager des fous rires était le summum et l'expression ultime d'une intimité. Comme si toutes les larmes qui noyèrent ensuite notre relation, ces années de dépression, avaient éteint le feu de ces fous rires initiaux.

Restent ces lettres, comme de vrais morceaux de fruit dans le yaourt, pour me plonger dans l'époque, mais mon courrier est loin d'être aussi exhaustif que celui de mon jeune grand-père qui écrivait quotidiennement à son père et à sa tante, entre 1914 et 1919, et dont je dois retracer la vie pour un ouvrage intitulé *Armistice*…

Mon chef Laclavetine, à l'origine de ce projet, se méfie de la mémoire, « la plus effrontée des menteuses », et il a raison (le chef a toujours raison), bien plus folle du logis que notre imagination…

Par exemple, j'étais persuadée que les parents de Pia n'étaient jamais venus à Midouin, or Yves, le filleul de Nanie avec qui je viens de déjeuner, se rappelle très bien sa mère : « Un sacré personnage qui trafiquait autour de la table, avec sa grande cigarette. »

Mais à l'enterrement de ma mère, il n'avait pas reconnu Pia, qu'il connaissait aussi, « à cause de son embonpoint », et il avait fallu que quelqu'un la lui signale avant qu'il aille lui dire bonjour et discuter avec elle, qui, en revanche, l'avait très bien identifié.

Et Pia elle-même semble n'avoir que de mauvais souvenirs, quand je n'en ai que de bons. En l'occurrence : « Quand ma mère est venue à Midouin, elle s'est étalée dans la cour devant le poulailler » ; et elle-même, à son premier séjour ici, ayant souffert de n'apporter que peu de tenues, selon mes recommandations, par rapport à une autre invitée prétendument fauchée et qui avait fait assaut d'élégance…

Cela, d'après mon cher Malraux, sépare l'humanité en deux parties bien distinctes. Je trouve dans mon *Lazare* d'ici recouvert de plastique transparent : « Étudierai-je un jour (si un jour vient…) les mécanismes de la mémoire, qui m'intriguent depuis longtemps ? La psychanalyse n'en retient que le contenu ; pourtant, l'aptitude aux souvenirs heureux n'oriente pas l'homme vers le même pôle que celle aux souvenirs ennemis. Freud a-t-il jamais écrit le mot bonheur ? »

## « MOI, JE VOULAIS FAIRE DE LA TROMPETTE ! »
### *Marc, le violoniste*

Marc, dit parfois Marco, le cousin de Pia, ne correspond pas du tout à l'image romantique et évanescente que véhicule une publicité mensongère à propos des violonistes.

L'œil bleu qui frise, cheveux en boule, sourire en coin, amoureux de la vie et des femmes, redoutable au poker, à la belote, voire au quatre-cent-vingt-et-un, doué d'un solide coup de fourchette et pas dénué d'humour, quand je l'ai connu en vacances aux Lecques, Marc n'était pas un garçon éthéré. Comme son père Francis, c'est un homme, et comme sa mère Monica, il parle encore avec la voix de la famille.

« Tu as commencé à quel âge, le violon ?

— À sept ans, mais c'est ma tante qui s'occupait de mes études musicales.

— Ça n'avait rien à voir avec Samuel ?

— Rien du tout ! L'oncle ne s'intéressait pas du tout à nous, enfants. Un petit peu à sa fille, "la Pipée, la Pipée", il lui faisait deux-trois risettes, mais il ne l'emmenait jamais au square et on jouait toujours tous les deux, Pia et moi, le jeudi, le jour de congé à l'époque…

« Alors, quand on l'a mise dans un cours de danse à la Schola Cantorum rue Saint-Jacques, l'idée est venue à ma mère et à ma tante, puisqu'on emmenait déjà Pia jusque-là, de m'y mettre aussi. On ne savait pas trop quoi faire de moi et comme j'aimais bien la musique, on s'est dit qu'on pourrait me faire jouer d'un instrument…

« Au secrétariat, on m'a demandé ce que je voulais faire. Et je me souviens très bien de ce que je voulais faire, moi, je voulais faire de la trompette !

« Mais on m'a répondu non, à sept ans ce n'est pas possible, tu n'as pas encore assez de coffre ; prends autre chose, alors j'ai dit : l'orgue ! Je ne sais pas pourquoi, j'avais dû en entendre, j'aimais bien l'orgue…

« Mais on m'a dit non : l'orgue, il faut avoir de grandes mains et tes pieds ne toucheront pas les pédales… Tu dois choisir entre piano ou violon, alors j'ai dit violon. C'est comme ça que ça s'est fait.

« Si j'avais dit piano, je ne serais peut-être pas musicien professionnel aujourd'hui… Au final, tous mes copains du conservatoire ont fini par en vivre, mais le clavier a beaucoup moins de débouchés, à part l'enseignement, il y a peu de pianistes dans les orchestres par rapport aux violonistes ; certains bons pianistes travaillent aussi avec des chanteurs, mais c'est très limité.

— Tu t'entraînais dans la cuisine ?

— Non, dans leur chambre à côté quand mon oncle n'y était pas. Il passait beaucoup de temps au salon en bas, où il avait un bureau, il écrivait des lettres et il écoutait de la musique, il y avait une installation stéréophonique à l'époque. Comme il ne s'entendait pas très bien avec ma tante, c'était beaucoup mieux comme ça ! Quand il n'était pas dehors à ses affaires professionnelles et sentimentales… C'était le drame de ma tante.

— Je ne savais pas que France jouait aussi du piano…

— Ah si, si, elle a en joué beaucoup ! C'est aussi pour ça qu'ils sont tombés très amoureux dans leur jeunesse. Elle était pianiste, mais pianiste mélomane, amateur ; il n'a jamais été question qu'elle en fasse son métier. Elle adorait ça, et elle avait gardé un petit niveau qui m'a rendu bien service, parce que ça m'a permis de jouer tous les morceaux pour les gosses quand j'étais gamin.

« Après, ça a été plus compliqué pour elle parce que le piano se compliquait aussi, mais toute ma jeunesse elle m'a accompagné au cours, le jeudi. On laissait Pia à sa danse, et pendant ce temps-là elle venait au cours de violon et notait consciencieusement tout ce qu'il fallait faire pour la semaine suivante ; c'est elle qui me faisait travailler. Et elle s'est beaucoup investie là-dedans.

« Si j'ai fait ce métier, c'est probablement grâce à elle. Avec mes parents seuls, je n'aurais probablement pas eu de formation musicale, ou si j'en avais eu, elle ne serait pas allée très loin. Il faut vraiment que quelqu'un te suive, qui ait une exigence et une oreille critique, et qui soit capable de te soutenir.

— Les débuts du violon sont redoutables, très difficiles…

— On ne les souhaite à personne, surtout pas aux voisins ! Le piano, la guitare, la flûte sont beaucoup plus agréables pour l'environnement. Tous les instruments à corde frottée, aigus surtout, ça miaule énormément, au contraire des instruments graves.

— Tu n'avais pas la taille contrebasse…

— Aujourd'hui, on voit des petits à la contrebasse qui se démerdent très bien, ou à l'alto avec des instruments proportionnés à leur taille. J'ai un petit garçon qui fait du violoncelle, il a commencé avec un huitième, et là on va le passer du quart au demi, il a neuf ans, c'est l'âge où l'on passe d'un instrument à l'autre…

— Leur piano, c'était quoi ?

— Un demi-Bechstein, sur lequel mon oncle avait fait toutes ses études musicales dans les années 30, un piano des années 1910-1920 qu'il avait ramené à Paris.

— Il était dans leur chambre ?

— Je l'ai toujours connu là. On aurait pu à un moment garder le piano d'Irène, le magnifique Steinway de Charles de Lubersac qu'elle nous avait confié pendant des années et qui habitait aussi à la maison. Au moment du déménagement, on aurait pu le racheter à Irène, mais finalement Coco et Samuel tenaient à garder leur piano.

— Toi, tu l'as entendu jouer Samuel ?

— Pas quand j'étais tout petit, il s'était arrêté. En fait, il avait essayé d'entrer au conservatoire mais il n'y était pas arrivé.

— Là, il y a plusieurs versions…

— Il a raté le concours ! Moi je crois qu'il a passé le concours. Il l'a tenté et il l'a loupé.

— Ta mère m'a dit qu'il n'était pas loin, second ou troisième. Et après, il avait atteint la limite d'âge et il n'a pas pu le repasser.

— Ensuite, il a travaillé avec un professeur qui était une espèce de gourou, et aussi un peu après avec Yves Nat, une grande figure du piano de l'époque, et son assistant Paul Roës, jusqu'au moment où il a décidé de s'arrêter…

« Quand j'étais petit, il ne jouait plus du tout. Le piano était là, et lui s'était lancé dans l'édition discographique chez Erato avec le fondateur, je crois même qu'une partie de la boîte s'était montée avec l'argent du grand-père.

— J'avais compris qu'il s'était fait faucher sa boîte.

— Ils étaient deux au départ, le grand-père avait mis de l'argent là-dedans pour caser son fils, et assez vite il a été évincé mais plutôt pour des raisons artistiques, je pense, car l'oncle avait une grande exigence sur le plan musical et musicologique, et Erato a fait sa réputation sur un répertoire grand public avec une exigence qui n'était pas exceptionnelle, ni par les conditions d'enregistrement ni par la pléiade d'artistes, parmi lesquels il y avait des bons, mais il fallait que ça tourne et que ça rapporte, et mon oncle était juste celui qui enregistrait du rare avec des artistes rares avec des grands prix mais qui ne se vendaient pas : l'antithèse d'Erato.

« Les Français ne sont pas très mélomanes ni très exigeants si l'on compare aux Anglais, aux Allemands, même aux Suisses, on n'est pas dans le peloton de tête, je pense qu'ils se sont brouillés avec Erato, mais je ne sais pas s'il y avait un différend sur le plan financier.

« Après il est passé à son label Cygnus, toujours avec l'argent du grand-père, et il a fait tourner cette boîte, avec beaucoup d'artistes qu'il avait dégotés en Suisse qui étaient sur la même longueur d'ondes, un peu élitiste, qui méritaient Monteverdi…

« Le microsillon était tout récent, il s'est installé dans les années 50 pour prendre son envol dans les années 60, ce qui correspond à sa période d'activité, et pendant une dizaine d'années il a fait une quinzaine de disques reconnus et récompensés par des prix, mais qui ne se vendaient pas beaucoup.

« Il a une belle notoriété dans la profession, il a réussi des petits coups, mais toujours avec des artistes qui ne sont pas porteurs pour le grand public, et les télécommunications n'étaient pas ce qu'elles sont devenues, mais il s'était fait une spécialité de confidentialité.

— Une niche…

— Toujours dans les niches, jusqu'au jour où à force d'avoir des problèmes de financement, ça a fini par s'arrêter. Et là, il a été engagé par une maison de disques qui s'appelait Accord, pour laquelle il est devenu le truffier…

— "Talent scout"…

— Et il a fait quelques très bons disques dont certains sont encore au catalogue. D'abord l'intégrale des quatuors de Mendelssohn avec un jeune quatuor, Artis, qu'on trouve encore très bonne. C'est lui qui les avait dégotés avec un très bon pianiste suisse, Gregor Weichert, qu'il avait aussi dégoté, avec qui il a fait l'intégrale des sonates de Schubert. Je ne vais pas te citer tout son catalogue, mais il a fait des disques de qualité et un peu plus porteurs au niveau de la vente, le panorama avait évolué, le début du compact dans les années 80 a boosté un peu tout ça…

— Il était encore en activité ?

— Oui, jusqu'au milieu des années 90, quand il est tombé malade. Il est regretté dans la boîte où il a travaillé. Et parallèlement à ça, il s'est remis à jouer du piano quand j'avais dix, quinze ans. Sans objectif particulier, il jouait pour lui, il devait se demander si ça avait changé.

— Ça doit être difficile après vingt ans…

— Ça revient assez vite quand même, en quelques mois tu peux retrouver ton niveau. Il ne s'agit pas de se produire sur scène évidemment, mais dans ta chambre, en deux-trois mois, c'est possible. Beaucoup de choses restent, tout ce qui est intellectuel reste, il faut juste remettre la mécanique en route.

— Qu'est-ce qu'il jouait ?

— Schumann, Beethoven et Schubert, c'étaient les trois compositeurs qu'il avait le plus en affection. La *Fantaisie* de Schumann, c'était son grand morceau, le deuxième mouvement est très difficile, c'est connu pianistiquement, il y a des cols difficiles à passer… Les choses qu'il avait sûrement du mal à jouer jeune, il a décidé de les surmonter.

« Moi, je commençais à être musicien, et vers quatorze-quinze ans, tout d'un coup je me suis mis à l'écouter d'une oreille plus avertie. Je me suis rendu compte que c'était un excellent musicien, mais que ce n'était pas un pianiste doué. Il butait toujours sur les mêmes choses, les mêmes difficultés qu'il n'a jamais passées. Il essayait de trouver la solution sans jamais y arriver.

« Mais il ne s'est intéressé à moi sur le plan musical qu'à partir du moment où je suis entré au conservatoire ! Comme il n'y était pas arrivé, lui, il a commencé à s'imaginer que peut-être j'avais un petit talent, et ça nous a permis de faire deux-trois sonates ensemble…

— Vraiment ?

— Oui : la sonate de Franck, une des deux sonates de Schumann, une sonate de Mozart et une sonatine de Schubert, juste avant qu'il s'arrête de jouer définitivement du piano. On n'a pas compris pourquoi : du jour au lendemain il s'y était remis, et du jour au lendemain, il s'est arrêté, mais cette fois-ci définitivement. Il n'a plus touché un piano jusqu'à la fin.

— Il n'a jamais dit pourquoi ?

— Pas à nous en tout cas. Les enfants ne parlent pas à table, et on ne pose pas de question aux adultes, c'étaient ses deux grands principes éducatifs.

— Vous avez donc quand même travaillé ensemble.

— Quelques sonates entre seize et dix-huit ans… J'en garde un bon souvenir : c'étaient mes premières expériences, je n'avais pas de bagage, et ça faisait très plaisir à ma tante parce qu'il avait un niveau de piano supérieur à elle qui m'avait accompagné jusque-là.

« Ma tante m'a beaucoup soutenu, beaucoup harcelé aussi, c'est grâce à elle, en plus de mes professeurs, que je suis devenu violoniste.

— Elle ne harcelait pas son fils…

— Son fils était ingérable, c'était trop tard… On avait dix ans de différence avec Paul, il était de 45 et moi de 55. Il avait un côté un peu grand frère mais j'avais vite vu qu'il avait aussi un côté toxique. Je m'en méfiais pas mal. Il s'était payé une petite MG sportive, un peu ramasse-minettes, dans laquelle il m'emmenait. Son grand jeu, c'était d'atteindre 120 km/h entre le feu de la rue du Bac et le feu de la rue Vanneau. C'était l'idée. J'avais treize ou quatorze ans, j'étais fasciné mais un peu inquiet quand il me faisait son numéro de pilote automobile…

« Il avait quand même plié la voiture de ma mère dont il avait piqué les clefs ! Il s'était enfilé dans une bretelle de voie rapide à contresens, à dix-sept ans, sans permis, ça aussi il a fallu quand même éponger, et la voiture foutue, et l'accident avec. Il a fait beaucoup de conneries mais il n'y avait jamais de culpabilité chez lui.

— Il avait une sorte d'impunité…

— Grâce à sa mère ; elle l'adorait, lui passait tout, et essayait d'éponger ses bêtises financièrement comme elle le pouvait ; elle a toujours essayé de l'éloigner d'un jugement, d'une sanction qui l'aurait peut-être fait rentrer dans la délinquance mais…

— Ta mère marchait aussi…

— Elle a toujours soutenu sa sœur en toutes circonstances. Et comme elle aimait énormément Paul, elle l'a vraiment aimé jusqu'au bout. Mais après l'adolescence, c'était cuit.

« Ils l'ont foutu en pension pour essayer de le cadrer. Comme il était assez brillant et intelligent, il a réussi à avoir son bac sans problème. Après il a bricolé, il était malin, il était mobile, c'était une période où les choses étaient plus faciles que maintenant, il y avait moins de technologie à maîtriser.

— Il faisait quoi ?

— Il travaillait chez Philips dans le département vidéo qui était nouveau, dans les années 70 où les cassettes vidéo ont commencé à avoir une diffusion grand public ; il s'occupait de cinéma ; il habitait un appartement pas désagréable dans le 14ᵉ. Mais partout où il est passé, il a laissé des ardoises, il a escroqué, il a fait ça partout. Chez Philips, il est resté deux-trois ans, ça s'est très mal terminé, il y a eu des indélicatesses, il a failli être condamné, et puis je crois que ce n'était pas assez grave pour que ça aille trop loin ; par relations, ça s'est arrangé. Après il y a eu le Club Méditerranée…

— À Vittel, non ?

— À Marbella aussi, et dans une station de ski où il avait été employé comme comptable… C'est quand même grandiose, sans aucun diplôme, parce que Denise sa femme avait une relation avec Trigano, on l'avait balancé comptable au Club Med ! Alors là, ils ont vu l'expertise ! Mais là encore, comme il y avait beaucoup de relationnel, c'est pas allé aussi loin que ça aurait dû ou que ça aurait pu.

« Et puis il y a eu le petit séjour au Brésil lié à ça, et à des histoires de drogue dans lesquelles ils se sont quand même fait pincer. À un moment donné, il fallait quand même alimenter le train de vie, il avait beau claquer tout l'héritage de Denise, comme il en fallait toujours plus, il organisait des rentrées supplémentaires jusqu'au moment où il a fallu s'éloigner une bonne année le temps que la pression retombe.

— Je me souviens de Pia lisant l'adresse sur le paquet : "Monsieur Paul Muller Prison de la Santé"…

— Il fallait lui envoyer des colis pour qu'il ne manque de rien. C'était fou ce qu'on a pu lui passer, ce qu'on pouvait lui passer…

— Catherine, on ne lui passait rien…

— Catherine n'était pas une charmeuse. Il y avait un côté ingrat chez Catherine, et puis avec ses tentatives de suicide répétées…

— C'était ton père surtout qui s'en occupait…

— Mon père était le seul susceptible d'intervenir, aiguillonné par ma mère, parce que son père ne s'en occupait pas du tout.

— Samuel n'aimait pas Catherine…

— Il la méprisait complètement, mais il méprisait un peu tout le monde ; il était très imbu de sa personne et de ses qualités intellectuelles qui étaient grandes, et de sa mémoire prodigieuse… Il suffisait qu'il ait lu une fois quelque chose pour s'en souvenir quarante ans après, c'était impressionnant. En musique aussi, il avait une mémoire encyclopédique. Dans son métier, il était une espèce de référence, avec une énorme culture à la fois musicale et d'interprétation.

— Ta sœur et toi, vous étiez assez protégés de ce maelström…

— On avait notre appartement, mais assez vite on s'est mis à habiter la pension. Pia et Éléna avaient leur chambre ensemble, puis séparées, moi j'avais ma chambre en haut, on y était tout le temps, on mangeait à table avec les pensionnaires, on aidait plus ou moins au service, plutôt les filles que moi…

— Que les filles !

— On ne nous demandait pas grand-chose, c'est vrai. Je me suis rattrapé après, mais dans cette partie-là de ma vie, je n'étais pas trop sollicité…

— Vous aviez des parents normaux…

— Entre mon oncle et ma tante, je préfère être tombé de l'autre côté. Les trois enfants ont été très abîmés par cette éducation et l'absence de père surtout. De repère, d'autorité. Samuel n'a jamais rien fait pour ses enfants, il ne s'en occupait pas. Pas plus sur le plan scolaire que des distractions, il ne s'occupait que de lui. On voit bien les dégâts, chez Pia aussi, sur la durée, ses problèmes de santé, ses problèmes relationnels aussi ; c'est celle qui s'en est le mieux tirée des trois, mais elle en a quand même bien souffert, et je pense notamment à ce qu'elle a subi avec son frère.

— À l'époque, vous n'étiez pas au courant…

— Non, et les enfants ont tendance à avoir honte et à intérioriser ces choses-là… Si on l'avait su, ça se serait mal passé pour lui, mais on l'a su tellement tard, de même qu'on a su bien après tous les traitements qu'elle a subis avec les compagnons qu'elle s'était choisis par la suite. Pia a un profil de victime, c'était facile pour Paul ; elle ne réagit pas aux mauvais traitements, elle n'a pas de défense, on peut aller loin avec Pia…

« Malheureusement, elle a toujours attiré les prédateurs, ils sentent le bon terrain comme les truffiers… Sauf Serge, qui n'en est pas un. Qui a d'autres inconvénients, mais qui a une forme de sincérité, d'honnêteté, et qui l'a beaucoup soutenue.

Ils ont l'air mieux ensemble qu'ils n'ont été à une époque avec une belle réussite qui est Valentin, un peu difficile à l'adolescence, mais maintenant… Ils ont eu de la chance parce que ça aurait pu mal tourner, mais c'est un bon garçon.

— Et un beau garçon !

— Celle qui a tenu à bout de bras l'éducation de ses enfants, même si l'on aurait pu rêver mieux pour eux, c'est Cocotte. Ils ont fait des études. Paul était trop flemmard et trop voyou pour en faire, mais Catherine a fait des études, prises en charge à la fin par le CAPES, Pia a fait des études, ma tante s'est décarcassée pour qu'ils en fassent. Elle a payé de sa personne.

« Alors que lui n'a jamais vécu que pour lui, avec ses maîtresses et avec son art. De temps en temps, les gens qui venaient à la pension étaient fascinés par ce *french touch so charming*, mais il y avait l'envers du décor quand même… Et pendant toute une époque, ma tante se faisait des cocktails de soutien…

— "Elle a ses médicaments" disait Pia.

— C'était un mélange de coupe-faim et d'alcool.

— Les coupe-faim à l'époque, c'étaient des amphétamines…

— Et avec de l'alcool, ça faisait par moments des choses épouvantables. Pour oublier les frasques de son mari et ses allées et venues à droite à gauche, elle essayait de retrouver sa ligne, pour être séduisante…

— À Brides-les-Bains.

— Ça a été la grande époque de la cure annuelle, et après, comme la cure donnait de moins en moins de résultat, elle est passée à des pratiques à la fois moins coûteuses mais plus destructrices, où elle faisait des cocktails détonants, et où elle était dans un état… Ça a duré quelques années.

— C'était au moment où j'ai connu Pia, quelquefois on la voyait au Villars jouer au flipper… Tu l'avais vue un soir étaler du beurre avec un couteau sur la toile cirée de la table dans la cuisine en te disant : “Je me fais une tartine.”

— J'avais oublié, maintenant que tu me le dis, je la revois… Pia est celle qui en a souffert plus que les autres parce que les deux autres étaient grands, ils étaient déjà partis.

« Et c'est Maman qui a sorti sa sœur d'affaires un jour, en lui mettant la pression et en lui disant qu'elle allait tout perdre, si elle continuait comme ça, ce qui est vrai. Maman n'était pas courageuse, et ce n'était pas le genre à affronter ces situations-là facilement, mais c'était poussé à un tel point que c'était devenu de plus en plus ingérable, elle s'est décidée à l'aborder de front, et elle lui a fait presque un chantage, en lui disant : moi je ne vais pas pouvoir continuer comme ça si toi, tu ne te prends pas en charge, c'est pas possible pour tes enfants, ce n'est pas possible pour la pension, tu vas te bousiller.

— Elle était la pierre angulaire.

— Et elle a su réagir, quand même, après avoir bien touché le fond pendant des années, elle n'a plus jamais retouché à tout ça. Cocotte ne buvait plus, elle ne prenait plus de médicaments, on n'a plus jamais assisté à des séances comme ça. Elle buvait pour booster l'effet de ses médicaments, pour obtenir l'oubli de ce dont elle devait souffrir, c'était difficile de démêler l'aspect psychologique de l'autre.

— Tous les ans, Samuel lui disait qu'il allait faire fortune, et qu'il allait la couvrir d'or.

— S'il avait fait fortune, je ne suis pas sûr que ce soit elle qu'il aurait couverte d'or. Mais on ne le saura jamais. C'était un irresponsable total, un égoïste forcené, persuadé que ses hautes qualités intellectuelles justifiaient tout. Pas un type très recommandable sur le plan humain.

— Mais elle l'aimait.

— Elle en était folle et jusqu'au bout ! Il a eu beaucoup de chance dans la phase finale ; elle a été d'un dévouement sans limite et la qualité de vie qu'il a eue les deux dernières années, il les lui doit. Il y en a d'autres qui l'auraient laissé dans un mouroir, il l'aurait mérité d'ailleurs.

— Est-ce que tu avais l'impression d'être dans une famille bizarre ?

— La situation était atypique, on avait des pensionnaires qui étaient colorés, je ne parle pas des étudiants américains de passage, mais de ceux qui étaient là à l'année. On en a eu plusieurs : Christian Lude, l'acteur, Mme Lemasson, M. Ramasseul et une vieille Autrichienne, Mme Orvald, sur le modèle qu'on retrouve dans *L'assassin habite au 21*, comme Jean Tissier, des gens exceptionnels qui n'existent plus, ce genre d'établissement a disparu.

— La vie a changé.

— Les pensionnaires étaient rois, les clients étaient rois, ça ne m'a jamais gêné, on a été très gâtés par nos mère et tante ; moi ce qui m'agaçait c'était de les voir s'aplatir devant les Suppot ou les Gibault, les propriétaires, pour faire bonne figure… Cette conception du service m'a toujours gêné.

— J'y ai toujours vu une part de jeu, de deuxième degré, de comédie un peu moliéresque, elles en rajoutaient beaucoup dans le genre : "Et comment se porte Mme Dimanche ?"…

Mais ta mère est toujours magnifique, dans une forme incroyable, éblouissante… Elle a un teint d'une fraîcheur…

— Elle a un visage rond, elle n'a pas bougé.

— Peut-être que d'être à côté d'une aussi grosse locomotive que Cocotte, elle s'est économisée…

— Avec son mari, c'était la personne la plus importante dans sa vie. Je suis sûr qu'elle lui parle encore la nuit.

— Tes parents avaient quand même l'échappatoire des Lecques.

— Ça, c'était l'été, les rares moments où ils quittaient Paris. Ce mois d'août béni…

— Et où ton père devait quand même trimballer ses neveux et leurs amis, dont moi…

— À part Pia, qui était avec nous, il y a eu Olivier et Thomas, pour que les enfants qui n'avaient pas de vacances puissent en avoir un peu… Ils ont toujours été ouverts sur l'extérieur.

— Ta mère a obligé ton père à changer son nom.

— Je pense qu'elle n'a pas eu beaucoup de mal à le convaincre. Il était d'accord : vu ce qu'il avait vécu, il n'était pas très chaud que ses enfants aient cette pancarte au-dessus de la tête.

— Pourquoi Duprez ?

— Il y avait une liste de noms dans laquelle on était obligés de taper, sans ça on n'aurait jamais été chercher du côté de l'Espagne ! Duprez, Lopez, Alvarez ? non… Il a été obligé de prendre Duprez…

« Mais on reste une famille atypique. Quelquefois, avec les enfants d'Éléna, qui est un mixte entre ma mère et ma tante (sans les inconvénients de caractère qu'avait ma tante), elle est rapide et efficace, si l'on rajoute la fille et le petit garçon que

Jean son mari a eu avant, les miens, et mes anciennes compagnes, même si je ne vis plus avec elles qui gardent le goût de ces anciennes réunions, tout ça s'agglomère et donne une atmosphère assez particulière, et l'on se retrouve vite entre quinze et vingt à table pour les fêtes de famille… »

# LETTRE D'UN PENSIONNAIRE NIPPON

*Quand même, j'ose écrire quelques mots.*

*J'ai fini mon séjour à Home Pasteur au milieu du mois de juillet* 1974 *pour rentrer au Japon.*

*La plupart de mes copensionnaires étaient des étudiantes américaines. Je n'avais pas beaucoup de conversation avec elles. La seule occasion de contact était quand nous avons offert un cadeau à la naissance de Pédalo.*

*Je me souviens d'un chanteur français, ténor ou baryton, peut-être à l'âge de trente ou quarante ans, qui portait la barbe courte. Et une jeune femme française, qui avait un petit problème mental.*

*Un jour, c'était samedi, si je me souviens bien (Mme Muller servait le déjeuner le samedi), nous avons parlé d'un film de Louis Malle* Lacombe Lucien. *Elle n'appréciait pas ce film parce que le rôle principal n'était pas une personne positive. Je la comprenais bien mais je n'étais pas d'accord avec elle. Pia était à la table avec nous. Elle et moi, nous avons défendu le film qui a saisi la réalité de l'époque. J'étais un peu surpris par son énoncé parce qu'elle était d'habitude très discrète.*

*Mme Muller m'a dit que Leonor Fini et Ariane Mnouchkine*

*avaient été pensionnaires. J'ai senti quelque résonance de ces grandes artistes dans l'immeuble somptueusement vieilli.*

*Très tendrement.*

*Masao*

# VISITE DES LIEUX

La Divine Providence, fort active entre Pâques et la Pentecôte sur nos bords de Loire, me fait retrouver dans les plis de mon ordinateur un papier de Jeanne-Marie Darblay sur le Home Pasteur que Pia m'avait envoyé via son amie Catherine Chattard, et datant de « quarante ans à peu près », quand Jeanne-Marie était la compagne du père de Catherine.

Et bien avant qu'elle soit ma rédactrice en chef à *Elle*, sous le doux règne d'Anne-Marie Périer, pendant six mois de délices – car cette originale déteste le pouvoir et avait négocié avec la direction de ne pas le garder trop longtemps ; folle de l'île d'Yeu, de jardins et de vélo, Jeanne-Marie a continué ensuite sa libre carrière de pigiste voyageuse à travers les groupes de presse et les continents.

Cette lecture tombe pile, alors que j'ai dû laisser le Home Pasteur, sa smala et sa saga, pour consacrer plus d'une année ici à Saumur aux aventures de mon grand-père Robert Foucher et dépouiller à Midouin toute sa généreuse correspondance pendant la guerre de 1914-1918, qu'il a finie en 1919, pour le livre *Armistice*, qui ne pouvait – évidemment – pas attendre…

Florence non plus. Alors qu'on pensait organiser son

Brexit, elle a vécu jusqu'au bout de sa maladie, frêle tanagra au courage de sumo, d'une insatiable curiosité, gourmande de crèmes Guerlain et de parfums italiens, de livres et de magazines féminins, d'intelligence et de petites bêtises que je lui trouvais entre l'arrivée de mon train à 11 h 30 et sa rue de l'Université, 12 h 30, un jeudi sur deux, après avoir écumé les chères délices de notre actuel 7e arrondissement.

Au Bon Marché, papeterie et parfumerie, à la Grande Épicerie brioche et jambon truffé, Hugo et Victor pour les sorbets, chez Angelina pots de confiture au caramel beurre salé, Barthélemy le fameux fontainebleau, Le Divellec carpaccio de poisson et plus si affinités, selon les commandes et les trouvailles, alors qu'elle pouvait de moins en moins manger, dans une espèce de jeu de piste dont je déballais le résultat sur son lit, fière comme un petit banc, comme aurait dit Cocotte, pour la faire rire et la garder vivante tant qu'elle a pu communiquer, sa peau devenue comme une grande oreille, douce sous les brumisateurs.

Son dernier texto, après un petit cœur rose en broche… « Besoin de rien. » Huit jours avant sa mort. Expire fin octobre 2018, dire que c'était marqué, exactement en ces termes, sur sa carte bleue.

« Sur ces heures de deuil, nous ne jetterons donc qu'un rapide coup d'œil », aurait dit mon père, citant *L'Aiglon* de son cher Rostand.

Pour replonger dans l'ambiance, après cette année sur divers fronts (car je venais de voir aussi partir en cendres Philippe Gildas, mon premier patron à Canal+, le 5 novembre), l'article de Jeanne-Marie constitue une véritable visite des lieux avec Cocotte, au moment où je les ai connus, après le retour de M. Asawa au Japon, comme une suspension dans le temps, par une amoureuse de belles demeures, de jolis jardins et de bonne littérature :

> La maison où s'exploite la pension connue sous le nom de Home Pasteur est de nobles proportions avec un je-ne-sais-quoi de réservé. Une arrière-cour plantée de feuillus et comportant quelques dépendances, auxquelles on accède par un escalier extérieur de bois peint, lui confère un charme provincial délicieux…
>
> Non, sur l'écriteau de cuivre qui orne au second étage la porte palière du Home Pasteur on ne lit pas, comme à l'entrée de la Maison Vauquer « Pension bourgeoise des deux sexes et autres »… Non, il ne s'agit pas d'un remake du *Père Goriot*, et pourtant…

Ah ! c'était du temps où les journalistes – et leurs lecteurs – étaient cultivés ! Jeanne-Marie a relu son Balzac mais elle ne va pas pouvoir lui sucer la roue très longtemps car, rejoignant enfin le même peloton, depuis le temps qu'on m'en parle, je retrouve à l'instant la description dont j'avais oublié à quel point elle est abominable :

« Âgée d'environ cinquante ans, madame Vauquer ressemble à toutes les *femmes qui ont eu des malheurs*. Elle a l'œil vitreux, l'air innocent d'une entremetteuse qui va se gendarmer pour se faire payer plus cher, mais d'ailleurs prête à tout pour adoucir son sort, à livrer Georges ou Pichegru, si Georges ou Pichegru étaient encore à livrer. »

Mme Vauquer est une horreur physique et morale à l'image de son établissement : « Toute sa personne explique la pension, comme la pension implique sa personne. » Une abomination. En contrepoint, Jeanne-Marie, qui est une liane de minceur, poursuit sa présentation de France :

Mme Muller a cette rondeur solide et généreuse des mammas italiennes dont elle descend par son père, un militaire qui n'aimait pas le bruit des bottes mussoliniennes et émigra à Paris dans les années 30. On la dirait cuirassée contre les intempéries du cœur et de la vie. Dans son beau regard fatigué, une petite flamme malicieuse est sans cesse en veilleuse.

Sa mère, qui était française et enseignait la grammaire aux jeunes pensionnaires du Home Pasteur du temps que cet établissement était encore une pension de filles de bonnes familles, avait repris les lieux à son compte à la mort de la directrice. Très vite, elle choisit d'en faire une pension bourgeoise traditionnelle. France, sa fille cadette dont les souvenirs d'enfance se confondent avec la vie feutrée des pensionnaires de tout poil du Home, allait prendre le relais après la guerre.

Mariée très jeune à un artiste plus doué pour jouer avec les notes de musique qu'avec les notes du gaz, et déjà mère à dix-huit ans (« Ah la pilule, quelle merveilleuse invention ! »), elle rêve de faire médecine, mais en attendant elle prend la direction des opérations plus prosaïques du Home Pasteur. Les temps sont difficiles, la famille s'agrandit doucement et la pension ne désemplit jamais : la jeune femme ne chôme pas.

Son sens des affaires étant à peu près aussi développé que le sens des réalités d'un technocrate de haut vol, rien n'a changé en trente ans : c'est toujours elle l'âme de la maison, celle qui compose les menus, fait ses courses au marché de Breteuil comme n'importe quelle mère de famille nombreuse, mitonne les petits plats et touille les confitures, fait la vaisselle, ripoline les cabinets, tapisse de papier fleuri la salle à manger, et fixe les tarifs.

Des tarifs qui font rêver au cœur du 7$^{e}$, à 200 mètres de l'Hôtel Matignon et à peine plus des Invalides, à une époque où la chambre de bonne la plus modeste va chercher dans les

700 francs, dans ce quartier où le moindre steak-frites camembert-beurre se monnaye rarement au-dessous de 50 francs.

Ici, pour moins de 80 francs par jour, chaque pensionnaire dispose d'une chambre claire et spacieuse (si on vous dit une vingtaine de mètres carrés vous ne le croirez pas…), murs repeints de frais, parquets cirés et vue sur les arbres de la cour bourrés de moineaux, avec petit déjeuner aux confitures maison et dîner ponctué des pâtisseries de l'hôtesse :

« J'aime les travaux manuels qui vous laissent l'esprit libre. Et pour me défouler quand ça ne va pas, je n'ai rien trouvé de mieux que la pâtisserie. » Ainsi, bercée par des sonates pour violoncelle de Brahms ou par *Le Chant de la Terre* de Mahler, Mme Muller que la mélomanie de son mari a contaminée et rendue philosophe peut vous faire une bonne demi-douzaine de tartes dans l'après-midi. Nul ne s'en est jamais plaint…

En suivant cette silhouette massive à travers les couloirs lambrissés à hauteur d'appui, où la lumière d'une lointaine croisée développe les ombres plus qu'elle n'éclaire, on imagine tapis derrière une porte quelque héros balzacien ou une affaire de Maigret entre la grande cuisine et ses casseroles de cuivre et la chambre verte…

Le chat ronronne dans son panier un œil matois fixé sur l'intrus, le lino marron de l'escalier intérieur résiste au temps, les grandes armoires normandes débordent de linge, qui doit sûrement sentir la lavande, encore un immense couloir et plein de portes closes. De quoi jouer à cache-tampon mais aussi à cacher sa vie : aujourd'hui les heureux pensionnaires des lieux sont en majorité des étudiants américains mais autrefois le Home Pasteur abritait effectivement quelques personnages qui n'auraient pas déparé dans un roman de Simenon.

Il y avait le petit père tranquille qui ne pipait mot à table et qui était à ce point couleur de muraille qu'il ne traversait jamais le grand vestibule du rez-de-chaussée mais en faisait scrupuleusement le tour par la droite en descendant et par la gauche en montant. Tout était nickel dans sa chambre, au point qu'elle paraissait inhabitée. Et lorsqu'une parente lui déposait un gâteau de riz dans une barquette en papier argenté, il faisait ensuite une belle boulette avec l'emballage puis jetait soigneusement le tout dans la cuvette des petits coins. À la nième intervention du plombier, le coupable identifié, ce discret maniaque fut gentiment convié à prendre pension ailleurs...

Et cette jeune femme enceinte, fraîchement débarquée des colonies au lendemain de la guerre, et revenue après son accouchement avec un adorable marmot. Le portrait craché de son père qui, disait-elle, n'allait pas tarder à la rejoindre...

Plusieurs mois s'écoulèrent ainsi, lorsqu'un beau matin la maréchaussée vint frapper à la porte du Home Pasteur : la jeune femme, qui ne pouvait pas avoir d'enfant, avait baratiné une fille mère dans un hôpital, se faisant passer pour la représentante d'une œuvre charitable qui prendrait soin du petit. Puis elle lui avait raconté qu'il était mort, afin de s'en retourner aux colonies avec cet héritier inespéré... La vraie mère porta plainte et, les gendarmes aux trousses, la fausse mère enjamba la fenêtre. Elle mourut pendant son transport à l'hôpital...

Alain Cuny, le sénateur Fulbright, une petite amie d'Henry Miller, une princesse Narychkine ont quelque part dans leurs souvenirs un pan de cette pension d'un autre âge que l'on aimerait décréter « chef-d'œuvre en péril » tant l'art d'y vivre y est rare. Mais seuls les murs de la maison sont classés. Choyer une vingtaine de pensionnaires pendant une trentaine d'années n'est pas de tout repos et il est à parier malheureusement que si c'était à refaire Mme Muller ferait médecine...

*Jeanne-Marie Darblay*

Intitulé « Nostalgie », cet article n'a jamais été publié, l'éloge de la pilule par Mme Muller étant sans doute trop hard à l'époque pour le *Figaro Madame* de Robert Hersant – et celui des vieilles pierres trop soft pour le *Elle* du groupe Filipacchi, les magazines où écrivait Jeanne-Marie.

J'avais oublié l'histoire de la voleuse d'enfants que j'avais fait atterrir à tort aux pieds de Samuel le jour de son concours, lui enlevant tous ses moyens, et qui n'a jamais existé.

On apprend aussi le nom oublié par Monica de ces « princes russes pauvres comme on ne fait plus » qui lui enseignaient la révérence de cour avec une certaine condescendance : Narychkine.

Ironiquement, ce nom a resurgi de l'ombre quand un fabuleux trésor, caché dans une pièce secrète de leur palais à Saint-Pétersbourg, fut retrouvé en 2012 par des ouvriers lors de travaux de restauration, bien emballé dans des journaux vinaigrés qui l'avaient mis à l'abri des outrages du temps…

Des objets d'art d'une grande finesse, estimés à environ 2,6 millions d'euros : « Une trouvaille de la sorte est extrêmement rare : un trésor dans son intégrité, ayant appartenu à une même famille et très bien conservé, c'est unique », se félicite aujourd'hui Olga Taratynova, la directrice du musée du palais de Tsarskoïé Selo, à qui est revenue la collection, offerte par l'État qui se l'est approprié après que les ouvriers y eurent échoué, en 2018. Quelque deux mille objets en argent pesant au total quatre cents kilos sont exposés aujourd'hui à Saint-Pétersbourg.

« La collection trouvée comprend un service de table unique qui n'a aucun équivalent au monde, a souligné Alexei Lobin, directeur de l'exposition. Un trésor d'orfèvrerie d'un intérêt historique inestimable. »

On appréciera l'adjectif « historique » pour ces reliques nationalisées de l'époque tsariste… S'il reste des descendants Narychkine, espérons qu'on leur offrira quand même un ticket pour la visite !

Une bouffée de nostalgie me guette, pas tant à retrouver les francs, le bifteck-frites et les camembert-beurre, qu'à voir Cocotte si lasse considérer la pâtisserie comme une forme d'ergothérapie, et à l'entendre proclamer – à défaut de retrouver l'interview de France Culture : « Vive la pilule ! »

Mieux encore, l'article de Jeanne-Marie Darblay permet d'entendre France regretter de ne pas avoir fait médecine, exactement comme ma vieille copine Françoise Giroud qui avait eu les mêmes velléités de reprendre des études (sans le bac !) de médecine après avoir vu aussi sa mère s'épuiser et achever de se ruiner dans l'aventure d'une pension de famille, et sa sœur dans un mariage idiot ; elle s'était jurée d'abord d'avoir « un métier qui ait un nom » et à quatorze ans, elle était sténodactylo.

Et Françoise aussi s'appelait France, à l'origine… France Gourdji, elle avait dix ans de plus que France, fille d'immigrés du mauvais côté des Alliés, pendant la guerre précédente, la Turquie, elle connut aussi les humiliations et les moqueries de ses condisciples au pensionnat, changea de nom et de prénom…

Fille mère pendant l'Occupation, elle aussi… À seize ans, elle avait échappé à cette usante fatalité, en commençant secrétaire d'un libraire, puis script-girl (dans le générique de *La Grande Illusion* elle signe encore Gourdji), scénariste, journaliste et même secrétaire d'État à un moment, mais toujours soutien de famille après la disparition de son père quand elle était petite, et l'évanouissement consécutif des pères de ses enfants, dans la nature pour le premier, et en taule pour le second.

Ses enfants Alain et Caroline, eux, étudieront la médecine et la psychanalyse…

Mais Cocotte n'a pas eu le choix, comme me l'a expliqué Monica :

« France s'est retrouvée complètement coincée, parce que Maman voulait bien qu'on fasse tout ce qu'on voulait, seulement elle n'avait pas les moyens de le financer…

« À un moment donné, sous l'influence de son beau-père, elle aurait aimé faire de la médecine, elle avait un sens de la médecine de café du commerce, et ça lui aurait beaucoup plu, mais six ou sept années d'études avec deux enfants et plus tard, quand notre mère a eu plusieurs attaques qui l'ont bien diminuée, ce n'était pas possible, rien n'était possible avec ça…

— Vous, vous avez fait les Arts-Déco.

— Oui. Et quand j'ai travaillé un moment avec Maman, elle m'a dit : "Toi, tu peux trouver du travail avec les études que tu as faites, et ta sœur va rester avec moi." J'ai bien vu que France allait s'engloutir, et je lui ai demandé : "Crois-tu que ce soit bien ?" Mais ma mère m'a répondu : "Il le faut. Il faut la pension pour élever les enfants, il faut la pension pour que tout le monde vive", et je me suis inclinée, mais j'avais dans l'idée que France allait s'engloutir là-dedans…

« Et France a tout laissé tomber, elle n'avait jamais d'argent pour elle, elle paraissait plus que son âge, j'ai une photo d'elle, elle devait avoir une trentaine d'années… Samuel trouvait que sa femme ne valait rien, il ne supportait pas qu'elle fasse la cuisine, mais il n'y a rien de déshonorant à ça, surtout quand, enfin…

« Et quand on voit la beauté qu'avait France et les énormes qualités qu'elle avait, j'en ai voulu pendant longtemps à Samuel, je lui en voulais vraiment à mort d'avoir gâché cette vie, d'avoir gâché plusieurs vies… Mais avec le temps, ça disparaît et même de lui je ne garde que les bons souvenirs…

— Vous étiez dès le début dans l'appartement d'à côté ?

— Non, j'ai beaucoup erré. Ma belle-mère m'a mise à la porte de chez elle à Neuilly, enfin elle m'a dit qu'il ne fallait pas que je compte m'incruster trop longtemps – après elle a été très contente de me trouver, et je m'en suis beaucoup occupée, je lui ai rendu le bien pour le mal, mais au départ je n'étais pas du tout ce qu'elle souhaitait…

« Et je suis retournée dans l'endroit de mes délices, la pension. J'ai occupé une chambre puis une autre, et quand Mme Plassard, la propriétaire, ne pouvant plus monter l'escalier a voulu quitter son appartement, elle a cherché un locataire, mais avec une reprise. Comme j'avais déjà travaillé pas mal et que Francis avait aussi un peu d'argent, on a été ceux qui lui en proposaient le plus, et elle a donc dit qu'elle nous préférait, bien naturellement… On s'est installés pour la naissance d'Éléna. Marc avait cinq ans.

— La fatalité de la pension a fini par vous rattraper aussi. Sans vous, France ne s'en serait pas sortie…

— Mais elle n'a jamais été jalouse de moi parce qu'elle trouvait que Samuel était tellement supérieur intellectuellement qu'elle s'estimait gâtée !

« La maison entière était en commun, moi j'avais l'appartement à droite mais il n'y avait pas “chez toi chez moi”, on a continué à vivre ensemble toute notre vie, et après, quand Maman a été malade, on était deux pour la soigner.

« Être deux, c'est très important quand les mamans ne vont plus. Ça n'allait plus du tout, il fallait qu'on s'en occupe, d'autant plus que Maman pensait que la sécurité sociale était chose inutile, parce que sa mère n'en avait jamais eu ni aucune des personnes qu'elle connaissait, et donc elle n'était pas inscrite à la sécurité sociale, et il fallait que France et moi on se débrouille avec nos propres deniers, car rien n'était remboursé, pas plus le médecin que les soins, les médicaments… Il faisait bon être deux, sinon ça n'aurait pas été possible. »

Pia avait toujours connu sa grand-mère Denise très diminuée ; elle avait du mal à lire, à écrire, à marcher, et peur de tomber dans les escaliers, alors que c'était quelqu'un de très intelligent et de très vif du temps de sa splendeur, d'une sublime distinction qui avait charmé Dick ; elle était morte dans son ancienne chambre ; Pia m'avait parlé d'elle, début 2017 :

« Elle habitait le bureau, sauf tout à fait à la fin, Maman l'avait mise pour des raisons de commodité dans la chambre près de la cuisine. Elle a eu le luxe de mourir avec ses deux filles à ses côtés.

« Quelques jours avant sa mort, elle avait dit à Monica : "J'ai peur de mourir", et Maman a dit : "De quoi a-t-elle peur ? Je suis là." Et ça a immédiatement calmé la grand-mère, paraît-il.

« C'est comme la veille de sa mort à elle, le 21 janvier 99, poursuit Pia (il y a dix-huit ans aujourd'hui), j'avais des problèmes de jambes, et des piqûres qui me rendaient malade comme un chien, elle m'appelle au téléphone, et je lui dis : "Maman, ça ne va pas du tout !"

« Je raccroche pour appeler mon infirmier qui me dit : “Ce sont les effets secondaires de votre piqûre, je ne vous la fais pas aujourd’hui, je vous la ferai demain.” Je rappelle ma mère, elle me dit : “Ne me fais plus une émotion pareille !

« — Mais, Maman, ne m’en veux pas, j’avais l’impression que j’allais mourir !

« — Ma chérie, c’est pas du tout comme ça que ça se passe, ce n’est pas si simple de mourir. Rappelle-moi ce soir !”

« Le soir, elle me dit : “Rappelle-moi demain !”

« J’appelle le lendemain, j’ai Monica (elle avait perdu Francis peu avant) qui me dit : “Ah qu’est-ce que je suis contente, pour une fois, ta mère dort le matin, c’est moi qui viens de faire le café.”

« Quand j’ai rappelé, j’ai eu Marc : “Ça ne va pas du tout, ta mère est morte.”

« La veille elle m’avait dit : “Ce n’est pas simple de mourir”, et toc, je vais te montrer comme c’est simple !

— Elle savait tout, comme d’habitude… Elle était malade ?

— Non. Elle est morte d’une rupture d’anévrisme, en pleine nuit, sans souffrir. Quelqu’un de pas très subtil m’a dit : “C’est vous qui l’avez tuée !”

— On est deux : la dernière fois que j’ai vu ma mère à l’hôpital, le médecin m’avait dit qu’elle n’en avait plus pour longtemps, alors je lui ai parlé un moment, et puis je lui ai pris la main et je lui ai dit : Bon Voyage !

« Ça s’est mis à sonner de partout, et les infirmières sont entrées dans la chambre et m’ont dit : “Elle est partie !” Littéralement ces mots-là.

— C’est vachement bien. C’est un mot de Shakespeare : “*The undiscovered country, from whose bourn no traveller returns.*" La région inexplorée d'où nul voyageur n'est jamais revenu. »

Et aujourd'hui Pia est encore à l'hôpital à cause d'effets secondaires de médicaments…

À la génération suivante, comme Françoise Giroud à sa fille Caroline, mère et tante lui serineront d'avoir d'abord et avant tout un vrai travail, une indépendance économique :

« Toute ma vie, j'ai entendu ma mère et Monica me répéter : il faut que tu aies un métier, que tu sois indépendante et que tu puisses ne compter que sur toi. Même si tu épouses quelqu'un de fortuné, tu dois travailler. »

La leçon était passée : le Home Pasteur n'offrirait aucun avenir aux femmes de la famille.

## UNE CHAMBRE POUR DEUX

### *La cousine Éléna*

Retrouvons le fil en coton bleu marine de notre histoire de filles : en cette rentrée 1974, que dissimulait ce port illicite d'un uniforme bleu marine chez Pia ?

« Je m'habillais en élève de Sainte-Marie parce que j'enviais follement Éléna, qui y était depuis la onzième ! Maman disait que si j'y étais allée, je serais devenue bonne sœur !!! »

L'envie avouée, un autre aveu de la cousine Éléna, la fille de Monica et Francis, venue me voir à domicile, dans le quartier de son enfance, pas loin de l'église Saint-Germain-des-Prés dont elle restaurait les peintures :

« Pia, c'était la gentille, moi j'étais la méchante…

— … mais tu étais intelligente, et elle était bête !

— On avait chacune notre rôle. Elle n'était pas bête, mais il fallait qu'elle travaille plus pour le même résultat… Elle était gentille, elle était aimable, elle disait bonjour à la dame… Et moi, comme j'étais un peu une teigne, on m'a mise dans une école privée, parce que tu avais plus de marge de manœuvre dans le privé qu'à la communale, où c'était assez strict, dans les années 70.

« C'est ce que mes parents m'ont dit, en tout cas. Peut-être qu'ils avaient aussi des idées de grandeur sociale plus inavouables, en tout cas, je me suis retrouvée à Sainte-Marie…

— En fait de grandeur sociale, à Duruy, j'ai vu des filles qui avaient des billets de cinq cents francs, des Pascal, comme argent de poche pour la semaine, en terminale. C'était inouï ! De jeunes habitantes du 7ᵉ…

— Pas à Sainte-Marie ! Je n'ai jamais vu ça. On avait la noblesse désargentée, les vieilles familles, et vous aviez les nouveaux riches !

— J'avais passé un examen, en cachette de mes parents, pour entrer dans le public à Saumur et échapper aux bonnes sœurs. Jusqu'en seconde, j'étais collée pour indiscipline et impolitesse tous les mercredis…

— Et moi, j'ai été renvoyée de Sainte-Marie en fin de première pour les mêmes raisons ! J'ai fait ma terminale à Duruy, mais il n'y avait pas d'examen entre les deux. Je suis rentrée automatiquement.

— Le niveau était très bon et tu faisais du grec, je me souviens.

— Les bonnes sœurs n'étaient pas cons.

— À Paris !!! Petite, il paraît que tu voulais écrire au général de Gaulle pour qu'il te donne la permission d'épouser ton père…

— J'étais dans le schéma classique : j'adorais mon père, qui m'adorait. Le samedi, quand Maman a dû reprendre le magasin, on allait se promener à Saint-Germain-des-Prés, il m'emmenait manger un banana split au Drugstore, c'était la grande mode.

« On faisait plein de trucs tous les deux ; il regardait les filles passer en terrasse, on avait une complicité qu'il n'avait pas avec mon frère Marc. Il était très gentil ; il ne parlait pas du tout de sa jeunesse, de la guerre, de tous ces événements qui avaient dû être traumatisants…

— Ta mère lui avait fait changer son nom de Kahn en Duprez quand même !

— Oui, ils avaient changé de nom très vite, mais mon père était prêt ; s'il ne l'avait pas voulu, il ne l'aurait pas fait ; il avait morflé, et Maman avec son nom italien pendant la guerre, elle avait dû morfler aussi…

« Au début, ils habitaient Neuilly chez ma grand-mère, mon frère est né un peu rapidement, et dès qu'un appartement s'est libéré rue de Babylone, pour lequel ils ont payé une reprise incroyable mais sans en être propriétaires, ils sont arrivés.

« Mon père, ça devait lui plaire cette ambiance de pension de famille. Je pense qu'il n'aurait pas aimé se retrouver seul avec Maman dans un petit appartement, il avait été élevé comme ça, dans un univers familial un peu étriqué, juste avec son père, sa mère et un frère…

— Comment ça s'est passé pendant la guerre ?

— Mon grand-père a été déporté, mais mon père et son frère étaient à Cannes avec leur mère depuis le début de l'Occupation. Un type gérait l'usine qui a été aryanisée, et après ils ont vécu dans une ferme chez des protestants dans la Drôme pendant un moment.

« Mon grand-père est parti pour Auschwitz en septembre 43 et n'y est jamais arrivé. Pas inscrit. Comme il était cardiaque, on imagine qu'il est mort en chemin, et tant mieux, mais on n'en a jamais retrouvé de trace.

« Quand ça a chauffé dans le Sud, mon père est parti pour le maquis. Il est revenu avec sa mère à dix-neuf ans, c'était un jeune homme, je ne sais pas ce qui lui a plu chez Maman, elle était très jolie, et lui vivait dans un milieu juif assez fermé. Une copine juive de Maman aux Arts-Déco l'a invité à une fête, où il l'a rencontrée…

— Et ensuite, il a aussi épousé sa belle-sœur en prime…

— Maman était attachée de façon indéfectible à Coco, en même temps, Coco n'était pas facile, elle la rabrouait mais ça lui coulait dessus. Maman dit qu'elle était odieuse quand elle était petite, elle était meilleure à l'école, elle l'engueulait et elle lui mangeait son goûter, mais elle s'est toujours sentie tenue de lui venir en aide, elle n'a jamais pris son envol, toute cette histoire se passe autour de cette cheville : Maman et Coco.

— C'est vrai que ton frère et toi l'appeliez comme ça : Coco.

— Oui. Je pense qu'au début, elles sont restées pour aider leur mère, il n'a jamais été question ni que ma mère ni que mon père aillent vivre ailleurs ; est-ce que cette aide était vraiment nécessaire ou est-ce qu'elle était vraiment attachée à sa mère et à sa sœur ? Il y avait beaucoup d'amour…

« Coco avait plus besoin de Maman que l'inverse, mais ce qui en ressortait, c'était quand même une équipe. Où l'une était toujours là pour l'autre. Elles avaient des goûts communs en littérature, elles étaient sœurs, meilleures amies, et j'ai vraiment été élevée par les deux à égalité.

« Maman avait son magasin, elle rentrait plus tard pour le service du dîner, et c'était Coco qui était là dans sa cuisine quand je rentrais de l'école, et elle faisait aussi travailler son violon à Marc… Il était doué, il adorait la musique, mais paresseux. On lui cachait son Mickey, je me souviens, il n'avait droit à son Mickey qu'après avoir répété sa leçon avec Coco.

— Mais à ses propres enfants, elle ne leur a pas appris la musique.

— Oui. C'est très curieux. C'est avec moi qu'elle a fait un livre de cuisine, enfin qu'elle a commencé à noter ses recettes…

— Pour les deux maris, ça ne devait pas être aussi facile.

— Samuel et mon père dînaient à la pension, il n'y avait pas de vie privée, mais c'était vécu différemment, on allait moins au restau, on allait moins au ciné… C'était une époque où il y avait moins d'intimité dans les familles.

— Tu dormais où ?

— Petite, j'ai habité chez mes parents dans l'appartement d'en face, mon frère avait la chambre et j'étais dans l'entrée, jusqu'à mes neuf ans où j'ai habité à la pension et je n'en suis plus repartie. En 68 ou 69, quand ma mère a fait une déprime suite à une frasque de mon père, entraîné par l'infâme Paul…

« (J'étais très copine avec une pensionnaire, Debbie, qui habitait avec une autre fille dans la grande chambre à gauche, j'étais toujours fourrée chez elle, et mon père venait le soir me chercher pour aller me coucher. À force, il a dû y avoir anguille sous roche, et je crois qu'un été, Paul et Papa sont partis…

« Maman partait très peu en vacances, elle était scotchée à la pension, Cocotte ne partait jamais en vacances avec Samuel, et jamais en vacances tout court. Maman s'est rendu compte d'un truc, et je me demande si ce n'est pas à cause de moi, parce qu'elle m'envoyait des cartes postales aussi, l'effrontée !)

« Et ma mère a fait une dépression, dont elle s'est remise assez rapidement, mais elle en a gardé l'habitude de prendre des somnifères, à l'époque c'était des trucs qui vous assommaient et vous rendaient accro… Enfin, Papa, penaud, est rentré au bercail…

— Paul était dans cette histoire ? Il était beaucoup plus jeune que lui !

— Oui. Il était diabolique. C'était vraiment un sale type.

— Ta mère l'adorait.

— Oui. Tu parles à Maman de toutes les horreurs qu'a faites Paul, en même temps elle le sait, et en même temps, elle ne veut pas l'entendre.

« Elle avait quinze ans quand il est né, elle s'en est beaucoup occupée quand il était tout petit. Tout le monde avait une préférence pour Paul, d'autant plus que Catherine était une petite fille difficile et d'autant moins aimée qu'elle était chiante, à une époque où il n'y avait pas eu Françoise Dolto…

« Maman avait une très nette préférence pour Paul, qui avait beaucoup de charme, qui était très beau gosse et qui faisait rire tout le monde. Le peu de temps où sa carrière a fait semblant de décoller, quand il a été embauché chez Philips, peut-être grâce à son père, à l'époque du Swinging Paris, je me souviens d'un Noël chez lui, tout était meublé 70 ultra design, il avait fait des cadeaux à tout le monde, il avait un côté fêtard et grand seigneur qui séduisait…

« À partir de neuf ans, j'ai donc partagé la chambre de Pia, après la frasque de mon père, où il est revenu la queue entre les jambes, c'est le cas de le dire…

« Et ça s'est passé très bien jusqu'en première ou en terminale, où elle avait besoin de se concentrer pour travailler. Moi j'avais plus de facilités, je travaillais en musique et donc, elle a eu sa chambre, et je me suis retrouvée dans l'entrée, près du salon, ce n'était pas très intime, je me suis mise à mettre des boules Quies…

« C'était très sympa et assez bizarre, je dormais à la pension et j'avais toutes mes affaires chez les parents, le matin, j'allais en chemise de nuit me préparer, m'habiller chez les parents, le soir pareil, je faisais mes devoirs à la pension, mais j'allais me baigner et regarder la télé chez mes parents, très bourgeois classiques, et une fois le programme terminé, mon père me ramenait pour traverser le palier et coucher là-bas, et ça m'allait très bien. C'était pas mal, j'avais à la fois le cocon familial et la liberté d'être dans cet endroit où circulaient plein de gens.

— Et avec les pensionnaires, c'était comment ?

— Pia et moi, on était toujours amoureuses d'un Américain, et chaque année, on se faisait copines avec des Américaines. L'âge venant, on s'est transformées plus ou moins en guides touristiques. Les plus sympathiques, on les emmenait au feu d'artifice et au défilé du 14 Juillet, ce qui nous a valu des invitations extraordinaires (c'était souvent des gosses de riches qui venaient passer une année en France), je me souviens, Pia en avait été folle de jalousie, j'avais été invitée chez Lasserre, et elle n'avait pas pu venir, je ne sais pas pour quelle raison... À un moment, j'étais devenue une espèce de professeur pour un groupe de Suisses allemands...

— Je me souviens de Peter et des cours de rock chez Georges et Rosy rue de Varenne avec Pia ! On n'était pas plus douées que les Suisses...

— Les gens qui ont pris des cours ont une façon spéciale de danser en levant les bras.

— Chez Baraduc, rue de Ponthieu, mais c'était pour les filles du 16ᵉ... Pas chez Georges et Rosy dans le 7ᵉ... Comment te paraissait Samuel ?

— On se rendait bien compte qu'il ne foutait rien. Samuel

passait l'essentiel de ses journées allongé sur son lit, tout habillé, avec le chat sur les jambes. Coco mettait la radio tout le temps, mais Samuel n'écoutait pas de disques.

« Au début, Coco avait participé à toute cette effervescence ; il avait créé une maison de disques qui s'appelait Cygnus ; ils recevaient, mais Samuel était un piètre gestionnaire, tout l'héritage de son père y est passé.

— Et sa vie amoureuse ? Pia était au courant, mais toi ?

— Non. Ça me passait complètement au-dessus. Pour moi, le grand apport de Samuel, c'est la peinture. Il avait entrepris de faire comme Malraux son musée imaginaire et il découpait des reproductions, il avait un livre vierge et il sélectionnait à n'en plus finir…

— Il te les montrait ?

— Ah oui ! Il avait installé des reproductions dans sa chambre et il fallait les reconnaître. Est-ce que c'était Botticelli, Titien… Que de la peinture ancienne, et j'adorais ça ! J'étais une grande amatrice des domaines qui l'intéressaient : l'histoire et l'histoire de l'art.

« J'écoutais, mais pas seulement : j'essayais d'abonder dans la conversation, de lui tenir tête éventuellement. J'aimais bien discuter avec lui ; Pia était plus dans l'affectif que dans le débat. Moi, je n'étais pas dans l'affectif avec Samuel, du tout, c'était intellectuel notre relation.

— Pia m'a raconté qu'à un Noël où il t'avait dit : “Ma chère Éléna, je te souhaite une excellente année”, tu lui avais répondu : “Samuel, vous le dites, mais vous ne le pensez pas !”

— Je n'avais pas ma langue dans ma poche.

— Et Paul ?

— Sur le coup, j'en pensais rien, j'étais dedans. Paul, c'était mystérieux, il était là ; il était plus là. Maman et Coco devaient en parler au petit déjeuner, mais on n'était pas au courant de ses frasques, qu'il soit allé en prison, on ne le savait pas. À l'époque c'était assez facile de faire carrière chez Philips ou ailleurs, il avait beaucoup d'atouts, mais il était malhonnête, fasciné par l'argent facile. À chaque fois, ça s'est terminé dans les malversations.

— Après, il s'est trouvé des épouses…

— Il a sucé deux dots ; après il a réapparu avec Denise et petit Thomas quand il était gestionnaire au Club Med.

— Avant de partir avec l'argent de la caisse…

— Oui, mais ça a duré quelques années quand même, six ans peut-être, on est allées avec Pia en Italie, skier à Sestrières où Paul rentrait toujours bronzé de Marbella ou du Brésil, tu t'imagines, vivre toute la vie au Club Med, ça lui allait bien à lui, alcool, drogue et argent facile, mais après il a quitté Denise alors qu'elle tombait malade ; il l'a laissé tomber comme une vieille chaussette, c'est Cocotte qui s'en est occupée…

— Elle lui a tout passé…

— Je ne sais pas comment il fallait faire avec lui. C'était quand même un drôle de coco dès le départ ; je ne suis pas sûre qu'on puisse tout mettre sous le coup de l'éducation, c'est sûr qu'ils ont été assez toxiques pour leurs enfants, mais Paul a commencé à dysfonctionner très tôt.

— Dès la maternelle. Cocotte disait à Pia : “Quand je pense que j'ai eu deux enfants bandits, si j'avais donné Pia à Trudi, on aurait dit : Voilà les miracles de l'éducation !”

— C'est bien vu ! Coco pouvait être embarrassante en public avec son franc-parler, et Pia ne se rebellait pas. Elle avait une façon de l'infantiliser qui aurait pu tourner autrement. Elle qui ne rêvait que de bourgeoisie et de prince charmant, de petite famille catholique classique…

— Quelquefois on rêve du contraire de ce qu'on a !

— Pour le reste, je n'étais pas au courant, les vacheries que lui a faites Paul sinon, qu'il l'avait emmenée voir Paul Gégauff, quelle bonne idée ! Il était dans le circuit ; elle était quand même con Pia. Elle avait une case en moins, ce mec avait l'âge de son père !

— C'était glauquissime !

— J'ai su aussi assez tardivement qu'il l'emmenait chez un pédophile. Elle ne s'est jamais fâchée avec lui, en tout cas, elle ne lui a jamais dit son fait, elle ne l'a jamais pris entre quat-z-yeux, pour lui dire : ce que tu m'as fait, c'était nul…

— En plus c'était son parrain, il avait été rebaptisé catholique exprès.

— Coco espérait peut-être que le changer de religion allait le remettre dans le bon sens.

— Pia dit que toi, tu ne te serais pas laissé faire, à sa place.

— Les mecs de ce genre-là ne s'en prennent pas à n'importe qui, il ne se serait jamais attaqué à moi. Mais j'étais très favorisée. Je n'ai eu que le meilleur de cette histoire. Pour elle, c'était plus mitigé. Et elle a tellement peu de ressort de vindicte, Pia, comme avec Catherine…

— Quels étaient tes rapports avec Catherine ?

— Très peu au début. Parce qu'elle était tout le temps en pension. Après… Après, le truc qu'on avait ensemble, c'étaient les travaux manuels, parce qu'elle était très travaux manuels, et dans les années 70, elle m'a appris à faire du crochet ; elle faisait des ponchos pour toute la famille.

« Et je m'étais mise à faire du crochet comme une folle, j'achetais ma laine au Bon Marché, je faisais des petits carrés, des coussins, des couvertures que j'assemblais ensuite, on avait ça en commun.

« Elle a eu Olivier très jeune, ça s'est mal passé, tout s'est toujours mal passé ; entre deux crises de boulimie excessive ; on a eu pas mal Olivier, le temps qu'elle règle tout ça, peut-être que c'était aussi la dépression post-partum ; on en parlait moins à l'époque ; elle avait des mauvais rapports avec Coco, elle espérait toujours se faire aimer, et d'une façon un peu naïve, elle était très maladroite, elle parlait très fort, c'est dommage parce qu'elle était intéressante, cultivée, beaucoup plus intéressante que Paul, qui n'avait que son charme pour lui ; il ne faisait que regarder la télé, et les émissions les plus cons.

« Catherine, elle m'a aidée à faire mon mémoire en fac, elle s'est bonifiée avec l'âge ; elle s'est occupée des enfants, des études ; Paul non, sauf avec son fils, encore qu'il l'ait planté, il l'a laissé dans la chambre de Denise qui était mourante jusqu'au bout ; mais à l'époque il était camé jusqu'aux yeux.

« Le mieux qu'il ait fait à son fils, c'est de le laisser avec Cocotte, de l'emmener un peu en vacances en été, de payer un peu ses études ; ce n'est pas lui qui l'a élevé. Je revois encore petit Thomas attendant son père dans la pension qui n'arrivait pas, sa mère était morte ; heureusement qu'il y avait Olivier pour l'égayer un peu…

« Maman est persuadée, c'est le grand phantasme de Maman, que mon grand-père, personnage mystérieux sur lequel elles ont brodé pas mal, qui appartenait à une fratrie d'une quinzaine, treize garçons, deux filles, lors d'une sortie au bordel aurait attrapé la syphilis, et elle est persuadée qu'il est mort de ça. C'est leurs marraines qui lui auraient susurré…

« Contre toute attente sa mère ne l'aurait jamais attrapée, mais transmise à Coco et à ses enfants, une espèce de filiation comme ça, dans la fragilité, qui, de mon point de vue, n'a pas besoin de passer par la syphilis.

— C'était le sida de l'époque et le grand secret de famille, le seul que Françoise Giroud avait caché dans sa biographie, et dont son père était mort aussi… J'ai fait des recherches à un moment là-dessus à Ville-Évrard quand j'écrivais sur elle… En tout cas, on a l'impression de retrouver chez ta mère maintenant la même ambiance qu'au Home Pasteur.

— Oui, d'une certaine façon, son nouvel appartement de la Nation est encore et toujours le lieu central de la famille. Elle est très hospitalière, déteste être seule et est tout le temps en train de lancer des invitations à droite à gauche. "J'ai fait un sauté de veau aux olives, est-ce que tu ne viendrais pas ?"

« Elle a repris cette fonction nourricière qu'avait Cocotte ; sa petite-fille Camille habite là-bas, moi je me dis c'est le moment d'en profiter, elle a quatre-vingt-neuf ans, quand même, ça ne se voit pas, elle a bon pied bon œil, je l'appelle pour déjeuner avec moi – avec le 86, ça la fait sortir un peu… Elle est moins flamboyante, mais elle a beaucoup d'humour…

— Tu regrettes le lieu ?

— On dit que la moitié des logements parisiens sont habités par des personnes seules, c'est dommage que ça n'existe plus ce genre d'endroit, c'étaient de jolis appartements… »

Quand je reverrai Monica, qui ne m'a pas du tout parlé de cela, il faudra que je lui dise que la neuro-syphilis n'est pas du tout héréditaire, contrairement à ce qu'on croyait au début du XX^e siècle…

## GAFFES

« Si tu arrives à faire parler Monica de son père, tu es forte », m'avait dit Pia, et je n'avais pas compris pourquoi, car elle m'avait raconté sans réticence des souvenirs assez doux de frichtis que son papa cuisait la nuit pour ses petites filles…

Mais Pia a parfois une façon assez brusque de poser des questions indiscrètes – dont je m'étais rendu compte par ma mère, étonnée de se voir interrogée brusquement sur son premier mari et ses sentiments à son égard, entre la poire et le fromage, quand j'habitais Trouville et qu'elle venait lui tenir compagnie pour déjeuner quai d'Orsay.

Ça n'attire pas les confidences. Surtout pour une génération élevée dans le *never explain never complain* : « Chacun dans ses culottes », selon la traduction personnelle de mon père. Et que la réponse m'indifférait.

Une autre des caractéristiques de Pia est d'être « saint Jean bouche d'or », comme mon père aurait dit aussi : gaffeuse. Pia ne ment pas. Répond quand on l'interroge. Rougit. Et proteste si on la soupçonne du moindre méfait.

Quand Cocotte lui demanda – devant une éventuelle future pensionnaire en visite qu'on n'a jamais revue – si elle avait bien mis le paquet pour son frère à la poste, elle avait répondu, indignée : « Mais oui, enfin, j'ai bien écrit Monsieur Paul Muller, prison de la Santé, cellule 223 ! » La candidate court toujours... Cette gaffe est restée sa plus célèbre.

D'habitude Pia sait tout sur tout et n'oublie rien. Ni les anniversaires ni les numéros de téléphone. Très souvent, elle est la première à appeler, tôt le matin, pour les bombarder de vœux, ses amis ou même des personnes qu'elle connaît assez peu, surprises de l'entendre. Après leur avoir appris qu'ils sont nés le même jour que Beethoven (comme moi !) voire Mussolini ou Hitler, pour les moins chanceux, elle enregistre immédiatement les nouvelles dates de leurs enfants ou parentèle pour ses futurs coups de fil, et raccroche ensuite assez net, presque à leur nez.

Comme je suis nulle en dates et qu'elle a très bon cœur, elle m'appelle la veille pour me prévenir : c'est l'anniversaire de ta mère ou de ton neveu, voire de lointaines connaissances. Aujourd'hui, si je veux savoir quand est mort mon père (je me souviens que c'était une nuit d'hiver probablement janvier, à 4 heures du matin), je le demande à Pia qui le sait. Sans hésitation. Et je ne suis pas la seule à l'appeler...

Je croyais par facilité qu'elle avait hérité de la mémoire légendaire de son père. Mais on n'hérite pas une mémoire, on la travaille. Et Pia l'attribue à sa mère : « Maman me faisait réciter mes leçons dans la cuisine. Quand j'étais toute petite, je n'avais pas bonne mémoire, elle me l'a fait travailler, et voilà ce que c'est devenu ! »

Son père avait orné sa mémoire d'ornements inutiles, baroques, elle a enrichi la sienne, outre les événements historiques, des anniversaires de chacun. Sacrée gymnastique.

Avec les années, enregistrant les nouveaux événements historiques, elle a aussi ajouté des décès aux naissances, de plus en plus nombreux, et cette espèce de stéréophonie entre un nom et une célébrité est devenue une sorte de club sandwich aux multiples étages et rapprochements bizarres.

Quand nous nous étions retrouvées le 27 janvier, elle m'a signalé que c'était l'anniversaire de Mozart et de la libération d'Auschwitz, de Paul et du mariage de Monica et Francis, qui s'étaient mariés pour ses dix ans.

« Miss Métronome de l'Univers », d'après son ancien directeur, Pia ne tire aucune conclusion de ces curieux entrechocs de temps, se bornant à les signaler, comme un gong fatal.

Mais pour une fois, dans cette famille où on se dit tout, on ne lui a pas tout dit. Et Monica non plus ne m'en avait pas parlé de cette histoire de syphilis. Juste Éléna, en tête-à-tête, comme d'un phantasme obsessionnel chez sa mère pour expliquer l'existence de grands nerveux parmi les enfants de sa sœur…

Et ce mot de syphilis me replonge soudain dans l'enquête que j'avais menée avec sa fille Caroline sur le père de Françoise Giroud, mort aussi de la même maladie honteuse à l'hôpital de Ville-Évrard, « le » grand secret de sa famille aussi.

Françoise n'en avait jamais écrit un mot dans ses nombreuses autobiographies, et ne l'avait dit à sa fille qu'assez tard, dans son appartement boulevard de la Tour-Maubourg, toujours dans le 7e…

Car auparavant, comme Françoise Dolto le raconte dans le documentaire de Virginie Linhart, à son arrivée au service de psychiatrie infantile du docteur Georges Heuyer, en 1936, régnait le « mythe de la syphilis héréditaire » : comme on ne savait pas pourquoi un enfant était tordu, on le traitait de – et comme un – dégénéré. C'était donc encore le cas pendant la

Deuxième Guerre mondiale, du vivant du père de France et Monica, avant que Françoise Dolto, que ses confrères prenaient pour une folle, commence à utiliser la psychanalyse pour traiter les enfants malades en psychiatrie.

« Ensuite, la syphilis n'était plus considérée comme une maladie héréditaire, mais elle signait les relations extraconjugales (et une possible transmission à la femme légitime). À un stade avancé, cela se présentait comme une maladie psychiatrique, ce qui permettait de maintenir le “secret” », me rappelle Caroline, fille de Françoise Giroud et disciple de Françoise Dolto.

Tout heureuse de délivrer Monica du poids de la fatalité, porteuse de ce que je pense être une bonne nouvelle, dans le creux de mes jeudis matin d'allers-retours parisiens de courses pour Florence libérés par sa mort, je vais déjeuner spécialement avec elle pour cela, toute guillerette avec des macarons d'Angelina, et cette fois, sans la présence de l'un de ses enfants ou petits-enfants.

Mais je ne la vois pas du tout soulagée à mesure que je lui trompette et martèle mon message :

« Éléna m'a dit que votre grande explication aux troubles de la famille, c'était que le grand-père avait la syphilis, je vous signale que ça n'est pas héréditaire comme on le croyait… J'avais fait l'enquête pour le père de Françoise Giroud, dont le père avait vraiment la syphilis, c'était aussi leur secret de famille. Éléna m'a dit que c'était votre théorie pour expliquer les bizarreries des enfants de France, et que c'est les marraines qui vous l'avaient dit… »

Aucune réponse, je reprends : « Mais ce n'est pas héréditaire comme on le croyait au début du XX^e^ siècle. Si on est alcoolique, ça peut se répercuter sur les enfants, pas la syphilis. Françoise l'avait caché dans ses livres, elle avait très peu vu son père. Il avait fini à l'asile car ils devenaient fous, on ne les laissait pas à la maison… Françoise ne l'a dit qu'à sa fille, très tard, il en est mort à Ville-Évrard…

— Tante Yvonne m'a dit ça, l'autre marraine non, elle mettait un couvercle avec une plaque de cent kilos dessus ; les secrets de famille, on n'en disait rien. Je ne sais pas pourquoi, on devrait tout savoir, là réside souvent la fatalité. Quoi en penser ? Quand j'ai commencé à y réfléchir, tout le monde était mort, le temps de dire ouf.

« Une des choses qui a tué mon père, c'est qu'il était très mauvais homme d'affaires, il était d'une très bonne famille très catholique, il était brouillé avec ses frères…

— Il en avait beaucoup…

— Il était dans les derniers, son père était très pieux et à chaque naissance, il disait : c'est lui qui sera mon petit prêtre, beaucoup lui disaient non, et Papa s'était laissé un peu circonvenir, et puis à l'âge de quatorze ans, il s'est rendu compte qu'il n'avait pas la vocation, ce qui est l'essentiel, et son père lui en a beaucoup plus voulu qu'aux autres.

« En tout cas, ils devaient être suffisamment fortunés puisque tous les garçons ont fait des études, et qu'ils avaient des terres très intéressantes parce qu'elles étaient situées au bord de la mer.

— À Venise ?

— Pas du tout. Du côté de Pescara, c'est-à-dire à la moitié de l'Italie de l'autre côté des Apennins, en face de Rome. Autrefois c'était une ville de pêcheurs et de maraîchers, ça ne valait rien, les deux filles ont hérité des terrains au bord de la mer, mais tout d'un coup, ce sont devenues des terres à construire, ça a pris de la valeur, et immédiatement, il y a un frère qui a tout racheté, un de ceux qui étaient fâchés avec Papa.

« Et Papa les avait entraînés dans cet endroit merveilleux où il avait peut-être pris ça. En tout cas les deux autres frères, qui étaient plus sérieux que mon père, n'ont pas eu d'enfants, et quand mon père est mort, l'un des deux, qui était médecin, a accepté de nous reconnaître France et moi, ce qui n'est pas banal. Ce qui accréditerait la thèse de cette maladie…

— Parce qu'il n'était pas marié avec votre mère…

— Non. Il avait eu deux enfants avec une femme qui était folle, on ne divorce pas de quelqu'un qui est fou.

— En Italie, on ne divorçait de personne, fou ou pas fou, non ?

— C'était avant *La Dolce Vita*.

— C'est pour ça que votre mère se faisait appeler Mme Sabelli ?

— Non : elle avait décidé qu'elle s'appelait comme ça et on ne lui demandait pas ses papiers toutes les cinq minutes. Donc, mon oncle m'a adoptée quand j'avais vingt ans.

— Et ensuite vous avez rechangé de nom en épousant Francis qui lui-même avait changé de nom… Tout le monde change de nom plusieurs fois…

— Il y avait toujours une bonne raison ! Francis, c'est sous mon influence, parce que je ne voulais pas avoir des enfants et être embêtée par toutes ces histoires d'antisémitisme, je voulais que mes enfants puissent se présenter partout sans avoir une affiche sur le front avant de commencer à vivre ; il était tout à fait d'accord. »

Nous parlons de Leonor Fini qui était une grande amie de Dick, qui est en train de faire le catalogue raisonné de ses œuvres. Quant à Ariane Mnouchkine, peut-être est-elle venue, mais elle n'a jamais été pensionnaire.

« Elle avait une amie sur place…

— Martine Franck. Elle était jeune fille à la maison, elle faisait des études littéraires, ensuite elle est devenue photographe et elle a épousé Cartier-Bresson, qui n'était pas de première jeunesse loin de là, mais qui lui a transmis beaucoup de bonnes choses pour son métier puisque là on vient de commémorer son œuvre car elle est morte, elle aussi… »

Nous parlons de la mort dans les romans japonais, et de Bernard Frank : « Vif, bien écrit, allègre mais pas intemporel, quand on lit des chroniques anciennes, c'est démodé, Frank comme Françoise Sagan. » (Je proteste pour Sagan mais elle n'a pas lu *Avec mon meilleur souvenir*, ce pur chef-d'œuvre.) « Ça ne vaut pas Proust, mais ils aimaient beaucoup Proust », nous parlons de la double vie du chat de Bernard Frank, boulevard des Invalides, du mari si beau de Sagan, que les bistrots auvergnats obligeaient à rentrer chez lui quand il avait trop bu, et de son petit garçon… Des morts et des drames dans les familles, des Suppot-Réveilhac, les propriétaires, « ils étaient restés à l'idée qu'en étant ferme avec les enfants, on les ramène dans le droit chemin, mais c'est pure folie de penser cela ». À bon entendeur…

Mais je ne l'ai pas vue faire de bons de joie… Ni être aussi catégorique qu'Éléna me l'avait dit ; cette explication, il est vrai, ne touchait que les enfants de sa sœur, dont Pia – et pas les siens. J'y étais allée avec la brutalité de ma génération. Comme le petit-fils aîné de Françoise, qui lui demandait comment son père était mort et s'était attiré cette réponse :

« La mort de mon père : à l'hôpital tout simplement. Et comme Baudelaire : à l'issue d'une longue et sale maladie contractée aux États-Unis qu'on ne savait pas soigner à l'époque. Rien de très romantique, comme tu vois. Qu'avais-tu donc imaginé ? »

J'étais venue dans l'idée de libérer Monica du poids de l'hérédité, mais le dossier a disparu avec ses neveux Paul et Catherine. J'ai mis en danger l'image de son père, devenue gloire familiale de l'antifascisme, exactement comme le père de Françoise. Qui, elle aussi, avait voulu mettre, par un changement de nom, ses enfants à l'abri…

Quand je lui avais demandé, sur la plage de La Baule, si elle n'exagérait pas les dangers de l'antisémitisme, Françoise m'avait répondu : « On voit que vous ne vous appelez pas Lévy ! » En effet.

Alors que j'étais rentrée à Midouin, troublée du contre-effet de ma gaffe, Monica m'a rappelée le soir. Elle se souvient de Ville-Évrard, ce nom de Ville-Évrard lui a rappelé des choses… Son père avait disparu quand elle était au pensionnat, et en rentrant à la pension, on lui a dit : il est parti, elle l'a cherché partout, là où ils allaient se promener d'habitude, dans le square autour de Saint-François-Xavier, et dans toutes les rues alentour sans le trouver…

Elle pense qu'il a été hospitalisé à Laennec et ensuite à Ville-Évrard. Mais ce n'était pas « le grand-père », comme je l'appelle, un personnage, c'était son tendre père, qui lui racontait des histoires merveilleuses pour la rassurer la nuit.

Ce n'est pas que la syphilis fût héréditaire mais que son père en soit mort qui désole Monica. Une explication, réservée à sa fille, plus simple que Gégauff en diable, ou les ravages de l'absence d'éducation sur les comportements de ses neveux ;

elle est en deuil de son histoire. Comment avait-il dit déjà, le proprio ? La réalité est pire que la fiction, surtout familiale…

Mais de quoi je me mêle ? En tout cas, je n'ai aucun avenir comme thérapeute familiale.

Cocotte faisait tourner sa baraque de façon bohème, artiste, avec des ortolans en début de mois et du jambon blanc à la fin, toujours sur la corde raide, en dilettante à plein temps, elle entraînait toute sa troupe sur une montagne russe d'adrénaline, de courses à faire, de vaisselle à essuyer qu'elle lavait à la main. Ça n'arrêtait jamais et, comme aux Galeries Lafayette, dans la publicité de l'époque, il se passait toujours quelque chose.

Après le grand Cocotte show, tous les soirs, à 8 heures, la valse des filles aux torchons d'après-dîner amenait d'autres pensionnaires dans la cuisine avec un couvert oublié, un compliment circonstancié, ou quelque question pour leur sortie le plus souvent au cinéma, vers les salles de Montparnasse, en bus 92, l'usage de la cabine de téléphone, en bas, le métro.

Cette force centrifuge devenait centripète expédiant tous les habitants qui vers ses études, qui au cinéma, au café, au théâtre ou au concert suivant *Pariscope* ou l'*Officiel des spectacles*. La seule télé était dans la chambre de France et de Samuel, dans le salon en bas, il y avait de la musique et le taxiphone : « Si vous êtes dans une cabine, appuyez sur le bouton ! »

devait-on répondre, en cas de silence prolongé au bout du fil…

Nous on révisait dans la chambre de Pia juste à côté ; on papotait surtout, je crois, elle me racontait la fabuleuse histoire de ses parents, de sa famille si romanesque ; sa mère me fascinait, espèce de généreux démiurge fumant et tonnant, son père m'intriguait ; j'avais envie de faire partie de la troupe, mais je ne connaissais pas les codes.

Entre-temps, j'avais récupéré un vélo Peugeot bleu, et découvrais Paris en roulant à toute blinde, grisant… Sans trop me perdre puisque nous habitions sur un quai, quand je m'éloignais, il me suffisait de trouver la Seine et de la longer dans un sens ou dans l'autre, c'était bien commode, cette ville mono-fluviale…

Pour le bac, je dus apprendre l'espagnol pour de vrai, m'étant rendu compte avec stupeur, à la vue des cours de ma sœur en seconde, que cette langue possédait non seulement une grammaire mais deux imparfaits du subjonctif, dont je n'avais pas la moindre connaissance, ayant obtenu jusqu'à présent de bonnes notes grâce à des *r* bien roulés et une grande gueule qui n'auraient aucun effet à l'écrit. C'étaient aussi les limites de l'enseignement par *novio* interposé. M. Perez, prof chez les sœurs, vint me donner des cours particuliers.

Déjà privées de grec, on était nulles en latin. Pendant que le pape l'éliminait de la liturgie, Edgar Faure décidait de nous le faire commencer avec deux ans de retard sur les générations précédentes, soit au moment où l'on se demande à quoi sert de s'avaler des kilomètres de déclinaisons dans une langue morte, quand les anciens en sixième les gravaient sur le disque dur de leurs jeunes cervelles sans se poser de question.

Et sur ce squelette du français, la mémoire bien entraînée, ils pouvaient ensuite ajouter la chair délicieuse de milliers de vers classiques, tandis que nous devions ouvrir les pages roses du Larousse pour comprendre *Astérix*.

Pia était nulle en maths, ça tenait de la phobie, depuis sa tendre enfance, malgré sa bonne volonté, « 1 fois 1, je réfléchissais puissamment, je disais 2 », et moult cours particuliers qui manquèrent ruiner sa mère. Quant à la philo, découverte de l'année, notre professeur Mlle Dumareau, qui portait des jupes plissées bleu marine gondolées pour faciliter sa pratique du violoncelle, nous avait bien recommandé surtout de ne lire aucun auteur car on n'y comprendrait rien ; des extraits suffisaient.

Elle était personnaliste, une variante de l'existentialisme chrétien, et à un moment de la dissertation, si l'on arrivait à transformer l'homme en individu, puis l'individu en personne humaine, ça assurait son bonheur et notre moyenne. J'ai un peu oublié comment on s'y prenait. Évidemment, les correcteurs risquaient de ne pas être aussi éblouis par ce miracle, et certaines hellénistes que je ne dénoncerai pas se permirent éhontément de lire Platon sous le manteau.

L'année scolaire se termina par une imitation de Pia, voix nasillarde, dans le rôle de Mlle Razon, notre professeur de lettres, qui avait bouleversé sa programmation habituelle, abandonnant le rôle de Phèdre au bord du suicide : « Soleil, je te viens voir pour la dernière fois ! » pour son dernier cours, tête dans les mains, cheveux de traviole :

« Silence ! Taisez-vous, mesdemoiselles, j'ai la migraine, vous voyez bien, j'ai mis ma perruque, silen-en-ce ! Mesdemoiselles, je ne termine jamais l'année sans lire *Le Cimetière marin* de Paul Valéry... Silence, mesdemoiselles, j'ai ma perruque : Ce toit tranquille, où marchent des colombes, entre les pins, silence, palpite, entre les tombes, on ne comprend pas, mesdemoiselles, n'est-ce pas, et c'est très beau, quand on ne comprend pas, Midi le juste, silence, j'ai ma perruque, y compose de feux, la mer, la mer toujours recommencée, mesdemoiselles, moins on comprend et plus c'est beau, sublime, n'est-ce pas… »

Pia reçut un tonnerre d'applaudissements, et *Le Cimetière marin* en acquit à jamais pour nous une force comique insoupçonnable.

Nous avions toutes les deux l'avis très favorable du lycée, mais pourtant Pia se retrouva au rattrapage, les examens la mettant dans tous ses états, alors que j'en avais déjà passé deux, le BEPC, obligatoire chez les bonnes sœurs saumuroises où il marquait la fin des études, et l'entrée au lycée de Saumur.

M. Perez, comme me l'a rappelé Anne de Nesle avec qui je suivais ses cours de rattrapage intensif, nous avait conseillé d'introduire une règle de grammaire par réponse à l'écrit quelle que fut la question, pour faire la différence et élever notre niveau de langue, et je m'en sortis bien, du premier coup, ce qui ne surprit personne. Mais Doïna, la Roumaine, fut la seule à obtenir la mention très bien.

À l'oral de rattrapage, Pia, avec ce fantastique culot des timides, au lieu de repasser la philo, où elle avait eu une note médiocre, choisit l'anglais, où elle en avait déjà une bonne : 14 ou 15.

« Vous pensez faire mieux ? lui demanda l'examinateur dubitatif.

— Oh oui ! » répondit-elle sans modestie aucune.

Alors qu'elle pouvait rougir ou bafouiller le reste du temps, se sachant imbattable sur son terrain, avec son pur accent d'Oxford et sa fréquentation intime de la littérature anglaise, Pia montra soudain une totale confiance en elle-même, prête à en découdre, et heureuse presque de faire son numéro devant un public enfin à sa hauteur.

Elle avait raison, le prof fut forcé de lui mettre le maximum, 19 ou 20. Et la multiplication de ce supplément par un gros coefficient lui assura la moyenne nécessaire voire plus. À sa place, je n'aurais jamais osé.

Plus tard, Paul, le fils d'Anne-Marie Périer, utilisera le même système de pari sur sa matière forte, ne me laissant pas un poil de sec – mais avec le même succès. Je suis aussi nulle en maths qu'au poker, en réalité.

Qu'allait-on faire de nous ? Le président Giscard d'Estaing avait institué la majorité à dix-huit ans aux dernières vacances d'été, et cette nouvelle diffusée entre Ávila et Tolède avait suscité, à cause de son étrange prononciation, « Baléri Yiscar Destine » pour le speaker de la radio espagnole, l'hilarité générale dans notre bus de Français. Pia était majeure depuis le mois de mai, et je le serais en décembre, ce qui me permettrait de passer le permis de conduire, autre examen espéré, véritable majorité et vive la liberté.

Qu'allions-nous faire, donc ? M. Gamblin, mon ancien professeur de lettres à Saumur, lumineux disciple de Camus, voulait que je prépare l'École normale supérieure au lycée Henri-IV, comme il l'avait fait lui-même, et m'envoya un papier de recommandation pour joindre à mon dossier. Tout à côté du Panthéon, avec son voisin Louis-le-Grand, rue Saint-Jacques, c'étaient les deux meilleurs lycées de Paris.

Cependant, une visite de la prof de philo Mlle Dumareau chez mes parents perplexes fixa mon sort autrement. Tout en éclusant une demi-bouteille du whisky paternel, elle emporta sa décision de me laisser à Victor-Duruy. On y trouvait, d'après elle, le même excellent programme composé de multiples matières humanistes qu'à Henri-IV, mais dans une ambiance moins compétitive et plus humaine, où mon individu pourrait devenir une personne.

Réservant d'habitude son flacon de Chivas aux généraux, fort impressionné par la descente de notre professeur de philosophie, le colonel lui accorda toute sa confiance, et puisqu'elle tenait bien l'alcool, décida de me laisser pour une année d'hypokhâgne dans le plus beau lycée de Paris, comme on l'a déjà dit.

Pia voulait étudier les langues ? Ce serait aussi possible à Duruy dans la même classe ; la perspective d'y rester une année de plus l'enchantait ; elle perdait aussi son temps à la Sorbonne qui délivrait de toute façon une équivalence en fin de première année.

En plus, les études au lycée étaient gratuites, et si l'on réussissait à intégrer l'École normale supérieure, on serait même payées ! Moi j'y voyais le moyen de n'étudier que des matières intéressantes et de rattraper celles dont nos programmes avaient été allégés.

Pour les vacances, j'invitai Pia à Saumur ainsi qu'Anne, ma camarade d'espagnol. Ses amours avec le jeune Arthus connu en première (l'année de tous les dangers catholiques où les garçons littéraires arrivaient chez les religieuses quand les filles scientifiques allaient chez les curés) l'avaient fait exclure de chez les Ursulines, où elle était bonne élève, et sa mère l'avait collée ensuite dans un internat de l'Ouest parisien, dont elle s'évadait pour retrouver son chéri, gagnant à mes yeux ses galons d'héroïne romantique.

« Je me sauvais consciencieusement de la pension dès que je pouvais. Je me faufilais avec les externes et je me retrouvais sur le quai de la gare à faire la manche pour gagner le prix du billet de train. Comme j'avais l'air d'une petite fille sage, on me donnait de l'argent. Le plan de Maman n'a pas fonctionné parce que j'ai dû me sauver trois ou quatre fois, à la cinquième, elle m'a rapatriée », se souvient-elle aujourd'hui. Elle avait atterri au cours Maupré (futur Paul-Claudel) rue de Grenelle.

Comme celui de Pia, son frère aussi était en prison, et sa soudaine incarcération dans le Sud, où elle avait dû accompagner sa mère, l'avait empêchée de passer son bac, repoussé en septembre. Je ne les avais pas prévenues de cet étrange parallélisme qu'Anne ignorait encore :

« On a vu un juge d'instruction à Toulon et c'était surréaliste, il avait un blouson de cuir et un air de malfrat ; on sentait qu'il avait la haine. Il a dû se dire : j'ai mis la main sur un fils de famille et il va le sentir passer.

« On s'appelait de Nesle, tu vois, et ça nous a toujours foutus dans la merde. Je n'ai jamais eu de mon père que le nom, et l'on ne peut pas dire que ça m'ait rendu service dans l'existence, ça entraîne des jalousies et des jugements hâtifs.

— Le frère de Pia était pervers…

— Pas le mien pour un sou, c'était un tendre, mais violent par tendresse… Il explosait, et il n'y avait rien à faire pour le raisonner ; je t'avais dit qu'il avait failli étrangler ma mère ? »

Pas à l'époque, non. Avec Pia, on essayait de la faire réviser car elle avait fait une croix sur l'histoire-géo à l'exception du Japon, et cette rêveuse préférait jouer avec les chats et les chiens de la maison ; on la comprenait très bien, mais on l'accompagnerait passer ses épreuves pour l'empêcher de faire demi-tour dans le métro, c'était plus sûr.

Et elle s'en sortirait grâce à un vieil examinateur très vieille école, lui, et portant même un nœud papillon, qui lui dirait, bouleversé de la voir pleurer : « Mignonne comme vous êtes, et vous vous inquiétez ! »

Complètement attendri, il consentit à ce qu'Anne lui parlât du Japon.

Je ne m'attendais pas à trouver cette dernière lettre dans ma chemise « Profs » :

*Le 1^er^ août 1975*
*48 rue de la Fédération 75015 Paris*

*Chère Alix,*

*J'espère que vous apprécierez l'héroïsme qu'il y a à soulever une plume par une telle chaleur. (atrox hora caniculae… ô l'horrible pédante.) Mais partant après-demain, je ne pouvais plus attendre la fraîcheur, peu probable dans l'immédiat, pour retrouver des idées claires.*

*Votre lettre-télégramme m'a fait réellement très plaisir, et même doublement : parce que vous et Pia avez été reçues avec mention et parce que votre mot était vraiment très, très gentil.*

*Je rentrais de Grèce quand je l'ai trouvé, la tête pleine de merveilles retrouvées avec joie – et prête à affronter les abominations de la morphologie grecque – sans oublier des bains « divins », comme il convient dans un tel pays, où les dieux, ma foi, sont encore partout.*

*Songez que je suis passée en bateau devant Trézène (j'espère que cela vous dit encore quelque chose…) et que rentrant à Athènes-Le Pirée par mer, j'ai longuement pu contempler l'étroit passage entre Salamine et la côte de l'Attique où les navires du malheureux Xerxès furent réduits en miettes. Et Mycènes, et Argos, et Épidaure… et bien sûr Athènes, où j'ai tant marché que mes jambes et mes pieds me font encore mal…*

*Gageons que vous êtes en train de vous payer sans respect ma respectable tête… peut-être avec la sage Pia, si elle est encore chez vous… Tant d'enthousiasme, n'est-ce pas…*

*Grosses bises « non-stop » à toutes deux. (Si Pia est partie, je suppose que vous vous écrivez, et que vous aurez la gentillesse de lui faire part de ma lettre.)*

*Madeleine Razon*

Notre professeur gageait juste ! En un clic sur Google, j'ai trouvé que l'atroce heure de la canicule (facile à traduire) venait d'une ode du poète Horace à une fontaine, et que Trézène était le lieu unique où se passait l'action unique de *Phèdre* en une unique journée, comme il sied aux tragédies classiques.

Ces connaissances, que nous mettions des heures à nous faire entrer dans le crâne et dont subsistent quelques bribes éparses, flottent librement sur la surface immatérielle des écrans à l'indifférence générale. Ont-elles jamais touché notre cœur ?

J'avais oublié cette lettre, et quand elle arriva, Pia et moi étions déjà parties pour Les Lecques, où je gagnai mon ticket d'entrée à la cuisine.

# PHOTOS DE VACANCES

Un angelot blond et souriant au soleil, sur fond d'une palissade et des lauriers-roses, au dos : Pédalo, août 75, la légende est de l'écriture de Pia ; les deux autres photos ont été prises plus tard dans la cuisine, du linge pendu au plafond au-dessus de nos têtes, une rangée de casseroles en cuivre alignées au fond, sur l'une le même petit garçon m'embrasse à pleine bouche, les bras serrés autour de mon cou, et je le tiens serré aussi, une cigarette au bout des doigts ; nous sommes coiffés pareil, cheveux blonds coupés au bol, les siens plus longs que les miens ; sur l'autre photo, toujours dans mes bras, il me montre quelque chose derrière nous, peut-être une cage à oiseau, je souris en le regardant, de profil. J'ai un pull rouge foncé, ça doit être l'automne.

La première photo a été prise aux Lecques. On devait y partir très tôt, vers 4 heures du matin, et j'ai sans doute dormi à la pension – mais sans angoisse. Enfant, j'avais peur du noir et je ne m'endormais jamais sans une lampe qui devait rester allumée toute la nuit.

La première fois que j'étais partie hors de ma famille en Bretagne, chez les Pontual où je craignais de faire figure de mauviette au milieu de tous les frères d'Hélène, de vrais braves (avoir peur du noir, c'est comme pisser au lit ou sucer son pouce, une tare inavouable après un certain âge), mais leur père m'avait gentiment trouvé une petite veilleuse en plastique à mettre dans une prise avec une rallonge qui ne m'avait plus quittée ensuite. Jusqu'à ce que chez les scouts, où je pensais laisser ma torche électrique allumée toute la nuit dans un coin de tente, je m'aperçoive que c'était inutile ; il n'existe pas de nuit vraiment noire sous les étoiles, et depuis cet été-là, je n'avais plus besoin de lampe pour dormir.

Cocotte avait fait la valise de Pia la veille au soir, sur la table de la cuisine, tapissant le fond de serviettes hygiéniques, et commentant : « On n'est jamais trop prudent » à une Américaine de passage ; je ne savais pas où regarder, mais ça ne semblait pas gêner Pia, qui raconte volontiers – encore aujourd'hui – le jour où le concierge furieux était monté se plaindre auprès de sa mère que ses nouvelles pensionnaires étaient dégueulasses : elles jetaient leurs protections dans la cour, il n'avait encore jamais vu une telle saleté. Cocotte était tout de suite allée voir sa fille de onze ans :

« Ma chérie, c'est très bien de se changer souvent, mais qu'est-ce que tu fais des serviettes ?

— Je les jette par la fenêtre !

— Pourquoi donc ?

— Mais, Maman, ça vole ! »

Cette histoire demeure comme une sorte de « mot d'enfant » de Pia, un trait poétique. Elle dit qu'elle ne souffrait pas de ces récits et de son intimité commentée ainsi. En tout cas, le concierge n'avait plus eu lieu de se plaindre au moment où je l'ai connue.

Je n'avais plus peur du noir, mais je redoutais les grands

départs en voiture. À Midouin, c'était toujours l'occasion de terribles colères paternelles (surtout ne pas rire) quand il s'agissait de fixer sur le toit les derniers bagages, dont la jambe artificielle de Nanie qui ne tenait pas dans le coffre, sous le papier kraft avec une agressive pieuvre élastique. On partait toujours avec une demi-heure de retard sur le programme. Papa disait qu'on ressemblait à la famille Fenouillard et nous appelait Artémise et Cunégonde. Il fallait baisser la tête sous les ponts pour ne pas rester accrochés, mais, sauf exception, on n'était pas malades avant le pique-nique et les tournants en début d'après-midi.

Tandis que, dans la voiture de mon grand-père, Amandine, une ID vert muscinée dont il fallait laisser tourner le moteur pour lui voir lever l'arrière-train, cette légendaire suspension hydropneumatique Citroën était si molle qu'on était sûr à l'arrière de gerber bien avant le déjeuner sur la route de Vendée pourtant rectiligne.

Ce que j'ai tout de suite aimé chez Francis, l'oncle de Pia, c'était sa voiture ; non seulement on n'y avait pas mal au cœur, mais grâce à deux vrais écouteurs en stéréo dans le fond, à la place d'une radio crachotante à l'avant branchée sur les nouvelles, l'habitacle entier formait un tout comme une sorte de cabine où l'on n'avait pas besoin de faire la conversation, juste d'écouter, on se retrouvait dans la musique.

C'était voluptueux, grisant. Plus tard j'apprendrai sur les routes de Provence à connaître tous les trios de Schubert, avec Stern, Istomin, et Rose, ainsi que les exaltants concertos pour violon et orchestre de Brahms et de Mendelssohn qui étaient au programme de Marc pour le concours du conservatoire.

En plus, la route était toute droite, l'autoroute du Sud ; je me souviens de l'arrêt à Montélimar avec des nougats et des bouchons ; je n'avais jamais vu ça ; il faisait beau ; il faisait chaud ; on n'était pas pressés dans les célèbres grands départs vers la Côte d'Azur que je ne connaissais pas. En matière de Provence, j'avais lu les souvenirs champêtres de Pagnol et *Le Mas Théotime* d'Henri Bosco, un peu décalés.

Huit cents kilomètres avalés dans la journée, le dépaysement du premier bain en fin d'après-midi après le premier achat, rituel, appris-je, sous la conduite d'Éléna, d'une paire de claquettes, des tongs qu'on ne quitterait plus, et notre bonheur serait ainsi total.

On trouve forcément des tongs à sa taille ; d'ailleurs, le contraire n'existe pas. Cette chaussure universelle laissait le pied respirer et ne coûtait pas dix balles. Ce signe de notre acclimatation vestimentaire adopté, elle ajouta que cet endroit était moche et surpeuplé mais qu'on y était très heureux, et que c'était comme ça chaque année.

De fait. Ses parents y retrouvaient une bande de copains, les amis de Marseille, qui avaient des villas sur place ou parfois des maisons dans l'arrière-pays avec des vignes, et après quelques plaisanteries sur la décoration intérieure et leur accent, on était dans le bain dès le premier bain dans ce délice absolu, la Méditerranée !

Une mer bleue tout le temps chaude et sans vague : mais quel bonheur ! Avec ma peau de blonde je ne nageais pas avant 6 heures du soir, emballant mes coups de soleil dans de grands T-shirts. « *Wunderbach !* » disait Pia en allemand, nous récitions Valéry et Racine : « Soleil, je te viens voir pour la dernière fois ! » avec l'accent de Mme Razon, et comprenions sur le motif *Noces à Tipasa* de Camus.

La joie, l'ivresse, les fous rires la nuit dans le lit à discuter sans fin, la liberté, les énormes gâteaux de Cocotte, envoyés par la poste, le glacé au citron, au chocolat et le cake aux fruits confits qui deviendrait une passion de mon père, que de merveilles !

Et ce délice de tendre petit garçon qu'on gardait – je ne m'étais jamais occupée d'enfants, et on ne s'en occupait sans doute pas beaucoup, mais il était comme un chat, sautant sur les genoux après sa sieste ; je le perdrais de vue après son bac de français, lui aussi… C'était le fils de Catherine qui venait de rencontrer lors de son tout dernier suicide un interne en médecine attentionné, sur qui la famille fondait grand espoir.

On achetait les légumes au village pour de grandes tablées, où l'on goûtait de l'aïoli, sans devoirs de vacances ni devoir d'aucune sorte. Sur la plage, Éléna bouquinait de gros Dumas période Valois, mais sans l'ombre d'une obligation, juste de grandes lectures captivantes, et des corps qui exultent dans la baignade, le papotage, la belote après la sieste, et la nuit on allait même danser dans des bals de village, malgré notre inaptitude.

Au bord des grandes plages de l'Atlantique, on avait gymnastique au club des Canetons le matin et sport l'après-midi, sous la surveillance d'un couple de terribles instituteurs cerbères qu'invitaient nos grands-parents pour assurer les devoirs de vacances après la sieste, comme j'en avais imposé moi-même à la pauvre Anne à Midouin.

Notre éducation était sans relâche, on devait mériter son unique boule de glace, le soir, passer des diplômes de natation en piscine ou faire des compétitions de judo sur la plage. La vie n'était pas de la tarte, et il fallait nous y préparer à tout instant. On nous frottait dans de grandes serviettes rêches après le bain, où il fallait se rhabiller de sec, encore avais-je la chance que ma grand-mère soit adepte du nylon et pas de la laine, comme celle de ma copine Patricia en Normandie, qui lui tricotait de si charmants, grattants et inséchables maillots de bain.

Aux Lecques, sans cours de quelque chose, visite de musée ou de château, on jouissait de vacances à l'état pur. On n'était pas là pour en baver, ni pour se préparer à en baver mais pour se baigner dans la mer Méditerranée, bouquiner, boire et manger. Sans remords. Ni la moindre arrière-pensée éducative, libres de porter des vêtements faits pour nous, et non l'inverse. Les corps sur la plage n'étaient pas parfaits, l'amie Pierrette exultait dans ses rondeurs.

Sur les deux autres photos, prises plus tard dans la cuisine, toujours avec le petit garçon, je reconnais le pull rouge que Cocotte m'avait offert chez Tati, rue de Rennes. Un magasin à l'ambiance de marché où l'on trouvait son bonheur pour presque rien et en toutes tailles, les gigantesques Américaines ou Africaines, comme les petites Italiennes ou Espagnoles, en farfouillant, en essayant, en empilant, et en rigolant beaucoup.

Il ne s'agissait plus de se formater pour entrer dans des vêtements inconfortables mais à l'inverse de dégoter la merveille qui faisait votre taille et n'attendait que vous. C'était très gai, surpeuplé, mal rangé. Plein d'espoir et de joie en place des rebuffades méprisantes qu'on essuyait auprès des pimbêches vendeuses pincées dans les cabines de prêt-à-porter, hors de prix à Paris, quand on ne faisait pas leur taille mannequin.

Saint Laurent renversait avec génie le code couleur de l'élégance parisienne qui gouvernait la garde-robe de ma mère (mélanger le noir et le bleu marine, vous n'y pensez pas !) et de ses mannequins, qui osaient être black – mais elles portaient toutes l'uniforme de la filiformité. Quant à Karl Lagerfeld, obsédé de la ligne, il transformera les contraintes extérieures de vêtements qui grattaient les jeunes bourgeois en un régime permanent dont il finira le squelettique apôtre. Ah ! quel bonheur ce sera de voir débouler Jean Paul Gaultier, avec son goût pour habiller les femmes débordantes de seins et de fesses, vivantes, ayant le droit enfin d'être rondes, d'être vieilles, et même d'être des hommes – et de porter des jupes !

Une quatrième photo dans la cuisine est un Polaroid qui doit dater d'un an plus tard, Pia et moi nous tenons par la taille, prêtes à sortir, sur notre trente-et-un. J'ai les cheveux bouclés : une expérience de « Minivague » foirée qui s'est transformée en permanente à la Angela Davis par oubli de ma personne sous un casque tout un samedi après-midi où je n'osais rien dire à la coiffeuse de ma mère, et de grosses lunettes toutes rondes. Pia avec une robe façon *Petite Maison dans la prairie*, et même des manches ballon, bleu et beige, avec un grand sourire.

Ma clope au bout des doigts, toujours, depuis qu'elle m'a appris à fumer pour de vrai, sans crapoter. Mais je ne la tiens pas comme sa mère, quand même, plantée au beau milieu des phalanges.

Paris nous appartient !

L'année suivante, quand je reviendrai des Lecques avec des anneaux dans mes oreilles percées, des sabots rouges aux pieds et une robe indienne à falbalas, ma mère me dira : « Cette fois-ci, tu as passé le cap de la vulgarité ! »

Il était temps, mais ce n'était qu'un début.

## VOYAGE AUX USA
*Été 1978*

Une abondante correspondance a été conservée par mon père, fidèle archiviste de ma prose et destinataire principal avec ma mère Odette (qui signe OSA les réponses à ce courrier gardées de mon côté). Sans oublier nos deux chères nounous, Thérèse ma Nanie, et Violette la nounou de ma mère, en vacances à Midouin.

Comme les lettres de mon grand-père à son père et à sa tante pendant la guerre de 1914 que j'ai retrouvées (nous avions vingt ans, exactement le même âge) adressées aussi à toute la maisonnée, elles ne montrent que le bon côté des choses, visant à les rassurer sur l'Amérique, et surtout New York considéré comme très dangereux, à l'époque, surtout pour deux jeunes filles.

Mais grâce aux pensionnaires du Home Pasteur qui nous accueillirent presque à toutes les étapes, ce périple fut un régal.

*New York 10 août 1978*

*Chère famille éplorée,*

*Enfin une lettre de l'exploratrice des terres lointaines ! Pas trop tôt n'est-ce pas ?*

*Je ne sais pas très bien par où commencer, pourquoi pas par le commencement ?*

*Quand vous nous avez laissées vers 11 heures à Roissy nous savions que l'avion ne partirait qu'à 4 heures du matin et nous avons donc ronflé de concert avec les 350 autres passagers du DC 10 dans la salle d'attente qui avait tout d'un dortoir pour réfugiés. En fait l'avion nous a fait poireauter jusqu'à 6 heures. Les hôtesses blablataient des excuses, des « technic problems » et pour se faire pardonner elles nous ont fait ingurgiter un plat toutes les demi-heures jusqu'à New York où il était temps qu'on arrive pour éviter l'indigestion.*

*Nous étions complètement déboussolées, ayant pris l'avion à 6 heures, ayant volé 7 heures 40 mn, de nous retrouver à 8 heures à New York : le soleil n'a pas cessé de se lever pendant notre voyage, on se serait cru au pôle Nord. Enfin cet immense lever de soleil joint au lever de rideau sur le nouveau continent aurait certainement fourni une superbe métaphore au père Chateaubriand – s'il avait pris l'avion, of course.*

*En attendant les douaniers étaient casse-pieds nous abrutissant de questions stupides en mâchant leur chewing-gum, dans le genre : Avez-vous beaucoup d'argent ? Comment avez-vous connu vos amis américains ? De toute façon, comme ils ne vérifiaient rien, on pouvait dire n'importe quoi. Bref, taxi jusqu'à Harriet's home. Adorable, nous offrant tout ce dont nous rêvions au monde : une douche et un lit ! Plus tard un dîner dans un restaurant arménien très bon.*

*Nous nous sommes baladés dans le quartier : Greenwich Village, le sud de New York très sympa et pas dangereux du tout. Ça ressemble à Londres : beaucoup de verdure, des petits balcons, des gens habillés d'une façon inénarrable.*

*Bref, les musées (le Metropolitan entre autres) sont superbes, hier concert Mozart à l'Avery Fischer Hall : fantastique, balades dans Central Park, Broadway, la 5^e^ Avenue. New York est une ville merveilleuse pleine de contrastes vestimentaires : au concert ça allait de la robe longue au short de « jogging » (course à pied très à la mode ici), architecturaux, culturels et c'est passionnant. J'essaie de prendre des photos pour vous montrer, mais je ne veux pas trop vous embêter au retour.*

*Harriet et Rick* [Meyer] *sont adorables et d'une générosité sans limite (ils nous ont laissé leur appartement et des billets de théâtre et de concert pour une semaine !) et aujourd'hui nous avons rendez-vous avec une amie du père de Catherine Chattard au French Broadcasting System qui doit nous faire visiter chépasquoi. Excusez toutes ces informations plates et décousues, j'écrirai une vraie lettre bientôt. Je vous adore tous.*

*Love from Alix.*

*New York, le 12 août 1978*

*Rapport d'un explorateur du nouveau monde aux « Chers habitants du vieux monde ».*

*Pia avait par J.O. Chattard l'adresse de la fille qui s'occupe de la TV française à NYC. Il nous avait dit qu'elle était très sympa. On lui téléphone, elle nous donne rendez-vous au 33^e^ étage d'une des multiples tours du Rockefeller Center (quartier des affaires avec Wall Street) et nous offre (après une visite des bureaux de la TV un peu minables et très en désordre, l'essentiel est, paraît-il, à Washington, en tout cas espérons-le) tout bonnement la voiture, le chauffeur (noir comme il se doit) et son collègue, charmant jeune homme science-pôtiste nanti d'un nom à tiroir pour nous faire visiter et nous promener dans la ville.* [Jean-Louis de Rauglaudre] *Pas mal !*

*Notre guide nous propulsa en haut de l'Empire State Building : vue fantastique sur toutes les tours et le quadrillage très scolaire de New York. Puis traversée de Chinatown (on s'y croirait : Chinois en costume, pagodes), de Little Italy (plein de mammas tout de noir vêtues), et enfin Harlem... Tremblez, populations saumuroises... Des maisons délabrées et très colorées que leurs propriétaires font parfois brûler pour toucher l'assurance plus élevée que les loyers. Une population entièrement noire (en ¾ d'heure je n'ai vu que cinq Blancs) de chômeurs qui discutent assis sur le petit perron de leur maison (parce que l'intérieur est sordide) et qui traficotent de la drogue ou des armes. Quelques flics blancs, mais ils n'osent pas y aller la nuit, des poubelles...*

*Pour finir, vers 6 h 30, nos guides nous ont emmenées prendre un verre au « Cotton Club », boîte où chantait L. Armstrong, c'était la répétition pour le soir et nous avons entendu quelques somptueux blues accompagnés au piano. Heureusement que notre chauffeur était d'ébène : nous étions les seuls Blancs...*

*Ensuite Harriet – qui est à Chicago pour le moment et rentre lundi – nous avait pris des places pour « Dancin' », une revue, un show de Broadway avec costumes, musique, rythme, éclairage. Il est impossible de ne pas être pris par le spectacle. Bref, nous devenons de grandes enfants...*

*Hier visite avec une ancienne pensionnaire (candidate démocrate aux élections régionales)* [Gail Schaffer] *très sympa d'une exposition au Metropolitan : « Vanity fair » : sur des mannequins, les plus luxueux costumes de Paris et de*

*Londres depuis le XVIII^e siècle, un peu musée Grévin sur fond de musique classique. Là encore, vous allez croire que je deviens complètement tarte, mais c'était fascinant : vous ne pouvez pas vous imaginer les broderies des gilets Louis XV et les robes d'amazone 1900, et les chaussures, les gants, les éventails !*

*Puis nous avons dîné dans un des grands restaurants italiens de Broadway, Mama Leone's, très chic, très parcimonieusement éclairé, genre cave sculptée, au plafond foule de guirlandes dorées, au fond une fontaine et des statues... Ça nous changeait des hamburgers que Pia et moi « dégustons » en l'absence d'Harriet...*

*Enfin l'ex-pensionnaire fut invitée par nos soins (ce qu'on est bien élevées) à une comédie musicale très amusante, jouée et chantée par des Noirs, entre « Alice au pays des Merveilles » et « Vert Pâturages », le* Wiz *évidemment fabulous ! Il n'y a plus de place et je dois me laver, la suite au prochain numéro ! Gros poutous à tout le monde.*

*Alix*

*Mardi*

*Chère famille,*

*Bravo ! Quel effort ! Une lettre...*

*Je suis toujours à New York et je vais de musée en ghetto ce qui est le sort de tout touriste ici. Des surprises à chaque instant surtout causées par la rencontre de dingues. Hier dans le bus, un type dansait, un clochard, de long en large. Pia et moi gloussâmes (pas mal) et rîmes (si je n'apprends pas l'anglais du moins je n'oublie pas le français) à gorge déployée alors que les New-Yorkais, blasés, regardaient dans le vide...*

*On trouve tout ici des Chinois, des Indiens, des Russes, etc., mais pas les journaux. Leur téléphone est fabuleux : vous pouvez vous faire monter en trois minutes un repas italien, français ou chinois où que vous habitiez… Si vous avez le cafard, vous formez le numéro* JOKE *où un type ne cesse de raconter des blagues toute la journée… Si vous vous levez tôt un coup de fil et vous savez le temps qu'il fera sur la Big Apple (surnom de NYC) ! Vous téléphoner en PCV prend exactement 30 secondes.*

*Hier nous sommes retournés à Broadway avec Harriet et Rick de retour de Chicago et nous avons dîné avec deux de leurs amis artistes vivant dans Soho, le quartier intellectualo-bohémien, c'était assez marrant : la bonne femme ressemblait à un personnage de Bergman : blonde, les cheveux très courts, les yeux maquillés en mauve et de grosses lunettes en écaille d'alchimiste… Je me demande à quoi ressemble sa peinture.*

*Aujourd'hui le Guggenheim Museum : un musée d'art moderne plein de Picasso, Cézanne, Matisse, Modigliani, Buffet, Miró et – j'ai pensé à Maman – quelques charmants Dufy… Un musée très curieux sans marches, comme une longue spirale qui monte autour d'une fontaine : ça change du Louvre et même des merveilleux musées de Nice.*

*La prochaine fois que vous m'écrirez, donnez-moi des nouvelles de Pamina, la future jeune maman* [ma chatte noire], *j'espère être de retour pour les fêtes de baptême.*

*Dans l'immédiat nos projets sont trois jours à Baltimore où est la Summer House de Rick et Harriet, puis Washington, puis le bus. En gros, nous descendons plein sud jusqu'à La Nouvelle-Orléans, puis remonterons vers la côte Ouest, San*

*Francisco, Los Angeles. Enfin retour à New York par le Nord. Love from*

*Christopher Colombus*

*Mardi 22 août 1978*

*« Le Marin de Mortefontaine », Jean-Baptiste Corot, The Frick collection.*

*Même à des milliers de km de distance je reste fidèle à cette famille si fertile en génies, qui est la nôtre… Nous sommes toujours à Baltimore dorlotées par les parents d'Harriet* [le docteur et Mme Horwitz] *qui nous ont emmenées hier soir voir un ami qui a une fantastique collection de trains miniatures avec de vieilles gares, des petits bonshommes dedans et même une pissotière : deux pièces pleines de trains. Il m'a avoué : « The only difference between a boy and a man is the size of their toys*. » (J'ai pensé à Acrobate…) Je vous kisse tous.*

*Alix*

[« * La seule différence entre un homme et un petit garçon est la taille de ses jouets. » Acrobate était le nouveau cheval de mon père.]

*Atlanta, dimanche 27 août 1978*

*Chère Famille,*

*Je suis dans le vieux Sud chez un pensionnaire chéri de Cocotte, professeur à l'université d'Atlanta de (tenez-vous au pinceau, j'enlève l'échelle)… ancien français !* [Jonathan et Sharon Beck.]

*Atlanta a été reconstruite depuis « Autant en emporte le vent » et on ne retrouve le pittoresque du film que dans la campagne à l'entour où d'ailleurs nous habitons. La chaleur humide est assez étouffante et quelquefois on se croirait aux tropiques.*

*Nous sommes arrivées à Atlanta après 14 heures de bus... Nous l'avons pris mercredi soir à 22 heures à Washington. Ce n'est pas une ville, c'est un musée de grands édifices blancs, néoclassiques, disposés symétriquement autour d'immenses pelouses et de grands bassins. Ville musée remplie de musées de toute sorte (un fantastique musée de l'espace avec des maquettes grandeur nature d'avions et de fusées) et de touristes... Ce qui lui fait prendre quelques habitudes italiennes, ainsi la « National Gallery » était non pas chiusa mais closed aux trois quarts. C'est bien dommage car elle est aussi importante que le Louvre ou le Metropolitan de New York... Bref, comme nous ne manquions pas de ressources (intellectuelles et culturelles bien sûr) nous avons employé le temps qui eût dû être consacré à Botticelli et Latour à tourner sur un manège pour enfants dans le parc... C'est la décadence qui commence...*

*Ainsi cultivées nous transportâmes nos grands cerveaux harassés jusque dans le Greyhound ! Las ! Nous avions l'espoir, naïves péronnelles dupées par une publicité mensongère, d'y dormir ! Toute la nuit le bus s'arrêtait toutes les trois heures dans une gare, bruyamment annoncée dans les micros, pour prendre de nouveaux passagers et changer de chauffeur. Chaque chauffeur ayant une conception différente de l'air conditionné, nous passâmes de climat polaire – 3 pulls couvertures – à un climat infernal bikini-coups de soleil, cinq fois dans la nuit... Enfin, il paraît que nous sommes jeunes, alors...*

*Ici nous visitons de vieilles plantations reconstituées, des parcs immenses et des vieilles villes accompagnées par le professeur, sa femme et son fils de deux ans ou par une famille très vieux-Sud-protestante-et-bien-élevée que Pia a aussi connue à Paris. Nous partirons dans un jour ou deux vers La Nouvelle-Orléans. J'espère les vénérables bien rentrés de Lavaur et Nany et Violette fêtant dignement l'avènement de Jean-Paul* [le pape Jean-Paul Ier]. *Je vous kisse et rekisse tous bien fort.*

*Love from Alix*

*Chères Dame, Nany et Violette, Laurence, cher Juanito,*

*À force de chercher la maison de Tara, nous l'avons trouvée, mais à l'arrivée, la station Greyhound d'Atlanta n'a rien de romanesque. J'espère que vous vous reposez bien à Midouin et je vous embrasse bien affectueusement.*

*Pia-Scarlett née Rostopchine.*

[Pia partageait avec ma mère une passion pour *Autant en emporte le vent*.]

*La Nouvelle-Orléans, le 31 août 1978*

*Qu'il fait chaud sous les tropiques ! Je me fais penser aux élégantes Portugaises qui ne pouvaient supporter le Mozambique… C'est pourquoi je vous écris de la terrasse du Pontalba, le plus chic café du « Carré français » : les invitations nombreuses nous ont fait faire des économies forcées que nous utilisons intelligemment comme vous pouvez le constater !*

*Nous sommes dans un autre monde où la végétation prolifère, où les arbres poussent leurs racines jusque dans les rues et soulèvent les trottoirs et leurs branches au ras des voitures. Nous habitons un vieil hôtel 1900 tout rococo dirigé par une vieille femme qui a la diction de mon cher Malraux et vit dans un salon envahi d'images pieuses et de bougies…*

*Un ex-pensionnaire charmant* [Frederick Scharffenberger dit Dallas] *très dandy-fin de siècle (c'est lui qui a choisi l'hôtel) nous pilote le soir dans le quartier français – qui en fait est d'architecture espagnole où nous écoutons du vieux jazz dans les rues. C'est charmant mais hélas très touristique : les boutiques de souvenirs affluent, les Noirs ont pratiquement déserté cette partie de la ville et ce sont les Blancs qui les remplacent au piano…*

*Mais la ville est charmante avec son vieux tramway, ses maisons multicolores aux balcons de fer forgé et sa paresseuse tranquillité nonchalante. Nous partirons sans doute après-demain soit en Floride (pour deux jours), soit directement au Texas. Je vous embrasse tous très tendrement.*

*Alix*

*Midouin, le 3/9/78*

*Mon cher grand Rabbitt,*

*Je t'écris sur du papier avion, pour avoir l'air moderne, mais j'ai du mal à m'y faire lui trouvant une teneur qui suggère un autre usage…*

*Nous sommes des parents indignes et nous l'avouons, car nous ne t'avons pas écrit depuis longtemps because de ta mobilité péripleuse et itinérante. Nous n'avions pas pensé que les aimables Meyer pourraient vous lire à l'occasion notre prose au téléphone, ce qu'ils feront peut-être dans le cas actuel, malgré toutes les bêtises que je pourrai te dire et dont tu voudras bien m'excuser auprès d'eux. Par contre tes téléphones nous ont tenus au courant de votre voyage, et nous sommes ravis de savoir que malgré le confort relatif des*

*Greyhounds vous faites un tour merveilleux, intéressant au possible pour vos yeux curieux et avertis. Et quelle joie ce doit être de découvrir Atlanta et La Nouvelle-Orléans en compagnie de Pia O'Hara ! Tout cela vous le devez aux Meyer d'une part et aux Muller d'autre part : on ne saurait trop le dire, le répéter et en remercier.*

*Ta sœur préférée est en route vers Lourdes où sous prétexte de charité chrétienne, elle va balancer des impotents dans la piscine ! Privés de nos filles, il nous reste l'affection d'Acrobate et de Raudy* [teckel à poil dur], *Papageno* [chat tigré castré] *drague on ne sait où (ni pourquoi ?) et Pamina* [chatte noire] *se terre comme une fille mère !*

*Sais-tu que ta mère et moi avons fait une virée excellente, à base d'églises du 13ᵉ bien entendu, mais avec l'île de Ré, l'Ours (qui ne boit plus de whisky !), la Frégate (en progrès)* [ma fameuse tante Gladys], *les Vachette, Huguette, etc.*

*Thérèse et Violette sont à l'affût de tes lettres, se font expliquer l'Amérique et vous disent mille affections à toutes deux, bien entendu.*

*J'espère que tout continuera à aller pour le mieux et que vous nous reviendrez un jour, un peu plus tendres d'avoir été un peu loin un peu longtemps. Je t'embrasse ainsi que Ste Pia.*

*Papa*

*P-S. Quelle prose ! et quelle chance vous avez de faire un tel voyage !*

*Comment remercier les Meyer ?*

*Je vous embrasse toutes les deux très affectueusement.*

*OSA*

*Santa Fe, le 6 septembre 1978*

*Chère Family,*

*Je suis une très naughty girl : je ne vous ai pas écrit depuis La Nouvelle-Orléans… Samedi, le 2, nous avons rendu visite à une ancienne pensionnaire qui a été le prof de violon de Marc quand il avait sept ans* [Mme Hansen]. *Avec son mari, aimables sexagénaires, ils nous ont joué une sonate pour piano et violon dans une ravissante maison coloniale : nous étions plus près de Scarlett qu'à Atlanta ! Puis ils nous ont emmenées dîner dans un chinois et accompagnées au bus à 11 heures du soir, non sans nous avoir chargées de provisions et d'en-cas divers : agréable départ d'une agréable ville !*

*Puis le plus dur a commencé : 15 heures de car jusqu'à Dallas (avec changement à 3 heures du mat !) où nous sommes arrivées sous un soleil de plomb à 2 heures de l'après-midi : 45° à l'ombre ! Et nous avons eu le suprême courage de nous traîner jusqu'au Kennedy Museum et de nous rendre à l'endroit fatal où le méchant assassin a tué le gentil président.*

*Pour nous réconforter, nous avons dîné dans le motel qui représente le super-chic américain : murs bleu pétrole et chaises vert chou et le costume-chic-du-soir-de-Paris des clients dans les mêmes teintes. Ça ne nous coupe même plus l'appétit !*

*À 8 heures du soir re-bus et re-15 heures et re-changements en pleine nuit (de toute façon dormir dans un Greyhound est un exploit olympique) vers Albuquerque. Comme cette ville ne présente comme intérêt que son vieux quartier mexicain et que ses rues ne sont pas tranquilles, nous en avons vite fait le tour et l'avons quittée hier à 3 heures de l'après-midi pour Santa Fe qui est un véritable enchantement : le paysage est digne des plus grands westerns chers à Maman* [elle disait que tout avait changé depuis que les Indiens n'étaient plus les méchants], *un peu la Castille, mais multipliée par cent : on ne peut pas voir l'horizon.*

*Des ranchs, des Indiens et même quelques authentiques cow-boys aperçus de loin en loin… La ville est basse en « adobe » rouge-marron, tout à fait mexicaine et charmante. Les Indiens viennent y vendre leurs bijoux, accroupis autour de la Plaza et l'on s'attend toujours à voir sortir Zorro derrière un coin de rue le soir… Demain nous irons visiter une réserve puis mettrons le cap sur le « Grand Canyon » qui, paraît-il, est « fabulous ».*

*Puis, à nous la Californie ! Chers chéris, j'espère que vous allez très bien ainsi que Pamina qui doit songer à son trousseau pour la maternité. Gros baisers :*

*Alix*

*Mardi 12 septembre 1978*

*Merci ma chérie de ta lettre de Santa Fe reçue ce matin (le courrier met une semaine). Je rêve d'aller à La Nlle-Orléans (toujours !) maintenant Santa Fe et au grand Canyon où les cousins Canlorbe ont aussi envie d'aller ! Vous êtes-vous promenées en avion ou en bateau ?*

*Nous avons un temps magnifique et nous ne sommes guère pressés de rentrer ! Cependant « 7e accueil » oblige* [une association qu'elle avait créée], *nous rentrerons le 25.*

*Pamina est coincée dans ta chambre transformée en salle d'accouchement !*

*M. Raymond* [professeur en Sorbonne] *a enfin daigné répondre que sa liste de maîtrise était complète depuis fin juin ! Heureusement qu'il te reste l'autre !*

*Samedi et dimanche il y a le concours hippique international (!) peut-être y verrons-nous quelques têtes sympathiques mais pour combien de sales gueules !*

*Je souhaite que votre voyage continue toujours aussi magnifique, merci des coups de fil et des lettres.*

*Je vous embrasse toutes les deux très affectueusement.*

*OSA*

*La squaw ne m'a pas laissé de place pour écrire aux papooses. J'espère qu'elles sauront bien garder leur scalp : je m'entends ! Baisers.*

*J.*

*Jeudi 14 septembre 1978*

*Ma chérie,*

*Je t'annonce que tu es grand-mère : 3 petits chats sont nés dans la nuit de mardi à mercredi, deux noir et blanc et un tigré. On a gardé celui qui avait le plus de noir. La mère et l'enfant se portent bien.*

*Pour tes inscriptions, Catherine* [l'efficace sœur de Pia] *a téléphoné hier soir : la rue Gay-Lussac a perdu ta demande d'inscription, mais la secrétaire de la Sorbonne se souvient très bien de toi, et a refait une demande que Catherine a signée.*

*Ton père a téléphoné à Saint-Malo à ton président de maîtrise* [le professeur émérite Charles Dedeyan] *fort aimable mais semble avoir une voix vieille. Il te retrouvera à ton retour.*

*Nous avons reçu une lettre charmante du Dr Horwitz qui fait des compliments sur toi (il a dû te voir peu de temps !) et nous envoie des photos. C'est vraiment très gentil à lui et ton père va lui répondre.* [Il a conservé la lettre du père d'Harriet et le brouillon de sa réponse en anglais.]

*Nous rentrons hélas à Paris le 25, il fait un temps magnifique ! Je t'écris sur mes genoux (ça se voit !) assise sur les marches du salon en plein soleil, enfin !*

*Je vous embrasse toutes les deux très affectueusement.*

*OSA*

*Le nouveau chat a une grand-mère américaine qui doit absolument nous faire connaître au plus tôt son nom de baptême.*

*Ton Daddy*

*San Francisco (Ca) 14 septembre 1978*

*Chère Maman chérie,*

*Chers autres membres de la family,*

*3 jours avant le jour J je n'ai rien trouvé parmi les cartes locales qui puisse valoir mon immense talent pour célébrer dignement l'anniversaire de Maman ! (J'ai peur qu'il soit déjà passé quand vous recevrez cette lettre, mais jusqu'ici je n'ai guère eu de temps pour écrire et mon dernier exploit à votre égard est ce coup de téléphone à 1 heure du matin !)*

*Bref, tel un hardi pionnier, j'ai enfin atteint la côte Ouest des USA et l'océan Pacifique, ce qui n'a guère d'intérêt en soi puisqu'il est gelé et peuplé de requins. La crainte d'un déluge (à La Nouvelle-Orléans) est ici remplacée par celle d'un tremblement de terre toujours possible depuis celui de 1906 qui a complètement détruit la ville ! Les habitants sont néanmoins très sereins.*

*Il me semble que ma dernière lettre vous a laissés à Santa Fe le 6 septembre. Le lendemain Pia et moi nous sommes risquées jusque chez les Indiens. Plus de flèches ni de fusils,*

*ils sont devenus de très braves bougres qui profitent à merveille des touristes tout en continuant à vivre à leur façon. Un vieux « brave » nous a enseigné à Pia et à moi l'art du Tam-Tam où nous excellons. (Ça nous a coûté 25 cents de remerciement !) Ils continuent à construire leurs maisons en boue séchée, à cuire leur pain dans de grands fours à bois et à élever quelques chevaux pie assez comiques. (Certains ont aussi une Rolls pour aller vendre leurs bijoux à la ville voisine…) C'est un doux mélange d'authenticité et de modernisme !*

*Nous avons vu le Rio Grande qui était fort petit et fort sec mais coincé dans des gorges magnifiques et qui rendraient jaloux le Tarn familial ! Les paysages étaient superbes et tout à fait dignes de Hollywood.*

*Le lendemain soir adieu à la charmante ville de Santa Fe et départ pour Flagstaff (mon immense culture me fait confondre ce nom avec celui du personnage de Shakespeare) d'où nous pouvions rejoindre le Grand Canyon autre haut lieu des westerns : re 10 heures de Greyhound by night, toujours fidèle à lui-même. Puis re-bus Flagstaff-Gd Canyon.*

*Mais quelle vue fantastique ! Pia avait un énorme vertige* [dû à notre initiation à la marijuana par un ancien du Vietnam chevelu] *et nous ne sommes pas descendues dans le fond (ce qui d'ailleurs nécessitait de camper en bas) mais nous nous sommes longuement promenées en haut toute la journée de dimanche et avons admiré ce paysage fantastique qui ne cesse de changer de couleur avec le soleil. J'ai pris quelques photos qui rendront certainement mieux que de laborieuses descriptions.*

*Dimanche soir départ pour Las Vegas, la ville du jeu et des milliardaires. Nous y avons rencontré deux Français avec qui nous avons loué une voiture (ce qui m'est habituellement impossible ayant moins de 21 ans) pour aller visiter le célèbre Hoover Dam et pique-niquer près d'un lac dans un paysage lunaire.*

*Ils sont partis vers 5 heures pour Salt Lake City (la ville des Mormons) tandis que Pia et moi nous lancions à la découverte de Las Vegas. C'est le royaume du tape-à-l'œil et du mauvais goût (selon Pia). Les boîtes à sous et les salles de jeu sont partout, même la station de Greyhound a son casino, et tout est bon pour attirer le client : déjeuner pour un dollar à toute heure du jour et de la nuit, cocktails et photos en couleur gratuits. Et un bruit infernal de caisse enregistreuse qui fait penser au Centre Leclerc !*

*Les gens jouent partout et tout le temps, les croupiers ont des gueules impossibles et un regard d'aigle qui plane partout. Bref, une ambiance de tripot et de fête foraine assez étrange avec la nuit des panneaux lumineux aux couleurs de bonbons anglais. Nous n'avons joué (à la roulette) que 6 dollars… que nous avons perdus, of course ! – « sur ces heures de deuil… » mais j'ai bien peur que nous n'ayons attrapé le goût du jeu et si nous n'avions dû reprendre le Greyhound à 10 heures du soir, j'ignore ce qu'il resterait de nos dollars à l'heure actuelle. Le Greyhound a parfois des mérites !*

*Parties lundi à 10 heures du soir de Las Vegas nous sommes arrivées mardi à 2 heures de l'après-midi à San Francisco : deux jours (depuis le Grand Canyon) sans avoir pratiquement dormi !*

*Ici nous sommes logées chez une ancienne pensionnaire* [Betty Archibald] *vieille fille qui vit avec sa mère et sa sœur (vive la jeunesse !) dans la banlieue de San Francisco. Elles sont charmantes et pleines d'attentions à notre égard, mais il faut faire une heure de bus pour atteindre le centre de la ville. La baie est ravissante, la ville a hélas perdu ses célèbres hippies mais gardé sa fantastique Chinatown, ses jardins exotiques et son musée de machines de foire. Nous n'avons pas encore eu le temps de tout voir. L'architecture est en majorité victorienne et multicolore dans la vieille ville que l'on atteint en trolleybus. C'est encore assez folklorique.*

*Nous devons rester ici jusqu'à dimanche puis nous irons vers Santa Barbara. J'espère que tout le monde va bien à Midouin et que Maman va avoir un digne anniversaire. Quant au fils unique (heureux rescapé !) de Pamina, pourquoi ne pas l'appeler Sam en l'honneur de l'oncle du même nom qui joue ici le rôle de Marianne ? Enfin voyez vous-mêmes.*

*Re bon anniversaire, Maman, j'espère que vous saurez apprécier à sa juste valeur mon dessin qui renoue à la fois avec la tradition de l'école maternelle* [ma mère descendait du peintre Corot ; j'avais joint un dessin à ma lettre] *et avec celle des plus grands autoportraits de Rembrandt.*

*J'espère que ni le décalage horaire ni l'océan Atlantique ne vous empêchent d'entendre le bruit des baisers sonores qui accompagnent cette lettre. J'embrasse tous les autres bien fort mais un peu moins car ce n'est pas leur anniversaire et qu'il faut être juste dans la vie.*

*Félicitations à Pamina.*

*Big kisses and love from Alix*

*Mercredi 20 septembre*

*Ma chérie,*

*Merci, merci de ce ravissant portrait si ressemblant et des vœux pour mon anniversaire : tout cela me va droit au cœur ! (reçus ce matin).*

*Je pense qu'avec tous les kilomètres que vous avalez vous allez revenir complètement HS mais ravies, comme je vous comprends !*

*Maïté et Vital sont ici avec les filles mais vont déjeuner et dîner au mess pour ne pas fatiguer Nanie. Les filles sont très mignonnes et elle attend un n° 3 pour novembre.*

*Sam est très gros mais n'ouvre pas encore les yeux, je crains qu'il ne soit pas très joli car son père est très laid.*

*Bonne continuation, mes chéries, profitez bien de vos derniers jours de liberté ! Je vous embrasse très affectueusement.*

*OSA*

*Il est question d'une nouvelle grève des aiguilleurs du ciel...*

*Merci de tes grandes lettres pleines de pittoresque et bravo pour ton talent de dessinateur figuratif ; tu devrais essayer la caricature ? Pas retrouvé l'adresse de Paillard, mais je ne le regrette pas trop* [camarade de promotion de mon père, médaillé d'or aux JO de 1948 en dressage, Jean Saint-Fort Paillard faisait partie des traîtres]. *Bonne fin de séjour et mille mercis aux Meyer. On vous espère dans 12 jours.*

*Daddy*

*Santa Barbara 20 septembre*

*Dear Family,*

*J'ai pris un bain dans le Pacifique ! Quel exploit... Pia et moi nous offrons des vacances sur la côte californienne qui ressemble un peu au midi de la France : palmiers sur la plage, soleil, dunes, mais en beaucoup plus grand, bien sûr, et beaucoup moins peuplé, ce qui n'est pas désagréable. Vous allez m'objecter que ce n'est pas malin quand on visite un pays d'aller y contempler le soleil et la mer qui sont sensiblement identiques aux quatre coins du monde. Sans doute, mais après quelques milliers d'heures à contempler fébrilement musées et paysages et quelques milliers d'autres à cavaler dans des villes géantes un peu de farniente au soleil ne fait pas de mal et tant pis pour la conscience professionnelle des voyageuses internationales que nous sommes !*

*Après San Francisco, nous sommes descendues à petits pas vers le Sud en direction de Los Angeles que nous devons atteindre le 22, date d'expiration du forfait Greyhound* [99 dollars / un mois de kilométrage illimité]. *À Santa Cruz nous nous sommes offert un hôtel avec vue sur la mer. Puis à Santa Barbara nous nous sommes lancées à la recherche du Paillard perdu, mais personne ne l'y connaissait et Pia et moi doutons presque de son existence. Pourtant j'aurais aimé voir ce vilain ennemi de mon papa pour lui tirer la langue, mais ces civilités semblent, hélas, impossibles.* [Nous le cherchions 400 km trop bas, il est mort à Pebble Beach en 1990.] *Qu'à cela ne tienne, nous avons passé la journée à manger des pizzas, nous bronzer et nous baigner en compagnie de deux charmants Anglais rencontrés sur la plage.*

*Demain nous irons visiter la vieille ville et après-demain cap sur Los Angeles, les studios d'Hollywood et Disneyland. Dans une dizaine de jours nous serons à Paris, ce voyage est fantastique, mais vous commencez à nous manquer un peu, un tout petit peu évidemment puisque je suis votre ingrate fille qui vous embrasse bien fort.*

*Alix*

*Los Angeles 23 septembre 1978*

*Dear Family chérie,*

*Tandis que vous êtes tous sagement rentrés dans la capitale pluvieuse moi je suis aux Anges… (subtil, non ?). Nous sommes arrivées hier soir à 8 heures à L.A. à la station Greyhound. Comme d'habitude, celle-ci était située dans le pire quartier de la ville (ou du moins un des pires car L.A. doit faire 150 km de long) et à l'heure qu'il était nous n'avons pu dénicher une chambre que dans un des pires hôtels de la ville et qui plus est au 10ᵉ étage, l'ascenseur étant, vous vous en doutez, bien évidemment en panne.*

*Bref, heureusement que nous étions flanquées d'un charmant Anglais rencontré à Santa Barbara pour assurer notre protection ainsi qu'un de ses compatriotes trouvé celui-là dans le bus – qui lui a servi de roommate (vous voyez que notre anglomanie a des limites)…*

*Bourlinguer c'est un jour se faire inviter par un ami de M. Chattard dans le meilleur restaurant de San Francisco et le lendemain aller bouffer un infâme hamburger dans un minable bistrot. Ce matin, la vertu étant sauve, et nos gardes du corps envolés vers leur perfide Albion natale, Pia et moi nous sommes rendues à l'autre bout de L.A. (encore une heure de bus supplémentaire) à Disneyland (où nous avons dégotté un motel raisonnable avec piscine et télévision couleur).*

*Nous avons passé l'après-midi à visiter le château de la Belle au Bois dormant, à aller dans la lune en fusée, à nous promener en radeau dans une fascinante jungle en matière plastique avec des alligators plus vrais que nature. Nous retombons en enfance, si nous en sommes toutefois sorties, dans un monde artificiel et assez féerique. Nous allons continuer demain car nous n'avons épuisé qu'un quart des attractions.*

*Tout serait parfait si la chaleur n'était pas aussi écrasante : il faisait 50° à Santa Barbara, il doit faire aussi chaud ici mais sans le Pacifique et ses palmiers pour nous rafraîchir, ce qui nous oblige à boire un jus d'orange tous les quarts d'heure. Après-demain, nous irons visiter les studios d'Hollywood et je pense que nous pourrons prendre d'un cœur léger l'avion pour Chicago ayant épuisé toutes les ressources de L.A. dont l'architecture est aussi moche que celle de San Francisco était charmante. J'espère que vous vous portez tous très bien et attendez avec impatience le retour de l'exploratrice qui vous embrasse très fort.*

*Alix*

Ces lettres eurent un effet immédiat : mes parents embarquèrent toute leur bande de potes parisiens d'abonnés au Louvre et à l'Opéra, qui ne voyageaient jamais d'habitude sans la promesse de civilisations multimillénaires avec force temples et tombeaux, découvrir l'Amérique et les amis américains, à commencer par un dîner dans le nouveau loft new-yorkais d'Harriet et Rick, véritable décor pour Woody Allen, alors qu'ils étaient plutôt fans de westerns et de drames hollywoodiens. Ils ont adoré. Même Las Vegas et Disneyland.

Quant à mes photos, j'ignore où elles ont atterri, et j'avais même oublié que j'en avais pris avec le lourd Pentax qu'un visiteur japonais avait offert à mon père lors d'un déjeuner à Midouin (où il avait épaté Nanie en choisissant le gros morceau de beurre parmi les fromages et en le mangeant jusqu'au bout) mais elles avaient le même « défaut » que celles de mon grand-père pendant la guerre de 1914-1918, soixante ans plus tôt, de ne représenter que des paysages, des monuments et des autochtones inconnus, et jamais nous devant ; on trouvait ça ridicule de gâcher de la pellicule pour se photographier soi-même devant le Grand Canyon. Et comme on le fait aujourd'hui avec nos téléphones. Nous faisions des cartes postales pour nos familles.

Presque tous les Américains que nous avions rencontrés et invités avec une certaine inconscience déboulèrent passer des vacances en France, et se retrouvèrent invités au mariage de ma sœur, le 4 juillet 1981, à Midouin.

Une photo du docteur Horwitz, le père d'Harriet, nous les y montre à table avec sa femme, Pia et Barry, Jean-Christophe Victor et Catherine Chattard, Isabelle Suppot-Réveilhac et son futur, Antoine Diesbecq, Marc le violoniste et Éléna, bref, toute une tablée d'amis venait du Home Pasteur.

## CUL & CULTURE, ET VICE VERSA

### *Harriet dans le 7$^{e}$*

Grande blonde aux yeux bleus, cheveux longs, assez brusque, toujours belle plante, toujours entre deux rendez-vous, Harriet arpente mon appart parisien de fond en comble avant de s'écrouler dans le canapé mauve, face à la fenêtre ouverte, en plein 7$^{e}$ arrondissement qu'elle a connu bien avant moi.

Rick, son mari chéri, est mort depuis trois ans déjà ; je ne l'avais pas su à l'époque. Beaucoup plus âgé qu'elle, il m'avait appris à saluer avec soin les portiers des immeubles new-yorkais : « Tu ne peux pas savoir si ce gars-là ne sera pas ton patron demain ! En Amérique, tout est possible, ce qui compte, c'est ce que tu fais, et pas d'où tu viens. »

De fait, arrivé d'Allemagne tout jeune en 1938, juste à temps pour échapper aux nazis, Rick Meyer avait fait fortune dans la moquette, tout perdu, tout regagné, tout vendu, et créé sur le tard une chaîne de laveries automatiques avec des jeux intégrés pour que les enfants restent s'y amuser avec leurs mères au lieu de traîner dans les rues ; il refit ainsi fortune, sans l'avoir cherché.

Cocotte le citait en exemple de généreux génie des affaires et adorait Harriet qui parle français à toute vitesse et adore dire des gros mots.

Tous deux avaient reçu mes parents et leurs copains pour dîner dans leur loft à New York.

« Je me souviens que j'avais pris des billets pour *Chorus Line* pour tes parents, et ce n'était pas un bon choix parce qu'il y avait une actrice qui arrivait en chantant *Tits and ass* [« Nichons et cul »] ce n'était pas leur genre, mais ils étaient adorables, c'est un bon souvenir…

— Nous, tu nous avais pris des billets pour *Dancin'*, et tu nous avais prêté ton appartement dans le Village, qui était charmant.

— C'était il y a très longtemps, au commencement de mon mariage avec Rick. Tout au début… Wouaouw ! Mon appartement, il était génial.

— On vous a retrouvés pour le week-end à Long Island, vous louiez une maison dans les arbres… Il y avait une grande plage…

— J'étais enceinte avec Nicky, c'était 78.

— Et au Home Pasteur, tu es arrivée quand ?

— En 70 jusqu'en 1972. C'est une longue et grande histoire ! Je ne peux pas me rappeler ce que j'ai fait la semaine dernière, mais je me souviens de tout ce que j'ai fait pendant les six premiers mois que j'ai passés dans cet endroit, tous les détails. C'était un vrai changement de vie.

— Comment tu t'es retrouvée là ?

— J'avais dix-neuf ans, je logeais avec Patricia, Patty, dans une famille d'aristocrates morveux (tu sais, ces gens qui ont un de devant leurs noms) les d'Assigny rue de l'Université, ils étaient épouvantables. D apostrophe, tu vois le genre…

— Je vois !

— Ils louaient des chambres parce qu'ils étaient fauchés, en banqueroute totale, mais ils voulaient quand même toujours paraître des aristocrates ; ils étaient horribles, horribles. J'avais un couvre-feu à minuit.

« Et Patricia, Patty, tu ne te souviens pas d'elle, une jolie fille brune, elle est morte maintenant, elle baisait avec tout le monde, et elle voulait partir… Comme on connaissait deux garçons qui habitaient à la pension (on dit "la" pension ? je hais ces foutus genres, jamais pu m'y faire !) j'ai dit à France : "Nous sommes chez une femme horrible, Madame Muller, est-ce que vous pouvez nous héberger ?" Elle m'a dit : "Mais bien sûr, ma pauvre petite !"

« Avec France, on est tombées amoureuses dans la seconde. Cette première année à Paris a changé toute ma vie, et France en a fait partie.

« On a commencé au rez-de-chaussée dans la chambre à côté de la salle de bains double, je t'ai dit que j'ai gardé l'enseigne ?

— "Home Pasteur" ?

— J'ai toujours la plaque en métal de la porte dans ma maison de campagne, et aussi la pancarte qui était dans la salle de bains : "Les clients voudront bien vider la baignoire et remettre le flotteur avant de quitter la pièce" sur mon évier. On a vécu là pendant six mois…

« On dînait toujours dans la salle à manger à 7 heures et demie, mais à un moment mon amie Karen de Harvard a fait la connaissance de Jean qui faisait ses études à Dauphine avec une bande de Français très snobs, Geoffroy de Gaussen et son frère Bruno, dont le père était consul à New York et tout un groupe, ils arrivaient toujours à 8 heures, et ils disaient : "On va aller dîner !" Et Patty prenant du Darvon, un antalgique, pour pouvoir manger deux fois…

« Ça nous arrivait presque trois fois par semaine de prendre deux dîners avec ces gars, c'était vraiment drôle.

« Quand on a fini nos études, Patty est allée vivre avec Jean à Neuilly avant de se marier avec lui, et moi j'ai habité à nouveau chez France, mais avec une petite brune, tu ne la connais pas ? Elle était en bas, et moi j'étais à côté d'Urbain, le serveur, on partageait la salle de bains. Et Pia, quelque chose qu'elle faisait très bien, elle avait une très bonne oreille…

— Elle imitait les gens…

— Et elle imitait Urbain qui entrait dans ma chambre et me disait : "Mademoiselle, quand je rentre dans ma chambre, moi, je ferme ma porte tout doucement, comme ça… Et toi tu claques la porte ! Comme ça ! Et il faut absolument fermer ta porte comme moi, au lieu de la claquer, comme ça !" Pia l'imitait très bien, c'était merveilleux. C'est cette année-là que je suis devenue amie avec Paul.

— C'était un drôle de type ?

— Il baisait. Tu sais mon histoire ? C'était le sexe ! Tout le monde couchait à la pension, et c'est Patty qui sortait avec Paul. Il avait une chambre à la pension, tout de suite à droite en sortant… C'est Paul qui nous emmenait chez Castel et je ne sais où, mais on est beaucoup sortis ensemble, on buvait…

— Et la drogue ?

— Moi, je n'ai jamais vu de drogue.

— Tout le monde baisait ?

— Ah oui !!!! Et moi, quand j'avais des petits amis je pouvais les amener par l'escalier de service.

— France était au courant ?

— Elle s'en foutait ! Dans mon cas. Mais j'étais son enfant gâtée, chérie. Tous les matins, à 7 heures et demie, on avait les plateaux du petit déjeuner avec des tartines, et moi j'avais un croissant tous les matins. On est tombées amoureuses ! C'était de l'amour ! Et elle était folle de moi. Tu as commencé le bouquin quand ?

— En décembre 2016…

— Je suis tellement contente ! Tout le monde dit : "J'aurais pu en faire un livre." Moi j'ai tous mes aérogrammes ; quand tu écrivais à l'étranger, tu achetais des aérogrammes à la poste, un truc bleu, tu écris, tu plies. Pour mes parents, je leur envoyais des lettres tous les jours, ça fait un journal.

« Tu connais le bouquin de Labro *L'Étudiant étranger* sur l'université de Virginie, c'est adorable, et je ne vois pas un livre en Amérique comme ça. Il y a eu beaucoup de livres à propos d'Américains à l'étranger, Joséphine Baker, Hemingway et maintenant il y en a des millions, mais quand j'y étais, il n'y avait que dix universités qui envoyaient des étudiants ici.

« Vous partiez pendant un an et vous étiez un plouc, quelqu'un qui vient de la banlieue de Pétaouchnok, on était des péquenauds aux États-Unis, même si je ne venais pas de la campagne.

— J'ai réalisé ça avec Fritz, c'est la première fois qu'il habitait dans une grande ville…

— Moi aussi. J'habitais dans une banlieue, c'était nouveau, mais tout était nouveau : le sexe avec des Français c'était nouveau !

— C'était vraiment différent ?

— Ah oui ! Je peux t'en parler, j'ai soixante-dix ans maintenant. Quand tu arrives en France, tu vois une vie vraiment différente, certains s'en fichent et veulent rentrer en Amérique, parce que les Français sont des connards qui ne t'invitent jamais chez eux, il faut attendre vingt ans pour qu'ils t'ouvrent leur porte, mais moi j'ai eu une clef avec France, un passe, elle m'expliquait tout…

— Par exemple ?

— Les manières. Les Américains mangent avec une seule fourchette, il y a mille choses ici ! Dieu me pardonne, mais vous avez des façons pour couper le Roquefort, il faut prendre la croûte d'une certaine façon…

« Et tu ne peux pas entrer dans un magasin et demander : Où est la pâte dentifrice ? Il faut dire : Excusez-moi de vous déranger, Madame, où est-ce que je peux trouver les cure-dents ?

« Il y a beaucoup de choses comme ça… Tu fais la queue dans un magasin, si tu veux acheter du fromage, tu dois d'abord avoir une grande conversation avec le commerçant, c'est obligatoire, alors pourquoi le fromage de chèvre, votre mari m'a dit que, et pia pia pia et pia pia pia… En Amérique, c'est : Donnez-moi ce putain de fromage ! C'est un autre monde.

« La pension, c'était un privilège d'y vivre pendant un an, et ce n'était pas comme ça quand je vivais avec la famille avec des *de*, quand il fallait dîner avec eux, c'était embêtant. J'étais aussi un peu hippy !

« À la pension, on trouvait d'autres étudiants, on pouvait connaître une vie qui n'existe pas aux États-Unis, c'était extraordinaire. Et tu commençais à baiser avec tous ces mecs européens, le sexe était différent. Les Américains, je suis sûre qu'il y en a de merveilleux, mais les Français comprennent le sexe et aimaient ça, et ils n'avaient pas peur d'en parler. Il y a une expression *Wam bam, Thank you, Mam* [« Crac-crac, merci, Madame »], ce n'est pas comme ça avec les Français. C'est très différent. Mais être là, à l'âge tendre de dix-neuf ans, c'était génial…

« J'étais un peu en retard, je n'ai jamais eu de petit ami au lycée, mais grâce à Dieu, je ne suis pas morte du sida, ni n'ai attrapé de maladies, ni ne suis jamais tombée enceinte ! C'était fou ! Mais il n'y a pas que moi, c'était moi multipliée par des centaines.

« Et ma fille Nicky a étudié le français, mes deux filles ont pris français, maintenant les gens prennent espagnol pour montrer à leur personnel comment nettoyer la maison, c'est si triste, car tu trouves ici un monde de culture que tu ne peux pas trouver aux États-Unis.

« Tu trouves de la littérature, personne n'aurait pu écrire *Moby Dick* ici, et c'est fabuleux, mais ici tout est connecté, tu lis Balzac et tu te reconnais dans la pension…

— Tu as lu Balzac quand tu étais là ?

— Balzac et d'autres, j'ai tout lu, pendant deux ans, je n'ai fait que lire, j'ai tout lu, pas tout Proust, mais j'ai appris à lire, je suis tombée amoureuse de la musique aussi ici. Je ne sais pas pour les garçons, s'ils peuvent tomber amoureux d'une culture, mais pour les jeunes filles, c'était merveilleux.

« On allait au Louvre, au théâtre, au concert tout le temps, je me souviens, je payais vingt-cinq francs, dans les églises écouter les concerts, c'était cinq dollars ! On allait avec notre prof au restaurant pour la maîtrise, rue Hautefeuille, à la Tournelle, où on laissait son rond de serviette.

« J'allais à la cinémathèque, au Trocadéro à 10 heures du matin, on en sortait à 6 heures du soir. J'ai tout vu, *Les Enfants du Paradis*, la Nouvelle Vague, c'était un moment extraordinaire à Paris pour les arts.

« Je suivais un cours dans le Marais avec une prof américaine ; on allait au Louvre, il n'y avait personne, tu pouvais t'approcher de *La Joconde*, et je restais là avec un groupe de dix étudiants et une femme extraordinaire qui te racontait toute l'histoire du tableau.

« J'ai fait de l'art en studio, je n'ai aucun don, mais ça fait rien, j'ai essayé, c'était extraordinaire, et j'ai grandi ici, et c'est resté ma patrie de cœur, je ne pourrai jamais rompre !

« Donc je pense que la pension représente tout ça, et au sommet, j'ai connu France, et crois-moi, tu peux demander à Pia, j'étais sa préférée et je l'aimais ! Et après deux ans, trois ans, j'ai connu Rick et Rick est venu, et on venait deux fois par an à Paris, Rick et France s'aimaient aussi ; elle ne parlait pas anglais et il ne parlait pas français, mais ils se comprenaient ; c'était une histoire d'amour, et on sortait toujours avec France, on les emmenait dîner, et, après j'ai eu Pia et les enfants à la maison.

— France était devenue comme une mère pour toi ?

— Tout à fait, et même aussi pour mes parents ! Elle adorait mes parents, ils venaient très souvent… Tu sais, ma sœur s'est suicidée, et mes parents pour survivre, ils n'allaient pas rester en deuil toute leur vie, ils louaient des maisons dans le Sud, je me souviens, j'avais vingt-cinq ans, ma mère était seins nus à Sainte-Maxime, elle était jolie femme, mon père parlait français, espagnol, et France nous aimait beaucoup.

« Quand on arrivait dans la cuisine, elle nous accueillait avec un lunch, avec des énormes asperges au printemps, des champignons en automne, tu sais, France et la cuisine…

— Et Samuel ?

— Oh, il était là pour le dîner. Et le dimanche, quand moi seule avais le droit d'aller dans la cuisine prendre de la bouffe, Samuel était toujours là, avec un café, il pesait je ne sais pas, peut-être quarante kilos, pas plus, il était petit, toujours en train de fumer, et il voulait toujours me parler de la beauté, et moi je ne le regardais pas, la beauté, je ne sais pas comment je savais mais…

« J'avais un ami, Cecily, c'était un grand prof à l'université, spécialiste des classiques, Cicéron, etc., quand il venait me voir, il dînait souvent, France l'adorait, il est gay, il est drôle, et Samuel disait toujours : "Ah, l'helléniste, asseyez-vous à côté de moi !" Et lui me disait : "Il veut parler d'art avec moi, mais je ne veux parler que de verbes", il s'en foutait, il était latiniste, il aimait la langue, les déclinaisons, il trouvait que Samuel était horrible… Il était gentil avec toi ?

— Oui, il avait ses têtes, et il m'avait à la bonne. Il m'avait donné son édition de *Don Quichotte*, son livre préféré, et quand je l'ai ouvert, j'ai retrouvé une lettre qui lui était destinée avec l'écriture de France sur l'enveloppe. Je lui ai rapporté : c'était son testament ! Elle s'était dit que si elle mourait, Samuel se précipiterait dans *Don Quichotte*…

— Est-ce que tu es allée aux obsèques de France ? me demande Harriet.

— Oui, il y avait ce chant magnifique, *Amazing Grace*.

— C'était très beau, la petite église… Et il y avait ce type, son ami qui était l'amant de Leonor Fini…

— Dick Overstreet.

— Il y avait Dick et il y avait moi. Je suis restée très amie avec la famille.

— Et avec Dick ?

— Non, Rick ne voulait pas, parce qu'il a commencé à

flirter avec moi. Il m'a demandé mon numéro de téléphone, et Rick lui a donné un faux numéro.

« Je suis restée amie avec sa sœur Monica… J'ai reçu les enfants, les petits-enfants, Pia, Marc, Éléna, j'ai loué un petit appartement pour mes filles, rue Saint-Dominique. Une année j'ai reçu Thomas avec Pédalo sans Pia… »

Nous passons toute la famille et la suite de ses aventures en revue pendant deux heures. Et soudain, tel le Lièvre de mars :

« Oh, il est 17 heures, il faut que je file ! Je reviens trois semaines dans quinze jours… »

## L'ASSASSINAT DE PAUL GÉGAUFF

### *Scoop en couleurs*

La première fois que j'ai vu Paul Gégauff, ce fut à un dîner mémorable à la cuisine du Home Pasteur, sur les toits de Paris, l'une des très rares fois où je dînai là, car la jeune génération partageait d'habitude le repas des pensionnaires dans la salle à manger, en bas.

Mais Pia m'avait appelée au secours, et j'étais à un bout de la table, à côté d'elle, en flanc-garde, sans doute avec Isabelle ou Catherine, une autre amie, à la rescousse. Paul Gégauff était de l'autre côté à l'autre bout avec sa jeune petite copine, de notre âge, et Paul le frère de Pia, que je ne connaissais pas encore non plus. Cocotte aurait dû être assise quelque part mais elle n'arrêtait pas de se lever pour assurer un menaçant service planant au-dessus de nos têtes. Pia était bleue.

Pour une fois, j'en savais plus long que sa mère. Mais Cocotte se doutait de quelque chose ; elle tournoyait autour de la pièce en un vol lent qui fondit soudain sur nous, sans attendre la fin du repas :

« Il serait temps que certaines personnes sortent de table car elles commencent à regarder les invités de travers… »

On se leva, et on exfiltra Pia plus morte que vive jusqu'à

une chambre, dans le couloir ; à la cuisine, le dîner se poursuivait. Il y était question d'aller chez Castel.

Pia cachait donc quelque chose à sa mère toute-puissante, chose rarissime aussi, qu'elle m'avait apprise le matin même où je rentrais d'une semaine à la montagne avec mes parents. Elle m'avait cueillie presque à la descente du train pour m'annoncer : « Je suis devenue une grande fille » ; je traduisis sans trop de difficulté qu'elle était passée à cette fameuse casserole, mais avec qui ?

Là, ce fut atroce car je séchai lamentablement, passant en revue tous les garçons qu'on connaissait et m'en voulant de n'avoir pas détecté l'amoureux caché dans la masse avant de donner ma langue au chat – et qu'elle me dise : Gégauff…

Un ami de ses parents, sorte de vedette de la pension, disparu pendant sa célébrité, et réapparu soudain en même temps que son frère Paul. Je n'y comprenais rien, et réprimai un haut-le-cœur ; c'était son frère qui l'avait amenée faire sa connaissance biblique au très chic et littéraire hôtel Pont Royal, dans le 7e. Toujours.

Pia était depuis revenue à la pension, naviguant entre les deux ; sa mère ne savait rien, et Paul son frère avait invité Gégauff à dîner, où il viendrait sans doute avec sa petite copine officielle, une certaine Coco, de notre âge, mais pas franchement versée dans les études, ce qui mettait Pia dans une situation odieuse, à leur grande joie sans doute – ce dont nous n'avions aucune conscience.

« Gégauff avait l'âge de tes parents…

— Il était plus âgé que mon père ! Mais aujourd'hui, alors que trente-sept ans d'eau est passée sous trente-sept ponts, ce que je retiens surtout de l'affaire, c'est que mon frère y était. C'est lui qui avait tout orchestré.

— Les deux Paul s'entendaient bien… La seule qui s'est bien défendue, c'est Coco ! Elle l'a quand même eu.

— Tu peux le dire…

— Après s'être fait coller un gosse…

— Tu te rends compte, la pauvre gamine ! Élise, elle a trente-sept ans.

— J'avais écrit un article là-dessus…

— Tu sais ce qu'il lui a dit avant de mourir : "Tue-moi si tu veux, mais arrête de m'emmerder." C'est bien lui, ça. C'était un très bon scénariste et excellent dialoguiste aussi », commente la Pia d'aujourd'hui.

Dans une lettre de mars 1980, au milieu de mille choses, elle m'annonce que Coco est enceinte, « Johnny Walker naîtra donc » ; c'est ainsi que nous avions baptisé le bébé, vu l'abyssale consommation de whisky paternelle ; en août précédent, devenue son épouse, elle l'avait déjà poignardé dans le cœur, il savait à quoi s'attendre…

Aussi quand la nouvelle tomba de son assassinat, par sa chère et tendre, la nuit de Noël 1983 en Norvège, alors que j'étais chargée du cinéma au *Figaro Magazine*, je trouvai que la réalité, en fournissant un cadre aussi idyllique en contrepoint au drame, battait encore une fois la fiction.

Je n'aurai aucun mal à trouver des informations pour le « gris », ainsi qu'on appelait le texte, toujours secondaire dans cet hebdomadaire en papier glacé, mais où trouver des photos récentes ? Sans photos, pas d'article. Et les photos d'archives ne suffiraient pas.

Grâce à Pia, j'avais leur numéro de téléphone à Neuilly et j'appelai. Une voix jeune me répondit : la baby-sitter ; elle n'avait aucune information ; ils étaient tous en Norvège. Des photos ? Oui, il y en avait dans un cadre, des photos ; non je ne pouvais pas passer les prendre, elle avait rendez-vous urgent avec son copain aux Halles pour tenir un stand de bougies. Elle pourrait me les y apporter…

On se retrouva derrière Beaubourg, pas loin du journal, mais rien n'était loin avec ma moto Yamaha 125 DTMX rachetée à un collègue, tout Paris se trouvait à dix minutes maximum.

Je repérai des jeunes babas cool avec leurs bougies dans des coquillages ronds placés sur une table de camping : la jeune femme m'avait apporté deux photos en couleur, les dernières. Sur l'une, Paul en espadrilles rouges tenait sa fille faisant ses premiers pas au bout de ses doigts ; sur l'autre, il la portait serrée entre ses mains, de profil sous le soleil, torse nu – avec la trace de la cicatrice du couteau sur la peau ; j'en frissonnai.

« Combien je vous dois ?

— Elles ne sont pas à moi ; je ne vais pas vous les vendre. »

Ah, l'honnête fille ! J'achetai tout un stock de bougies en coquillages et repartis avec mon trésor avant qu'ils changent d'avis ; j'adorais mon métier de voyou. Ai-je promis de les rapporter ? Il me semble que je devais les rapporter la semaine suivante à Neuilly, mais personne ne serait là.

Le papier, que mon père avait conservé comme tous mes articles, parut le 7 janvier 1984 sur quatre pages, où la photo de Gégauff torse nu, tenant sa petite fille, pas floutée à l'époque, s'étale sur une double.

VIE ET MORT FOLLES
DE PAUL GEGAUFF, PROVOCATEUR

Norvège. Extérieur nuit. Musique : « C'est la belle nuit de Noël, la neige étend son manteau blanc… » Le village de

Gjovir, à cent kilomètres d'Oslo : un véritable cliché pour cartes de vœux, sapins croulant sous la neige, cheminées fumantes.

Il est 3 heures et demie du matin. Dans son lit en bois peint la petite Élise sourit en rêvant. Elle ne s'est même pas retournée quand Solveig, sa grand-mère (grande, blonde, tailleur Chanel, à peine la cinquantaine) est venue sur la pointe des pieds enlever la trop grande poupée qui encombrait ses bras. Élise dort du profond sommeil de ses dix-huit mois, un sommeil peuplé de traîneaux, de joujoux et de paquets dorés. Elle n'entend pas le bruit soudain qui monte de l'escalier. Merci, petit Jésus.

Parce qu'en bas, dans la cuisine, sa maman vient de tuer son papa. Trois grands coups de couteau en plein cœur. Mort instantanée. Fin du Noël blanc.

Mme Gegauff, née Coco Ducados, vingt-six ans, artiste dramatique, vient d'occire son époux, Paul, soixante et un ans, écrivain et scénariste. L'auteur des *Cousins*, des *Biches*, de *La Femme infidèle*, de *Que la bête meure* de Chabrol mais aussi de *Plein Soleil* de René Clément, de *More* de Barbet Schroeder… Tué comme on n'ose plus le faire au cinéma. Dans l'atmosphère grinçante et fortement imbibée qu'il aimait décrire.

Pas de trace de lutte, mais de forts relents d'alcool. À tel point que la police en néglige de faire subir un alcootest à la meurtrière. Petite, brune, les yeux hagards, elle bredouille – et c'est un comble – qu'elle était descendue à la cuisine pour y boire un verre d'eau. Parce qu'elle avait soif, la pauvre. C'est tout. Qu'elle est coupable, bien sûr, mais ne pourrait-on pas la laisser en liberté provisoire ?

C'en est trop pour des oreilles de flics norvégiens. On ne joue pas impunément avec les couteaux de cuisine en royaume luthérien. Badinter, connais pas : on embarque sans ménagement la belle Coco visiter les geôles d'Olav V. On laisse Élise aux bons soins de sa grand-mère. Le jour se lève sur la trêve des confiseurs. Sinistre ? Figurez-vous que si l'on avait prédit à l'intéressé, à l'assassiné, à Gegauff, qu'il finirait suriné par sa femme en Norvège, et la nuit de Noël, il aurait sûrement trouvé ça très drôle. Un peu gros, mais très drôle. Et comme il aimait faire résonner les mots, il aurait vraisemblablement entonné une grande tirade sur le thème : « Ah ! gésir à Gjovir !.. »

Très drôle et très plausible surtout : en août 79, Coco a déjà joué du couteau de cuisine dans le dos de Gegauff. Si fort, le coup, qu'il lui a transpercé la poitrine de part en part. Mais raté : la lame s'est glissée dans le minuscule triangle entre l'aorte, le poumon et le cœur. Aucun organe atteint. Les médecins n'en revenaient pas. Non plus que des explications de Paul : arborant dix centimètres carrés de sparadrap sous sa chemise ouverte, il proclamait à qui voulait l'entendre qu'il était tombé sur un grand clou. Suivait un discours homérique sur la perversité fondamentale et la malignité des clous, proportionnelles, d'après lui, à leur taille et dues à leur fâcheuse tendance à la verticalité dans l'espace… Quant à la demoiselle, non seulement il ne lui en avait pas voulu (trop paresseux pour être rancunier), mais il l'avait épousée !

Peut-être une manière de vengeance : pas plus respectueux des institutions que du reste, Paul s'est toujours marié par dérision. La première fois en 1955 pour légitimer un enfant. Le prix du divorce était quasiment compris dans le contrat de mariage. La deuxième fois, en 1972, avec Ann, une riche Américaine. Pour embêter Danièle avec qui il avait vécu sans doute les douze années les plus heureuses de sa vie et qui venait de le quitter. La troisième fois avec Coco. Peut-être à cause de cette certitude de ne jamais devenir vieux. Paul déteste la vieillesse.

Au fil des années et des soirées arrosées (pléonasme dans l'univers gegauffien) la théorie du clou prend un sacré coup de rouille. Et il n'est pas rare d'entendre Paul tonner à sa tendre épouse : « Assassine-moi si tu veux, mais ne m'emmerde pas ! » Et vers l'assistance : « Vous allez voir qu'elle va recommencer à me trucider, cette idiote : le manque d'imagination des femmes, c'est dramatique… »

Gegauff n'est pourtant pas un nom russe mais alsacien. Paul naît à Mulhouse en 1922. Fils unique d'un industriel protestant pur et dur. Son grand-père a une manufacture. Tous les espoirs de la famille reposent sur les épaules de Paul. Qui part à quinze ans fonder une nouvelle religion au Tibet.

On le ramène de Marseille par les oreilles : papa ne plaisante pas avec la Bible. Pour le punir de ses nombreuses frasques, il invente une sanction : le silence. Paul est condamné à un mois, quinze jours ou une semaine de silence paternel, selon la gravité de ses fautes. Pour tourner la sentence, Paul trouve un truchement : le chat. Il parle au chat. Son père aussi. Malheureusement, quand le vieillard entre en agonie, c'est la saison des amours et le chat court les gouttières. Paul, qui est dans une période de punition, ratisse tout Mulhouse à la recherche du félin. Lequel demeure introuvable. Mais son père ne cède pas : sur son lit de mort, il ne dira aucun mot à son seul fils. Après sa mort, Paul flanque une magistrale raclée au chat et gagne Paris.

C'est un jeune homme farceur et passionné. Par la philosophie, la musique et Françoise dont il est éperdument amoureux. Parfaitement bilingue, sa culture est surtout germanique. Il dévore Hegel, Heidegger, Kleist. À l'école normale de musique, il perfectionne son piano. Ses favoris ? « Les trois B… Bach, Beethoven et… Schubert. » Sur Beethoven, il a tout une théorie d'interprétation : « Beethoven était sourd, donc

Beethoven tapait, il tapait comme un sourd ! Tous ceux qui jouent les forte de Beethoven sans taper lui sont scandaleusement infidèles ! »

Paul semble doué pour tout. Publie son premier recueil de nouvelles. Il n'a qu'un problème, celui de tous les étudiants : il est perpétuellement fauché et répète : « Quand mon affreux grigou de grand-père mourra, j'irai planter toutes mes factures sur sa tombe ! » Se sachant atteint d'une maladie mortelle, l'affreux grigou se suicide. Paul trouve ça chic de sa part, et entreprend de claquer l'héritage, mène grand train, fait l'acquisition d'un clavecin peint par Lebrun et d'une canne longue-vue pour mieux admirer les jambes des femmes. La fortune de l'industriel italien est engloutie en moins d'un an. Et il est beaucoup plus difficile d'être pauvre quand on a été riche…

Paul vit d'expédients, Chabrol qu'il vient de rencontrer le fait engager à la Fox comme attaché de presse ; il touchera son salaire sans y mettre jamais les pieds. Il connaît la bande à Vadim, Godard et Truffaut qui ne sévissent alors que dans les ciné-clubs. C'est Éric Rohmer qui anime celle du quartier Latin. Un soir de 1949, on passe un film de guerre anglais. Quand la lumière se rallume après la victoire finale, un jeune homme bondit sur scène en uniforme SS et vocifère : « Nous aurons notre revanche ! » C'est Gegauff, il vient de découvrir la provocation.

Un de ses amis, pianiste, protestant et alsacien comme lui, habite dans une pension de famille que tient sa femme. Il n'a qu'une fortune : une *Joconde* contemporaine de celle de Léonard, et qui trône dans le salon. Un beau jour, *La Joconde* disparaît. Gegauff trouve son ami atterré. Il l'engueule : « Ne te laisse pas faire par les brigands, mon vieux ! Il faut réagir. Tu dois absolument porter plainte. » Et il l'entraîne de force jusqu'au commissariat le plus proche. Huit jours après, coup de téléphone : on tient le coupable, un certain Paul Gegauff. *La*

*Joconde* était dans son appartement roulée sous son lit. Hilare, toute la pension se relaie pour aller porter des sandwiches au coupable dans sa prison. Paul n'est pas un méchant homme. En tout cas, il est plus drôle que méchant.

Ses penchants pervers et immoraux, c'est le cinéma qui va les canaliser : en 1958, Paul Gegauff écrit le scénario du deuxième film de Chabrol, *Les Cousins*. Deux cousins, Gérard Blain et Jean-Claude Brialy, partagent un appartement à Paris où ils font les mêmes études. Mais tandis que Blain travaille d'arrache-pied, Brialy mène une java effrénée. Bien entendu, c'est Blain qui est collé. Il tente de se suicider, se rate, et est finalement tué – un accident – par son cousin. C'est un véritable petit cours d'immoralité gegauffienne, et un triomphe qui consacre immédiatement la « Nouvelle Vague », sacre Chabrol cinéaste, et Gegauff scénariste. Le voilà lancé dans le cinéma, section PCF : perversité, crime, férocité.

Mais ne renversons pas les rôles : c'est Coco qui a tué Paul, et non l'inverse. Coco Ducados, cela ressemble à un pseudonyme piqué sur un paquet de cigarette. C'est pourtant bien son nom, tout à fait authentique. L'état civil lui reconnaît le prénom de Patricia, mais l'usage semble s'en être perdu depuis sa plus tendre enfance. Papa Ducados est guadeloupéen. Il s'est retiré dans les Canaries à Tenerife, où il exerce le noble métier de critique musical. De musique classique exclusivement : papa Ducados n'a que mépris pour le jazz. Allez savoir comment il a rencontré Solveig, Norvégienne typique, grande, blonde, élancée ? mystère. Toujours est-il que le mariage n'a pas tenu longtemps après la naissance de Coco (mai 1957).

La gamine reste avec sa mère en Norvège. À quinze ans, elle se découvre une vocation violente : elle veut devenir star de cinéma. Pas actrice : star. Pour cela, il n'y a qu'une adresse, Hollywood. Elle vole vers la Californie. Et s'amourache du fils de Yul Brynner, Yul II, vingt-six ans. Quatre ans de passion tumultueuse et dorée de fils à papa : tennis, cheval, grosses voitures, champagne et petits-fours. On boit beaucoup, on fume encore plus mais ce n'est pas ça qui rapproche Coco des caméras. L'affaire tourne au vinaigre, Coco décide qu'après tout, il n'est pas déshonorant de devenir une star française. Elle débarque à Paris.

Elle a vingt ans, elle est brunette, mince et jolie. Paul en a cinquante-cinq. Un roc : chevelure totalement blanche, les yeux très bleus, la dent dure. Son abyssale consommation d'alcool n'entame pas sa ligne : il est sec et vert.

Elle ne connaît sûrement pas ses œuvres : elle ne connaissait rien à rien. Elle n'apprécie pas sa culture : elle croit que Schopenhauer est le cousin de Chopin et qu'ils font de la peinture ensemble, ou de la musique. De toute façon, ce qu'ils peuvent faire ne l'intéresse pas puisque ce n'est pas du cinéma. Et quand il rentre devant elle dans un restaurant, elle croit que c'est par goujaterie. Elle lui pardonne parce qu'elle est gentille. Et qu'elle voit d'autres choses qui l'épatent beaucoup plus. Que Paul ne paie jamais ses consommations chez Castel. Que tout le milieu du cinéma le tutoie. Qu'il connaît tout le monde et que tout le monde le connaît, de Niárchos à Belmondo, de Sagan à Eddy Mitchell. Elle se moque qu'il joue divinement du piano mais pas qu'il passe des week-ends chez Johnny Hallyday.

Sur ces bases solides commence une liaison houleuse. Parce qu'en plus, Coco est alcoolique, occasionnellement droguée et sujette à des crises de tétanie qui tournent à la folie pure, où elle ne sait plus qui elle est ni ce qu'elle fait. N'importe quoi, en général. Du scandale public. On la vire d'innombrables boîtes de nuit dans des états seconds. Bien sûr, à jeun, elle est jeune, jolie, très gentille, totalement ignare et pas très futée.

Pour les amis de Paul, c'est clair : elle est ravagée, c'est une folle dangereuse. Tous essaient de le convaincre de la quitter. Même le propre père de Coco, le Guadeloupéen mélomane s'y met. Rien à faire : puisque Coco Ducados a décidé que son but dans l'existence était de devenir Mme Paul Gegauff, l'intéressé ne fera rien pour s'y opposer.

Au début, tout va bien, Coco est enceinte, elle a arrêté de boire. Mais après la naissance d'Élise, les vieux démons ne tardent pas à reparaître. La schizophrénie galope : devenue la femme de Paul, elle s'imagine qu'elle a le même âge que lui et qu'elle est une star déchue. Son nom lui tient lieu de carrière. Elle affecte d'appeler les autres « Mon enfant »...

Le secret de ce couple ? Au départ, Paul était pour Coco le moyen de percer (si l'on peut dire). Mais maintenant, c'est son grand homme, son dieu, elle l'adore, elle l'idolâtre. Et Paul ? L'attrait de la chair fraîche ? Peut-être un peu. Mais de là à se doter d'une authentique démente à perpétuité, surtout quand des filles encore plus jeunes sont à ses pieds.

Non, l'explication, il l'a fournie un jour à une amie : « Je suis sous le charme de l'ignorance encyclopédique de Coco et de son angélique stupidité. » Paul Gegauff a un défaut, une perversion de l'intelligence : « La connerie me fascine. » Avec ses copains de la bande à Vadim, dans sa jeunesse, il obtient des concours d'imbéciles : celui qui ramène le pire a gagné. Paul a la palme toutes catégories le soir où il ramène un chanteur d'opérette, Robert Barre. Paul lui explique que ce qu'il chante est très émouvant, mais que ce le serait bien plus s'il chantait en se cognant la tête contre les murs. Le ténor s'exécute, et quand il est au bord du traumatisme crânien, plein de bosses tuméfiées, on déclare Paul champion. Robert Barre, rebaptisé Bob Byrrh par ses soins, devient la mascotte de la bande.

Quand il écrit le plus misogyne de ses articles, gracieusement intitulé « F comme Fallope », il déclare : « Plus on me traitera d'imbécile, plus je serai content ! » De fait, il téléphone tous les jours à la rédaction pour enregistrer le nombre de lettres d'injures, à cinq cents, il jubile et accepte l'invitation à dîner de Gisèle Halimi…

Donc, Gegauff aimait assez la bêtise pour l'épouser. Et puis quel charme de vivre en permanence à proximité du danger. Sa nouvelle, *Les Assassins*, écrite bien avant Coco, se termine ainsi : « Elle m'aime. Moi aussi. C'est une grande leçon d'aimer ce qu'on suspecte… »

Prémonitoire. Paul est mort dans ce qui aurait pu être le scénario d'un de ses films : au cours, vraisemblablement, d'une de ces crises de folie subite habituelle à Coco. Vous vous souvenez de Michel Simon : « À force d'écrire des choses horribles, les choses horribles finissent par arriver. » Le film s'appelait *Drôle de drame*.

À l'époque, j'écrivais « plus drôle que méchant » ; je retrouve bien des informations que j'avais oubliées, dont certaines sont fausses, comme l'histoire du vol de *La Joconde*, qui n'avait pas du tout fait rire Samuel, et surtout l'absence de l'origine de leur brouille, que j'ignorais : quand il avait essayé, sans succès, de le convaincre d'épouser la jeune fille qu'il avait engrossée…

Quelques erreurs : le nom du village que j'avais appelé Gjovir au lieu de Gjøvik. Et pas d'accent à Gégauff. Et aujourd'hui je ne vois aucune trace de cicatrice sur le torse de Gégauff dans cette photo « empruntée » – et parue en double page. Peut-être a-t-elle été retouchée, au *Fig Mag*… La légende n'en parle pas.

Qu'est devenue cette petite fille, dont la mère a tué le père la nuit de Noël ? Elle doit avoir presque quarante ans… Trente-sept, m'avait dit Pia, toujours précise.

Alors que tomberont les sinistres nouvelles de Ville-Évrard, confirmant la triste mort de son grand-père, ne me sentant pas d'annoncer cela à Monica, enterrée sous les morts et les annonces de mort, je chercherai cette petite fille comme une bouée de sauvetage.

## MAMAN DOIT SE RETOURNER DANS SA TOMBE

### *Je suis Charlie*

« Maman doit se retourner dans sa tombe. » Ce message de Pia, le 7 janvier 2015, me précipita dans l'ascenseur pour descendre la rue du Bac, dos à la rue de Babylone où ils vivaient tous autrefois, jusqu'au métro. L'alerte de *Libération* signalait qu'on se rassemblerait à partir de 17 heures à la République. De Saint-Germain-des-Prés, il n'y avait qu'un changement à Châtelet ; c'était le plus simple. Et la seule chose à faire, dans l'immédiat.

« Attaque meurtrière à *Charlie Hebdo*, au moins onze morts. » Je n'en croyais toujours pas mes yeux. Cabu, Charb, Wolinski, quatre-vingts ans… Une blague d'un mauvais goût pire que le leur. Comment était-ce possible ? Fusillés par des rafales d'armes de guerre, ces types qui ne demandaient qu'à ne pas être pris au sérieux ?

Avec un énorme clin d'œil, Cocotte, la mère de Pia, devenue l'agitée du Père-Lachaise, ajoutait la même mission à la liste de courses, tous les jeudis : « Surtout n'oubliez pas de me prendre *La Croix* ! » Ce code cachait *Charlie Hebdo*, dont il fallait planquer aussi la couverture sous celle de *France-Soir* ou d'un autre canard.

Leur quartier était tellement bourré de couvents que Gide, qui habita rue Vanneau, l'avait surnommé « les Lieux saints » ; il n'aurait pas été très discret, pour deux lycéennes en terminale au lycée Victor-Duruy, de trimballer un journal où le pape pouvait facilement se retrouver caricaturé en petite tenue à la une, ni surtout – vision d'horreur ! – de croiser ainsi Jacqueline Suppot-Réveilhac, leur fort bigote propriétaire, dans l'escalier.

La double des « couvertures auxquelles vous avez échappé cette semaine », gonflées, grasses, grossières, misogynes, anti-flics, anti-armée, anti-curés, anti-alcoolos, faisaient hurler de rire Cocotte, qui décrochait son téléphone pour détailler les meilleures des « brèves » avec ses copines : le grand Duduche, le Gros dégueulasse, Cabu, Reiser, Wolinski...

Cette auditrice de France Musique et fine lectrice de Proust se régalait de leurs énormités dont elle tirait des aphorismes pour la semaine entière. Car c'était bien écrit aussi, disait-elle, prenez-en de la graine, jeunesse ! Le jour où vous connaîtrez la langue française comme Cavanna... De fait ; j'ai continué à lire *Charlie* pendant des années ; j'adorais les papiers de Sylvie Caster.

Dans le métro bondé, je pense aussi à ma mère résistante, à mon grand-père, Robert, dont je n'avais pas encore refait la guerre de 1914, colonel de FFI, au Panthéon, et à cette religion nationale sur laquelle j'ai écrit tout un roman en me demandant si notre génération serait prête à mourir pour la France comme nos aïeux, et si ça rimait encore à quelque chose...

Et me voici prise soudain à mon tour dans l'urgence ; il faut tenir, être là. J'éprouve cette sensation des livres d'histoire : « La patrie est en danger. »

Ces types, ces sales gosses qui réclamaient obstinément le

droit de continuer à dessiner des zobs, sont morts debout, fusillés en martyrs de cette religion qu'ils conspuaient comme toutes les autres – représentant toujours les anciens combattants sous forme de grotesques particulièrement débiles et baveux… Ils ont vécu aussi exposés, mais à l'évidence moins bien protégés, que Salman Rushdie.

C'est un drôle de sens, le sens de l'humour, pas du tout la chose du monde la mieux partagée… Il agresse ceux qui ne l'ont pas ; j'ai mis très longtemps à comprendre, passant pour une rigolote, les réactions hostiles de ceux que je ne faisais pas rire, sources de constants malentendus. Pourtant l'humour, c'est de l'amour blessé, transformé à force de talent et, chez les professionnels, d'un travail très rigoureux, consciencieux, obstiné.

Aucun comique n'est un rigolo ; au contraire, ceux que j'ai rencontrés étaient le plus souvent angoissés, sensibles, très attentifs derrière leurs provocations, en recherche permanente ; Louis de Funès, décharné, gardait dans ses poches les idées qu'il notait avec fièvre toute la journée. Peu sûrs d'eux-mêmes, ils ont grand besoin les uns des autres.

Comment expliquer que, pour se proclamer « bête et méchant » sur le bandeau d'un journal, il ne faut être ni l'un ni l'autre ? Pas comme les analphabètes qui les ont flingués. Ils n'avaient pas cédé d'un pouce. Plus tard, la femme de l'un d'entre eux dira : « Ils méritent le Panthéon. » Évidemment qu'ils méritent le Panthéon. Mais ils ne sont pas près d'y entrer. Et ils auraient détesté l'idée.

À la station République, vers 6 heures et demie, il y a déjà beaucoup de monde ; une des sorties est bouchée et l'autre presque paralysée. Un grand gars se retourne en apostrophant la foule, sans doute à cause des toutes récentes manifs contre le mariage gay : « C'est pas les catholiques qui vont venir nous aider, cette fois-ci !

— Je suis catholique et je suis là.

— Toi, tu travaillais à Canal+ à la grande époque… » Ouf !

Dehors, la nuit tombe très noire sur une foule de gens atterrés, respectueux, silencieux. Dense, mais où l'on peut circuler. Sans mot d'ordre ni service d'ordre. On est tous venus se serrer les coudes, se prouver que le monde n'était pas plein que de connards haineux. Faire nombre. Montrer qu'on n'a pas peur.

Pas de banderoles, sauf bricolées avec des unes de *Charlie*, des photocopies… « Non, vous n'avez pas tué *Charlie Hebdo*, nous sommes vivants », « Je suis Charlie » sur de grandes feuilles, en blanc sur fond noir. Des gars de la presse professionnelle, qui n'avaient jamais lu ce journal mais faisaient le même métier, calmes, solides et solidaires.

Certains escaladent la statue de la République avec des drapeaux ou de petites bougies. Tous les âges et beaucoup de jeunes. Ils scandent quelque chose, on entend mal : « Pas d'amalgame ! » Plutôt complexe pour un slogan. Et très juste. Des lanternes bouddhistes s'élèvent, petites lumières devant la statue noire au socle blanc, dans le ciel noir. Le long du boulevard plein de monde en terrasse, debout le long des rambardes, en veille. Nombreux, très nombreux.

En rentrant, des messages de l'étranger, de Madrid, de New York, des condoléances. Je réponds : Merci, mais il se passe quelque chose, la France qui dormait en se prétendant le pays le plus déprimé du monde veille et se réveille. J'envoie des photos de cette nuit pleine de bougies.

À la télé, le lendemain, on suit la traque des terroristes, des armées de gendarmes et de policiers dans la campagne toute la journée…

Quand une épicerie juive, l'Hyper Cacher, est attaquée à son tour par un type qui a déjà tué une stagiaire de police, j'appelle Mère Myriam de la Trinité, prieure du carmel de Cognac, les urgences spirituelles. L'heure est grave. Il ne s'agit plus de combattants provocateurs armés de crayons de couleur, mais d'innocents ; ça recommence. Il y a des familles à l'intérieur.

Le carmel n'a ni Internet ni la télévision, mais *madrecita*, ma petite mère, en hommage à la grande Madre Teresa d'Ávila, est toujours au courant de tout. Précise et efficace. La seule à répondre au téléphone de tout le couvent. Elle décroche enfin :

« On les a attrapés ?

— Ils sont cernés, mais un autre a attaqué une épicerie juive ; il a des familles en otage. »

Elle me demande quelles sont leurs armes et me donne le numéro d'une certaine Brune à qui laisser des messages pendant le grand silence de la nuit monastique, où même le téléphone est débranché.

Le lendemain matin, je lui écris : « Bilan : les trois terroristes ont été tués. Les deux frères en Seine-et-Marne (leur otage n'en était pas un, c'était un employé caché dans l'imprimerie qui renseignait la police) et celui de l'épicerie juive. Il avait une quinzaine d'otages. Il en avait tué trois avant l'assaut de la police. Les autres (dont une famille avec un nourrisson) sont saufs. C'est un jeune Malien musulman de vingt-cinq ans qui a sauvé la famille d'otages juifs avec le bébé en les cachant dans la chambre froide de l'épicerie. Les terroristes se connaissaient et se revendiquent d'Al-Qaïda. »

Pour moi, aller à la manifestation du dimanche suivant relève de la même évidence que l'autre nuit ; notre pays se relève ; il faut y être ; c'est la moindre des choses. Surtout quand le monde entier se déplace pour nous soutenir.

Comme journaliste, j'ai couvert pas mal de manifs, les premières avec des photographes en croupe sur ma moto, quand Malik Oussekine finit sous les coups des cow-boys de Pasqua, qui, eux, avaient des passagers armés de matraques, chose prévisible, et que les CRS balançaient des grenades lacrymogènes à tir tendu contre les étudiants ; plus tard, à *Elle* quand Mitterrand traitait les infirmières au canon à eau…

Mais pour ma part, défiler m'a toujours semblé dépassé, débile et dangereux, comme moyen d'expression. Et plus encore s'il s'agit de défendre l'école libre et le mariage traditionnel catho que j'avais fuis à toutes jambes… Dans les foules, selon la formule, c'est la bêtise et non l'esprit qui s'accumule. Et les services d'ordre savent se montrer pires.

Cependant, en l'occurrence, ils avaient été très bien, et on n'allait pas encore laisser des juifs se faire massacrer comme en 40 ni les musulmans se faire prendre en masse pour des terroristes. C'est complexe et clair pour tout le monde. Il faut faire nombre. Mais cela peut déraper à tout moment, à la moindre banderole de travers ou apostrophe agressive des balcons.

On aura bien besoin de Mère Myriam ; elle aime la France et s'inquiète pour elle – et pour moi aussi, sans doute.

Dimanche 11 janvier 2015.

9 h 59. La manifestation à Paris commencera à 14 h 30 pour les chefs d'État. J'essaierai d'y entraîner mes vieilles potes pèlerines de Jérusalem (en autobus !) de Saint-Pierre-

du-Gros-Caillou après le déjeuner prévu chez Claude, dans le 20e arrondissement. À la messe des Missions étrangères, rue du Bac, je suis la seule à porter un badge bricolé main : « Je suis Charlie. »

11 h 15. Le cardinal-archevêque de Paris, Mgr Vingt-Trois, fait lire un texte mollasson à la fin de toutes les messes ; il dit qu'on doit prier pour tout le monde et salue la réaction des Français. Pas un mot sur la manif. À se demander où il habite et quelle est sa nationalité. Il y aura au moins quarante-cinq chefs d'État en visite à Paris aujourd'hui, et le cardinal-archevêque de Paris n'en dit rien. Même pas : bonjour ! Seigneur, rendez-nous Lustiger !

J'apprendrai plus tard qu'en novembre 2012, pour commenter son souhait exprimé que les « enfants bénéficient pleinement de l'amour d'un père et d'une mère », *Charlie Hebdo* avait mis en couverture : « Mgr Vingt-Trois a trois papas : le Père, le Fils et le Saint-Esprit » en train de s'enfiler gaiement. À Paris, on s'était marré, connaissant l'engeance, mais une association catholique espagnole, nostalgique de l'Inquisition, avait apporté le journal jusqu'au Vatican en hurlant au blasphème. Pardon des offenses, mon cul !

« Vous venez à la manif ?

— Non, j'ai un baptême !

— C'est justement le dimanche où l'on fête le baptême de Jésus, l'occasion providentielle de baptiser Jésus-Charlie, vous ne trouvez pas ? »

Le célébrant a l'air ahuri. Mes astuces ne font rire que moi ; j'ai l'habitude.

Obama regrettera de ne pas être venu, mais le pape, en avion vers l'Asie, explique à la presse qu'il ne faut pas critiquer la religion des voisins. Au dernier carême, il avait demandé aux chrétiens de cultiver leur sens de l'humour ; il ne doit pas être branché tout le temps. François a beaucoup de qualités, mais il n'est ni francophone ni francophile.

On n'a pas l'habitude. Jean-Paul II aimait la France et Paris. Quand il y était venu, la première fois, le 31 mai 1980, nos vieilles nounous avaient rappliqué, Nanie de Saumur et Violette de Valenton, pour le voir passer en bateau-mouche sous nos balcons du quai d'Orsay. Mais en août 1997, plus d'un million de jeunes déboulèrent camper dans Paris pour le rencontrer, à la surprise générale, dont je devais rendre compte à la machine à café de Canal+. « C'est quoi tes potes qui jouent de la guitare à l'aube dans le métro ? »

Et Benoît XVI (un Allemand !) en septembre 2008 attira aussi les foules, à la surprise tout aussi générale, pour sa messe sur l'esplanade des Invalides, et tint une conférence de deux heures sur le monachisme et l'angélologie européennes au XVe siècle, entièrement en français, avec sa voix douce et son regard d'écureuil, devant un public d'intellos dont Jean Daniel (habitant de la rue Vaneau) et Edmonde Charles-Roux qui craignait, me dit-elle, que le titi parisien n'apprécie pas la papamobile… François est le seul Argentin de ma connaissance qui ne parle pas bien français. Pas de bol !

Mais heureusement, ma copine Claude, géniale auxiliaire puéricultrice spécialisée dans les sorties de maternité, connue en pèlerinage à Rome, affiche un clair « Je suis Charlie » sur sa porte, rue d'Annam dans le 20e arrondissement. Elle avait décidé d'y aller, et nous irons toutes les deux après le déjeuner, sans les autres convives qui n'ont pas l'air très concerné…

Et, Dieu merci, Mère Myriam avertit sa communauté depuis le début ; on marchera d'un même pas, sous un bouclier spirituel.

Parties tard de chez Claude, bien lestées de sa bonne choucroute et de joyeux vins d'Alsace, nous arrivons vers 17 heures sur les itinéraires de délestage parallèles au parcours officiel, le long du Père-Lachaise, chez Cocotte désormais, tout aussi peuplés, mais où l'on peut avancer.

17 h 20. Devant Notre-Dame-du-Perpétuel-Secours, boulevard de Ménilmontant, je photographie une jeune fille parée d'un grand drapeau et prends un souriant *selfie* qui ne rend pas hommage à notre beauté à Claude et à moi.

17 h 43. Boulevard de Charonne. Beaucoup de monde, très calme. On se tient tous à carreau. Pancartes « Je suis Charlie », « Je suis flic », « Je suis juif », « Je suis la République », beaucoup de drapeaux ; les flics de service se font acclamer. Des familles avec des enfants sur les épaules, bon enfant. La nuit est tombée.

18 h 08. On arrive place de la Nation. Des lanternes chinoises s'envolent dans la nuit. Les gens applaudissent.

18 h 26. On boit une mousse en terrasse avec Claude. Depuis ma chère Nanie, la vie m'envoie ainsi des nounous de toute sorte, qui sont parfois Bac + 5, mais Claude est la seule vraie professionnelle de la profession. Même si j'ai passé l'âge de faire partie de sa clientèle, c'était chouette qu'elle soit là, pour ma première manif.

La foule est vigilante, sympathique, intelligente. Un peu anciens élèves du lycée, où chacun se sent responsable de l'autre. Une foule d'individus individualistes.

On se quitte, tout est calme. Quelqu'un nous a prises en photo dans la bouche de métro réouverte, devant la faïence blanche, Claude très chic, avec une toque de fourrure et un manteau ceinturé, un joli sourire, et moi en parka de journaliste et baskets, faisant l'andouille, comme d'habitude.

Cette manif était parfaite, ne ressemblant à aucune autre, sans hurlements, sans slogans, pleine de gens de bonne volonté, aimables, responsables. Une journée historique et un moment de grâce. Merci, Cocotte ! Merci, les filles du carmel ! Merci, Claude !

Le journal *La Croix* (le vrai) titre le lendemain : « Debout ». Mais où étaient-ils donc tous assis, eux, pendant ce temps-là ?

Les officiels, vu le nombre de dérapages auxquels on avait échappé, avec tous ces chefs d'État dont certains fort féroces se haïssaient copieusement et près de deux millions de personnes lâchées en liberté sans consigne dans les rues de Paris, parleront de « marche miraculeuse ».

En tout cas, Cocotte et Madrecita, depuis le 28 novembre 2017, n'ont pas fini de s'activer depuis leurs tombes ; elles ne sont pas du genre, comme chantait Brassens, à passer leur mort en vacances.

# DE BIEN CHOUETTES VISITES AUX CIMETIÈRES

« Nanie, je t'aime tant que quand tu seras morte, j'irai te porter des fleurs sur ta tombe ! »

Franchement, je ne pouvais pas faire plus beau serment d'amour à ma nounou chérie que celui-là. Il lui avait tant plu qu'elle l'a répété à tout le monde pendant des années. Elle savait que je ne pouvais rien lui promettre de mieux ni de plus gentil de tout mon cœur d'enfant.

Car sa future tombe, je la connaissais très bien. Nous y allions à la Toussaint porter des pots de fleurs à notre « petit » grand frère Bertrand au cimetière de Saint-Florent après la messe. Il était entendu que cette petite tombe grise où le bébé était pour l'instant tout seul serait aussi la sienne ensuite, ainsi que celle de mes parents, mais comme seule Nanie avait les cheveux blancs, je pensais qu'elle y arriverait la première.

Et ces expéditions n'étaient pas tristes. Papa nous expliquait qu'on ne savait pas dans quel état se serait trouvé le pauvre enfant s'il avait survécu au manque d'oxygène pendant l'accouchement, et qu'il était ravi d'avoir eu des filles ensuite ; se forçait-il ? Il le disait en tout cas.

D'ailleurs, il n'arrêtait pas de plaisanter avec le père de ma grande copine Véronique Lagelée qui dirigeait les pompes funèbres générales à Saumur, un monsieur très drôle et très gentil aussi « avec qui il faut être aimable car il nous placera un jour un petit coussin sous la tête ! » Pour les mêmes raisons, il fallait toujours laisser la pièce aux fossoyeurs.

(Un exemple : « Quelle différence y a-t-il entre un corbillard et de la mayonnaise ? Aucune : tous les deux accompagnent de la viande froide ! »)

Dans une blague encore pire, Papa suggérait que, puisque Bertrand avait un petit cercueil de bébé et Nanie une jambe artificielle, on fasse plus tard un puzzle avec les deux…

« Jean, vous êtes épouvantable ! » lui répondait Maman, qui manquait d'humour, comme il le savait très bien.

En plus de perdre son bébé, ma mère avait eu une paralysie faciale pendant sa grossesse qui lui figeait toujours la moitié du visage ; elle n'avait pas assisté à l'enterrement, et comme les gens traversaient la rue pour l'éviter, elle restait enfermée à la maison.

« Ton père a été très courageux », me disait-elle. Un soir il l'avait obligée à s'habiller et à se maquiller pour aller dîner chez un couple d'amis. « Sans ça, vous ne sortirez plus jamais ! » Et elle lui avait obéi. Ils avaient aussi fait le deuil d'une ravissante jeune femme.

Tous ces récits poignants de vérité poussaient au cimetière chaque année. Dans l'émotion, assurer le fleurissement futur de Nanie me semblait la meilleure des idées sur fond de « Ce n'est qu'un au revoir, mes frères », car ne l'oublions pas, et c'est bien pour cela que nous y venions, cette tombe n'était qu'un logement provisoire, une base de départ vers le Paradis. Une rampe de lancement. L'alpha et l'oméga de notre petite famille en Anjou ; l'ancrage dans le sol de notre fusée vers le ciel.

Et maintenant qu'ils y sont tous les quatre, il me faut un carton pour trimballer leurs divers pots de chrysanthèmes à chaque nouvelle Toussaint et constater que, par une persistante ironie du sort, ils se retrouvent tous décorés de la Légion d'honneur, car la palme en bronze qu'un représentant de l'Ordre avait apportée pour la mettre sur le cercueil de Papa est toujours là…

Comme personne n'avait eu le cœur d'expliquer à ce messager les houleux rapports que le colonel entretenait avec cette décoration, on l'avait posée sans la fixer parmi les fleurs, mais comme personne ne l'a jamais fauchée non plus depuis, elle se retrouve toujours en travers de leur tombe, d'année en année, comme le fameux chewing-gum du capitaine Haddock.

« Votre tombe à vous est vraiment formidable », dis-je parfois à Pia avec un brin d'envie… Il y a de quoi. À côté de la nôtre, austère dalle grise horizontale dans un village du Maine-et-Loire, la leur est un chef-d'œuvre de marbre, enrichi d'une stèle verticale ovale où leurs morts sourient en noir et blanc dans des médaillons de cuivre… Et cela en plein cœur du Père-Lachaise, et à deux pas de celle de Proust, leur cher Marcel.

C'est Catherine qui leur avait dégoté, et il lui avait fallu tout son génie administratif (qui m'avait maintes fois tirée d'inscriptions impossibles de façon rocambolesque mais toujours efficace), et tout son entregent, parmi ses collègues révolutionnaires devenus fonctionnaires à hautes responsabilités, pour trouver une concession qui se libère dans ce cimetière mythique, où l'on n'est enterré que si l'on y connaît déjà du monde… Et où désormais elle demeure aussi.

Le jour de ses obsèques, le 8 avril 2014, on passa un film sur elle au crématorium du Père-Lachaise, et quelqu'un lut une profession de foi, où elle se disait la fille de Mai 68 et de l'Éducation nationale. Catherine était une voisine formidable pour ses voisins, venus témoigner nombreux, une prof formidable pour ses collègues, présents aussi. Sur les images qui passaient, on voyait ses enfants, son frère et sa sœur, mais pas ses parents, comme si elle était de génération spontanée. Un chaînon manqué.

À la fin de l'hommage la nuque épaisse assise juste devant moi se leva pour aller jusqu'au pupitre. Un blond avec des lunettes, la quarantaine. Il dit une chose simple et juste : il venait de comprendre ce que Catherine lui avait dit éprouver à la mort de Cocotte, que ce qui lui manquait le plus de sa mère, c'étaient leurs conversations au téléphone et de ne plus pouvoir l'appeler pour commenter l'actualité ou les voisins, le ton de sa voix sur les événements de la vie.

À ce « Cocotte » soudain, familier et incongru, prononcé là, par lui, j'identifiai enfin ce gaillard à lunettes avec l'angelot blond et rieur de nos vacances aux Lecques, le seul petit garçon dont j'aie jamais eu la photo dans mon portefeuille : « Pédalo » ?

In extremis, il avait raccroché Catherine au train familial – côté locomotive. Le premier à avoir évoqué sa grand-mère, sous son nom de « Cocotte », ou Coco ? Pour Catherine, il a dit « Ma mère », me semble-t-il, ou Catherine ? J'hésite quand même encore, à la sortie du crématorium, je demandai à Pia :

« C'est Pédalo ?

— C'est Olivier, oui ! Il y a longtemps qu'on ne l'appelle plus comme ça, heureusement pour lui… »

Je l'ai félicité pour son texte ; il était juste et c'était difficile et courageux. Heureusement, me dit-il, il avait eu l'occasion de parler avec Catherine la veille de sa mort ; ils s'étaient quittés en bons termes. Pas comme avec sa grand-mère, hélas.

Après cet effet très « Temps retrouvé », j'ai été sur la tombe de Proust juste à côté, avec des fleurs et des petits cailloux selon la coutume juive, et aussi cet ex-voto sur une feuille de carnet au stylo-bille : « Merci pour tout, Marcel. » Bien dit.

Ensuite, il y avait eu un pot au Pré-Saint-Gervais, chez Aléna où Paul, dans un fauteuil roulant, ressemblait à un personnage de Chabrol. La mine rougeaude et sans un cheveu blanc, le visage inchangé, il était muet. Aucune des vieilles copines de Pia n'est allée le saluer, mais ça ne devait pas lui faire grand-chose. Il est mort dans la Forêt-Noire, en Allemagne, sur les terres de sa femme.

« Tu sais ce que Maman avait écrit sur le chèque pour le Père-Lachaise ? me demande Pia.

— Résidence secondaire ! »

Cocotte nous fait encore rire…

Mais c'est exactement l'impression que donnent les photos de l'enterrement de Paul, dans mon ordinateur, le 22 septembre 2016, avec Monica et Éléna, assises sur la tombe à côté, main dans la main, un monceau de fleurs à leurs pieds, et tous les autres bien serrés, debout, Thomas le fils de Paul, beau grand brun mince, et Olivier, donc, son blond cousin qui ne ressemble vraiment plus à un angelot, un prêtre de dos qui chantait le *Salve Regina* avec moi (j'avais appris sur le chemin de Saint-Jacques cet *Allô Maman bobo* en latin du catholicisme), Aléna, la dernière compagne de Paul, des jeunes femmes que je n'identifie pas, ensuite une photo avec des petits enfants qui courent parmi les tombes, et toujours celle de Marcel Proust voisine, noire, très sobre avec un seul bouquet et quelques cailloux souvenirs.

C'était ce jour-là que Jonathan avait parlé de faire un livre sur le Home Pasteur, quand on attendait le cercueil de Paul devant l'église. Juste après, je retrouve des photos de Florence dans un restaurant de tomates recommandé par Marin : on lui cherche des choses molles à avaler ; on sait qu'elle est malade, le 24 septembre, nous allons au cinéma, chez Marin aussi ; le 11 octobre chez le Japonais d'Hélène, rue Malar, où elle tient à payer, je photographie sa carte bleue, interdite : EXPIRE À FIN 10 / 18.

Ensuite, rien à voir, tout mon pèlerinage en Israël vers la Toussaint avec la paroisse Saint-Pierre-du-Gros-Caillou, où j'avais emmené Valentin, le fils de Pia, deux ans plus tôt, parmi mes vieilles copines, en autocar, il avait été charmant.

C'est bien commode ces photos datées contre les trous de mémoire. Comme Florence, je préférais les enterrements aux mariages, comble de l'horreur vestimentaire enfantine quand j'y étais demoiselle d'honneur, avec d'horribles manches ballon, des sandales en cuir blanc cartonnées au blanc d'Espagne et des gants, comble du comble, glissant quand il fallait faire la quête armées de nos timbales de baptême en argent, tellement plus charmantes que des corbeilles…

Avec une conscience professionnelle admirable, j'avais quêté jusqu'aux clochards au fond de l'église au mariage de ma marraine à Saint-Sulpice ; ils s'étaient marrés… Et après, tout le monde bouffe, picole et s'engueule.

Aux enterrements, on sent passer le souffle de la mort ; bouleversés on se redresse dans une commune tentative de se relever ensemble, serrés les uns contre les autres, émus et sincères, mieux habillés et plus haut pensants que d'habitude.

On se compte. Et que de fous rires ! Florence disait que certaines funérailles remplaçaient aujourd'hui les cocktails chez Gallimard.

Depuis l'annonce de sa maladie dont l'issue était fatale, on s'était mises toutes les deux à lui chercher une tombe avec un entrain qui en surprit plus d'un. Moi, je trouvais ça gentil et cela comptait pour elle qui avait gardé tout exprès de l'argent chez Lazard (pas le *Lazare* de son père !), bien que ne croyant à aucune vie après la mort.

Pour les détails pratiques, je lui avais présenté M. Adam de chez Roblot rue Saint-Dominique, son voisin et mon ami depuis que nous avions recherché la tombe de ma tante Gladys (celle qui prenait Louis XIV pour un ancêtre de son mari) disparue des registres pendant la célèbre canicule en plein août 2003, et menacée de la fosse commune de Thiais alors qu'on la traquait partout sans relâche, et plus tard son fils, mon cousin et filleul, tombé sous le poids de son sac à dos en cambriolant l'appartement dont il venait d'être expulsé, toujours en plein été. Pour la première fois, je lui amenai une cliente vivante – mais presque muette. Un nouveau défi.

Nous avions réglé dans la plus franche hilarité presque tous les détails du catalogue – y compris le maquilleur-coiffeur, qui n'est pas rien même si personne ne vous voit. Restait le lieu. La tombe où Françoise Sagan lui avait offert une place dans le Lot ne l'attirait pas plus que Me Gibault, l'autre invité, le proprio du 57. Mais Sophie de Vilmorin lui avait aussi réservé une place dans la tombe de son père, désormais vide, et qui méritait une visite.

Sur une photo datée du 21 décembre 2016, voilà notre expédition à Verrières en jeep Renegade. Après la tombe de Proust, voici le viril cénotaphe de Malraux, mes deux chéris, avec cette plaque « André Malraux repose au Panthéon depuis le 23 novembre 1996 », un peu genre « La concierge est dans l'escalier »…

La silhouette frêle de Florence dans l'allée, et au restaurant, où elle avait du mal déjà à manger et à parler… Le cimetière de Verrières ne l'a pas convaincue. Ni son genre ni son quartier, et le bistrot pour organiser le repas après plein de déco de Noël avec des cerfs en Décalcomanie sur les fenêtres – pas top du tout…

Non, elle voulait Montparnasse, cimetière de gauche, où étaient beaucoup de ses amis en plein Paris. Sa mère aussi, mais pas question de partager sa tombe ; elle lui avait beaucoup trop cassé les pieds de son vivant, en menaçant de se suicider à tout bout de champ, pour envisager de faire tombe commune.

Florence voulait sa petite place perso, intime et discrète. Dont nous fixons le modèle façon Simone de Beauvoir, parfait, photo le 21 février 2017 sur zone avec le marbrier de M. Adam. Problème : il était impossible de lui attribuer un nouvel emplacement tant qu'elle n'était pas morte. C'était la loi. Et le hic. Comme pour les Muller, la décision en reviendrait à la mairie de Paris, seule à posséder la haute main sur les cimetières parisiens, et à décider qui va où…

Ce sera grâce à Michel Sardou… Florence et la mairesse étaient deux fans du chanteur populaire. Son épouse, Anne-Marie Périer, ma chef à *Elle*, qui m'avait présentée à Florence bien des années plus tôt (mon cadeau pour le bac de son fils), saurait passer les bons coups de fil au bon moment, bluffant mon cher M. Adam, pour faire atterrir Florence dans une élégante tombe sobre et de bon goût de la 8e division, choisie par ses soins, en pierre blonde, sans référence à la moindre religion, d'une absolue discrétion, tout près de son ex-mari Alain Resnais, un glorieux jour de novembre 2018.

B.H.L., le seul véritable label rouge de l'enterrement chic, selon Florence elle-même, prononcerait son oraison funèbre ; plus Antoine Gallimard et Élisabeth Badinter, copurchics ; et sous un doux soleil une foule de gens émus de toutes sortes et conditions se presserait pour lui jeter les innombrables roses roses et fraîches d'Albina ; elle en aurait été ravie mais on l'était moins, évidemment.

Cependant les balades au cimetière ne sont pas forcément un goût ni une habitude si partagés – et convaincre Caroline de nous rendre sur sa tombe familiale, retrouvée à Oinville, pourtant pas très loin de Paris, m'avait bien pris six mois de traînage de ses pieds… À sa décharge, Françoise sa mère ne l'y avait jamais emmenée.

Pourtant nous n'eûmes pas à le regretter : nous avons mangé une pizza au village et cette tombe nous réservait un nouveau mystère, car si elle contenait bien la grand-mère et le frère de Caroline, comme prévu, nous eûmes la surprise d'y découvrir réduit à deux simples initiales S.G. entre deux dates, comme sa grand-mère, E.G. (un G qui aurait pu être Giroud), son grand-père, Salih Gourdji. Mais d'où venait-il ? Quand était-il arrivé là ? Pourquoi ? Comment ? L'enquête rebondissait, et nous entraînait vers de nouvelles aventures…

Françoise, en réunissant ainsi ses deux parents avec son fils, avait aussi fait de cette tombe la base de sa nouvelle histoire familiale ; remontant la piste de son père d'Oinville au Père-Lachaise, où il avait fait une première étape, nous étions arrivées jusqu'à l'hôpital de Ville-Évrard, à Neuilly-sur-Marne, où le malheureux était mort de « paralysie générale », soit le dernier état de la neuro-syphilis.

Et je pense les intentions de Pia plus favorables quand j'envoie le mail suivant à la Société d'Études et de Recherche historique en psychiatrie (Serhep), car la géniale personne qui m'avait aidée à remonter la piste de Salih est – aussi – décédée.

12 avril 2019

Madame, Monsieur,

Enquêtant en 2008-2009 sur le père de Françoise Giroud, décédé à Ville-Évrard, j'avais été en contact avec la regrettée, efficace et passionnée Mme Agnès Bertomeu.

Aujourd'hui, je travaille sur la saga d'une famille dont le père est décédé aussi à Ville-Évrard, en 1941. Il s'appelait Giuseppe Sabelli, c'est le grand-père de mon amie Pia.

Savez-vous s'il existe des documents à son sujet ? Et si je pourrais les consulter ? Y a-t-il une personne à contacter en particulier ? Merci d'avance.

## RETOUR À VILLE-ÉVRARD

## *Joseph Sabelli (1883-1941)*

23 avril 2019
Bonjour Madame,
Je fais suite à votre demande de renseignements concernant l'hospitalisation à Ville-Évrard de Monsieur Joseph Sabelli.
Je n'ai malheureusement pas retrouvé son dossier médical.
Il arrive parfois que les recherches soient infructueuses malgré la conservation exhaustive des dossiers médicaux, depuis l'origine de l'établissement en 1868.
Dans les années 1980 au tout début de la centralisation des archives, certains dossiers médicaux retrouvés dans les caves ont dû être détruits du fait de l'état pulvérulent du papier.
J'ai, néanmoins, poursuivi les recherches dans les registres que nous possédons, le registre des décès de 1941 puis le registre de la Loi où sont retranscrits ses certificats médicaux et son arrêté de placement.
C'est ainsi que je peux vous confirmer que Monsieur Joseph Sabelli est entré à l'asile de Ville-Évrard le 02 juillet 1941 et y est décédé le 06 décembre de la même année.

Je tiens ces documents à votre disposition si vous souhaitez les consulter, ils sont librement communicables du fait de son décès en 1941.
Restant à votre disposition, je vous prie d'agréer l'expression de toute ma considération.
Anne-Pascale SALIOU
Responsable du service des Archives EPS de Ville-Évrard

— Merci mille fois !

C'est drôle qu'ils lui aient traduit son prénom en Joseph…

Désormais, comme il y a de grandes chances qu'il soit enterré au cimetière de Neuilly-sur-Marne, d'où dépend l'hôpital, j'appelle le gardien. Au téléphone, sa voix me semble familière… Je dois lui confirmer ma requête par mail :

30 avril 2019
Bonjour Monsieur Hualig,
Ainsi que je vous l'ai dit au téléphone, je recherche des traces du grand-père d'une amie, qui s'appelle Joseph (ou Giuseppe) Sabelli, mort le 6 décembre 1941 à l'hôpital de Ville-Évrard.
Est-il enterré dans votre cimetière ? Merci d'avance. Très cordialement. A. de Saint-André

2 mai
Bonjour Madame (de mémoire) n'était-ce pas vous qui m'aviez demandé les renseignements sur le père de Françoise GIROUD ???
Voici ce que j'ai en ce qui concerne Monsieur SABELLI. Monsieur SABELLI Joseph Dcd le 06.12.1941, 58 ans,

inhumé le 8 du même mois, a bien été inhumé ici au Cimetière de Neuilly-sur-Marne en sépulture de type pleine terre 1 place pour 5 ans gratuits. En la 20ème division au plan de cadastre N° 154 (sépulture n'existant plus).
Puis exhumé de là 5 ans gratuits le 10.12.1946. Pour être ré inhumé en concession décennale sise en la 19ème division, plan de cadastre N° 4889 (sépulture n'existant plus).
Nous n'avons pas le livre des décennales acquises pour cette période et ne pouvons par conséquent connaître son acquéreur. Je n'ai du fait malheureusement plus de trace, d'un éventuel départ ou d'une mise en l'ossuaire des restes mortels dudit défunt.

2 mai
Oui, cher Monsieur, c'était bien moi ! Nous l'avions retrouvé au Père-Lachaise… Malheureusement j'ai l'impression que nous n'aurons pas cette chance avec M. Sabelli, d'après ce que vous écrivez ! J'aurais aimé emmener aussi sa petite-fille sur sa sépulture.

— Vous m'aviez aimablement proposé de m'offrir son livre, que je n'ai jamais reçu !

— Donnez-moi votre adresse postale que je répare cette erreur fatale !

— C'est très gentil de votre part, car je suis plutôt du genre à donner généralement et c'est rare que quelqu'un me fasse un cadeau. Et j'ai une telle admiration pour Françoise GIROUD que je vous en remercie grandement ! Amitiés à vous.

Le 10 mai, la présidente de la Serhep m'écrit :

Bonjour,
Comme le hasard fait bien les choses, nous nous étions rencontrées lors de l'émission sur l'écriture à France Culture avec Laure Murat, où j'évoquais l'atelier que j'animais à l'hôpital. Je suis maintenant présidente de la Serhep et tente de continuer ce travail, mais de façon bien moins efficace, hélas…
Je transmets votre mail à Madame Saliou, archiviste à Ville-Évrard, en effet toutes les archives dossiers patients ont été reversées aux Archives et ne sont plus ici, je suis sûre qu'elle pourra vous aider…
Bien à vous
Maria de Freitas, Présidente de la Serhep

Comme on sait, l'efficace Mme Saliou m'avait déjà répondu…

14 mai 2019, retour du gardien :

Bonjour à vous, Madame Alix de Saint André,
Je ne sais pas si cela pourra vous être utile, mais hier matin, j'ai poussé un peu plus loin mes recherches, et j'ai découvert ceci (malgré que Monsieur SABELLI Joseph ne soit plus au cimetière de Neuilly-sur-Marne).
La concession décennale portant le Titre N° 3608 en laquelle il a été transféré le 10.12.1946 en la 19ème division du cimetière, au plan de cadastre N° 4889, sise allée principale a été acquise à cette date par Madame Denise SABELLI qui demeurait à l'époque 57, rue de Babylone à PARIS 75007.

Qui la renouvela quelques années plus tard sous le numéro de titre 5664 en Mars 1957. Et malheureusement, il est inscrit sur le livre des entrées du cimetière que la tombe a été reprise le 10.10.1968 et qu'un nouveau défunt y est inhumé. Mais cela ne veut pas forcément dire que Monsieur SABELLI Joseph ait rejoint l'ossuaire de notre commune. Peut-être que la famille de celui-ci l'a fait exhumer puis emmener dans un autre cimetière.
Si par exemple, Madame SABELLI Denise est décédée vers le 10.10.1968 ou peu avant, Monsieur SABELLI a peut-être été ré inhumé dans la sépulture de Madame SABELLI Denise ?
J'espère que ces renseignements pourront aider à retrouver Monsieur SABELLI Joseph en une sépulture de longue durée en un autre cimetière.
Je vous adresse Madame Alix de Saint André, un énorme Merci, car hier après-midi, j'ai reçu vos cadeaux, qui m'ont énormément touché et je suis impressionné par le nombre d'ouvrages que vous avez écrits.
Toute ma sympathie à vous, Madame, que vos vœux les plus chers se réalisent et durent. Philippe HUALIG…

Malgré les bons vœux du gardien, je n'aurai même pas de nouvelle tombe à offrir à Pia. Sa grand-mère Denise, morte le 9 mars 1971, qui avait entretenu cette tombe, est enterrée au cimetière de Bagnolet, à jamais sans son mari.

# DÉPART POUR LES LIEUX DU CRIME

En novembre dernier, lors d'un bref passage à Paris, je suis retourné chez les Gégauff. Coco était absente. Je ne m'étais pas annoncé et c'est Paul qui m'ouvrit. Nous nous embrassâmes. Ma visite lui faisait visiblement plaisir.

Quelqu'un tapait sur le piano.

— Elle n'a qu'un an, dit Paul, et déjà elle joue.

Il prit sa fille sur ses genoux et se mit à jouer une sonate de Mozart. Le bébé écoutait, souriant, ravi…

— Nous passerons Noël en Norvège, chez la mère de Coco, me dit Paul.

Il me semblait heureux à l'idée du voyage si proche…

C'était la chute du papier de Roger Vadim dans *Paris Match* à la mort de Gégauff. Inquiétante mais plus gaie que la mienne, « À force d'écrire des choses horribles, les choses horribles finissent par arriver », tirée de *Drôle de drame*, mais qui laisse une antériorité à la fiction sur la réalité… Malraux aimait citer une phrase de Staline, encore plus sinistre : « À la fin, c'est toujours la mort qui gagne. » Et puis quoi encore ? On fait mieux comme maître en littérature…

Cette fin de l'histoire de Gégauff ne me plaît pas, une chute ça tombe sur les pieds, mais comment poursuivre, rebondir ? Aller interviewer sa femme-assassin ? En ce mois d'avril après ma gaffe avec Monica arrive la nouvelle du grand-père mort à l'hôpital de Ville-Évrard, sans possibilité de transférer son corps disparu à la tombe familiale. « Les mois d'avril sont meurtriers », c'est aussi un titre de polar, comment sortir du blues, poursuivre ?

Pia se souvient que sa fille s'appelait Élise, c'est dans mon papier aussi. Qu'est-elle devenue ? Sa mère a tué son père quand elle avait un an et demi, ça ne doit pas être facile à vivre… En trois coups de Google, je trouve qu'elle a fait des études d'art assez calées en Angleterre ; elle est peintre, apparemment, et a gardé son nom Élise Gegauff sans accent pour signer ses œuvres…

Des décors de cinéma vides avec des échelles dressées et des paysages nordiques d'icebergs bleus et d'étoiles. Pas une nature dépressive en tout cas, la jeune femme… Et ne voilà-t-il pas qu'elle va exposer dans une galerie en Norvège du 28 avril au 26 mai, c'est-à-dire : maintenant !!! La coïncidence est trop forte, là encore.

C'est l'occasion ou jamais de la rencontrer, en tout cas de voir ce qu'elle fait – pas sûr qu'elle ait envie d'entendre parler de son père et de son histoire. Mais sa peinture est déjà une réponse, si je l'observe. Élise est une artiste à la recherche de lumière, comme moi, et j'ai une envie galopante de sortir de ma tanière ; je n'ai fait qu'une escale en Norvège…

L'occasion de prendre l'air aussi. Pourquoi pas délocaliser l'enquête ?

Et que faire d'autre quand tant de signes s'accumulent.

Le 9 mai, je commence par prendre mes billets d'avion,

pour le dernier week-end de l'expo (qui tombe en plus le jour de son anniversaire !), me mettant devant le fait accompli. Impossible de faire demi-tour.

Le lendemain, le 10, j'écris à Élise en français, il y a son adresse-mail sur son CV.

> Bonjour Élise Gégauff,
> Bravo pour votre nouvelle exposition !
> Préparant un roman sur une pension de famille à Paris que votre père a fréquentée dans sa jeunesse et sur les gens qui y habitaient, j'aurais beaucoup aimé recueillir votre témoignage, si vous l'acceptez, et mieux encore vous rencontrer et parler avec vous.
> Aller voir votre exposition me semble soudain une opportunité providentielle pour connaître votre travail artistique et votre point de vue unique, et celui de votre génération qui me passionne, sur l'art et la vie.
> Je pourrais arriver à Oslo dans une semaine, et rejoindre ensuite Sandefjord, ce qui serait aussi pour moi l'heureuse occasion de retourner en Norvège, où je n'ai fait qu'une escale en bateau et qui est si belle dans mon souvenir…
> Ce sera vers l'époque de votre anniversaire et j'espère que ça ne vous pose pas de problème et que vous accueillerez ma requête avec bienveillance.
> Merci d'avance !

Le coup de la génération est vraie ; Thomas, le fils de Paul, m'avait éblouie quand je l'avais rencontré.

Pas de réponse. Valérie, ma nounou Bac + 5, trouve le mail de la galerie et de sa galeriste à qui j'écris le 13 mai en anglais que je viens visiter l'exposition spécialement de Paris, le vendredi 17 mai et que je voudrais rencontrer Élise pour lui parler de sa carrière et de son père.

J'aime mieux la prévenir que d'avoir tout à expliquer sur place, ou passer pour une collectionneuse d'art contemporain ou pire une paparazzi, si elle me voit traîner autour de ses peintures. Et la galeriste est la seule à pouvoir m'aider.

Par mail, le concierge de l'hôtel d'Oslo me conseille d'aller à Sandefjord, lieu de l'exposition, en train, moins cher que la location de bagnoles ou le taxi ; je lui demande de me réserver une chambre d'hôtel pour deux jours là-bas, le vendredi soir et le samedi.

Le 14 mai, la galeriste me répond deux lignes : que l'exposition sera fermée le 17 mai, en raison de la fête nationale, et qu'elle a transmis ma demande à Élise. Mais toujours aucune réponse de sa part. Mon week-end ne fait plus que deux jours, le samedi et le dimanche, jour de son anniversaire... Et le 20, c'est celui de Pia ! La seule date que j'honore...

Nous le célébrerons à Paris, de façon anticipée à La Coupole de notre jeunesse pour déjeuner juste avant mon départ ; Jonathan, le professeur qui m'avait expédiée à la bibliothèque de Beaubourg sur les traces d'une interview inexistante, de passage à Paris, sera aussi là. Et Serge, le mari de Pia.

Le jeudi 16 mai, je quitte Saumur par le train de 8 h 47 pour Angers, où je rattrape le TGV de Paris.

Et à midi, champagne à La Coupole de notre jeunesse ! c'est l'anniversaire de Pia, mais c'est à moi qu'elle fait plein de cadeaux en retard de mes soixante balais que j'ai fêtés dans l'omerta. Jonathan m'a apporté son dernier livre *Recueil général de moralités d'expression française*, le tome 2 qui paraît après le 3, sa dédicace « en souvenir de mon séjour en 1976 à Midouin » me surprend.

Là encore, aucun souvenir ; il se rappelle que je lui ai fait visiter le château et que Cocotte lui avait raconté que ma mère s'occupait de gens en difficulté. Qu'il avait eu avec mon père une conversation sur les chevaux et le Moyen Âge, que c'était un homme cultivé. Pia s'en souvient aussi. Elle était venue avec lui. J'étais persuadée qu'on s'était connus plus tard, à Atlanta.

(J'avais raison sur ce point : après vérification insistante, ils sont venus à Midouin en 79. Pas en 76 comme il l'écrit dans sa dédicace ; encore un faux souvenir !) « Un professeur qui sait travailler de ses mains, ça n'existe pas en France », le complimentait Cocotte.

Pendant l'Occupation, quand personne n'avait rien, sa grand-mère arrivait à nourrir quinze à vingt personnes, dit Pia… Je raconte la syphilis, elle ne savait pas mais Jonathan si.

Dehors avec Serge, le mari de Pia, on fume sur le trottoir ; il me raconte qu'il s'entendait bien avec Samuel, lui le sourd, et Samuel qui avait l'oreille absolue, c'était surprenant, non ? Il était le seul à pouvoir le bouger, et le seul que Samuel supportait pour lui donner son bain à la fin de sa vie, quand il souffrait le martyre.

Je laisse à Pia le livre de Jonathan, mais garde le sac qu'elle m'a offert et les bijoux. J'ai déjà trop de poids avec des guides de la Norvège, un dico, mon ordi et ma doc Gégauff.

Je vais à mon rendez-vous chez le docteur H. à 16 heures avec mon bazar, je ne lui ai toujours pas dit qu'elle est aussi dans cette histoire, Pia l'a consultée à plusieurs reprises bien avant moi. Je ne pense pas qu'elle ait fait le lien ; les dossiers des patients sont séparés dans la tête des psys, étanches. Je suis arrivée à elle pour des histoires de harcèlement en passant par mon médecin, qui ne la connaissait pas. Si j'étais passée par Pia, ou un autre patient, elle m'aurait adressée à un confrère, c'est la règle. Et je n'ai pas dit à Pia que je consultais le docteur H., dont j'avais vérifié grâce à elle, deux fois, l'efficacité.

Taxi pour Roissy, depuis que c'est un forfait, cette course ne les intéresse plus. En duty-free, j'achète un cadeau pour Élise, une espèce de foulard Hermès moderne plein d'animaux, genre arche de Noé. Curieusement je pense que le bleu et noir lui correspondrait davantage, à cause de ces gros glaçons bleus dans ses peintures, mais je finis par prendre le multicolore qui me plaît plus par une espèce de superstition, comme ça si je ne la vois pas, je le garderai… En compensation. Une sorte de mauvais choix. Mais un cadeau de Paris, chic, léger, peu encombrant, c'est aussi un argument.

Décollage 20 h 50, arrivée 23 h 10 en pleine nuit, en taxi un long tunnel. L'hôtel Continental est bien le vieil hôtel chic de la ville, très clean, près de la gare, en plein centre d'Oslo. Déjà qu'on n'a plus le droit de fumer, on va pas mégoter.

De fait, on a le droit de fumer et boire en terrasse, comme à Paris désormais, ce qui surprenait l'auteur de mes guides, c'était le pays où arrêter de fumer, c'était interdit partout, mais entre-temps la plus contraignante des législations est devenue la nôtre. Donc une bière et une clope en terrasse à minuit, tant qu'on peut, goûtons ces éphémères délices.

Aucune réponse d'Élise sur mon ordi.

17 mai, fête nationale norvégienne, comme annoncé par la galeriste.

Impossible de l'ignorer, il y a des petits drapeaux partout et même sur les macarons somptueux du petit déjeuner devenus tricolores !

Dehors toute la population vêtue de son plus beau costume folklorique, dentelles et pompons, va écouter la famille royale au balcon de son château sous un soleil de plomb ; moi aussi, je vais au défilé. Parmi les chevaux, les fanfares, les écoles et les familles en poussettes, toutes habillées de pied en cap d'habits traditionnels tout neufs et rutilants, et agitant des fanions…

On se croirait dans *Tintin en Syldavie*. Ou dans une comédie musicale, *Brigadoon* version nordique.

Cap sur Sandefjord où se tient l'exposition d'Élise. Je prends le train, à trois minutes de l'hôtel, avec des tickets électroniques ; le distributeur est en anglais. Personne sur le quai ni personne dans mon wagon, ils vont tous dans l'autre sens, à la fête ; ils rentreront le soir ; le contrôleur me propose un jeton pour un café.

Le parcours de ce train est réputé dans tout l'univers pour sa beauté ; des forêts immenses et des villages charmants où en plus tout le monde est habillé en Norvégien comme ces poupées qu'on nous rapportait autrefois, enfants. Avec des chaussettes blanches, des culottes sous le genou et des chapeaux à plumes. Je feuillette mes guides et mon manuel de langue, on dirait des vacances.

À Sandefjord aussi les gens sont sur leur trente-et-un. En sortant de la petite gare proprette, nickel-chrome, je demande à un taxi de m'emmener à mon hôtel, mais il me fait signe d'y aller à pied ; à gauche et tout droit. Avec mon sac à dos, pourtant rouge et griffé Karl Lagerfeld sous forme de rayures blanches, je dois avoir un look de randonneuse fauchée. Je devrais être plus chic en ce jour de fête.

Beaucoup de petites maisons peintes, je visite une église avec des modernes Jésus en bas-reliefs tout peinturlurés aussi. De bon augure. La guide allemande vient me raconter l'histoire et je lui donne aussi des indices pour l'identification des quatre évangélistes. Elle me prend en photo avec mon téléphone, je laisse des sous à la paroisse visiblement pas iconoclaste.

Mon hôtel est au fond du port où se garent de gros ferrys, après une place où ça danse ferme ; je trouve une terrasse où je peux manger boire fumer avec des tablées toujours endimanchées, en regardant le fjord et la mer au loin. Génial.

Je révise mon Gégauff dans *Une âme damnée* d'Arnaud Le Guern :

> Il lui avait annoncé qu'ils allaient se séparer. S'il est parti à Gjøvik, c'est pour être avec Élise, c'est une bambine magnifique, elle ressemble à son papa qui lui raconte des histoires, lui joue des sonates de Mozart au piano et l'appelle « mon mignon ». Mais c'est trop difficile, être un bon père, Gégauff n'y arrive pas. Il sait qu'il ne verra pas grandir Élise. Il faut que Coco le sache, qu'elle l'accepte.
>
> À l'étage, Élise dort en suçant son pouce ; la mère de Coco avale des somnifères. Gégauff a 1,5 g d'alcool dans le sang. Coco beaucoup plus, Coco à l'alcool mêle du Valium. Gégauff ne la lâche pas : « Ta mère est plus belle que toi !
>
> — Tu n'es qu'un vieux salaud dégueulasse.
>
> — Tu es une idiote, Coco, une Bécassine de merde. »
>
> À bout de mots, Coco saisit un couteau qu'elle lui plante

en plein cœur. Quand la police norvégienne lui demande pourquoi elle vient de tuer son mari, elle ne se rappelle rien.

« Je n'ai pas pu tuer Paul, je l'aime à la folie. Je peux sortir bientôt le retrouver, retrouver ma fille ? »

Gégauff est trop vieux et Coco trop jeune. Ça ne le gêne pas les jeunes filles. Toujours les jeunes filles lui ont redonné envie d'écrire.

Élise est née le 19 mai 1982. Gégauff en est fou. Il passe ses journées à écrire, jouer du piano et s'occuper de sa fille. Il délaisse Coco qui s'échappe dans la nuit parisienne, l'alcool et les médicaments.

Elle a écrit un livre en Norvège, *Trou noir*.

« Gégauff incarnait la liberté que je n'avais pas su conquérir tout seul », déclare Chabrol.

Un mot de Gégauff que j'ignorais : passant devant les immeubles parisiens ravalés par Malraux, il commente : « C'est le plus clair de son œuvre ! »

Pas mal, vraiment.

18 mai, Sandefjord.

La galerie ouvre à midi. J'y vais à pied de l'hôtel, le temps s'est gâté ; une adresse le long d'un canal, parmi des travaux, écrit en grand : « Galerie Elisabeth Rudberg paintings », mais la porte est fermée à clef. Devant, un petit banc. En fait je suis en avance d'une heure, vite un café dans une espèce de supermarché de fleurs. Il pleuviote pas très chaud, j'achète un souvenir pour mon chat dans un autre supermarché spécialisé en animaux, je photographie des impers-gilets de sauvetage pour chien portés par des mannequins canins en plastique. Je reviens : des coussins en couleur sur le banc de la galerie qui a ouvert au premier étage.

12 h 01. 12 h 21, sur un tableau noir à la craie : Élise Gegauff.

J'avais vu des photos de ses peintures et lu son CV sur Internet. Elisabeth, la galeriste, une sympathique trentenaire, a fait elle-même l'accrochage et me commente toutes les peintures d'Élise comme une recherche de lumière cachée ; elles représentent des plateaux de cinéma, des échelles, des aurores boréales, la lumière du Nord et le néon.

Élise mélange acrylique et peinture. « C'est rare d'utiliser les deux et que ça réussisse, dit Elisabeth, normalement pas, mais dans son cas, si ! Son style est différent de tout ce que j'avais vu. »

Mais elle ne connaît pas Élise plus que ça, et ne sait pas qui est son père. Ne sait rien de son passé hors carrière artistique. Elles sont amies sans se connaître, sans avoir pris un café ; ici, les rapports entre les artistes et leurs agents sont plus distants qu'à Paris.

Élise est une fille bien qui lui a apporté son travail, ça lui a plu et voilà. En Norvège, les mœurs diffèrent de la France.

Ce n'est pas moi qui vais lui révéler un fait divers trentenaire… Je lui répète ce que j'ai écrit à Élise, que j'écris un roman sur des gens qui habitaient dans une pension de famille à Paris, dont son père, et que j'interrogeais la génération d'après. Que son père était mort à Gjøvik et travaillait dans le cinéma.

Élise me parlera peut-être au téléphone. De toute façon, elle n'est pas là, elle est à Gjøvik, justement, elle habite là-bas.

« Le lieu du crime » – je ne vais pas lui dire ça non plus à la galeriste.

J'achète un tableau, pas celui que je préfère, encore une fois, mais celui qui détonne de cet ensemble de bleus, une porte noire sur fond de ciel oriental, derrière un nuage en forme de nez, je trouve, pied de nez ironique au sphinx et à l'Égypte ; je me renseigne : où est Gjøvik ?

En cavalant, je pourrai y être ce soir, si je reprends le rapide jusqu'à Oslo, et de là-bas un petit train régional…

Si Élise accepte de me voir (c'est son anniversaire, elle doit avoir d'autres projets), j'ai intérêt à être dans le secteur et pas à trois cents bornes, surtout que je repars lundi.

Je photographie des peintures et un journal qui parle du vernissage.

La galeriste pensait que Gegauff était un nom allemand, et ne cherche pas à en savoir plus, elle a le même âge qu'Élise qui a un boyfriend mais pas d'enfant. Elle va lui faire part de ma demande et de mon achat.

13 h 36. Paiement électronique de la peinture à la galerie. Maintenant je trimballe une toile bien emballée en plus du sac à dos sous la pluie.

De l'hôtel, j'envoie un mail en anglais à une autre adresse d'Élise : J'ai vu votre exposition. Je l'ai beaucoup aimée. J'écris un livre dans lequel votre père joue un rôle et j'aimerais vous rencontrer à Gjøvik. Merci. Salutations. Alix.

14 h 45. Checkout du Scandic Hotel. Je me suis fait réserver une chambre dans un hôtel de Gjøvik près de la gare. Je fonce avec mon sac et ma peinture ; j'ai fait mes bagages à toute allure et oublié un jean et une veste dans un placard de la chambre 361, déballés parce que je pensais y passer deux jours.

À la gare de Sandefjord, billet pour Gjøvik, un bled dans les terres, avec la machine et la carte bleue, presque pro.

15 h 55. Message d'Élise en anglais que je découvrirai le soir.

> Hello Alix !
> Elisabeth m'a dit que vous étiez venue, merci !
> Je suis très occupée ces jours-ci et ne peux vous promettre une rencontre, mais j'aimerais vous appeler pour parler un peu si ça ne vous ennuie pas.
> Merci de me laisser votre numéro de téléphone et je vous appellerai.
> Sincèrement, Élise.
>
> 22 h 25
> Chère Élise,
> Voici mon numéro de téléphone.
> Je suis arrivée à Gjøvik et vous ai apporté un cadeau pour votre anniversaire.
> Salutations. Alix

On m'a gardé un en-cas et une bière, je vais fumer dehors. Petit et charmant hôtel.

Demain, c'est dimanche, je me renseigne sur l'heure de l'office. J'aime beaucoup aller à la messe à l'étranger, catholique si possible, mais luthérienne fera l'affaire ici, où l'église n'a été séparée de l'État que depuis six ou sept ans, et ma question ne surprend personne.

19 mai.

Il pleut à verse. Je me guide au son des cloches. L'église est pleine de paroissiens brossés lavés, tous blonds aux yeux bleus, on dirait un film sur l'enfance de Bergman. Il fait bon, le parquet bien ciré brille. Je m'assieds dans le fond. Le pasteur-curé barbu en étole blanc et or monte dans une chaire façon Don Camillo nordique. Ça ressemble à nos messes en plus traditionnelles, serrage de mains, comme nous, ils vont communier, je demande si je peux. Vous êtes catholique ? Vous pouvez si vous voulez. Pas de problème. J'y vais : l'hostie est blanche avec une croix en relief, mais le vin rouge, pas blanc comme chez nous quand c'est le cas. Tout le monde y va, en fait.

À la sortie de la messe, il ne pleut plus, je parle avec un certain Bjön, je me dis qu'à défaut de voir Élise, je pourrais voir la tombe de Gégauff selon mon trip tombal personnel.

Le nom de Gegauff (il prononce à l'allemande) lui dit tout de suite quelque chose, un assassinat la nuit de Noël, on n'avait jamais vu ça ici ! Dans une ville aussi charmante, si douce, si calme, vous avez remarqué ?

Une horrible histoire ; il était scénariste, très intelligent, il ne savait pas qu'Élise était revenue. Bjön a mon âge, soixante ans. Les jeunes ne savent rien, dit-il, mais tous les vieux comme lui se souviennent de ce nom et du scandale de cet assassinat à Noël, ils ne sont pas près de l'oublier mais n'ont aucune envie de revivre une aussi affreuse histoire… Ils en avaient beaucoup parlé dans le coin à l'époque, ça n'arrivait pas souvent. Il croit que Coco est morte. Et ne sait rien d'une tombe.

Un baptême se prépare, je photographie deux adorables bambins en train d'allumer des cierges, joufflus et blondinets, véritables angelots pour crèche de Noël, presque irréels.

En attendant la commande du déjeuner servi par une Brésilienne, je renvoie mon numéro de téléphone et un nouveau mail en anglais à Élise.

13 h 15
Bon anniversaire !
Je vous redonne mon numéro de téléphone français ; je n'avais pas de réseau dans le train hier pour vous joindre et je ne suis pas sur Facebook… J'écris un livre sur une pension de famille où votre père et d'autres artistes habitaient à Paris à partir de la fin de la Deuxième Guerre mondiale. Des gens très originaux pendant une période limite. J'aimerais vous rencontrer parce que vous avez tracé votre propre chemin, à travers de hautes études et l'art, cherchant la lumière et construit une vie à vous dans un autre pays. Mais vous avez gardé le nom de votre père (sans accent) comme signature, donc je suppose que c'est important pour vous et j'aimerais vous en parler. J'ai le même âge que votre père quand il est mort. Avez-vous été élevée en Norvège ? Je suis désolée d'insister en un jour comme aujourd'hui, mais je repars demain pour Paris. Je suis à l'hôtel Clarion, près de la gare.
Je rapporterai quoi qu'il en soit votre peinture. Bien à vous.
Alix

14 h 05
Je vous appelle dans une heure à peu près. Élise.

Au téléphone, elle accepte de me rencontrer à l'hôtel. Rendez-vous à 17 heures, puis remis à 18 heures, dans le lobby de l'hôtel. J'achète mon billet pour le bus du lendemain matin dès l'aube.

Viendra-t-elle ?

## ÉLISE PEINT

Gjøvik, le dimanche 19 mai 2019.

18 h 30. Il était temps, je repars le lendemain dès l'aube. Élise arrive, souriante, sympathique, gaie. Une bonne nature, ainsi que me l'avait décrite la galeriste si peu curieuse de son passé.

On s'installe dans le salon au rez-de-chaussée de mon charmant petit hôtel avec le Dictaphone. Pour briser la glace, je lui parle de ses peintures, de l'ombre et de la lumière dans ses œuvres, de ses brillantes études en Angleterre dans l'une des meilleures écoles d'art, après des études de cinéma à Paris. Mais il n'y a pas de glace à briser avec cette jeune femme chaleureuse qui avait surtout envie de parler de son père. En anglais, c'est plus facile.

« Vous avez gardé le nom de votre père, pourquoi, parce que c'était le vôtre ?

— Bien sûr. C'était mon nom et c'est mon nom. J'en suis fière, je suis très fière de mon père, des films qu'il a faits, j'en ai beaucoup en DVD, moi-même, j'aime ce nom en lui-même, la façon dont il sonne…

— Comment le prononcez-vous ?

— Gégauff, comme en français. Quand j'étais petite, les gens disaient Guégoff.

— Ou Guégaûff, comme en allemand…

— J'ai été appelée Goff, Gougouff, n'importe quoi… De tas de drôles de façons. Mais je pense que quand j'étais enfant, à cause de ce nom différent, c'est devenu comme une identité, et ça a toujours été très important pour moi, mon nom de famille. Même quand je me suis mariée, je suis divorcée maintenant, je n'ai pas changé de nom. Toujours Gégauff. Et maintenant, en tant qu'artiste, je suis encore plus attachée à mon nom parce que c'est mon nom d'artiste.

— Ça veut dire que vous acceptez l'héritage artistique de votre père ?

— Oui. Bien sûr. Et aussi parce que j'étais si jeune quand il est mort, je ne l'ai pas vraiment connu, je pense que ce nom est un lien avec lui aussi, ça m'attache à lui. C'est difficile à expliquer, mais je serais un peu triste si je n'avais pas ce nom. Et c'est aussi pour ça que j'ai accepté cette interview parce que c'est une question à laquelle j'ai beaucoup pensé, et c'est un sujet intéressant. J'ai toujours trouvé bizarre et injuste que les femmes doivent changer de nom en se mariant, pourquoi ? c'est une part de votre identité.

— C'est biblique, vous quittez le nom de votre père pour suivre votre époux…

— Ça, c'est vraiment démodé, de nos jours !

— Vous faites un art très différent de celui de votre père.

— Il était très doué ; il savait vraiment dessiner, peindre je ne suis pas sûre, mais j'ai vu de très bons dessins de lui…

— Il était bon en musique…

— Il était de ces gens doués pour des tas de choses, je

pense, c'est l'impression que j'en ai, et je suis un peu pareille, j'aime beaucoup de choses différentes, quelquefois c'est ennuyeux, j'aimerais pouvoir me focaliser plus, le jeu, le cinéma, et j'étais comme ça surtout enfant… Mon père était un brillant pianiste, vraiment brillant, il était un très bon cuisinier, un bon écrivain, il écrivait d'excellents dialogues…

— Souvent très cruels…

— Oh oui ! Je pense que mon film préféré de lui, c'est *Les Biches*, j'aime aussi *Les Bonnes Femmes*, ce sont mes deux préférés…

— Ils sont terribles et se terminent très mal…

— Oh oui ! [*elle rit*] ça se termine par des meurtres, ils sont très sombres mais ils sont aussi pleins d'humour, c'est ce qu'ils ont de bon ! Il y a aussi *Plein Soleil* avec Maurice Ronet, c'était son meilleur ami…

— Ce ne sont pas des films pour enfants…

— Non, non ! Et le film dans lequel il jouait, *Une partie de plaisir*, était très noir aussi, étrange…

— Ça se termine par un meurtre, il tue sa femme à la fin…

— C'est pour ça que c'est si étrange pour moi de regarder ses films, parce qu'il était si cruel dedans et que je ne veux pas le voir de cette façon ! Mais c'est un très bon film, et je l'ai vu.

— Ce sont des films très noirs à l'humour très noir.

— Il était très bon en dialogues, en conversations…

— Il était très intelligent.

— C'était vraiment un intellectuel, je pense, d'après ce que j'ai entendu, il savait beaucoup de choses sur tout…

— Il était cultivé…

— Oui. C'est vrai, il aimait beaucoup Gjøvik aussi…

— C'est bizarre que vous reveniez ici ?

— Non, mes grands-parents habitent ici et j'ai grandi ici. C'est chez moi. J'ai toujours quitté cet endroit pour y revenir toujours. Si vous voulez faire une bonne école de cinéma ou d'art, il faut partir, ce n'est pas possible ici, mais…

— Mais c'est difficile de réussir chez soi. Nul n'est jamais prophète en son pays…

— C'est très vrai.

— C'est pour ça que vous avez choisi d'exposer à Sandefjord ?

— Oui, j'essaie toujours de réfléchir avant. Je connais beaucoup de gens à Sandefjord, je connais aussi des gens ici, mais il faut penser avant : est-ce que vous voulez vendre ? Dans ce cas, quels genres de gens inviter, si tu veux juste montrer, il faut aller dans une galerie plus connue à Oslo…

— Qu'est-ce que vous voulez ?

— Là, c'était un bon mélange des deux. Il y avait beaucoup de monde au vernissage, c'était très bien, ça a marché, j'ai fait aussi des expositions à Londres, d'autres à Helsinki. Quelquefois on a de la chance, d'autres pas, ça dépend. Des gens qui viennent. L'époque de l'année est très importante aussi. Au milieu de l'été, il n'y aura personne, mais le printemps, c'est très bien. L'automne aussi. Après Noël, c'est mauvais, les gens ont dépensé leur argent en cadeaux de Noël.

— Vous avez quand même enlevé l'accent de Gégauff.

— C'est tombé naturellement parce qu'en Norvège, on n'en a pas. Je ne l'ai pas dans mon passeport ; je n'y suis plus habituée. Il y a quelques personnes en Amérique qui le portent ; il y a des années, j'ai reçu un e-mail d'Américains, mais ils n'avaient qu'un F, pas deux. Mais je pense que je suis la seule personne au monde qui s'appelle Élise Gegauff.

La seule. Pas de risque qu'on me prenne pour quelqu'un d'autre.

— "Élise", c'est à cause de « La Lettre à Élise » ?

— Oui. Il l'adorait. Il aimait Beethoven, c'était son préféré.

— Beethoven, Bach et Brahms, les trois B. … et Schubert !

— Mais il adorait Mozart ! Et j'adore Mozart ! Mon nom vient de ce morceau, et si vous regardez *Une partie de plaisir*, la petite fille s'appelle Élise et elle est jouée par ma sœur. Il aimait déjà le nom…Elle jouait très bien pour son âge, ça doit être bizarre que ce soient vos parents qui vous dirigent… Peut-être était-il différent dans le rôle et dans la vie…

— C'était de l'art brut…

— Ils disent sur Internet que c'est "autobiographique", mais je ne sais pas si c'est vrai, ils aiment dire ça parce que c'est dramatique, mais il doit y avoir des éléments de vérité…

— Quand vous prenez un mari et une femme et un enfant pour jouer leurs propres rôles, c'est comme une expérience, pas très loin de la vie, et avec une troisième personne pour filmer…

— C'était une idée intéressante, je ne sais pas ce qu'il s'est passé…

— Le héros, votre père est un méchant, toujours…

— Très méchant ! C'est vraiment un film intéressant. Je l'ai vu il n'y a pas longtemps, c'est le genre de film que vous voyez une fois ou deux, et qui restent ensuite, vous les portez toujours en vous parce qu'ils sont bons, pas parce que ce sont les films de mon père. C'était intéressant de les revoir plus âgée, pour avoir un autre regard sur eux. J'ai spécialement aimé *Les Biches*.

— Le meilleur est supposé être *Que la bête meure*.

— C'est ce qu'on dit. Je ne l'ai vu qu'une fois. Il y a longtemps et je ne m'en souviens pas bien pour être honnête. Personnellement, ça n'a jamais été mon préféré.

« Quand je vivais à Londres, j'allais souvent dans des boutiques de musique et de films, j'allais toujours au rayon international, à la section des DVD français, juste pour voir s'ils avaient des films de mon père, quelquefois ils en avaient, et ils avaient toujours ce film, *Que la bête meure*, toujours, et *Plein Soleil*, donc je pense que ce sont ceux que les gens préfèrent.

— Les dialogues de *Que la bête meure* de votre père sont brillants, mais l'histoire est l'adaptation d'un polar, l'histoire d'un homme dont l'enfant a été tué par un chauffard et qui décide de consacrer sa vie à tuer le tueur, lui c'est un écrivain…

— Ce sont les plus connus, je pense. J'en ai vu un autre, *Le Signe du Lion*, d'Éric Rohmer.

— Là, l'histoire est arrivée à votre père, il s'est retrouvé en Espagne sans argent, fauché, mais ça se passe à Paris…

— Je l'ai vu à Londres, j'ai beaucoup aimé le personnage américain…

— Vous, vous êtes l'une de ses œuvres signées.

— Dans un sens, oui.

— Il vous a donné son nom, au début de sa vie il a eu plusieurs enfants dans la nature qu'il n'a pas reconnus…

— Il était plus vieux quand je suis née… C'est drôle, quand je vais à Paris, que nous parlons de mes goûts, de mes hobbies, on me dit : "c'est juste comme ton père", et c'est drôle parce que je n'ai rien appris par son milieu, mais c'est intéressant de voir des choses dont on peut dire : "C'est lui", d'où ça peut venir, par exemple, et la musique classique, que j'aime, comme Mozart, vous savez, mes grands-parents ne m'en ont jamais joué particulièrement mais…

— Lui, si !

— Quand j'étais un bébé, et c'est bizarre aussi, il y a un concerto pour flûte et harpe de Mozart, je ne me souviens plus de son nom, ça fait… [*On chante ensemble, c'est le deuxième mouvement, l'andantino du K. 299*] qui est mon absolu préféré, et je disais à ma grand-mère quand j'étais plus jeune combien je le trouvais magnifique, et elle m'a dit, c'est si étrange parce que ton père te le jouait, ce morceau spécifique quand tu allais te coucher, donc même si l'on ne peut pas se souvenir de choses, on s'en souvient vraiment quand même…

— Dans votre subconscient…

— Oui, c'était vraiment intéressant pour moi, je crois vraiment en ça, cet héritage qui est vraiment là, je ne serais pas dans cette carrière si mes deux parents, mon père et ma mère, tous les deux, n'étaient pas des artistes, je ne pourrais jamais travailler dans un bureau.

— Dans une administration.

— Ce serait un cauchemar pour moi.

— Vous avez l'air très équilibrée et heureuse.

— Oui, je pense. J'ai trente-sept ans aujourd'hui mais quand j'étais jeune, les gens me disaient toujours que j'étais sage pour mon âge, j'aime le bon sens…

— Ça, ça ne vient pas de votre père…

— Non, de ma grand-mère, c'est elle qui m'a élevée, elle est comme une mère pour moi, en fait, je n'ai pas ce tempérament, je suis un peu plus calme, j'aime penser, je suis spontanée, mais j'aime être intelligente à ce sujet, réfléchie…

— Ne pas être idiote…

— J'essaie ! [*Elle rit.*]

— Vous avez l'air heureuse et d'avoir un bon caractère.

— Merci, je pense que je l'ai toujours été, mais c'est aussi parce qu'on m'a laissée faire depuis petite. J'étais ce genre de gosse qui essayait des nouvelles choses tout le temps. Par exemple, une année j'essayais l'équitation, l'année d'après c'était la guitare, ensuite le patin à glace, je suis encore un peu comme ça, mais on m'a toujours autorisée à le faire, comme enfant, c'est très important, même si ça a dû coûter assez cher et être fatigant pour mes grands-parents de me voir suivre tous ces cours puis d'en changer, ils m'ont laissée tout essayer.

— Les autres enfants autour ne vivaient pas la même chose ?

— Non, j'étais différente. Toujours très différente. Il était sûr que je n'aurais pas une vie en format A4 comme on dit pour le papier, très normale. Jamais. Ils m'ont laissée m'exprimer. Et me déguiser. J'aimais tellement les films, que, par exemple pour *Les Trois Mousquetaires* de Richard Lester, mon film préféré, je jouais tous les rôles. Quand j'avais dix ans, j'avais une panoplie de mousquetaire et j'allais à l'école avec. Et si je levais la main et que le prof disait : "Oui, Élise ?" je répondais : "Non, je suis Aramis !"

— Ils vous laissaient faire ?

— Oui, ils étaient bien obligés.

— Les autres enfants ne se moquaient pas de vous ?

— Si ! Ils trouvaient ça bizarre, mais s'ils m'appelaient Élise, je ne répondais pas, je ne répondais que si on m'appelait Aramis.

— On ne vous a pas envoyée consulter un psychologue ?

— Non. Mais, vous savez, je pense qu'ils savaient tout à propos de mon père et ce qu'il s'était passé… Ils connaissaient l'histoire. Et ils ont été très gentils, ils ne m'ont jamais empêchée de faire quoi que ce soit, j'ai toujours été autorisée à être moi-même.

— Votre mère était en prison ?

— Oui. Je ne me souviens pas combien de temps, mais au moins trois ans, je pense.

— Vous n'alliez pas la voir ?

— Si. Chaque semaine. J'y allais souvent. On n'avait pas cassé la relation, mais quand elle est sortie, elle m'a emmenée à Paris avec elle et ça n'a pas marché. J'avais grandi ici, c'était bizarre de rentrer à Paris avec elle. C'est comme c'est.

— À Paris, les profs ne vous laissaient pas jouer Aramis.

— Non ! Ils étaient très sévères. J'adorais Astérix aussi. J'avais aussi un petit casque pour aller à l'école avec.

— Pas de fille ?

— Non, j'aimais les rôles de garçons. Beaucoup de mes copains étaient des garçons, après j'ai grandi avec ma marraine en France et elle avait trois fils.

— Votre marraine ?

— Josephine Chaplin, la femme de Maurice Ronet, elle avait trois garçons. J'ai grandi là à Bonnieux dans la maison de Maurice Ronet pendant une demi-année, tous mes amis étaient des garçons, je jouais avec des dinosaures, quelquefois des poupées, mais bof !

— Des petites voitures ?

— Non, mais tous les personnages que je jouais étaient des personnages masculins.

— Dans *Les Trois Mousquetaires*, Mme Bonacieux n'est pas géniale…

— … très ennuyeuse ! Et la reine, bof !

— Mais Milady est épouvantable… Et *Tintin*, jamais ?

— Non !

— Vous deviez être trop jeune.

— *Astérix et Obélix*, *Lucky Luke*, je suis toujours entière dans mes goûts.

— Vous êtes passionnée ?

— Oui, j'aime toujours ce que j'ai aimé…

— Et Michael Jackson ?

— Bien sûr ! Je l'aime. Je l'ai rencontré en 2006, à Londres, vous savez, il a eu une peinture que j'ai faite. J'étais une fan depuis longtemps déjà…

— Et vous n'avez pas changé…

— Non ! J'ai toujours creusé ces questions, les documentaires, et tout ça, j'ai toujours essayé de lire à son sujet, pas seulement la presse à scandale, il allait à Londres en 2006 et j'avais fait une peinture de lui, pour moi, à ce moment-là, c'était plutôt un amusement. Une amie me dit : Il vient à Londres faire un concert, allons-y ! Et j'ai eu le sentiment que je devais y aller, et j'y suis allée en emportant ma peinture, il aimait l'art.

« On est restées en dehors de son hôtel avec ma peinture et quelqu'un de son entourage a vu ma peinture depuis la fenêtre, est descendu et m'a demandé si c'était moi qui l'avais faite. Oui. Il voulait lui offrir ma peinture. J'ai dit : "OK, prenez-la !" Et le lendemain matin le garde du corps est redescendu, et m'a demandé si j'étais la fille de la peinture, j'ai dit oui. Et il m'a dit qu'il avait aimé ma peinture et qu'il voulait me remercier. J'étais là : "Oh mon Dieu !"

— Quel âge aviez-vous ?

— En 2006, vingt-trois ans, et je me disais : "C'est si cool !" et je suis entrée dans l'hôtel et je l'ai rencontré ce jour-là, je l'ai vu deux fois, parce qu'il n'avait pas le temps de faire une photo avec moi ce jour-là, donc je l'ai revu, on a fait une photo ensemble, il était vraiment sympa, c'est le premier qui m'a encouragée dans la peinture, il m'a dit : "N'arrête pas de peindre, continue à peindre !" Ça m'a vraiment inspirée.

— Mais maintenant avec les documentaires, êtes-vous toujours une fan ?

— Oui ! Les gens pensent que les fans le croient sur parole, quoi qu'il arrive, et ne sont pas objectifs, mais ce n'est pas vrai. Parce que nous sommes fans, nous devons enquêter, nous devons voir les choses, des deux côtés, négatives et positives… Parce que je suis fan, je dois trouver des moyens d'être sûre en tant que personne qu'il est vraiment innocent, sinon je ne veux pas être fan de ce genre de personne ! Mais c'est parce que j'ai fait beaucoup de recherches, j'ai creusé, que je pense qu'il est innocent mais que c'est toujours un sujet difficile, il ne s'en débarrassera jamais…

« Quand on entend des choses pareilles, on est si choqué qu'on se dit : il y a sûrement quelque chose, et c'est plus facile que de se dire : attends une minute, il y a quelque chose de faux là, il faut faire attention, être prudent avec ce qu'on croit…

— Mais dans votre peinture, c'est une interrogation à propos de la réalité et de l'illusion, entre ce qui est réel et ce qui ne l'est pas.

— J'aime le mot interrogation, c'est vrai, quelque chose qui a piqué mon intérêt depuis que j'étais jeune…

— Ne pas prendre les choses pour ce qu'elles sont.

— Il faut questionner les choses, par exemple, j'utilise beaucoup de noir, le noir n'est pas considéré comme une couleur, et vous n'êtes pas supposé utiliser du noir parce que c'est comme un frein. Moi je l'utilise après la lumière du Nord dans le paysage pour qu'on se demande quelle est la part de cette chose qui est réelle : est-ce un mur ? Est-ce de l'espace, est-ce réel ? Ce paysage est-il réel ou est-ce un plateau de cinéma ?

— Quelquefois il y a un peu de bleu dans le noir. Même le noir n'est pas du vrai noir.

— Oui, et si vous vous approchez, vous verrez que le noir n'est pas noir, il peut y avoir des traces de pinceau ou de lampe, ce n'est jamais du noir complet, il y a toujours quelque chose, j'aime ça…

— On se pose des questions…

— J'espère ! C'est ce que je veux que les gens fassent !

— C'est comme vos glaciers, on ne sait pas s'il n'y a pas des animaux dedans comme quand on regarde des nuages… Celui que j'ai acheté, je trouve qu'il y a un nez dedans… Il me faisait penser au sphinx et aux pyramides, le sphinx a perdu son nez, je le voyais derrière.

— Je suis très intéressée par l'Égypte ancienne, mon père l'était aussi, quelquefois je pense que je fais des choses sans le vouloir. Par exemple quand je fais des portraits de femmes qui ne sont pas moi mais me ressemblent, ou des choses dans l'espace, il y a souvent des choses dont je n'ai pas voulu qu'elles soient là, mais qui y sont, quelque chose qui m'intéresse, c'est sûrement très vrai.

— Mais techniquement c'est parfait !

— Merci !

— C'est de la peinture sérieuse ; c'est rare chez les jeunes artistes.

— Oui, même avant de commencer l'école d'art j'ai toujours été intéressée par ce qui est traditionnel, les techniques traditionnelles de peinture que je me suis apprises à moi-même…

— Il y a beaucoup d'échelles dans vos peintures, est-ce qu'il y a des anges dessus ?

— Je ne sais pas…

— Comme sur l'échelle de Jacob dans la peinture, il rêve d'une échelle où il y a des anges qui montent et descendent…

— J'ai entendu l'histoire, je l'ai entendue. Comme vous connaissez cette histoire, vous y pensez et vous voyez des anges. J'aime bien que chacun interprète à sa façon, ou voie des choses auxquelles je n'ai même pas pensé. L'échelle me fait penser à un plateau de cinéma, on a toujours besoin d'une échelle pour que le travail se fasse. C'est quelque chose de facile à reconnaître pour le spectateur, mais aussi quelque chose de vraiment nécessaire quand on fait du cinéma ou de la peinture. On ne peut pas s'en passer, on ne peut rien faire sans. Même si ça n'aurait pas été mon premier choix, j'aime bien les peintures avec les échelles…

— Je préfère le sphinx, ou l'idée que je m'en fais. Je l'ai pris parce qu'il était différent, le seul qui n'était pas bleu.

— Je voulais utiliser ces couleurs, qu'il y ait un côté galaxie nébuleuse mais aussi de feu, sablonneux, il donne chaud… Il est différent.

— Et l'architecture aussi… a quelque chose d'oriental.

— Les autres sont froids parce qu'ils sont bleus, avec de la neige, de la glace… celui-là est le bizarre, différent, l'étranger, comme moi.

— Elisabeth m'a dit qu'elle avait eu du mal à l'accrocher.

— Les tableaux doivent communiquer, c'est très vrai. Comment accrocher les peintures, c'est une chose qu'on apprend aussi à l'école, ça a l'air simple mais ça ne l'est pas du tout. C'est difficile. Elisabeth est brillante à cela. J'étais supposée l'aider, je n'ai pas pu, mais quand je suis revenue, c'était parfait ! Il n'y avait rien à changer.

— Elle m'a dit qu'elle adorait ça.

— Ça s'appelle "curation", je crois.

— On dit commissaire d'exposition, en France, il me semble.

— C'est une grande responsabilité de pendre des toiles pour qu'elles ne se gâchent pas, ne se volent pas l'attention les unes des autres. Ce n'est pas facile !

— Bravo !

— Merci ! J'espère faire une autre exposition bientôt mais je ne sais pas quand.

— Elisabeth m'a dit qu'elle allait déménager pour être en centre-ville, c'est une bonne idée. Là c'est un peu excentré, et au milieu des travaux. Ça fait moderne…

— Contemporain… Pour les artistes, ça sera mieux au centre-ville, les gens qui passeront devant pourront passer devant. Maintenant, si les gens ne savent pas avant où c'est, et n'ont pas décidé d'y aller, ils ne vont pas y venir par hasard… Quand je vais à Londres ou à Paris, souvent, je vais dans le quartier des galeries, et je rentre comme ça.

— Moi aussi, j'ai acheté plein de livres à cause de leur couverture.

« Merci d'avoir accepté de me rencontrer ! J'écris un livre sur cette pension où il y a toujours quelque chose de triste avec la création, ça se termine mal, ils font des films qui se terminent mal, et vous, la nouvelle génération, vous prenez cet héritage pour en faire quelque chose de brillant, lumineux, heureux. C'est un soulagement.

— Je pense que c'est vrai. Peut-être c'est l'époque, je ne suis pas très sûre, ces films sont très dramatiques, je ne sais pas si c'était à cause de la Nouvelle Vague française, je ne sais pas si c'est tout le temps comme ça, triste et dramatique. Les gens meurent de faim…

— Vous n'avez pas de héros comme vos mousquetaires, et leurs vies n'étaient pas si heureuses non plus, Chabrol menait une vie bourgeoise avec sa famille, comme Hitchcock avant…

— J'ai rencontré Chabrol de son vivant, il avait l'air très équilibré.

— Votre père était son mauvais génie, il disait que quand il avait besoin de rendre un personnage odieux, en trois mots, c'était fait…

— Oui, ça me plaît, je pense que c'est vrai… Je ne sais pas quel genre de films Chabrol a fait à la fin.

— Beaucoup de films avec Isabelle Huppert, que votre père détestait. Il aimait Stéphane Audran et Bernadette Lafont, ce n'est pas le même genre…

— Je les aime bien ces deux-là ! Est-ce qu'elles travaillent toujours ?

— Elles sont mortes. Toutes les deux.

— Elles ont une liberté, un je-ne-sais-quoi…

— Vous avez fait des portraits aussi, j'en ai vu sur le portfolio.

— J'ai beaucoup fait de portraits, j'aime ça, j'en ai même fait sur commande. Mais c'est différent. Vous avez une responsabilité, il faut que ce soit ressemblant et que ça parle pour la personne. C'est assez stressant.

— Aujourd'hui tout le monde prend des photos, mais on fait toujours des portraits du roi ou…

— Quand j'en ai peint, c'étaient toute sorte de gens, vous avez sûrement vu dans le portfolio une fille avec un cheval, c'étaient ses parents qui voulaient lui en faire cadeau, de nos jours, on utilise plutôt des photos, personne n'a la patience de poser…

— Sauf la reine d'Angleterre.

— Elle a l'habitude ! »

Je prends Élise en photo et lui donne son cadeau d'anniversaire. J'aurais mieux fait de prendre le foulard bleu et noir, ses couleurs, comme les lions-glaçons bleus étaient plus représentatifs. Là, c'est un pas de côté dans l'enfance et dans la couleur. Ça m'a semblé trop triste, le noir, je le lui dis, et sors fumer une cigarette, comme tous les Français, s'amuse-t-elle.

Elle rigole tout le temps. Tout héritage est une conquête, disait Malraux. Élise dernière enfant reconnue et dernière œuvre signée par Gégauff est allée se rechercher un héritage authentique, un choix adulte parmi ses œuvres, entre réminiscences et trouvailles cinéphiliques, vraiment réjouissant.

En quittant Gjøvik, je lui envoie un message pour la remercier et lui demander si elle sait où est la tombe de son père. Ce que j'ai oublié de lui demander.

20 mai

Salut Alix,

Merci beaucoup, c'était très agréable de vous rencontrer et de bavarder ! Et merci pour le très beau cadeau. Je l'adore.

Quant à la tombe de mon père, je ne sais pas où elle est, donc je ne pourrai pas vous aider à ce sujet.

J'espère que votre retour s'est bien passé à Paris !

Sincèrement

Élise

Mardi 21 mai, 11 h 40

Salut Élise !

J'aime fleurir les tombes au printemps...

11 heures (bus + avion + RER + Métro + TGV + train régional lent) et j'étais à la maison en Anjou... Avec votre tableau Ext scene N 13.

Ici nous avons des cerises et des roses, mais je vous envoie cette jolie photo de vous avec votre cher papa.

C'est l'original troqué pour le *Figaro Magazine*, où elle est dans les bras de son père torse nu avec juste une ombre de cicatrice.

— Oh Wow, je n'avais jamais vu cette photo ! Je l'adore, merci !

## VIVE LA PILULE !

## *En Anjou, chez les Suppot-Réveilhac, le 6 août 2019*

Après la vente du 57 rue de Babylone, les cousins de Me Gibault, copropriétaires de l'immeuble où ils ont habité vingt ans, se sont installés dans une « gentilhommière assez sympathique », ainsi qu'il me l'a dit, non loin de Midouin, où je n'étais jamais allée avant ce 6 août 2019 sous une pluie de mousson, bienvenue après la canicule.

Michel Suppot-Réveilhac, « le dernier des cousins en vie », ne dira rien ; il se remet d'un syndrome de glissement qui a failli l'emporter, Jacqueline son épouse, à qui nous cachions la couverture de *Charlie Hebdo* sous celle de *La Croix*, toute menue, a un bras dans le plâtre ; leur fille cadette, Anne-Pascale, s'est suicidée, et la dernière, Dominique, qui s'était mariée un peu précipitamment, pour employer les euphémismes maternels, ne leur parle plus.

Reste Isabelle, la fille aînée, que je connaissais très bien à l'époque ; nous avions parcouru le sud de l'Inde ensemble avec des moyens de locomotion moins confortables que les Greyhounds américains ; aujourd'hui, elle est grand-mère. Ses deux petits-enfants blonds aux yeux bleus de baigneurs en Celluloïd partent faire la sieste avec leur mère et le chat noir

Ignace qu'ils cachent à leur arrière-grand-père, redoutable chasseur qui déteste les chats, et peut aussi flinguer les écureuils à l'occasion.

Contrairement à leur cousin Gibault, ce ne sont pas de grands lecteurs, mais en leur apportant *Armistice*, j'étais sûre que la mise en page et les illustrations de ce beau livre les éblouiraient, et que le sujet les intéresserait car qui n'a pas eu, comme moi, un grand-père dans la tourmente de 1914-1918 ? De fait.

À déjeuner, Isa, comme on l'appelle dans sa famille, nous sert un agneau à la marocaine élevé dans leur propriété, et j'annonce que je branche le Dictaphone. Nous serons trois à parler du Home Pasteur : sa mère Jacqueline, Isa et *moi en italiques*.

Jacqueline soupire : « Je ne pensais pas que nous aurions un jour à quitter le 57 ! Pour moi ça a été un déracinement total et j'en souffre encore. Ça a été une période affreuse… On était bien, je sentais la famille, les racines… Et je m'entendais très bien avec France et Monica, on avait une facilité de relation extrême.

— *Quels sont vos premiers souvenirs du Home Pasteur ?*

[Jacqueline :]

— Mon déjeuner de mariage en 1954. Ma belle-mère avait demandé à France de faire le repas dans la salle à manger et dans le salon du Home Pasteur. Ensuite, la famille Sabelli nous a accueillis quand Michel faisait l'École des pétroles, je n'avais encore qu'Isa… La salle de bains était coupée en deux, et Samuel venait tous les matins prendre son bain pendant que je donnais le sien à Isabelle… Il disait qu'il se régalait avec nos conversations.

— *Il paraît que ça durait très longtemps les bains de Samuel…*

— Très très longtemps !

— *J'ai le témoignage d'un Américain qui dit que Samuel avait le cul le plus propre de Paris !* [Rires.]

— Ensuite, quand je suis arrivée d'Algérie où nous avions passé quinze ans, pendant les travaux dans notre appartement, nous y avons été pensionnaires de septembre à décembre 68, dans les deux grandes chambres à gauche, une chambre pour nous, et une chambre pour les trois filles.

— *La grand-mère était déjà malade ?*

— Elle n'était pas malade, elle était fatiguée… Elle avait du mal à monter l'escalier. Je passais des heures avec elle le soir, et elle était ravie parce que je cousais des jours sur des draps de bébé, elle me disait : "Ah ma petite Madame, je ne connais pas de jeunes qui font ça !", elle n'a jamais voulu m'appeler Jacqueline, pour elle, j'étais la belle-fille de Mme Plassard.

— *La propriétaire.*

— Oui, mais j'aimais beaucoup Mme Sabelli, France et Monica. Quand France faisait la cuisine avec sa clope en nous offrant un café, c'était un rituel le matin, et que la cendre tombait dans la sauce… Je les emmenais au marché le jeudi et le vendredi, avenue de Breteuil.

— *Vous aviez une voiture ?*

— Garée dans la cour. Quelquefois je pestais parce que ma place était prise par un des directeurs du Knof. Au rez-de-chaussée, il y avait le Knof et au premier les bureaux de l'ABC, une agence de publicité. Et le directeur a été adorable au moment du mariage de Dominique et Yves, je lui ai demandé : vous pourriez nous prêter les bureaux et les salons ? Pas de problème !

— *C'est vrai qu'il y a eu le mariage...*

— Il y a eu les deux mariages ; ça avait tellement bien marché pour Dom en 80 que je leur ai demandé après pour Isa.

— *Comment vous paraissait France ? Elle devait être moins forte.*

— Pas du tout, elle était déjà très forte, plus tard elle a un peu minci... Elle ne s'asseyait jamais pour un repas, j'étais affolée, elle cuisinait en goûtant ce qu'elle faisait, elle prenait une tartine par-ci, une tartine par-là, un café entre les deux, un coup de vin blanc ou de je ne sais quoi... Non, c'était une vie tout à fait spéciale, la vie de France, alors que Monica arrivait à prendre des repas avec son mari.

— *Elle avait déjà le magasin d'antiquités ?*

— Oui, j'y ai travaillé près de deux ans. Ça m'intéressait énormément. J'ai arrêté pour être avec les enfants quand elles rentraient de classe, j'ai essayé de les faire travailler au magasin mais ça ne marchait pas.

[Isa :]

— Moi, j'ai des souvenirs merveilleux du Home Pasteur. Déjà, j'ai de très bons souvenirs quand on est rentrés d'Algérie, je n'avais plus une amie, et Coco a été extraordinaire, c'était ma mère d'adoption. Elle était d'une gentillesse, d'un drôle, elle comprenait tout...

« Et puis quand j'ai connu Antoine, elle est tombée amoureuse d'Antoine, quand on a fait nos études de droit, elle l'appelait le bâtonnier Ma Poule... Elle venait dîner à la maison, de temps en temps, et là c'était incroyable, elle mangeait vraiment. Elle adorait quand Antoine lui faisait la cuisine, et qu'un homme fasse la cuisine.

« Mais franchement, tu pouvais monter à toute heure, elle

était toujours là. Avec sa Pall Mall sans filtre, toujours, elle arrivait à faire la cuisine, et elle te racontait des trucs ou elle te disait rien, si t'avais pas le moral, elle te remontait le moral, c'était vraiment une merveille de femme, elle était incroyable. Toujours à l'affût de tout, mais ça tu le sais bien, la musique, la littérature, elle connaissait tout. Elle comprenait tout, elle riait de tout, même les choses les plus tristes, avec une bienveillance absolue, que j'ai rarement rencontrée…

« Le temps de la vaisselle quelquefois c'était trop mignon de les voir toutes les deux, avec Monica, des moments d'intimité avec plein de gens autour et Coco qui orchestrait ça comme un chef d'orchestre. Quand on faisait nos études, on habitait au-dessous, au deuxième, et quand elle trouvait qu'on rentrait tard, parce qu'elle surveillait tout, on trouvait sur notre paillasson un pâté en croûte, du tarama, du gâteau au chocolat, elle nous pourrissait…

[Jacqueline :]

— Au moment de Noël, elle faisait des gâteaux au chocolat, et quand je les emmenais au marché de l'avenue de Breteuil ou de la rue de Saxe, elle donnait à certains commerçants des gâteaux au chocolat, des cakes…Pour moi, c'est la veuve de l'Évangile, celle qui donne ses derniers deniers…

[Isa :]

— Et je me souviens que Coco me disait : "Je ne comprends pas parce que je ne mange rien et je grossis." Et c'est vrai que je ne la voyais jamais manger, je ne comprenais pas non plus, je pensais : il doit y avoir une affaire de thyroïde… Et quand elle est morte, tu connais l'histoire ?

— *Non !*

— Quand elle est morte, Pia m'a appelée, je suis arrivée dare-dare, c'était horrible, et là sous son lit, il y avait un tiroir complet de barres chocolatées, de Nuts, d'amandes salées… On a compris, on s'est marrées avec Pia, on s'est dit : Ben voilà pourquoi elle grossissait, c'est juste qu'elle grignotait !

— *Et Paul ?*

[Jacqueline :]

— Paul était un garçon absolument charmant mais tellement spécial… France l'adorait, et je me souviens que Michel lui avait dit : "France, vous ne lui rendez pas service, laissez-lui assumer ses dettes, vous allez en faire un délinquant !" Mais France lui a dit : "Je ne peux pas." C'était un charmeur, mais pas intéressant. Et toutes ses femmes avaient de la galette !

« Sa mère lui passait tout. Et son père était un nuage qui passait de temps en temps… "Ma petite Totote chérie !" Mais Samuel c'était pas un père, c'était pas un mari, c'était un être exceptionnel.

[Isa :]

— C'était pas un amant non plus.

— *C'était l'homme de sa vie, il n'y en a pas eu d'autre.*

— Tout à fait.

— C'est vrai.

— *La base de la maison c'est les deux sœurs ?*

— C'était une sacrée paire toutes les deux. Coco n'aurait pas tenu sans Monica !

[Jacqueline :]

— Absolument, le côté calme de Monica aidait France, et France apportait l'autre côté… C'est grâce à leur mère qu'elles ont eu le Home Pasteur.

— *Au départ c'était pas dans l'enthousiasme, Coco s'est retrouvée chef de famille, elle n'a pas eu le choix, elle aurait préféré faire des études… France a fait vivre tout le monde, Samuel ne rapportait pas un rond.*

— Et quand il avait des disques, il les distribuait gracieusement ; très grand seigneur, il me rappelle un cousin de Michel : “On n’a rien mais on le distribue”…

— *Le Home Pasteur, on le retrouve chez Monica, je trouve.*

— Oui. Elle m’a montré la vue de la cuisine sur les toits de Paris et c’est tout à fait ça. Avec les tableaux, je me suis retrouvée comme chez elle… Dick venait de passer, et j’ai vu sa petite-fille Camille, elle est ravissante… Je l’ai vue huit jours après la mort de Jean, le mari d’Éléna, parce que je n’avais pas pu aller aux obsèques, mais je lui avais envoyé une petite image de saint Richard Pampuri. C’était leur saint. Moi j’ai une dévotion pour Padre Pio, alors je ne m’en moque pas.

[Isa :]

— Ce qui est horrible, c’est que c’était un vrai couple, Éléna et Jean. Tu as des nouvelles ? Je crois qu’elle était en Corse.

— *J’ai essayé d’aller à l’enterrement mais mon train s’est arrêté à Tours. J’ai vu Éléna pour la retraite de Pia, début juillet.*

— Cela dit, ils ont une espèce de résilience extraordinaire, je m’étais dit : Monica, elle perd son mari, elle perd sa sœur, comment elle va se retrouver ? Elle a vachement bien rebondi !

— *Elle n’a jamais été aussi heureuse de sa vie : elle a la banane, elle reçoit ses enfants chez elle…*

— C’est une libération ?

— *Oui. Tout d’un coup, elle a eu le droit de vivre, elle n’avait plus toutes ses responsabilités, ces gens à gérer, c’est peut-être la première fois de sa vie où elle respire, elle est libre, elle invite ses enfants, ses petits-enfants, elle va à des expos, en plus sa présence est assez joyeuse, elle est gaie – et elle est drôle ! Elle n'avait pas le droit de faire la cuisine ni d'être drôle.*

— Tu as raison !

— *On racontait à l'époque que Monica l'avait mis au pourcentage, le Frère Pampuri, qui n'était que bienheureux…*

[Jacqueline :]

— Ah bon ?

— *Ça ne marchait pas trop, le magasin, et bien sûr, grâce à lui, les affaires avaient repris, et Monica avait demandé à voir l'économe pour ne pas laisser l'argent dans un tronc. Quand il a vu le montant, il lui a dit : "Vous avez dû recevoir une grâce particulière pour faire un tel chèque ! Il faut nous le dire, parce que nous préparons un dossier pour sa canonisation", et Monica aurait dit à sa sœur : "Tu penses bien que je n'ai rien dit, sinon, il aurait arrêté de travailler pour la famille…"* [Rires.]

[Isa :]

— C'est drôle parce que je me souviens de toi, tu n'étais pas encore écrivain, tu étais journaliste, tu as toujours dit ça : il faudra écrire un livre sur le Home Pasteur. Tu as toujours dit ça.

— *Il y avait tant d'histoires formidables !*

— Sauf qu'on ne pouvait pas relater que le grand-père était laboureur à Venise…

[Jacqueline :]

— Ah non, il était ingénieur !

[Isa :]

— Sur la carte d'identité du grand-père il y avait écrit : laboureur à Venise. C'était génial comme carte d'identité : laboureur à Venise ! C'est génial !

[Jacqueline :]

— Il labourait quoi ?

— *Ça alors !!!* Lavoratore *en italien, ça veut dire travailleur, pas laboureur, c'est peut-être pour ça... Ou alors, c'est vraiment une super licence poétique de Cocotte...*

*« Je venais d'un milieu conventionnel dont je voulais m'échapper, et Pia d'un milieu farfelu dont elle voulait s'échapper aussi, elle me dit : "Ce qui était reposant chez vous et chez les Suppot, c'est qu'il n'y avait pas d'amants et de maîtresses cachés dans tous les placards"... Mais chez elle, il se passait toujours quelque chose, depuis Charles, et sa première tentative de suicide...*

[Isa :]

— Je l'avais oublié celui-là !

[Jacqueline :]

— Je n'avais jamais su ça ! Le mari d'Irène de Lubersac ?

[Isa :]

— Elle était folle de lui, elle pensait qu'il quitterait sa femme pour elle.

[Jacqueline :]

— Irène était très bien, c'était la petite-fille du pasteur Boegner, un grand ami de Mme Hoppenot, la fondatrice de Sève, ils ont tout fait pour rapprocher les protestants et les catholiques.

[Isa :]

— J'avais oublié cette histoire !

— *C'est une des premières qu'elle m'a racontées.*

— Moi aussi, elle me l'avait racontée ! Sa première tentative de suicide pour Charles, elle me l'a racontée à l'époque. Irène n'était pas là, il y avait un escalier, quand il était monté, elle s'était mise toute nue en haut de l'escalier, mais il lui avait dit : “Va te rhabiller, va te coucher”, elle avait vécu ça, l’horreur ! Et elle avait fait une tentative de suicide.

— *J’avais oublié cette version. Qu’il la repoussait, il l’avait traitée comme une petite fille, et c’était pour ça qu’elle avait voulu se tuer... Aujourd’hui elle dit qu’elle pensait qu’au milieu de tous ces gens qui se trompaient elle aurait une histoire d’amour propre, idéale, avec Charles.*

— Ça, c’était après les histoires avec Paul ? Quand il la faisait mettre à poil sur un piano devant ses copains ?

[Jacqueline :]

— Il était affreux, ce garçon.

[Isa :]

— Elle était tellement naïve, Pia, tu pouvais lui faire avaler toutes les couleuvres de la terre…

— *Il y a toute une période où je ne l’ai plus vue parce qu’elle était en dépression. À la naissance de son fils, je crois que ça s’est très mal passé…*

— C’était une cata, elle était complètement à côté de ses pompes.

[Jacqueline :]

— Pia a une maladresse naturelle manuellement ; j’en étais malade quand elle devait changer son bébé à la maternité.

[Isa :]

— Même bien après. À la maternité, c’est normal, tu as la trouille ; mais après ça a continué, c’est Serge qui s’en occupait… Ce n’est pas inné et elle était brutale, mais elle ne s’en rendait pas compte. Elle était déjà en dépression ; tu sais, elle voulait vraiment se marier…

— *Oui, je sais…*

— Elle a trouvé Serge qui n’était pas mal ; après elle voulait un enfant, mais être seule chez elle dans son appartement avec Serge et son fils… Elle aurait voulu recréer la pension en faisant un kolkhoze.

— *Déjà, elle n'arrivait pas à vivre seule, quand elle était dans ce petit appartement à la Nation…*

— Là, elle avait fait une très grave tentative de suicide, la plus grave, celle où elle est restée entre la vie et la mort ; on ne l'a retrouvée que le lundi. Elle avait tout prévu ; elle avait envoyé une lettre pour dire à Coco qu'elle partait en week-end en Belgique et qu'elle rentrerait le lundi. Elle a avalé ses trucs le vendredi soir ; elle a été malade donc elle a été aux toilettes, et on l'a retrouvée comme ça. Deux jours avec le poids qu'elle avait, elle est restée comprimée. Elle a passé quinze jours en réanimation, on a eu très peur vraiment.

— *Elle était déjà très mal quand on a quitté Duruy pour Lakanal, à Sceaux, en khâgne.*

— Et ça n'a fait que s'aggraver. Après, elle a été en recherche d'un mec, je me souviens que Coco trouvait que c'était un type dangereux, un pervers, il lui en a fait avaler de toutes les couleurs, tu te souviens de toutes ses armes chez lui ? Complètement barjo.

— *J'ai retrouvé le carton d'invitation au mariage ; ils avaient rompu la veille ou quelque chose comme ça. Il avait une maison à Hossegor…*

— Et il avait plein d'armes ; j'ai dit à Pia : “Tire-toi, il est trop grave, ce mec !” Je ne sais pas ce qu'il se passait dans son intimité, mais ça ne devait pas être topissime. Après, par des sites de rencontres, elle a rencontré Serge, et Serge avec sa surdité, c'est encore plus un isolement.

— *C'est extraordinaire quand tu as un père qui a l'oreille absolue d'épouser un sourd ! Ils s'entendaient très bien. Je crois que c'est handicapant de la même manière ; la même chose à l'envers, il était agressé par les sons. Serge s'est beaucoup occupé de Samuel quand il était malade. On se disait toujours que Pia était faite pour avoir des enfants. Il est bien, maintenant, Valentin.*

— Ils vont de mieux en mieux.

— *Cocotte disait : Vive la pilule ?*

— Elle a toujours dit ça… Je l'ai toujours entendue dire que la plus belle invention depuis que l'homme avait marché sur la Lune, c'était la pilule ! Quelle révolution !

[Jacqueline :]

— À l'heure actuelle, étant donné que les femmes ont la pilule, je ne comprends pas pourquoi il y a tant d'avortements.

— *Parce que le pape leur a interdit de prendre la pilule !*

[Isa éclate de rire :]

— Le truc du pape, c'était : Il ne faut pas faire l'amour avant le mariage. Moi ça me pose aucun problème, sauf que je savais très bien que ma sœur s'envoyait en l'air avec mon futur beau-frère, j'avais la chambre à côté, ça ne me posait pas l'ombre d'un quart de problème, sauf qu'après quand elle a dit : "Ah ! C'est quand même trop con, une fois, juste une fois, et on s'est fait avoir !" Faut pas prendre les gens pour des cons. T'assumes !

— *En même temps ça prouvait qu'elle n'avait pas pris la pilule ! On en était sûr.*

[Rires. Jacqueline :]

— Il y a eu Maud, et c'est un bonheur, mais j'aimerais voir mes petits-enfants…

[Isa :]

— C'est très bien la pilule, la révolution, c'était ça, le nombre de femmes qui se sont fait piéger, qui ont épousé des cons ou des pas cons, parce qu'elles avaient juste pas le choix, elle avait bien raison, Coco ! Après, le pape a même dit non à la capote, c'est plus grave.

— *Comme disait l'autre : il a mis les capotes à l'index.*

[Jacqueline :]

— Quoi ?

[Isa se marre :]

— J'adore celle-là !

— *Déjà on a de la chance : on a le droit de lire des bouquins. J'ai lu la correspondance de Marie Noël avec le curé copain de Proust, l'abbé Mugnier, à l'époque, elle lui demande l'autorisation de lire un roman de Balzac…*

[Jacqueline :]

— À l'époque on n'avait même pas le droit de lire la Bible.

— *Même les bonnes sœurs n'avaient pas le droit… Ma prof, Mlle Loyen, quand elle était religieuse, n'avait pas le droit de lire la Bible.*

[Isa :]

— Ils avaient peur qu'elles tombent sur la Genèse…

— *Plutôt le Cantique des cantiques.*

[Jacqueline :]

— Heureusement qu'on a évolué quand même !

— *Pour la lecture, mais pas pour le reste. Ma mère m'avait raconté que, comme on n'avait pas le droit de divorcer, certaines de ses petites camarades des Oiseaux, à son grand scandale, la veille de leur mariage, écrivaient une lettre à leur meilleure amie disant qu'elles ne voulaient pas se marier et que leur famille les y obligeait, pour ressortir la lettre en cas de problème au tribunal ecclésiastique. Daté, signé. C'était une cause de nullité. La femme est rusée…*

*Mais il faut voir que le mariage, c'était saint Paul : "Femmes, soyez soumises à vos maris !"*

— J'ai toujours détesté saint Paul ! Il est tellement misogyne que je ne peux pas le supporter.

— *"Femmes, soyez soumises à vos maris !" Pour moi : no way ! Pia ne rêvait que de ça, moi qui avais été demoiselle d'honneur à des mariages, j'avais vu ça de près… Toi, Isa, tu as réussi à faire des études, mais au départ tu avais fait "la femme sec'" ?*

— La femme secrétaire, ça m'a été beaucoup reproché ! Au départ Isabelle était fiancée avec Yves qui faisait ses études de médecine, et avec Michel nous avions pensé que ça serait bien, quand ils seraient mariés, Isabelle pourrait l'aider.

[Isa :]

— J'aurais été sténodactylo ! Il vaut mieux pas qu'on en parle, c'est un gros sujet de fâcherie. En fait, quand j'ai eu mon bac, j'étais mineure, je ne pouvais pas m'inscrire à la fac sans l'autorisation des parents.

— *On avait la majorité à dix-huit ans !*

— J'ai eu mon bac à dix-sept ans et demi. Du coup j'ai fait deux ans de secrétariat de direction de merde, et après j'ai été m'inscrire à la fac. Mais j'étais partie. Je ne suis revenue qu'après. Je leur en ai beaucoup voulu…

— *À tes parents ?*

— Oui. Maintenant c'est fini, mais je leur en ai beaucoup voulu. J'ai fait mes études de droit, et j'ai bossé pendant pas mal d'années comme avocate, c'était bien. Je faisais 80 % de droit du travail et 20 % de droit de la famille, et je peux te dire que c'était gratiné. Je prenais essentiellement des femmes, des cas un peu compliqués parce que je voulais me battre comme un bouledogue pour elles. Moi, je n'ai jamais été soumise !

[Jacqueline, voix perchée :]

— Ah bon ?

[On rit. Isa :]

— Avec mon mari ! J'ai toujours fait ce que je voulais.

[Jacqueline :]

— Je sais, chérie !

[Isa :]

— Le mariage ne m'a jamais empêchée de rien. D'abord c'est pas le tempérament d'Antoine, quand il m'a épousée, il le savait, et sinon je ne me serais pas mariée, mais même s'il avait fait ça après le mariage, je me serais tirée, c'est la liberté. Celle de rester ou de partir si on veut. Ça me révolte comme toi, la "femme soumise" ! Je suis catholique parce que j'ai été baptisée catholique et je ne suis pas pratiquante, je vais à l'église de temps en temps, mais je ne supporte pas tous ces scandales de l'Église et l'hypocrisie des évêques. Je suis très déçue par le nouveau pape, je pensais qu'il ferait bouger les choses plus que ça.

*— Moi je suis catho au milieu des athées, mais au milieu des cathos j'ai envie de prendre la tête de l'un pour la cogner contre l'autre.*

— Tu as toujours été assez provoc ! Enfin, tu as de quoi raconter…

[Jacqueline :]

— Il faudra expurger.

[Isa :]

— Ils avaient tous le mérite de l'originalité. Vu de loin, ça a beaucoup de charme, de près, ce n'est pas évident.

*— Ceux qui s'en sortent bien, c'est la deuxième génération, Thomas, le fils de Paul, qui a été élevé par France, est formidable.*

[Jacqueline :]

— Thomas, sa mère l'adorait, je me souviens de relations de tendresse, rue de Babylone, elle était déjà malade, avec son fils dans les bras, Denise adorait son fils, elle lui a donné une somme d'amour au départ déjà beaucoup plus grande que celle de Paul. »

La pluie s'arrête, Jacqueline me montre des mésanges et des troglodytes entre les ardoises. « Un oiseau c'est tellement gracieux, léger, équilibré, quand tu les vois s'envoler, il n'y a vraiment que Dieu pour inventer ça, et puis Michel est content d'être là, il n'est heureux que là. »

Après les avoir laissées, sur la route du retour, je bénis le Ciel d'avoir eu des parents qui n'ont jamais songé un instant à m'empêcher d'étudier ; au contraire, c'était même le prétexte officiel de notre départ pour Paris, les études des filles !

Ma copine Véro, que j'ai connue journaliste au *Figaro Magazine*, me rappellera ce week-end à Midouin, où elle était arrivée enceinte jusqu'aux yeux d'un bébé que cette féministe avait « fait toute seule », selon le tube de l'époque… Son énorme ventre, et mes parents adorables, dit-elle, de passage en ce début d'automne. Dans mon souvenir, ma mère, pourtant briefée, n'avait pas résisté à me rappeler devant elle qu'on devait offrir un foyer à un enfant…

« Mais ton père avait été génial, tu ne te rappelles pas ?

— Non.

— Il était venu me parler sous les tilleuls avec mon ventre d'éléphante ; il voulait savoir si tu étais heureuse, si tu n'avais besoin de rien… Je lui ai répondu : “Colonel, il y a une chose qui manque toujours aux célibataires, c'est la vaisselle !” Il s'était retourné, et il avait hurlé : “Odette !”

« Ta mère était arrivée, et on était reparties à Paris, le coffre débordant d'assiettes, de couverts et de verres. »

La vaisselle de la ferme de Sainte-Avoye en inox et Duralex, je me souviens ; très moche, mais bien utile, en attendant sans doute que je me marie ou que j'entre dans les ordres.

Mes parents comprenaient que je travaille au *Figaro Magazine* qu'ils lisaient, beaucoup moins à *Elle* (mon père aurait préféré *Lui* !) et plus du tout à Canal+. Je me souviens de leurs têtes ahuries quand je leur avais apporté du champagne pour fêter avec eux une augmentation qui me faisait gagner le même salaire qu'un pilote de ligne, soit beaucoup plus d'argent que mon père quand il était écuyer en chef du Cadre noir.

J'avais fait péter tous leurs codes.

Comme j'étais aussi célibataire et nullipare, plus de la moitié de cet argent atterrissait dans les poches du ministre des Finances, je nourrissais Dominique Strauss-Kahn. Absurde !

L'année suivante, je démissionnai à Noël, pour me tirer avec le fric et ma nounou Bac + 5 à la pointe du Finistère écrire un essai sur les anges juifs, chrétiens et musulmans qui, le croiriez-vous, sont les mêmes dans les trois religions monothéistes.

# COMMENT VA NOTRE PIA ?

Pia est sortie d'affaires, mais est encore à l'hôpital Foch. « Plus qu'épuisée et découragée », elle m'a demandé la veille par texto le numéro de Francesca pour lui souhaiter son anniversaire.

Manuelle m'avait emmenée à bord de son épatante Fiat 500 rouge début juillet à Chatou célébrer la retraite de notre héroïne devenue la vivante icône de sa mère. Depuis, nous recevons les mêmes e-mails de Serge qui nous détaille les symptômes et les traitements de son épouse.

Je retrouve Manuelle pour dîner, le mercredi 25 septembre 2019, au restaurant L'Affable, rue Saint-Simon, Paris 7e. Depuis leurs dix-huit ans, elle n'a jamais perdu Pia de vue, contrairement à moi.

« Pia ne va pas fort.

— Non, malheureusement, la pauvre, elle n'a jamais été bien. Moi je pense qu'on a autant de différences invisibles qu'on a de différences visibles. Tu as des bruns, tu as des blonds, tu as des roux, tu as des yeux bleus, tu as des yeux verts, tu as des yeux marron, et à l'intérieur, tu as un psychisme, tu as des gens fragiles, à une époque on disait des mélancoliques… Elle a peut-être une fragilité qui flambe avec le contexte familial.

— Je lui ai demandé : À quoi c'est dû, toutes ces hémorragies, elle m'a dit c'est un effet secondaire du médicament qu'elle prend. À l'époque de la mort de sa mère, c'était déjà l'effet secondaire d'un médicament, son malaise. Ça commence à faire beaucoup d'effets secondaires de beaucoup de médicaments… Elle va d'hôpital en hôpital.

— Je pense que quand tu as une maladie psychique, ça ne se voit pas, quand tu as un cancer, là soudain ça se voit, c'est du dur, mais en fait c'est horrible ce que je vais dire, mais j'ai l'impression qu'elle se le crée, parce que là, elle a une vraie maladie. J'ai une cousine dépressive, comme Pia, toujours dans la plainte, et là elle est dans tous ses états parce qu'elle a récidivé d'un cancer, et soudain tout le monde lui dit : Oh ma pauvre, oh là, là, alors que ça fait soixante ans qu'on l'entend dire qu'elle ne va pas bien, qu'elle est déprimée, et plus personne n'y faisait attention…

— C'est un vrai truc, le cancer, alors que Pia…

— Aussi ! Elle s'est quand même fait opérer, elle a quand même eu une éventration, déjà la première fois que j'avais entendu ce terme "éventration"… J'étais au téléphone, je devais avoir tous les poils hérissés. Mais qu'est-ce que c'est que ça ? Eh bien, ma cousine c'est pareil, elle a une éventration !

« Ça fait dix ans que ma cousine dit qu'elle a envie de mourir et qu'elle n'en peut plus, total quand elle a eu son premier cancer, on s'est dit pour une fois que ça tombe sur quelqu'un qui veut mourir, mais je peux te dire qu'elle ne s'est pas du tout laissée mourir… Elle s'est fait soigner !

— Quand elle a eu un enfant, je m'étais dit que ça irait mieux…

— Je suis allée la voir le surlendemain de son accouchement, je m'attendais à ce qu'elle soit folle de joie, fatiguée mais folle de joie, je l'ai trouvée dépressive au dernier degré. Tu n'es pas folle de joie ? Ah, je ne sais pas, elle était dans un état, mais dans un état… Je me suis dit : Qu'est-ce que c'est que ce truc ? Elle voulait se marier et avoir un enfant, elle est mariée et elle a un enfant, tout va de mal en pis !

« Et avec Serge, en 2005, je me souviens de l'avoir eue des heures au téléphone dans la rue, elle voulait se suicider, plus rien n'allait, rien n'avait d'intérêt, je lui ai dit : Mais ton fils ? Elle envoyait tout balader, Serge était comme ci, Serge était comme ça, et son fils c'était comme s'il n'existait pas.

« Elle était dans un mal-être tel qu'elle n'était même pas capable de regarder ce qu'il y avait autour d'elle, je lui ai dit : Tu ne peux pas dire des choses comme ça, je me souviens d'avoir essayé de la sortir du truc…

— Des années – moi aussi avant, je faisais ça…

— Je l'ai fait tout le temps. À partir du moment où je l'ai connue, avec Barry, avec les autres… Je pense que, comme elle n'est pas bien, il lui arrive toujours des trucs de malade, quand elle avait failli se marier, tu te souviens ?

— Oui, oui, oui… J'ai retrouvé le carton.

— Une semaine avant le mariage, elle nous invite à dîner, Bernard et moi, chez son fiancé, son futur… On est arrivés dans un truc, je ne sais pas si j'ai mangé, je n'osais toucher à rien, tu avais l'impression d'être dans un local insalubre avec des déjections de chien, ça puait, c'était sale, c'était dans un état, et Pia qui est toujours nickel, faut reconnaître, elle a peut-être des défauts, mais elle se lave les cheveux tous les jours, c'était glauque, c'était angoissant, c'était horrible ! Bernard et moi, on se regardait…

« Ce n'était pas que ce n'était pas mignon, que ce n'était pas un quartier chic, que c'était pas un bourgeois, que c'était pas un mec éduqué, c'était plus que crasseux, c'était immonde ! Moi je suis une petite chochotte, mais Bernard était aussi effondré…

— On m'a dit : Mais tu n'as rien vu, mais il avait des chiens…

— Et des armes ! Il avait des armes ! C'est spécial, les gens qui ont des armes, enfin ton père avait des armes, mais c'était autre chose. Tout était autre chose ! C'était malsain, tout puait le malsain, le glauque, la crasse…

« Et une semaine avant le mariage, elle me dit : "Je ne le sens pas." Et je me souviens d'avoir passé une heure place de l'Étoile dans la voiture à lui dire : "Tant que tu n'es pas mariée, tu n'es pas mariée, annule ! — Mais tout est préparé." Je lui ai dit : "C'est pas grave, tu ne vas pas foutre ta vie en l'air parce que tout est préparé !" Et je l'ai chauffée, chauffée, chauffée, mais elle m'a raconté des horreurs ! J'ai dû les enfouir tellement c'était crade…

« Je lui ai dit : "Tu ne vas pas te marier avec un type pareil, merde ! Tu arrêtes !" Et là, elle a arrêté, elle a eu un réflexe de survie quand même, cette fois-là…

— Je n'avais rien vu quand j'avais passé un week-end avec eux dans les Landes… Je ne sais pas pourquoi, une semaine après la rupture, il m'a invitée à déjeuner.

— Il devait trouver que tu avais l'air moins bourge que les autres.

— Sur le carton d'invitation, j'ai vu qu'ils devaient être

mariés par le curé des motards, un copain à moi, elle avait dû me demander si je connaissais un prêtre…

« Après l'annulation du mariage, il m'a invitée dans une brasserie près d'Alésia, où il m'a expliqué qu'il pensait que je serais sans doute une très bonne mère, mais que j'avais pas l'air de prendre le chemin de me marier, et qu'il allait congeler ses paillettes pour moi au cas où.

— Ah ! pour que tu puisses en faire quelque chose !

— Qu'est-ce que je pouvais répondre à ça ?

— Surtout pas : quelle horreur !

— C'est la plus étrange proposition qu'on m'ait faite…

— La vie n'est pas un long fleuve tranquille, on vit tous des choses plus ou moins lourdes, mais Pia, c'est au-delà de tout, c'est gore.

— Pour Barry, elle ne m'a rien dit.

— Lui ne lui a rien fait. Mais elle, elle a eu un problème quand elle dormait chez lui, affreux, et j'ai failli vomir quand elle m'a raconté ça !

« Je ne comprends pas, je pense qu'elle a été complètement cassée par son frère, par son père, par sa mère, par toute cette famille qui est ultra toxique comme on dit aujourd'hui sous des dehors foutraques et sympathiques, marrants, et qu'elle devait être fragile, Pia, elle avait une fragilité intrinsèque, cela a donné ce qu'on sait. Mais c'était quand même une famille toxique, le frère, le père, la mère… Et Monica qui a cautionné tout ça ! Elle était partie prenante, la seule qui pouvait arrêter tout cela…

— Monica m'a tenu tout un discours sur le thème : C'est une grande folie de croire qu'on peut éduquer les enfants…

— Ça, elle n'a pas tout à fait tort, on peut essayer de faire le moins de dégâts possible, Winnicott disait : être la moins mauvaise mère possible… S'il y avait des recettes pour éduquer les enfants, ça se saurait. Il n'y en a pas, on fait comme on peut, il faut essayer de faire le moins de conneries possible. On en fait inexorablement, immanquablement.

— Marc et Éléna s'en sont bien sortis. Ils avaient un vrai père, à côté de la démission de Samuel.

— Démission ? Je crois qu'il ne l'a jamais endossé, ce rôle. Il s'intéressait à tout sauf à la réalité. Il y avait une espèce d'imbrication, c'est ça qui était malsain, tout était mélangé.

« Les parents, c'est les parents, les enfants, c'est les enfants, notamment à l'adolescence, et tu ne dois pas leur raconter tout. Très jeune, j'ai senti que, quand tu passes l'adolescence, tu as un petit copain, ça ne regarde pas tes parents, j'aurais détesté parler de ça avec ma mère. Je suis proche de mes enfants mais pas sur tous les sujets. C'est très malsain.

« Et je l'ai senti dans la famille de Pia, une espèce de transparence, très malsaine. La mère n'a pas à s'occuper des serviettes hygiéniques de sa fille, des vêtements de sa fille, Pia n'a pas à lui raconter son avortement, sa vie avec Barry, tu n'as pas à voir ta mère en soutien-gorge sexy et ta mère n'a pas à savoir ce qu'il se passe dans ton intimité.

« Ce n'est pas sain. J'ai toujours respecté la pudeur de mes fils, s'ils voulaient me parler de leurs petites copines, ils en parlaient, mais je n'ai jamais posé de questions. Ça me paraît naturel, ça m'a toujours gênée avec Pia. Si tu me demandes aujourd'hui de résumer cette famille en un mot, je dirais : toxique. Ça résume tout : toxique, toxique, toxique.

« Et Cocotte, elle devait voir quand même, et ce n'est pas un individu qui a déconné et qui a fait des dégâts, c'est global. Je le pense sincèrement et je l'ai senti intuitivement à dix-huit ans. Cocotte avait des côtés très séduisants : Proust, la musique, tout ça, mais je n'étais pas complètement à l'aise avec elle…

— Moi, j'étais assez fascinée…

— Mais moi j'avais une gêne et je me souviens que j'éprouvais ça à l'époque : le père, la mère, le frère, et dans une certaine mesure Monica qui cautionnait tout ça, elle pouvait dire à sa sœur : Ton fils…

— Elle l'adorait.

— Personne n'a réagi à des choses où il aurait fallu réagir, ce n'est pas anodin.

— Il y avait une ambiance où la culture était très prégnante. Et aussi une joie de vivre. Les vacances aux Lecques, sans visiter un château ni faire de devoirs de vacances…

— Je pense qu'ils sont extrêmement attachants, drôles, pleins de charme, qu'ils séduisent et après, il y a un second temps qui ne joue pas en leur faveur. Avec le recul, Pia, elle m'a sauté dessus à l'Isit, comme une moule sur son rocher, c'est vrai que c'était marrant, on écoutait du Trenet dans sa chambre, c'était sympa, et après les histoires avec Barry, l'avortement, la dépression, le mariage, le suicide, ça commençait à devenir très lourd.

— Tu y laisses ta chemise, toutes ces soirées à lui remonter le moral, pour que toujours à la fin elle jette un petit caillou du haut de la pente…

— Ah oui ! Je me souviens de coups de téléphone pendant une heure, une heure et demie, où je raccrochais éreintée, parce que tu essaies d'aller puiser des choses pour lui insuffler un peu d'optimisme, lui faire voir le bout du tunnel, il y a une sortie du tunnel, mais ça sert à rien…

— Et au moment où tu vas raccrocher, elle te dit : Évidemment, tu t'en fous parce que toi…

— Moi, elle m'a jamais dit ça parce que j'ai été d'une patience extrême, intuitivement, j'ai compris qu'il ne servait à rien de mettre Pia en face de ses contradictions, que c'était au-delà du rationnel, et que d'essayer de lui mettre le nez dedans, ça ne pouvait que l'enfoncer, donc j'écoutais, j'écoutais, j'étais dans l'empathie, mais je ne sais pas si j'aurais la même patience aujourd'hui.

— Quelqu'un de dépressif, faut pas lui expliquer qu'il a tout pour être heureux.

— Au demeurant, je ne pensais pas qu'elle avait tout pour être heureuse, donc je ne lui aurais pas dit ça. Mais j'ai compris que la dépression était quelque chose dans lequel les gens sont englués, tu ne peux rien faire d'autre que d'être là et d'écouter.

— Il n'y avait pas de téléphone portable.

— Je me souviens au début des portables, j'étais rue Bréa, j'ai passé une heure et demie au téléphone, elle était dans un tel état, je ne me sentais pas de raccrocher, j'étais occupée par ailleurs, mais je me disais si je raccroche trop tôt, elle risque de sauter par la fenêtre, je vais éviter ça peut-être. Elle était dans un état, dans un état, mon Dieu…

« Quand tu as un mal-être si profond qui remonte à si loin, tu te le colles toute ta vie. Tu ne peux pas faire autrement. C'est une vraie souffrance, c'est triste, c'est une impossibilité de vivre. C'est un handicap psychique, tu peux essayer d'aider à la marge…

« C'est comme le problème de poids, maintenant avec Pia, c'est quoi ça ? Parce qu'on peut avoir des kilos en trop, être un peu ronde, on n'est pas obligé d'avoir une ligne de mannequin, mais là c'est quoi, ce truc ? Elle dit qu'elle ne bouffe pas, ce n'est pas possible !

— Ce n'est pas à cause du lithium ?

— Serge m'avait dit qu'elle ne voulait pas en prendre parce que ça faisait grossir, et moi je pense qu'à partir du moment où ça a été fini, les grandes descentes, elle a dû en prendre et ça l'a fait grossir. Mais du coup, il n'y a plus eu de discussion possible. C'est : Bonjour comment ça va, ma chérie, et puis après elle coupe la conversation, clac !

— Isabelle m'a raconté qu'elle ne voyait jamais Cocotte manger, mais qu'elles avaient découvert avec Pia après sa mort sous son matelas des monceaux de barres chocolatées et Nuts et autres saloperies…

— Et le permis de conduire ? Tu n'as pas vécu le permis de conduire ? Elle essayait, elle n'y arrivait pas…

— Oui, mais je pense qu'elle a la même chose que Raquel, qui y est arrivée finalement : un trouble de la vision binoculaire, elle ne voit pas en relief, elle voit le monde tout plat, ce qui explique sa grande maladresse.

— Et les histoires professionnelles, tu as suivi ?

— Il y a eu le harcèlement… Et Marc te dirait : c'est une victime, elle attire les prédateurs…

— Pia me disait : harcèlement sexuel…

— C'était du harcèlement professionnel ! Elle dit toujours qu'Hirigoyen devrait lui verser des droits d'auteur. J'avais dîné chez eux à ce moment-là, et Serge lui disait qu'il fallait qu'elle se fasse des plumes de canard pour résister.

— Tu sais que Cocotte m'avait chargée d'habiller Pia ? Pour la rendre élégante… Me demander ça devant sa fille : si je ne peux pas l'habiller pour qu'elle soit un peu ci, un peu ça… J'étais mal à l'aise.

— Ma mère faisait ça aussi avec mes amies.

— Oui, mais toi, tu t'en foutais, et pas elle !

— Sa mère lui avait expliqué qu'elle était ravissante et qu'elle avait des mains faites pour porter des bagues. Elle se vivait comme une princesse et elle s'habillait comme une princesse avec des robes Laura Ashley.

— Quand je l'ai connue, elle avait compris qu'elle n'était pas une princesse… Et cette gentillesse, tout le monde dit : Pia elle est si gentille, mais ce n'est pas normal, cette espèce de méga-gentillesse, et cette pension même si on l'habille sous des airs de bohème, ce travail un peu ingrat, faire les lits, faire la vaisselle, faire le ménage, il y avait un besoin de reconnaissance… Parce que tu peux être gentil, mais pas tout le temps, hyper gentil comme ça, en permanence, c'est une gentillesse outrancière…

— Elles avaient des rôles : Éléna était méchante et intelligente, Pia belle et gentille…

— Ce n'est pas naturel, ça cache une agressivité qu'elle a dû refouler parce qu'on lui avait assigné ce rôle. Et qu'elle se disait : Dans quoi je vis alors que mes copines elles sont quai d'Orsay, au parc Monceau, dans 250 m², elles ont des maisons ou elles ont des robes – inconsciemment bien sûr.

— Elle n'était pas envieuse, elle était adorable…

— Oui, mais je pense qu'il devait y avoir de l'agressivité contre l'environnement, et qu'une gentillesse outrancière cache de l'agressivité, il y a des gentils qui n'en ont rien à cirer, mais quand c'est comme ça, ça cache quelque chose.

« Je ne crois pas que quiconque puisse vivre à peu près normalement en ayant un tel décalage avec la réalité et de tels traumatismes. Elle a vécu des choses tellement épouvantables qu'elle en a fait ce qu'elle en a fait, d'être obèse, d'être dépressive, d'être malade, et sa façon d'être malade, c'est d'attirer l'attention sur elle pour qu'on dise : La pauvre Pia ! Qu'on s'occupe d'elle.

— Ses aventures médicales avaient mal commencé, à l'époque où je l'ai connue, elle avait des amygdales, mes parents avaient un cousin médecin qui a recommandé un confrère, et ça s'est horriblement mal passé, elle a horriblement souffert. Alors que les amygdales…

— C'est rien.

— Quand on est adulte, c'est un peu plus compliqué, mais elle a eu des hémorragies…

— Elle a été suivie par des psys ?

— Oui, je crois, dès le début, Irène avait donné l'adresse de quelqu'un à son premier suicide.

— Philippe qui est psychiatre et psychanalyste dit qu'il y a des cas lourds, où les psys ne peuvent rien, sur des grosses pathologies, de la schizophrénie, tu peux donner des traitements médicamenteux, tu peux juguler, pour que les gens aient une vie à peu près normale, mais sur des choses très profondes, une psychose, ça ne se guérit pas, ça se soigne, une névrose tu peux faire quelque chose, on est tous névrosés…

— Pia, tu ne peux pas la guérir parce qu'elle ne veut pas ?

— Non, parce qu'elle existe en étant malade. Ma cousine depuis qu'elle a eu son cancer dit que ça ne va pas, elle doit passer des examens tous les six mois, elle vit dans l'angoisse que ça recommence, comme si elle avait provoqué son truc. Et pourtant…

« Quand elle est dans la maladie, tout le monde la plaint, c'est une façon d'exister, mais qui se retourne contre elle. C'est la preuve par neuf du malaise qui se traduit dans du dur, dans une vraie maladie : un cancer, une hémorragie, un truc physiologique, pathologique, sur lequel on peut mettre un nom.

« Depuis cette douzaine d'années que Pia a été stabilisée, je me disais : elle ne se plaint plus ni de son mari ni de son fils, Serge est un amour, Valentin un bonheur, je me disais elle est arrivée, j'étais contente pour elle mais j'étais étonnée de ces problèmes de santé qui perdurent quand même, ça veut dire quelque chose.

— Et pourtant elle aime toujours la bouffe, la musique et la littérature…

— Mais elle est incapable de rester toute seule ; elle préfère être dans une maison de repos au milieu des vieux plutôt que rester chez elle.

— Elle n'est pas toute seule, elle a un mari, et Serge s'en occupe très bien.

— Ma cousine aussi, elle a un mec, ça doit être un enfer, sa vie !

— Parce qu'il l'aime ; Serge est amoureux de sa femme. »

Pia est rentrée chez elle le 2 octobre pour profiter de son fils Valentin une semaine avant sa rentrée universitaire à Bordeaux. Elle m'a envoyé une photo de lui et de sa copine Mathilde avec de grosses lunettes de soleil, « mignons et surtout si gentils ». Le 5 décembre, le médecin de Foch lui a dit qu'elle était tout à fait guérie, et qu'il lui faudrait éviter de reprendre le médicament qui l'a rendue malade. Elle s'en serait doutée, dit-elle avec une bonne voix. Serge, lui, écrit qu'on la soigne toujours pour sa dépression.

Le 16 décembre, elle m'a appelée pour me souhaiter un bon anniversaire sans me parler de mon jumeau Beethoven.

Ses nombreux cadeaux l'avaient précédée par la poste, et elle attend avec impatience de lire mon livre que je termine juste.

Tout va très bien. Après vingt-quatre ans à Rueil, Serge et elle doivent déménager pour une nouvelle ville. Je m'inquiète : « Dans l'échelle du stress, le déménagement vient juste après la mort d'un proche, surtout ne somatise pas, ma Pia !

— C'est promis, mon Alix chérie ! »

# LE DERNIER ENFANT DU HOME PASTEUR

Thomas, le fils de Paul, est l'un des premiers dont j'ai recueilli le témoignage, qui m'a convaincu d'écrire ce livre, car il en était le lumineux épilogue. Je l'avais aperçu, dans les bras de sa tendre mère, Denise, qui se battait contre un cancer alors que son mari refaisait sa vie, sous le même toit, avec une nouvelle pensionnaire fortunée… Pia me raconta même un dîner de Noël, où Paul trônait entre ses deux épouses, l'ancienne et la future, au grand dam de sa mère.

Avant de partir suivre un traitement à Strasbourg, où elle est morte, Denise confia Thomas à Cocotte, sa grand-mère, qui l'éleva si bien que Pia le trouverait presque trop équilibré. Ce petit garçon, père de famille, a désormais l'âge des souvenirs.

« Tu es arrivé quand rue de Babylone ?

— Je pense que j'ai débarqué à la pension avec mon père et ma mère quand j'avais cinq ans, on y avait été plein de fois avant, mais j'ai commencé à y habiter à l'âge de cinq ans parce que mon père voyageait pour le Club Med un peu partout.

— Tu as des souvenirs de ta mère ?

— Oui ; ça s'est étiolé avec le temps. Elle est morte quand j'avais neuf ans. Certains souvenirs, je ne sais pas s'ils sont personnels, ou si on me les a racontés. La Martinique, j'avais trois, quatre ans, je me souviens de Sestrières parce qu'il y avait de la neige, mon père a été aussi à Marbella, ça je ne m'en souviens pas du tout, on a sillonné les Clubs Med avec leurs styles de vie de l'époque, j'imagine, et à partir de mes cinq ans, on s'est installés à la pension. Je ne saurais pas te dire si ma mère était déjà malade, je ne sais pas combien de temps cette maladie a duré avant qu'elle ne parte, mais j'ai des souvenirs d'elle à la pension quand elle était alitée, avec des traitements.

— Tu te rendais compte ?

— J'ai dû me rendre compte vers l'âge de six-sept ans, j'avais fait un portrait d'elle, je devais avoir sept ans, malheureusement, je l'ai perdu, assez joli avec un bonnet, et ça je m'en souviens très bien, elle perdait ses cheveux à cause de la chimiothérapie, un portrait très simple mais ça la représentait bien, avec un bonnet qu'elle avait mis pour cacher son crâne. Je devais avoir sept ou huit ans maximum.

« Je me souviens de la chambre où on habitait, tu montais l'escalier, début de couloir, c'était la première chambre à droite.

— À côté de la salle de bains ?

— Oui. Il y avait un grand lit à droite et un lit simple le long du mur, ensuite, il y a eu un bureau, ce que j'ai compris plus tard, c'est qu'ils étaient en train de se séparer avec mon père, avant que ma mère meure, c'est pour ça que j'étais avec elle, seul.

« Et après la mort de ma mère, j'ai habité là avec Cocotte,

cette même chambre pendant toute mon enfance, de l'âge de cinq ans à l'âge de onze ans où j'ai intégré le collège Victor-Duruy, avant j'ai fait ma maternelle une année à l'école Vanneau, ensuite primaire l'école Éblé, une année au collège Victor-Duruy en habitant la pension, et après je faisais l'aller-retour de Nation à Duruy.

— Tu es resté à Duruy ?

— J'y avais tous mes copains et c'était un bon collège. Toi aussi tu es allée à Duruy !

— C'est là où j'ai connu Pia, en terminale. C'était un lycée de filles au départ.

— J'étais donc dans cette chambre-là, d'abord avec ma mère et ensuite avec Cocotte, elle a pris le lit double. Je pense que ma mère a dû partir quand j'avais huit ans à Strasbourg, parce qu'elle avait des soins là-bas qui pouvaient la sauver, enfin quand tu es un enfant tu y crois toujours qu'il y a de l'espoir…

« Cocotte est venue dans cette chambre-là avec moi, c'est d'abord parce qu'avec Samuel, il y avait des hauts et des bas.

— Surtout des bas !

— Ça l'arrangeait bien, et aussi parce qu'elle ne voulait pas que je reste seul après la mort de ma mère, et jusqu'au déménagement, c'est resté notre chambre.

— Tu y avais un petit bureau ?

— Oui, mais je faisais mes devoirs sur la grande table de la cuisine, comme la plupart des enfants qui ont vécu à la pension. On rentrait de l'école, on allait voir Cocotte, je lui disais avec un grand sourire : Cocotte, on a un problème !

« C'était un problème de maths, elle avait toujours les mains enfarinées, elle préparait le repas pour les vingt-cinq pensionnaires. "Dis-moi l'énoncé", on raisonnait à voix haute. Les poésies, tous les devoirs de grammaire aussi, on les faisait comme ça avec Cocotte et Monica parfois, les questions d'orthographe se mêlaient avec tous les faits divers qui venaient aussi alimenter le débat. C'était vraiment la pièce de vie, tout se situait là, tout se passait là.

« J'étais un peu élevé comme un fils unique, même si j'ai deux demi-frères du côté de ma mère qui ont vingt ans de plus que moi, à Strasbourg, avec qui j'ai lié des liens quand je suis devenu adulte, mais j'étais élevé un peu comme un fils unique, et mon frère c'était Olivier à l'époque.

— Pédalo.

— Je savais à peine parler, avant qu'on s'installe à la pension, je demandais tout le temps : "l'est où Pédalo ?" parce que j'étais impatient de le voir. Il venait le mercredi et les samedi-dimanche, c'était mon grand frère. On a fait les quatre cents coups ensemble à la pension.

— Vous avez le même âge ?

— Il a un an et trois mois de plus que moi. Il est de mai 73 et moi d'août 74. On était les deux inséparables.

— Vous étiez très mignons le petit blond et le petit brun…

— Il y a plein de photos super marrantes où tu nous vois sur des rollers, on a appris les rollers ensemble dans le 7$^{e}$ arrondissement de Paris, je me souviens, avenue de Saxe, avenue de Breteuil sur la place du marché, ça nous semblait immense, j'y suis retourné, ce n'est pas si grand que ça, le front de Seine… C'était encore des quads à l'époque nos patins. On allait dans la petite cité de luxe de l'avenue Duquesne, en face la rue Éblé, boulevard des Invalides, il y avait plusieurs entrées ; il y avait des escaliers qu'on sautait, on faisait du vélo… J'ai plein de souvenirs !

« L'époque a bien changé, dès huit-neuf ans, on avait une

liberté de déplacement. Aujourd'hui, mon fils a sept ans, presque huit, et je ne m'imagine pas le laisser traîner comme ça, traîner même avec un copain de son âge ! Nous, on était toute la journée dehors. Il nous est rien arrivé.

— C'était un peu comme un village ?

— Oui, j'allais à l'école primaire tout seul à pied, je prenais la rue de Babylone, rue Monsieur, rue Oudinot, je traversais le boulevard des Invalides avec le gardien de la paix, un moustachu rondouillard super sympa qui avait un mot pour chacun d'entre nous, ensuite c'était cent mètres à faire, aujourd'hui, on ne les laisse pas faire à nos enfants !

« Même l'école nous dit qu'à partir de l'âge de onze ans, ils peuvent faire de petits trajets. Avant, on n'imagine même pas ! On a une notion différente de la sécurité des enfants, je pense, et peut-être que le quartier est un peu moins sûr.

« Moi, mon enfance, c'est une enfance très heureuse parce que j'avais un frère, et vingt-cinq grands frères américains, c'est vraiment le souvenir que j'ai. Je ne suis pas resté en contact avec eux, mais je jouais avec les uns et les autres. La musique de l'anglais a bercé mon enfance, et il y avait un truc très drôle à la pension, c'était le téléphone près de la salle de bains d'en bas, et on entendait les exaltations des jeunes filles de la pension, avec leurs intonations : "*Oh my God !*", les histoires qu'elles pouvaient se raconter…

« Je me souviens des grandes tablées du soir, les petits déj, je les prenais dans la cuisine, mais par contre le soir, je dînais avec les pensionnaires, entre vingt et vingt-cinq jeunes loups affamés de vingt ans, ce qui m'a valu d'acquérir un féroce appétit, il fallait défendre son bifteck ! Quand tu en as sept ou huit, il faut t'accrocher à ta part. Je ne suis jamais mort de faim là-bas…

— Tu serais le seul ! Même pendant la guerre.

— On avait une vie de famille où tout le monde donnait un coup de main, on mettait la table, on débarrassait, on coupait le pain avec des espèces de grosses machines… Le monte-charge qu'on manipulait avec précaution sauf tout à coup quand on lâchait les cordes et que tout pétait ! Chacun développait sa propre technique pour le faire le plus vite possible.

— Tu as connu Urbain ? C'était le serveur qui venait le soir en veste blanche. Il ressemblait au Nestor de *Tintin*.

— Non, j'ai connu Mme Pinto et d'autres aides féminines… Mme Marquez, qui avait la loge rue de Babylone, Mme Oliveira, la concierge et son fils Fernando, on avait gardé un contact après, j'ai amené plein de copains à l'époque, et je suis resté assez pote avec mes copains de primaire, ils se souviennent très bien du Home Pasteur.

« Avec Olivier, on avait construit un local sous l'escalier, dans le cagibi, sous le grand escalier, mais qui était très grand, ça s'appelait "Oliv-Tom", on l'avait décoré avec des guirlandes et avec toute sorte de choses, tous les objets qu'on avait trouvés, on avait un tourne-disque et c'est là qu'on a commencé à composer de la musique.

— Avec quel instrument ?

— Aucun, on faisait le bruitage de tous les instruments avec la voix, on chantait en anglais, on imitait avec plus ou moins de bonheur, on faisait du yaourt, on apprenait par cœur des chansons de Michael Jackson, de 79 à 85, il n'y avait que lui, on le connaissait par cœur, c'était la grande époque de Michael Jackson. Après on s'est intéressés à d'autres artistes, mais au départ, c'était que Michael Jackson.

— Vous faisiez des représentations ?

— Non. La musique dans cette famille-là, c'était Samuel,

le grand pianiste à la vocation fracassée, on n'écoutait que de la musique classique dans la cuisine, si l'on n'avait pas l'éducation musicale nécessaire, point de salut !

« C'est un peu dommage, parce qu'on a appris sur le tas, moi, j'ai commencé à faire de la guitare et Olivier du piano et de la basse, mais sans aucun encouragement. Olivier, qui avait une vraie créativité, faisait des albums, moi, ma carrière s'est arrêtée vers l'âge de dix-huit ans, mais entre onze et dix-huit ans, on a fait beaucoup de musique. On enregistrait des cassettes.

— En cachette des grands musiciens des étages supérieurs…

— Exactement ! Je n'ai jamais entendu Samuel jouer du piano au Home Pasteur. Je ne l'ai entendu qu'une fois, place de la Nation. Je me souviens très bien de ça. Il devait être avec des amis, j'étais dans la cuisine avec Cocotte, on a entendu des notes de piano, j'ai vu Cocotte changer de couleur, elle m'a dit : "Plus un bruit, Samuel est en train de jouer." Il a joué cinq minutes, il n'avait pas touché un clavier depuis vingt ans, c'était magnifique, c'est le souvenir que j'en ai.

« Ça s'est arrêté, Cocotte a couru lui dire : "Encore, encore", mais il a dit : "Non, c'est tout. Je m'y remettrai ; je trouverai trois mois pour m'y remettre, mais pas maintenant." Et il n'a plus jamais joué. Un moment de grâce de dix minutes en quarante ans.

— Vous vous baladiez sur les toits aussi.

— Dans notre cagibi, on avait une fenêtre qui donnait sur toutes sortes de toits… Quand j'y repense maintenant, on était fous furieux, parce qu'on naviguait sur les toits de la rue de Babylone, ça nous menait, en escaladant diverses toitures, sur le toit de La Pagode, à la barbe de tout le monde.

« Le jour où on l'a dit, on s'est fait engueuler, parce qu'on prenait des petits cailloux et on les lançait sur les gens qui étaient en train de faire la queue pour aller au cinoche. Des bombes à eau, les trucs intelligents de notre âge…

« On avait une liberté totale de mouvement, il y avait tellement de choses à faire, nos parents étaient totalement absents, et au final, on est devenus assez vite très autonomes, on n'avait pas besoin d'argent, on avait notre propre logique de fonctionnement, très sympa, sauf quand Olivier rentrait chez sa mère, j'attendais les mercredis et les week-ends. "L'est où Pédalo ?"

— Et Cocotte, comment tu la considérais ?

— Cocotte : c'est ma mère. Dès que ma mère est morte, c'est devenu ma deuxième maman. Au grand dam de ma belle-mère, Aléna, la deuxième compagne de mon père qui m'a souvent dit : "Tu peux m'appeler Maman ou me considérer comme ta deuxième maman", je disais oui pour essayer de lui faire plaisir, mais dans mon âme et conscience, c'était ma grand-mère.

« Elle m'a vraiment tout donné, elle m'a tout appris, et elle m'a donné une structure aussi, parce que dans ce grand bazar de la pension, il faut quand même le dire, c'était quand même ça, ma grand-mère était assez carrée, elle n'oubliait jamais rien, elle assurait les devoirs, finalement les valeurs et la structure, c'est à elle que je les dois.

— Est-ce que tu te souviens d'interdits ?

— Il n'y avait pas grand-chose, mais il faut dire je n'étais pas un rebelle !

— Tu étais un malin…

— Très vite, Cocotte m'a dit : Tu seras diplomate, parce que je trouvais les bons angles d'approche… Je faisais à peu près ce que je voulais. Je n'ai pas manqué de grand-chose, mais je ne pense pas que j'aie abusé non plus. On connaissait intrinsèquement les limites. Comme dans les grandes familles nombreuses. On savait qu'on n'était pas pauvres, mais on n'était pas très riches, on savait ce qu'on pouvait négocier. Mais on n'a vraiment manqué de rien à aucun niveau. Ni d'amour ni d'argent de poche pour faire ce qu'on avait à faire…

— Et Samuel ?

— Olivier et moi, on avait un rapport très différent avec Samuel. Ça a été vrai à toutes les générations. Tu étais ou le chouchou ou quelqu'un qui ne l'intéressait pas, tout l'un ou tout l'autre. Moi j'ai tiré le mauvais numéro avec mon grand-père. Il a commencé à s'intéresser à moi le jour où j'ai eu une mention très bien au bac, où il est allé se vanter de son petit-fils, mais il a fallu dix-huit ans quand même !

« C'est bizarre parce qu'il avait adoré Paul, mais Catherine, pas du tout, et Pia oui. Pareil : un sur deux. Moi non et Olivier oui, c'est curieux. Il n'y avait aucune raison objective, et ça n'avait aucune importance parce que ma grand-mère et quatre ou cinq personnes compensaient.

— Moi il m'avait à la bonne, mais d'autres copines de Pia, il ne pouvait pas les voir. Et sans raison.

— Tu vois !

— Il était assez transparent dans ses sentiments. Ma mère était aussi dans ses petits papiers, on ne sait pas pourquoi, "la peau si douce de la colonelle", Cocotte répondait : "C'est parce qu'elle ne fait pas la vaisselle."

— Sauf que moi je l'emmerdais pas mal, parce qu'Olivier, qui aurait pu tirer profit de cet intérêt que Samuel avait pour lui, faisait équipe avec moi, soit pour faire du bruit parce que ça le dérangeait, soit pour courir dans le couloir… Il sortait de sa chambre : “Vous m'emmerdez !” Le nombre de fois où l'on a couru dans le couloir, descendu l'escalier de service, remonté par l'autre, on était introuvables, on connaissait tous les recoins de la maison, si on ne voulait pas être trouvés, on était introuvables.

« Un jour, on lui a fait un coup génial. Samuel ne nous avait jamais offert un cadeau, rien, on s'est dit qu'on allait tenter quelque chose, on n'avait rien à perdre, donc on lui a dit : “Excuse-nous de te déranger, Samuel, mais cette année pour Noël, est-ce qu'au lieu d'un cadeau tu pourrais nous donner de l'argent ?”

« Il s'est retrouvé un peu démuni face à cet argumentaire parce qu'il ne nous avait jamais rien donné, mais il devait être de bonne humeur ce jour-là, il a commencé à sortir des billets de son portefeuille, il nous a donné trois cents francs à chacun, c'était considérable à l'époque ! On est ressortis de là, avec Olivier, explosés de joie, on est allés le dire à Cocotte : “Bande de petits saligauds ! Bande de petits coquins ! Vous avez roulé votre grand-père !”

— Vous n'avez pas pu recommencer l'année d'après ?

— Non. Je pense qu'il ne s'est pas rendu compte de la somme qu'il nous donnait. Mais ça rattrapait des années de cadeaux… C'était vraiment une bonne période, j'en ai aucun mauvais souvenir.

— C'est une question de nature d'après Malraux, il y a des gens qui n'ont que de bons souvenirs et d'autres que des mauvais.

— Peut-être. Honnêtement, il n'y en a pas beaucoup de mauvais. Ce qui me marque, c'est que j'ai un souvenir assez net des lieux et des décors. Pas flou. La chambre d'Éléna, la salle de bains, la rampe, la table qui était installée en L, le monte-charge, le salon à l'entrée à droite qui ne servait jamais, comme dans beaucoup de maisons, peut-être que Samuel y recevait des amis de temps en temps, le séjour, la chambre de Cocotte avec la télévision, le paravent qui séparait du petit coin toilette, le piano, plein de livres. Si je faisais l'appartement de mes rêves, je referais une pièce avec une grande table, la cuisine la pièce la plus conviviale.

— Il y avait la radio qui tournait en permanence. Le téléphone, un batteur, un évier. Pas de machine à laver, exprès je pense. Un torchon pour essuyer, ça crée un lien.

— On a appris à faire plein de choses ; Cocotte m'a appris à faire la cuisine, ça m'intéressait, elle n'aimait pas donner des recettes, mais donner des explications pendant qu'elle cuisinait, c'est comme ça qu'Éléna avait constitué un stock de recettes, que j'avais remises en bouquin.

« Aujourd'hui, si j'ai plaisir à cuisiner, c'est grâce à ma grand-mère. On faisait peu de choses, les tâches un peu ingrates, mais on voyait tout. Aujourd'hui je sais ce qu'il faut faire ou ne pas faire en cuisine, parce que je l'ai vue.

« Elle donnait des leçons aussi aux Américaines, ce qui la mettait dans un stress pas possible. C'est les seules fois où je l'ai vue stresser. Quand il lui fallait préparer l'atelier cuisine. Jonathan amenait au mois de juillet une vingtaine d'étudiantes, place de la Nation. Il fallait que tout soit parfait.

— Autrefois, les Américaines avaient du mal à refaire les recettes parce que ce n'étaient pas les mêmes produits.

— Maintenant, tu trouves tout partout. Il manquait le secret de Cocotte. Tu sais ce que c'est ?

— La cendre de cigarette !

— Oui ! Très jeune, j'allais faire les courses, le boucher, le crémier, Félix Potin qui a changé de nom, mais qu'on a continué à appeler Félix Potin, les clopes.

— Des Pall Mall.

— Après ça a changé. Elle n'a jamais réduit sa consommation de clopes, mais en plus léger. Aujourd'hui, ça paraîtrait improbable. En France, j'ai connu la cigarette, on était habitué à l'odeur, maintenant, dans la rue quand je croise quelqu'un qui fume, je le sens tout de suite. On vivait dans des volutes de fumée permanentes et ça ne nous gênait pas. Souvent ses cigarettes se consumaient dans le cendrier, et elle faisait autre chose.

— Ça lui donnait des gestes…

— Et sa voix de clopeuse.

— Les courses plusieurs fois par jour.

— Je me souviens très bien des commerçants du quartier qui sont restés les mêmes pendant des années et des listes sur des bouts d'enveloppes. Le fleuriste, j'étais petit, je devais acheter un bouquet, je traînais, et quand je suis rentré, j'ai dit : "j'ai sympathiqué" avec le fleuriste. Comme il était homo…

« Tous les commerçants nous connaissaient par nos noms, c'était vraiment une vie de quartier. Il y avait une âme de quartier, la caserne des gardes républicains. J'avais un copain de l'école primaire qui logeait là, j'allais avec lui dans la caserne. C'était une belle vie d'enfant. J'ai plein de beaux souvenirs. Comme des moments où après le dîner on regardait une série télévisée en famille, *Dallas*.

— "Ton univers impitoyable"…

— On se mettait dans la chambre de Samuel et Cocotte, allongés au pied du lit, il fallait être à l'heure dès que ça commençait, le samedi, c'était un beau moment tous ensemble.

— On faisait pareil sur les coussins dans la chambre de nos parents à Saumur… Avec *La Demoiselle d'Avignon*.

— Moi je ne me souviens que de *Dallas*, donc je pense que ça a dû durer quelques années…

— Oh oui ! Dix ans presque.

— J.R., Bobby Ewing… Et il y avait le même rituel pour le film du dimanche soir, il n'y avait pas de dîner des pensionnaires, c'était le jour de repos. C'était plus simple d'arriver à l'heure !

— Est-ce que tu as retrouvé la même ambiance à la Nation ?

— Il y avait une ambiance de famille, la différence, c'est là qu'on s'est rapprochés de Francis, mais aussi d'Éléna et Marc, et Olivier est venu habiter là, ce qu'il n'avait jamais fait rue de Babylone.

« Il est venu à l'âge de treize ans après avoir fugué, à la suite de maltraitances avec son beau-père, et là, on y a habité tous les deux de l'âge de treize ans à notre majorité. Ma prépa, je l'ai faite à la Nation, après j'ai fait l'École des Mines de Nancy, donc je suis allé à Nancy. Olivier a dû y rester plus longtemps puisqu'il a fait Boulle, puis les Arts-Déco, il est parti pour habiter avec sa copine Peggy, vers l'âge de vingt et un, vingt-deux ans.

— Ton père et Aléna venaient dîner là aussi.

— Pas à l'époque de la pension, mais à la Nation. Sur le moment, je n'ai pas compris que mon père était assez instable et avait des problèmes divers et variés, je l'ai compris après, mais même rue de Babylone, il venait plusieurs fois par semaine, on ne peut pas dire que c'était un père absent, il m'a aidé, mais pas au quotidien ; le quotidien, c'était Cocotte, et il m'a vraiment confié à ma grand-mère.

« C'est grâce à elle que j'ai pu faire des études et me construire au quotidien en tant qu'adolescent. Elle a été ma référence, et je pense qu'elle a été la référence de plein de gens, des étudiants, Dick, Harriet, ces étudiants qui continuent à donner des nouvelles.

« Elle se faisait du souci pour mon père, je l'ai compris après. Un jour je lui en ai parlé, je lui ai dit : je comprends qu'il y a des secrets de famille, des non-dits, à chaque fois que je t'en parle, tu noies le poisson, il faut que tu me promettes qu'à mes dix-huit ans, tu me raconteras. Elle m'a dit : je te promets. Et en fait, à mes dix-huit ans, j'ai ré-abordé la question, elle n'a pas pu ; c'était trop dur de m'en parler. C'est une douleur qui l'a habitée pendant toutes ces années, je l'ai compris après. Son fils chéri…

— Tu n'en as pas parlé avec Monica, par exemple ?

— Non. Je pourrais. Mais Monica est encore plus pudique. Mon père, à la fin de sa vie, je l'ai accompagné à l'hôpital, j'ai vu les produits qu'il prenait, j'ai compris des choses, j'ai compris par d'autres personnes mais pas par Cocotte et Monica, qui avaient un lien affectif très fort avec Papa. Même Pia, je n'en ai jamais parlé avec Pia. Je pourrais.

— Tu es passé à travers de sacrées épreuves pour un enfant.

— Je ne peux pas te dire que j'en ai souffert, grâce à Cocotte. Et puis, tu sais, j'ai gardé un parfum de ma mère, je ne sais pas si c'est du Chanel, j'ai gardé un flacon, quand j'avais besoin de penser à elle, mais très vite c'est devenu un souvenir qui me faisait plaisir, qui m'apportait de la joie… »

Ainsi soit-il !

REMERCIEMENTS

Un grand merci à Pia Landes, mon héroïne, notre Pia chérie, dite la Pipée guindée ou la Rostopchina… À sa famille, généreux témoin du passé : sa tante Monica, ses cousins Marc et Éléna Duprez. Aux lumineux enfants des deux Paul : Élise Gegauff et Thomas Muller. Aux légendaires pensionnaires américains : le professeur Jonathan Beck, la divine Harriet Horwitz, Dick Overstreet, et Fritz Hoffecker – et au cher pensionnaire japonais Asawa Masao San. Aux anciens propriétaires du 57 : François Gibault, Isabelle et Jacqueline Suppot-Réveilhac. Aux amies de la maison : Irène de Lubersac et Manuelle Puylagarde. Aux fidèles enquêteurs : Philippe Hualig et Jeanne-Marie Darblay. Et aux indispensables sans qui ni ce livre ni son auteur ne tiendraient debout : Valérie Tordjman, ma nounou Bac + 5, et mon éditeur : Jean-Marie Laclavetine.

Le 7^e^ est un village 11
Adieu ! 15
Le plus beau lycée de Paris 19
Vue sur la Seine 27
Une tarte géante 33
Le Home Pasteur 37
Mamie fait de la Résistance 43
Et avant ? 53
Le proprio – *Samedi 4 février 2017, Paris 7^e^* 59
La célèbre histoire du fameux monte-charge – *Vrais et faux résistants* 71
On a volé *La Joconde* 79
Richard Overstreet – *À la croisée de tous les talents, les années 60* 85
Des carpes et des lapins, et de leurs enfants 95
Une femme ne touche jamais une bouteille 103
1969, année érotique – *L'ami Fritz* 111
Sex, drugs and Beethoven (VF) – *L'ami Paul* 123

Gatsby le Magnifique – *« Charles, je vous aime, et je vais mourir pour vous ! »* 137
Oriane de Guermantes 1 – *Une amitié élective* 143
Guermantes 2 – *Schubert, bof !* 153
Mon frère est en prison 161
« Moi, je voulais faire de la trompette ! » – *Marc, le violoniste* 171
Lettre d'un pensionnaire nippon 187
Visite des lieux 189
Correspondances – *D'une France l'autre* 197
Une chambre pour deux – *La cousine Éléna* 203
Gaffes 215
Un bac à passer 225
Photos de vacances 235
Voyage aux USA – *Été 1978* 243
Cul & culture, et vice versa – *Harriet dans le 7e* 267
L'assassinat de Paul Gégauff – *Scoop en couleurs* 277
Maman doit se retourner dans sa tombe – *Je suis Charlie* 291
De bien chouettes visites aux cimetières 301
Retour à Ville-Évrard – *Joseph Sabelli (1883-1941)* 311
Départ pour les lieux du crime 317
Élise peint 331
Vive la pilule ! – *En Anjou, chez les Suppot-Réveilhac, le 6 août 2019* 349
Comment va notre Pia ? 367
Le dernier enfant du Home Pasteur 381

*Remerciements* 395

*Composition : IGS-CP à L'Isle-d'Espagnac (16)*
*Achevé d'imprimer par Normandie Roto Impression s.a.s. à Lonrai, en mai 2021*
*Dépôt légal : mai 2021*
*Premier dépôt légal : avril 2021*
*Numéro d'imprimeur : 2102273*

ISBN : 978-2-07-277630-4 / Imprimé en France

**398748**